Norbert Kleinschmidt
Helena

Norbert Kleinschmidt

Helena

Roman

TWENTYSIX – Der Self-Publishing-Verlag
Eine Kooperation zwischen der Verlagsgruppe Random House und
BoD – Books on Demand

© 2019 Kleinschmidt, Norbert

Herstellung und Verlag:
BoD – Books on Demand, Norderstedt.

ISBN: 9783740753610

Für Iris

Prolog

Vor der Stadtmauer von Hattussa hockten zwei zehnjährige Kinder im Sand. Sie waren am späten Nachmittag aus dem Gewimmel der Stadt durch das Löwentor hinaus geschlichen, um im Schatten der Mauer das Nussspiel zu spielen. Die Eltern und ihre ganze Familie hatten sich auf der Hauptstraße in eine wichtige Prozession eingereiht. So hatten Karia und ihr Cousin Atris bis zum Abend Zeit, ihre Nüsse aus fünf Schritten Entfernung möglichst genau in ein Loch zu kullern.
„Duya!", rief Karia in hethitischer Sprache und warf die Arme hoch. Ihr Spielgerät – eine fast perfekt kugelförmige Haselnuss – hatte zu zweiten Mal das Loch getroffen. „Mach mir das nach!", sagte sie und blickte ihren Cousin herausfordernd an. Auch von seinen Nüssen lagen bereits zwei im Ziel.
„Das ist leicht", antwortete er geringschätzig. Aus der Hocke wiegte er die Nuss in seiner rechten Hand, schwang den Arm leicht hin und her und holte aus. „Teri!", rief er, als er das Ergebnis sah. Atris hatte die dritte Nuss im Loch versenkt.

Hattussa war die Hauptstadt der Hethiter. Sie lag auf einem Hochplateau des anatolischen Gebirges und ihre riesigen Mauern, die 50 000 Einwohnern Schutz boten, galten als uneinnehmbar. Seit fast zweihundert Jahren war es keinem Feind gelungen, das Reich der Hethiter zu besiegen. Die klare Überlegenheit ihrer Kriegsführung beruhte zum einen auf dem Einsatz von Kampfwagen, auf denen sich neben dem Wagenlenker ein Bogenschütze befand. Diese Technik hatten sie den Assyrern abgeschaut. Hundert Kampfwagen bedeuteten einen schnell beweglichen Pfeilhagel von hundert Bogenschützen. Zum anderen aber hatten die Hethiter gelernt ein neuartiges Metall zu fertigen. Mit vorher nie erreichten Temperaturen konnten sie in ihren Öfen Eisen aus erzhaltigen

Steinen schmelzen. Mit diesem unzerbrechlichen Material fertigten sie Pfeilspitzen und Schwerter, deren Härte die Welt bisher nicht gekannt hatte. Seitdem hatten sie allen Feinden widerstehen können. Sogar der mächtige ägyptische Pharao Ramses II. musste nach der verlorenen Schlacht bei Kadesch in einen Friedensvertrag mit König Hattussili einwilligen. Die Hethiter galten als die erste Macht auf der Welt und nichts konnte ihren Bürgern Angst einflößen.

Heute war ein besonderer Tag. Ganz Hattussa war auf den Beinen, um Inaara zu Grabe zu tragen. Alle reihten sich in den Trauerzug ein, um den Leichnam der alten Regentin, die manche für eine Heilige hielten, zum Scheiterhaufen zu tragen. Inaara war während der gesamten Lebenszeit der meisten Bürger Königin gewesen. Bis vor wenigen Monaten hatte ihr Mann Pasiya an ihrer Seite auf dem Thron gesessen. Dann war er in hohem Alter gestorben und Inaara hatten – allein, wie sie plötzlich war – mit jedem Tag mehr und mehr die Kräfte verlassen. Die Königin hatte noch bis vor wenigen Tagen versucht, alle Menschen in ihrem Palast zu empfangen, die sie je gekannt hatte. Möglichst von jedem wollte sie sich einzeln verabschieden und jeder spürte, dass Inaara nach dem Tod ihres geliebten Mannes Pasiya nicht weiterleben wollte. Gestern war der Tag ihres Schicksals gewesen, wie die Leute schnell von Haus zu Haus weitererzählten. Ihre Zeit war von den Göttern abgeschnitten worden. Nun reihte sich die Stadt in den Trauerzug ein, der durch das Löwentor hinaus über die Ebene zu den Felsen führte. Nach der Feuerbestattung würden die Teilnehmer des Zuges dort ein Totenessen abhalten.

„Teri!", wiederholte Atris triumphierend. „Drei nacheinander schaffst du nicht."
„Du weißt genau, dass ich zehn Nüsse in das Loch rollen kann." Sie setzte ein verschmitztes Lächeln auf und fügte hinzu: „ ... wenn ich es will." Dann hob sie plötzlich den Kopf und sah zu den vielen

Leuten, die aus dem Stadttor hervorkamen. Vorweg gingen die Träger, die auf einem Holzgerüst mit ausgestreckten Armen einen Leichnam empor hielten. Immer mehr Menschen drängten aus dem Tor, alle in weiße Gewänder gekleidet, manche mit Blumen in der Hand.
„Wer ist das?", fragte Karia und zeigte auf die Träger.
„Die Königin ist gestern gestorben", antwortete Atris. „Weißt du das nicht?" Er runzelte die Stirn und blickte sie strafend an. „Meine Eltern haben es mir gesagt. Die ganze Stadt spricht davon. Sie wird zur Feuerstätte gebracht. Das ist der Grund, warum wir den ganzen Abend Zeit zum Spielen haben." Er hob ungeduldig seine Hand. „Und jetzt mach endlich deinen dritten Wurf!"
„Nein", entgegnete Karia. „Das mit der Königin wusste ich nicht." Sie sah dem Trauerzug hinterher. „Sieh mal!", rief sie. „Da ist dein Papa! Mama ist bestimmt auch nicht weit." Sie musterte die Menschen, die mit den weißen Gewändern und ihrem langsamen bedeutungsvollen Schritt sich alle so ähnlich sahen. „Meine Eltern müssen auch irgendwo dazwischen sein." Sie erkannte ein paar Gesichter von Nachbarn und Bekannten, aber Papa und Mama sah sie nicht. „Hör mal!", sagte sie spontan. „Wollen wir nicht mitgehen?"
„Das dürfen wir nicht!", erwiderte er sofort. „Du weißt doch? Kinder dürfen nicht zur Feuerstätte." Atris machte ein ernstes Gesicht. „Erst wenn wir eingeweiht sind. Aber so alt sind wir noch nicht."
Unschlüssig sah Karia der Prozession nach. Ein alter Mann ging mit schleppenden Schritten hinter dem Zug her. Obwohl die Leute langsam gingen, konnte er nicht mithalten. Als sie genauer hinsah, erkannte sie den alten Korbmacher aus ihrer Nachbarschaft. „Da!", rief sie und ging ihm ein paar Schritte nach. „Das ist Walmu, unser Nachbar. Fragen wir ihn!"
„Lass es, Karia!", protestierte er. „Wir dürfen nicht!"
Aber sie hatte den Alten schon eingeholt. „Walmu! Darf ich Sie etwas fragen?", begann sie.

„Natürlich, Kind." Er drehte sich zu ihr herum. „Du bist doch die kleine Kyria, die Tochter meines Nachbarn."
„Karia", verbesserte sie. „Karia heiße ich. Sagen Sie: Wer ist der Leichnam, dem alle folgen? Mein Cousin Atris behauptet, es wäre die Königin."
„Da hat er recht, dein Cousin." Walmu fasste sich in den Bart. Auch er war wie alle anderen in weißes Leinen gekleidet. Er atmete erschöpft und war beinahe froh, von den Kindern aufgehalten worden zu sein. „Wir tragen heute unsere Königin Inaara zu Grabe. Alle Menschen in Hatussa sind traurig. Inaara war eine Heilige." Der Alte senkte seinen Kopf. „Ich bin einer der wenigen hier, die sie noch als junges Mädchen kannten. Damals bekam sie die Weissagung der Göttin, suchte ihren Mann und fand ihn."
„Dürfen wir mitkommen?", fragte Karia und sah ihn bittend an.
„Nein!", entgegnete Walmu deutlich. „Das wisst ihr doch. Kinder dürfen an der Bestattung nicht teilnehmen. Das darfst du eigentlich gar nicht fragen."
„Was passiert denn jetzt mit der Königin?" Sie sah ihn mit wissbegierigen Augen an.
„Hmm", brummte der Alte unwillig. „Der Leichnam wird verbrannt und dann werden die Gebeine zusammen mit den Geschenken der Trauernden in das Haus der Toten gebracht. Dort wird auch ein Abbild, eine Statue der Königin aufgestellt. Sie soll genauso aussehen wie Inaara zu der Zeit, als sie am schönsten war. Ein ebensolches Abbild von ihrem Mann Pasiya steht hinter seinen Gebeinen neben ihrem Grab. So sind die beiden Liebenden für immer vereint."
„Die beiden Liebenden?", fragte Karia und sah ratlos aus.
„Das verstehst du noch nicht", lächelte Walmu. „Aber du wirst es verstehen. Ich kenne Inaara seit sie ein junges Mädchen war. Ich habe nie ein glücklicheres Gesicht gesehen als ihres, als sie Pasiya heimbrachte. Man weiß nicht mehr, wo sie ihn damals gefunden hatte. Aber die beiden waren ihr Leben lang ein Paar. Sie waren

füreinander da, bis die Götter ihre Zeit abgeschnitten hatten. Inaara hatte einen guten Tod." Er hätte jetzt gern einen Stock gehabt, um sich aufzustützen wie die anderen alten Männer. So stemmte er die knochigen Fäuste in die Hüften und drehte sich, um dem Trauerzug zu folgen.

„Können wir nicht doch mit?", bettelte Karia.

„Nein!", sagte Walmu schroff. „Ihr dürft noch nicht! Aber eines kann ich dir prophezeien, als der alte Mann, der ich bin: Dieses Königspaar wird für immer ein Vorbild sein für unser Volk. Sie haben sich in der Jugend geliebt und sind sich ihr ganzes Leben lang treu geblieben. Selbst der Tod konnte sie nur kurze Zeit trennen." Er machte die ersten Schritte hinter dem Trauerzug her.

„Dann schauen wir eben von hier aus dem Feuer zu", sagte sie trotzig.

„Das kann dir niemand verbieten, kleine Karia." Der Alte atmete tief ein und aus, während er voran ging. „Schau dir das Feuer nur an! Aber denke dabei, dass noch in tausend Jahren dieses glückliche Paar die Menschen dazu bewegen wird, Sagen und Legenden über sie zu erzählen."

Karia sah hinter den müden Schritten von Walmu her. Später beobachtete sie mit Atris aus der Ferne ein hoch aufloderndes Feuer. Sie dachte darüber nach, wie lange tausend Jahre sein würden.

Neues Museum, Berlin

„Wozu jetzt noch zwei Stunden lang über Troja quatschen?" Professor Evren Yildiz lächelte müde seinem Fahrer zu, als er aus dem schwarzen Mercedes stieg. „Wenn Sie mich nachher abholen, wird es eine Rettungsfahrt sein." Er schloss leise die Tür des Wagens, streckte seinen ermatteten Körper und ging auf die Brücke zu, die zur Museumsinsel führte. Die wärmende Sonne an diesem Nachmittag im Mai empfand er als angenehm heimatlich. Yildiz hatte den Tag mit höflichen Gesprächen verbracht, deren Ziel er aber von vornherein nicht erreichen konnte. Er war vom Regierenden Bürgermeister empfangen worden und hatte mit dem Kultursenator von Berlin zu Mittag gegessen. Beiden hatte der Professor ein Schreiben seiner Regierung vorgelegt, in dem diese die Rückgabe des Pergamon-Altars forderte. Allen Beteiligten war klar, dass es sich dabei um ein diplomatisches Ritual handelte. Die Türkei musste formell ihren Besitzanspruch auf die seinerzeit abtransportierten Kulturgüter aufrecht erhalten. Aber das war auch alles, was Professor Yildiz bewirken konnte. Niemals würde die deutsche Seite den Altar in die Türkei zurückbringen. Die Gesprächspartner kannten den Charakter dieser Verhandlung. Daher wurden Schreiben ausgetauscht und Standpunkte vorgetragen. Im übrigen war die Atmosphäre freundlich und das Essen mit dem Kultursenator ausgezeichnet. Yildiz war müde. Als Direktor des Arkeoloji Müzesi von Canakkale – des Archäologischen Museums in der Nähe von Troja – war er für diese Verhandlungen von seinem Kultusministerium beauftragt worden. Er war seit Jahrzehnten ein Archäologe von hohem Ansehen. Dass er fließend deutsch sprach, erschien seiner Regierung als begünstigender Faktor. Nun sollte Professor Yildiz den Tag bei einem Symposion zur aktuellen Troja-Forschung ausklingen lassen. Er war als Ehrengast eingeladen. Die Ausgrabungsstätten von Troja lagen nicht weit entfernt von seinem

Museum in der Kleinstadt Canakkale. Er hatte sie in den letzten Jahren beinahe wöchentlich besucht. Vielleicht könnte er etwas Launiges beitragen, kam ihm in den Kopf, eine Anekdote von den Grabungsarbeiten. Aber dieser Gedanke steigerte seine Lust auf die Veranstaltung nicht. Auf der Brücke zur Museumsinsel blickte er zum Pergamon-Museum. Er blieb stehen und zuckte mit den Achseln. Hineingehen wollte er auf keinen Fall. Er kannte jeden Stein und jede Säule, die dort ausgestellt war. Aber es erfasste ihn mit Unverständnis, dass dieser Tempel nie wieder im Freien stehen sollte, an der sonnigen Küste der Türkei – dort, wo er weggenommen worden war.

Lynna Meeves und ihre Freundin Merle Bartholy standen am „Wrapublik" - einem der angesagtesten Döner-Läden in der Stadt. Auf dem Gehweg, hinter dem einmal der Palast der Republik geglänzt hatte, stand der zur Grillbude umgebaute Wohnwagenanhänger neben ein paar Tischen und Bänken. Das hauchdünn geschnittene Fleisch wurde hier nicht im Brötchen, sondern im Wrap serviert.

„Lecker!", rief Merle nach dem ersten Biss begeistert.

„Manche Gäste sollen extra wegen dieser Dönerbude aus dem Bus aussteigen, nicht wegen der Museen oder dem Stadtschloss", entgegnete Lynna.

„Gut, dass wir uns hier noch stärken, bevor wir dahinten hin müssen." Sie wies mit dem Wrap in ihrer Hand auf die Museumsinsel. „Da gibt's bestimmt nur Tee und Kekse."

„Oder nicht mal das", lachte Lynna. „Diese Altertumsforscher leben doch nur von ihren Legenden, die müssen nichts essen." Sie kaute den nächsten Bissen genüsslich.

„Hallo, Baby!" Merle zog irritiert die Augenbrauen hoch. „Was redest du da? Wir sind doch nichts anderes als sie – auch Altertumsforscher."

Lynna hielt den Rest ihres Wraps in der rechten Hand und legte die linke ihrer Freundin auf die Schulter. „Du hast recht, Merle! Wir sind auch nichts anderes. Aber trotzdem geht mir die Aussicht auf den Keks, die nächsten zwei Stunden mit spröden, eingebildeten Altphilologen verbringen zu müssen. Und dann auch noch das Thema: Troja! Da esse ich lieber Döner." Sie verschlang den Rest des Wraps.

„Seyfried hat uns eingeladen", erwiderte sie. „Sei froh!"

„Bin ich auch", brummte Lynna und fügte ironisch hinzu. „Deswegen betrete ich gleich voller Zuversicht die Insel der intellektuellen alten Säcke." Sie überquerte die Straße und ging mit ihrer Freundin auf die Museen zu.

Lynna Meeves und Merle Bartholy, wissenschaftliche Assistentinnen der Freien Universität Berlin, waren von ihrer Professorin Ilonka Seyfried zu diesem Symposion bestellt worden. Lynna war mit 25 Jahren die jüngste Mitarbeiterin des Lehrstuhls für Archäologie, Merle war seit einem Jahr in der Fakultät der Geschichtswissenschaften tätig. Beide gemeinsam hatten vor kurzer Zeit ihre erste Veröffentlichung vorgelegt, einen Aufsatz in einer historischen Fachzeitschrift. Mit dem Titel „Achilleus oder die Amazonen? Für eine feministische Archäologie!" hatten sie Aufsehen und Widerspruch erregt. Genau das hatten sie beabsichtigt. Sie gingen von der Theorie aus, dass schon in vorgeschichtlicher Zeit Geschlechterrollen nicht biologisch angelegt waren, sondern erlernt und Teil der sozialen Ordnung wurden. Für diesen Ansatz hatten sie in antiken Mythen zahlreiches Material gefunden, zu dem auch Stoffe aus der Ilias von Homer gehörten. Ilonka Seyfried hatte sich mit Vergnügen ihre Idee angehört und sie während ihrer Arbeit betreut. Nachdem ihr Aufsatz erschienen war, hatten Lynna und Merle eine gewisse Bekanntheit in der Szene der Historiker und Archäologen erreicht. Lynna wurde die „Gender-Archäologin" genannt. Wegen ihrer Bezüge zur Ilias hatte Professorin Seyfried die beiden Youngster zu dem Troja-Symposion eingeladen. Insgeheim setzte sie Erwartungen auf die provokante

Art der jungen Kolleginnen.

Anlässlich der Veranstaltung wurde das Neue Museum schon um fünf Uhr geschlossen. Ein paar letzte Besucher verließen um Viertel vor fünf das Haus. Im Schliemann-Saal der Abteilung für Vor- und Frühgeschichte befanden sich die wenigen Originale der Ausgrabungen von Heinrich Schliemann aus Troja, sowie Kopien aus dem sogenannten „Schatz des Priamos". Besonders prächtig stach aus einer Vitrine der goldene Kopfschmuck hervor, den seinerzeit Helena getragen haben sollte. Tische und Stühle wurden auf dem Durchgang des Saales hergerichtet, so als wäre ein Abendessen zwischen den antiken Kostbarkeiten vorgesehen. Tatsächlich wurden aber nur Gläser und Kaffeetassen eingedeckt, dazu kamen gruppierte Wasserflaschen und Thermoskannen. Für gut zwanzig Personen war die Bestuhlung vorbereitet. Draußen wartete ein knappes Dutzend Pressevertreter. Ein Fernsehteam war nicht darunter. Zwei Fahrgäste mit Laptop-Tasche stiegen aus einem Taxi, der eine schlank mit langer Mähne, der andere so dick, dass sich die Anzugjacke über dem Bauch straffte. Professor Yildiz schlenderte auf das Museum zu und begrüßte die beiden herzlich. Ein Bentley fuhr vor. Ihm entstieg würdevoll ein graubärtiger Herr in braun kariertem Tweedanzug. Lynna und Merle, die beide einen grauen Hosenanzug trugen, betrachteten aus der Ferne das anwachsende Gedränge vor dem Eingang des Museums. Ein Radfahrer mit Kinderanhänger fuhr an ihnen vorbei. Von weitem sahen sie ihre Professorin in dunkelgrünem Kostüm und gingen auf sie zu. Ein Journalist interviewte mit dem Mikro in der Hand die Gäste vor der Tür. Weitere Wagen fuhren über die Bodestraße vor. Ihre Insassen strebten zum Museum. Der mit grauem Wollpullover und Cordhose bekleidete Radfahrer nahm seinen Helm ab und begrüßte Frau Seyfried mit ausgebreiteten Armen. Lynna sah Merle erstaunt an. Noch ein paar Schritte und sie standen vor ihrer Chefin.
„Und jetzt, mein lieber Klemens, ..." Die Professorin drehte sich um.

„ ... freue ich mich sehr, dir meine jungen Kolleginnen vorstellen zu können: Frau Meeves und Frau Bartholy." Sie wies mit der Hand auf ihn. „Das ist Professor Kramin. Er leitet die heutige Veranstaltung." Mit einer geschmeidigen Bewegung wandte er sich um und reichte ihnen die Hand. „Freut mich, meine Damen! Schön, dass Sie hier sein können!" Dann reckte er sich. „Ich habe natürlich Ihren Aufsatz zur Kenntnis genommen. Sehr vielversprechend! Provokante Thesen, die Sie da aufstellen. Achilleus und die Amazonen – köstlich!" Kramin schmunzelte.
„Oder", warf Merle ein. Nur ein rosa Seidenschal unterschied sie von Lynna, die zum grauen Zweiteiler ein bordeauxfarbenes Tuch trug.
„Bitte?", fragte der Professor. Frau Seyfried runzelte fragend die Stirn. „Oder? Ich verstehe nicht."
„Der Titel lautet 'Achilleus oder die Amazonen?'", setzte Lynna nach.
„Und geht gar nicht! Dieser große Held hätte mit den Amazonen nichts anfangen können, jedenfalls nicht nach der Intention unserer Arbeit. Bei uns muss man schon auswählen: Held oder Frau."
Klemens Kramin war irritiert. Er blickte ratsuchend zu Ilonka Seyfried. Das süffisante Lächeln auf ihrem Gesicht brachte ihm die Sicherheit zurück. Von seiner alten Kollegin wusste er, was er an feministischen Phrasen zu erwarten hatte. Bei diesen gut aussehenden jungen Dingern war er nicht so sicher. „Großartig!", ummäntelte er sein flaues Gefühl in ein Lob. „Sie kämpfen für Ihre Thesen auch im Smalltalk. Das gefällt mir! Die Wissenschaft braucht mit jeder Forschergeneration neue Impulse, auch wenn sie unbequem sind." Er lächelte selbstzufrieden.
„Was finden Sie an der Gleichstellung der Frau unbequem?", fragte Lynna.
Kramin räusperte sich. „Nichts natürlich." Er hielt die Hand vor den Mund. „Es war nur ...", stockte er. Dann gewann er wieder die Oberhand. „Viel Vergnügen beim Troja-Symposion, Kolleginnen! Unsere Helden Achilleus und Odysseus werden ein Thema sein. Jetzt entschuldigen Sie mich bitte! Es geht bald los." Federnd ging er auf

den Eingang zu. Ilonka Seyfried grinste zufrieden.
Im Schliemann-Saal orientierten sich die Teilnehmer nach den Tischkärtchen. Ein paar Minuten brauchten sie, um ihren Platz zu finden. Es war die Zeit, sich durch Scherzen oder verbindliches Zunicken miteinander bekannt zu machen. Lynna tat nichts dergleichen. Sie stand staunend vor der Vitrine mit dem Kopfschmuck der Helena.
„Ich habe das noch nie gesehen", sagte sie zu Merle, die neben ihr stand. „Wozu auch? Das Zeug ist ja sowieso nicht echt. Aber toll ist es schon! Ich stehe vor Helenas Schmuck."
„Du weißt, dass der echte Kram in Moskau steht – Beutekunst. Und dir ist klar, dass dieser Krempel, wenn er echt wäre, niemals in die Zeit von Helena passt?" Merle verzog ihr Gesicht.
„Weiß ich alles, meine Liebe", entgegnete sie. „Der Schmuck in Moskau ist hundert Jahre älter als der Trojanische Krieg. Aber es ist trotzdem geil, vor den Klunkern der schönsten Frau der Welt zu stehen." Lynna grinste verschwörerisch und träumte sich in die Vitrine hinein.
Die Veranstaltung sollte beginnen, das Scharren von Stuhlbeinen und das Klappern von Kaffeetassen war zu hören. Lynna und Merle nahmen ihre Plätze ein.
Professor Klemens Kramin hieß die Gäste willkommen und begrüßte insbesondere den britischen Teilnehmer Sir Gordon Byron, Professor Yıldız aus der Türkei und Dr. Michaelis, den Dicken aus dem Taxi. Kramin begann sein Referat mit einer Präsentation, die antike Vasengemälde zeigte – Szenen aus dem Trojanischen Krieg. Darauf stellte er an einer Karte des antiken Griechenland dar, wie viele Stadtstaaten an dem Konfikt beteiligt waren. „Ganz Griechenland war involviert", betonte er. Er berücksichtigte die neusten Forschungen zu den seinerzeit in Kleinasien angesiedelten Völkern und vergaß nicht, die weiteren Namen von Troja zu nennen. „Ob wir Ilios, Troja oder Wilusa sagen, ist letztlich nur eine Frage der Mundart", sagte er. „In diesem Punkt ist es erlaubt, flexibel zu sein."

Er unterbrach sich mit einem einstudierten Schmunzeln. Merle sah Lynna fragend an. Dann erwähnte Kramin die strategisch bedeutende Lage von Troja für die Durchfahrt durch die Dardanellen. „Der Trojanische Krieg war ein Wirtschaftskrieg", fügte er hinzu. „Es war, wenn Sie so wollen, der Nullte Weltkrieg. Nach seinem Ende wurde der Fokus der Geschichtsschreibung nach Westen verschoben, nach Europa. Die Eroberung von Troja markiert den Beginn der machtpolitischen Bedeutsamkeit europäischer Völker." Kramin schloss die Augen und neigte kurz seinen Kopf. Der Vortrag war beendet. Anerkennend klopften die Zuhörer auf den Tisch und Kramin nickte zum Dank.

Die Aussprache begann und einige Hände schnellten zur Wortmeldung nach oben. Ein Historiker wollte wissen, welchem Volk die Trojaner zugeordnet werden müssten, ein anderer fragte nach der tatsächlichen Größe der griechischen Flotte. Der schlanke Langhaarige aus dem Taxi gab zu Bedenken, dass eine Streitmacht aus tausend Schiffen für eine Belagerung von zehn Jahren sich ja irgendwie hätte ernähren müssen. „Ernähren und neun Winter überstehen", fügte Dr. Michaelis hinzu. „Die müssten ja neben Troja eine zweite Stadt für 50 000 Menschen gebaut haben." Kramin wusste zu berichten, dass neue Ausgrabungen die Existenz eines hölzernen Dorfes in der Nähe von Troja beweisen würden. „Dort könnte ein Teil der Besatzungstruppen jahrelang gelebt haben." Er blickte zu Professor Yildiz. Doch der nickte nur lächelnd. Offenbar wollte er sich nicht einmischen.

Schließlich meldete sich Sir Byron zu Wort. Er erhob sich für seinen Beitrag vom Stuhl. „Meine Herren! Halten Sie sich doch nicht mit Kleinigkeiten auf!", begann er in fließendem Deutsch mit einem leichten britischen Akzent. „Wo die Griechen damals gegessen und geschlafen haben, wird die Archäologie sicherlich in den kommenden Jahren herausfinden. Vorerst nehmen wir doch bitte mit Respekt die Beschreibung zur Kenntnis, die wir bei Homer finden. Dort wird das Lager der Griechen sehr genau beschrieben.

Agamemnon, Menelaos und die anderen Helden der Griechen haben in Holzhäusern gewohnt." Er nahm ein Exemplar der Ilias aus seiner Tweedjacke. „Wenn Sie einen Moment Geduld haben, kann ich Ihnen die Textstelle vorlesen."
Lynna hatte keine Geduld mehr. Schon den Vortrag des Professors fand sie unsäglich konservativ. Sie wusste, dass Wilusa das hethitische Wort für Troja war. Das war alles andere als ein Dialekt. Hier irrte Kramin. Aber für die Krönung seines altväterlichen Referats hielt sie die Redefigur vom 'Nullten Weltkrieg'. In ihrer Phantasie fuhren Panzer vor Troja auf und Flugzeuge der Griechen flogen Angriffe auf die unzerstörbaren Mauern. „Alles Quatsch!", dachte sie. „Die reden nur das übliche altphilologische Zeug." Ihr war klar, dass sie die jüngste in der Runde war und dass sie von ihrer Professorin nur eingeladen worden war, um einmal akademische Luft zu schnuppern. Sie ahnte auch, dass ein frecher Auftritt vor dieser universitären Elite Nachteile bringen konnte. Mit ihrer Assistentenstelle bei Seyfried und durch die Veröffentlichung zusammen mit Merle hatte sie den Beginn einer Karriere an der Uni gerade erst angestoßen. Sie drehte sich kopfschüttelnd zu ihrer Freundin hin und runzelte die Stirn. Merle nickte ihr zu und hob für die anderen unmerklich den Daumen hoch. Lynna holte tief Luft und stand von ihrem Platz auf.
„Sind Sie nicht mit mir der Auffassung ...", ergriff sie das Wort und nahm am Rande wahr, dass alle anderen verstummten, auch Sir Byron mit der Ilias in der Hand. „ ..., dass es niemals einen Trojanischen Krieg gegeben hat?" Sie holte kurz Luft und sah in die Runde. „Ich meine, es handelt sich um eine Sage, keine Historie. Sie wurde aufgeschrieben von einem Dichter vierhundert Jahre nach dem angeblichen Krieg. Und auch über diesen Homer wissen wir nichts, außer dass er blind gewesen ist. Wer er war oder ob es mehrere Sänger seiner Art gab, ist unbekannt." Die Gäste murmelten verstört, aber Lynna fuhr fort. „Wie können wir denn die Lyrik eines Blinden, der vielleicht nie gelebt hat, zur Basis unserer

historischen Forschung machen? Was wir genau wissen ist jedenfalls, dass die griechischen Stadtstaaten um 1200 v. Chr. niemals eine Flotte von tausend Schiffen hätten aufstellen können." Sie senkte ihre Stimme und setzte sich.
Ein erstauntes Reden ging durch den Saal. Fast jeder fühlte sich aufgefordert, den Beitrag der jungen Kollegin zu kommentieren. Mancher schüttelte den Kopf oder machte eine abfällige Bewegung mit der Hand. Merle lächelte Lynna zu und hob wieder den Daumen. „Gut!", sagte sie kurz. Das Gemurmel unter den Gästen ebbte ab. Einige Blicke richteten sich auf Professor Kramin, so als müsste er wieder Ordnung in das Gespräch bringen. Die Augen von Ilonka Seyfried wirkten belustigt. Fast nicht zu sehen grinste sie für ein paar Sekunden ihre Assistentin an. Lynna nahm den Blick wahr und sah gleichzeitig, dass noch ein anderer ihr freundlich zunickte: Professor Yildiz schien ihr vorwitziges Auftreten gefallen zu haben.
Klemens Kramin war zu Beginn ihres Vortrags überrascht gewesen. Immerhin hatte die junge Frau ihn direkt angesprochen, mit einer provokanten Frage. Danach war sein Gesicht spitz geworden. Er hatte gar nicht bemerkt, dass er sich mit Daumen und Zeigefinger fahrig am Kinn gerieben hatte. Mittlerweile hatte er die Souveränität zurück gewonnen. Er saß entspannt auf seinem Platz und lächelte bis sich das Raunen gelegt hatte. „Was war es dann?", fragte er Lynna, nachdem es im Saal ruhig geworden war. Prüfend fixierten seine grauen Augen die junge Frau.
„Was war was?", entgegnete sie überrascht. Sie hatte den Sinn der Frage nicht verstanden.
„Der Trojanische Krieg", lächelte Kramin. „Sie haben behauptet, dass er nie stattgefunden hat. Meine Antwort darauf ist: Das kann nicht sein." Er hob seinen Arm und bewegte ihn im Halbkreis über die Anwesenden. „Wir alle wissen, dass es eine Sage ist. Aber jede Sage hat einen wahren Kern, ein historisches Geschehen. Wenn Sie glauben, dass es nichts gegeben hat, was war es dann, das Homer in seiner Ilias verarbeitet hat?" Kramin hatte die Frage einfach

herumgedreht und an sie zurückgegeben. Die Zuhörer warteten gespannt, einige mit hochgezogenen Brauen.

„Eine jahrzehntelange Auseinandersetzung des mykenischen Kulturkreises mit den Völkern Kleinasiens, wahrscheinlich mit den Hethitern, vielleicht auch mit den Luwiern, über die wir noch nicht viel wissen. Es war, wie Sie ganz richtig gesagt haben, ein Wirtschaftskrieg. Niemals hat es sich um die zehnjährige Belagerung einer einzigen Stadt gehandelt. Und schon gar nicht um den Raub der schönen Helena." Lynna befand sich jetzt auf ihrem Terrain. „Frauenraub passt damals und heute wohl zu mancher Männerphantasie, war aber nicht der Anlass für einen Krieg." Sie lächelte herablassend in die Runde und sah in manches überraschte Gesicht. „Der Raub der Helena war nur eine literarische Wendung von Homer, wenn wir annehmen, dass er wirklich gelebt hat. Wilusa – das war der hethitische Name für Troja – ist niemals von Odysseus oder Achilleus oder Agamemnon angegriffen wurde. Das sind alles nur Namen der Literatur und nicht der Geschichte."

Sir Gordon Byron erhob sich mit ernster Gebärde von seinem Platz. Er nutzte eine Atempause von Lynna, um ihr ins Wort zu fallen. „Gentlemen! Ich glaube, wir haben genug gehört! Diese junge Dame will einen Krawall inszenieren, wie mir scheint. Kein Krieg, kein Achilleus, ja nicht mal ein Troja! Ich möchte diesem wenig akademischen Gerede nicht weiter zuhören. Dafür haben nicht Generationen von Wissenschaftlern geforscht, dass Sie hier schlicht behaupten: Es gab nichts." Byron funkelte sie zornig an und fügte hinzu: „Lesen Sie noch ein paar Bücher mehr, zum Beispiel dieses!" Er hielt seine Ilias hoch und nahm Platz. Einige Zuhörer nickten beifällig.

„Sie haben mich unterbrochen", gab Lynna kühl zurück. „Offenbar habe ich mit meinem kritischen Ansatz ein von Ihnen geliebtes Bild beschädigt, das Bild der Helden vor Troja ..."

„Heinrich Schliemann ...", unterbrach Byron erregt und zeigte auf die Vitrinen. „ ... hat es doch bewiesen. Nur mit diesem Buch in der

Hand hat er Troja ausgegraben. Wir dürfen heute zwischen seinen Schätzen sitzen." Er hielt seine Hand auf dem Buch von Homer.
„Schliemann war kein Archäologe, soviel ich weiß", entgegnete sie. „Er war Kaufmann und ein geschickter Börsenspekulant. Steinreich, wie er war, konnte er sich dieses Hobby leisten. Aber er war auch ein ziemlicher Scharlatan. Diesen Schmuck ...", wies sie auf die Vitrine „ ... hat er dem Osmanischen Reich schlicht und einfach geklaut. Sonst wären die Stücke da, wo sie hingehören – im Museum von Troja."
„Jetzt ist es aber wirklich genug!" Sir Byron schlug mit der Hand auf sein Buch. „Scharlatanerie ist das, was Sie in diese Sitzung einbringen. Sie negieren ohne jeden Respekt die Forschung von über hundert Jahren. Es ist fast schon frevelhaft!" Byron war außer sich vor Zorn.
„Sie wissen, dass das Wort Frevel eine religiöse Dimension hat?", fragte Lynna herausfordernd. „Ich hatte nicht gedacht, dass der Trojanische Krieg ..."
„An dieser Stelle – entschuldigen Sie, Frau Meeves – sollte ich mich als Diskussionsleiter vielleicht einschalten", unterbrach Professor Kramin. „Ich wünsche mir nicht, dass wir im Spannungsfeld zwischen Dichtung und Wahrheit entgleisen." Er machte eine Pause und blickte die Kontrahenten mit ernster Miene an. „Wir sind ja alle an derselben Sache interessiert: das historische Geschehen aus dem Mythos herauszuschälen. Jeder von uns wünschte sich, damals als Zuschauer dabei gewesen zu sein – wäre es auch nur für ein paar Minuten – und zu sehen, wie die Geschichte wirklich verlaufen ist." Während er für einen Moment schwieg, nickten einige der Gäste. Kramin sah zur Uhr und schüttelte den Kopf. „Immer wieder erstaunlich, wie man die Zeit vergessen kann. Ich sehe gerade, dass längst eine kleine Stärkung vorgesehen war." Er stand von seinem Platz auf und machte jemandem von der Bedienung ein Handzeichen. „In kurzer Zeit wird dahinten ein kleines Buffet für Sie aufgebaut sein. Ich unterbreche für eine Viertelstunde und wünsche

guten Appetit!"
„Aber, hören Sie!", protestierte Byron. „So geht das nicht! Ich habe der jungen Dame noch einiges zu sagen." Er stand auf. Die meisten anderen Zuhörer konzentrierten sich auf das Personal, das die Buffetwagen hereinrollte.
„Ich komme zu Ihnen, Sir Byron", versicherte Professor Kramin.
„Behalten Sie nur Platz!"
Lynna erhob sich unschlüssig von ihrem Stuhl. Merle war sofort bei ihr. „Bravo, Lynna!" Sie umarmte die Freundin. „Du hast es dem Alten gezeigt."
„Ich bin mir nicht sicher." Sie löste sich aus der Umarmung. „Ich will nochmal mit ihm sprechen."
Als sie um den Tischkreis herumging, stand Professorin Seyfried ihr im Weg und reichte ihr die Hand. „Genauso hatte ich mir meine Assistentin vorgestellt, Frau Meeves: kompetent, sprachlich gewandt und unbeirrbar. Gratuliere! Das waren couragierte Beiträge von Ihnen! Sie wissen aber auch, dass Sie jetzt einen Gegner mehr auf der Welt haben?"
„Nein", Lynna hob die Lider ihrer graublauen Augen. „Weiß ich nicht"
„Ich hätte es Ihnen vielleicht vorher sagen sollen." Seyfried hakte sie am Arm unter. „Sir Byron ist einer der einflussreichsten Altertumsforscher der Welt und er ist so vermögend, dass die „Archaeology Unit" der Universität Cambridge fast ihm allein gehört. Auch für das Institut von Klemens ... also Professor Kramin tritt er als Mäzen auf." Sie schwieg kurz. „Sie haben sich da mit einem echten Promi der Szene angelegt."
„Er hat keine Ahnung ... ein sturer Altphilologe, der an seiner Ilias klebt", entgegnete sie.
„Da ist noch etwas." Die Professorin zog sie zur Seite. „Sir Gordon Byron ist ein Nachfahr von Lord George Byron, dem britischen Freiheitskämpfer für die Unabhängigkeit der Griechen von den Türken im 19. Jahrhundert. In diesem Krieg hat er sein Leben gelassen."

Lynna sah sie überrascht an. „Lord Byron, der Dichter? Sind Sie sicher?"
„Ja", antwortete sie. „Aber fragen Sie mich nicht, ob unser Byron hier in gerader Linie von ihm abstammt. Das weiß ich nicht. Er legt jedenfalls sehr viel Wert auf seinen legendären Vorfahren, hat sogar schon was darüber veröffentlicht." Sie blickte ihr in die Augen. „Verstehen Sie, Frau Meeves! Dieser Mensch hat durch seine Herkunft ein völlig idealisiertes Bild vom antiken Griechenland."
„Das habe ich gemerkt." Sie entfernte sich einen Schritt von ihrer Professorin. „Darüber muss ich noch einmal mit ihm sprechen." Die junge Frau ging auf Sir Byron zu.
„Oh nein, nein!", wehrte Kramin ab und hob die rechte Hand, als er Lynna kommen sah. „Das halte ich für keine gute Idee!" Er stellte sich so vor den Adligen, dass er ihn beinahe verdeckte.
„Entschuldigen Sie bitte Sir, wenn ich Sie verstört habe!", sprach sie ihn vorbei am Professor an. „Ich wollte eine historisch-kritische Sicht auf den Trojanischen Krieg werfen entgegen dem literarischen Zeugnis der Ilias von Homer. Diese ist ja Fiktion wie jede Literatur."
Byron starrte sie an. „Fiktion sagen Sie? Das wird ja immer schlimmer!" Er drängte Kramin zur Seite. „Lassen Sie mich!", forderte er und ging auf sie zu. „Ich habe in meinem Leben schon viel Unsinn gehört, besonders von sogenannten kritischen Historikern. Diese Sorte Wissenschaftler leugnet alles und zersetzt alles. Aber Sie setzen dem noch die Krone auf." Er wurde lauter. „Fiktion soll wohl Einbildung heißen. Troja soll ein Trugbild sein? Sie zerstören alles!"
„Nein", entgegnete sie. „Schade, dass Sie es so sehen. Aber Sie liegen falsch." Lynna wandte sich von dem zornigen Nachfahren des Freiheitskämpfers ab. „Ich habe es im Guten versucht."
„Was soll das heißen, Mädchen?" Byron schäumte. „Eine einzige Veröffentlichung von Ihnen in dieser Sache und ich werde Sie jagen! Unterschätzen Sie mich nicht! Ich habe die Macht, Sie unmöglich zu machen in der Welt der Wissenschaft."

Lynna verließ den Saal. Sie nickte Ilonka Seyfried zu und machte Merle ein Zeichen zum Gehen. Dem zweiten Teil der Veranstaltung beizuwohnen, machte für sie keinen Sinn mehr. Nicht nur für den beleidigten britischen Aristokraten war ihr Denken völlig unverständlich. Auch Klemens Kramin hatte sich ablehnend gegenüber ihrer Theorie geäußert. Die meisten anderen am Tisch mochten wohl ebenso denken – alles verbohrte Altphilologen. Sie strebte zügig dem Ausgang zu.

Vor der Tür des Museums wartete die kleine Schar der Journalisten. Ralph Herforth wurde es langweilig. Nach seiner Einschätzung würde es noch eine Stunde dauern, bis die internationale Runde der Historiker und Archäologen ihre Sitzung beendet hätten. Herforth war seit vielen Jahren Kulturredakteur der Berliner Zeitung. Er schlenderte über die Bodestraße hin zum Lustgarten und streifte mit einem Rundblick das Alte Museum und den Dom. Er steckte sich eine Zigarette zwischen die Lippen, die von einem grauen Schnauzbart umrahmt wurden. „Beeindruckendes Ensemble", dachte er während er den entspannenden ersten Zug inhalierte. „Eine Insel für die Gruften des Wissens" – So hatte er mal eine Story über die Gebäude auf der Museumsinsel betitelt.
Herforth kannte alle Museen hier mitsamt ihrem Inhalt so gut wie sein Gewürzregal zu Hause in der Küche. Er blies den Rauch in die milde Frühlingsluft. „Angenehm warm", fiel ihm ein. „So ist die blöde Warterei ganz gut auszuhalten." Er hörte Schritte und drehte seinen Kopf nach links – einer der Kollegen, die mit ihm vor dem Museum gewartet hatten. Er kannte ihn nicht.
„Hallo!", grüßte der Ankömmling und streckte seine Hand aus. „Sie müssen der Herforth sein. Bartosch, mein Name. Balkis Bartosch von WOCHE ONLINE."
„Der Herforth?", brummte der Angesprochene. „Das klingt ja wie eine Automarke. Oder Sie halten mich bereits für eine Institution?" Er lachte. „Na, wenn das so ist, dann ist Ihre Anrede ja fast ein

Adelstitel." Er schlug in die Hand ein.

„So war es gemeint", erwiderte Bartosch. „Sie sind eine Institution. Darf ich mich zu Ihrer Zigarettenpause gesellen?" Er holte ein Päckchen aus der Tasche.

„Bitte!" Er machte eine einladende Handbewegung. „Noch ist die Berliner Luft für Raucher frei. Aber, Entschuldigung!" Er räusperte sich. „Wie war noch Ihr Name? Bartok? Das klingt ungarisch oder tschechisch."

„Balkis Bartosch", wiederholte er. „Sie haben ganz recht. Meine Eltern stammen aus der damaligen CSSR, der Tschechoslowakei. Sie sind nach Deutschland gegangen, als ich noch ein Kind war. Eigentlich waren sie Sudetendeutsche. Das haben sie mir erst vor ein paar Jahren gesagt. Nur wegen meines auffälligen Namens muss ich diese Geschichte immer wieder erzählen."

„Ich wollte nicht in Sie dringen." Herforth schmunzelte und zog an seiner Zigarette, während Bartosch sein Feuerzeug suchte. „Hier, Balkis!", hielt ihm Herforth sein Feuer hin. „Ich bin Ralph. Sagen wir du! Wir sind doch Kollegen."

„Danke!" Er atmete den ersten Zug ein und musste husten. „Kannst du mir sagen, was sich dahinten so Wichtiges abspielt?" Er zeigte auf das Neue Museum. „Ich bin von der Redaktion hier hergeschickt worden, um Neues über die Troja-Forschung herauszukriegen. Scheint wichtig zu sein." Er sah ratlos aus.

„Haha!", lachte Herforth und warf die Zigarette in hohem Bogen weg. „Du bist bei WOCHE ONLINE. Du musst es doch selbst wissen! Was fragst du mich?"

„Ich weiß eine Menge über Troja", gab Bartosch zurück und blickte ihn fragend an. „Aber ich weiß nicht viel über die Berliner Kulturszene. Wozu gibt es dieses Troja-Symposion und wer nimmt daran teil? Ich habe keine Ahnung, was hier überhaupt läuft."

„Soso", grummelte Ralph. „Die große 'WOCHE' mit ihrem Internet-Ableger hat keine Ahnung und der kleine Kulturreporter der BZ soll es ihr erklären." Er grinste mit seinen listigen Augen. „Da kann ich ja

mal so richtig zufrieden mit meinem Job sein. Ich weiß nämlich wirklich, was sich dahinten im Museum abspielt. Vielleicht bin ich der Einzige:"
„Und?", fragte Balkis. Er war gespannt auf die Antwort. Mit Ende zwanzig war er vor ein paar Monaten in die Kulturredaktion von WOCHE ONLINE gekommen. Seitdem hatte er vor allem Rezensionen über neue Bücher oder Filme für das Portal verfasst und sich via Facebook und Twitter mit den Lesern darüber ausgetauscht. Den Job heute verdankte er seiner genauen Kenntnis der griechischen Antike. Er stand bei der Redaktion in dem Ruf, ein Kenner des Trojanischen Krieges zu sein. Deshalb hatte man ihn hierher geschickt.
„In diesem Moment ..." Ralph zeigte mit der einen Hand auf das Museum und fingerte mit der anderen eine weitere Zigarette aus der Schachtel. „In diesem Moment sitzen alle bedeutenden Troja-Forscher aus Europa im Schliemann-Saal. Wir haben Professor Karamanlikos aus Athen, Professor Yildiz aus der Türkei, Dr. Michaelis von der Uni Heidelberg, unsere Ilonka Seyfried aus Berlin, den alten Tourain aus Paris und selbstverständlich Sir Gordon Byron, den altphilologischen Papst der Runde. Klemens Kramin hat die schwierige Aufgabe diese Flöhe zu hüten."
„Kennst du die alle?", fragte Balkis Bartosch ungläubig.
„Natürlich nicht. Nur Seyfried und Kramin habe ich mal interviewt. Die anderen kenne ich nur aus Zeitungsartikeln." Er stieß den Qualm seiner Zigarette durch die Zähne aus. „Aber die, die da drin sitzen, verstehen wirklich was vom guten alten Troja. Sie sind die besten Kenner."
„Außer mir", wandte Balkis ein. „Troja ist eine Art Hobby von mir. Seitdem ich ein Kind war, habe ich alles darüber verschlungen, was ich lesen konnte. Später bin ich selbst dorthin gereist, also zum Hügel von Hisarlik, fünf Autostunden von Istanbul. Eine archäologische Fahrt habe ich auch einmal mitgemacht. Wir Touristen durften selbst etwas ausgraben."

„Hast du etwas gefunden?", wollte Ralph Herforth wissen.
„Gefunden und in die Tasche gesteckt", nickte Balkis lächelnd. „Den Henkel einer kleinen Amphore habe ich geklaut und noch ein paar Scherben" Er grinste. „Wie Schliemann damals. Aber wenn du mich fragst, sind das alles fromme Legenden. Ehrlich gesagt glaube ich, dass der ganze Trojanische Krieg überschätzt wird. Ich habe da ein Buch, in dem der Autor behauptet, ..."
„Wir müssen zurück", unterbrach Ralph. „Irgendwas tut sich da am Eingang."
Lynna und Merle kamen mehrere Journalisten entgegen, als sie durch die Tür nach draußen gingen. „Was gibt's Neues von Troja?", fragte jemand und ein anderer stand ihr im Weg. „Frau Meeves, darf ich Ihnen eine Frage stellen?", sprach er sie an. Lynna bemerkte, dass neben ihr Professor Yildiz bereits ein Interview gab. Sie fragte sich, wie der alte Herr so schnell an ihr vorbei aus dem Museum gekommen war.
„Gern", antwortete sie. „Wenn Sie mir verraten, woher Sie meinen Namen kennen."
„Von der Homepage Ihrer Uni. Dort findet sich ein Foto von Ihnen. Sie sind die neue Assistentin von Professorin Seyfried. Frau Bartholy ist Historikerin. Sie haben zusammen einen Aufsatz veröffentlicht – feministische Archäologie." Der Reporter grinste selbstzufrieden. „Mein Name ist Berlach. Wir recherchieren gründlich, bevor wir uns auf die Reise machen."
Lynna war überrascht. Sie hatte es noch nie so gesehen, dass sie mit dem Beginn des Jobs bei der Uni eine quasi öffentliche Person geworden war. „Was ist Ihre Frage?"
„Haben Sie mit den alten Herren da drinnen etwas Neues besprochen, oder ist dieses Symposion wieder nur ein Treffen von verknöcherten Altphilologen?"
„Verknöchert haben sie schön gesagt", lachte sie ärgerlich. „Das sind sie tatsächlich." Lynna hob ihren Blick und sah zwei Personen, die angerannt kamen. „Warten Sie!", unterbrach sie sich.. „Da sind –

glaube ich – noch Leute, die zuhören wollen. Sonst muss ich alles zweimal sagen."
„Oh, nein!", stöhnte Berlach. „Das ist Herforth, der alte Fuchs. Der nimmt mir wieder das ganze Interview weg." Aber es war zu spät. Herforth stand mit Bartosch im Gefolge schon vor ihnen.
„Welche Neuigkeiten können Sie uns über Troja erzählen, Frau Meeves?", fragte er etwas außer Atem und hielt ihr ein Mikro hin.
Lynna sah sich ihren neuen Gesprächspartner an. Er war alt. Ein grauer Walrossbart umrahmte seinen Mund. Der Kopf war bedeckt von einer Wollmütze, unter der der Haarkranz mit ein paar Strähnen hervorragte. Die braune abgeschabte Lederjacke schien der Mann schon seit seiner Zeit als junger Kulturreporter zu tragen. Aber die hellwachen blauen Augen verrieten Jugendlichkeit. Mit forschendem, listigen Blick sah er sie an. Da er sie ebenfalls mit ihrem Namen angesprochen hatte, vermutete sie, dass er mindestens so gut vorbereitet war wie sein Kollege.
Sein Begleiter erregte ihre Aufmerksamkeit auf eine andere Art. Dieser junge Mann sah nicht wie ein Journalist aus. Seine dunklen Augen hatten nicht den wissenden Blick nach der Lektüre von tausend Seiten Papier. Sie blickten interessiert und fordernd als wollten sie Fragen an das Leben stellen. Dichte schwarze Haare umgaben das zurückhaltend lächelnde Gesicht des Mannes. Lynna erwiderte sein Lächeln. Sie blickte den Fremden interessiert an, während sie über die Frage des Alten nachdachte. „Neues über Troja?", fragte sie zurück und ließ ihre Augen weiterhin nicht von dem jungen Mann. „Das gibt es bei denen da drin nicht. Was Neues möchten diese Herren nicht hören." Sie holte kurz Luft und überlegte, was sie dem Reporter vom Inhalt der Besprechung berichten wollte.
„Können Sie uns das genauer erklären?" Herforth hielt sich das Mikro selbst vor den Mund und runzelte fragend die Stirn. „Welche Herren möchten was nicht hören?"
„Diese Altsprachler haben ein lieb gewonnenes Bild von Troja. Wenn

jemand daran kratzt, kriegen sie schlechte Laune und grenzen einen arrogant aus."

„Woran haben Sie denn gekratzt?", fragte er mit dem sicheren Instinkt eines Journalisten, der etwas Interessantes aus seinem Gesprächspartner herausholen wollte.

Lynna warf ihre langen blonden Haare zurück und hob ruckartig den Kopf. „Den Trojanischen Krieg hat es nie gegeben", sagte sie laut vernehmlich. „Das habe ich ihnen gesagt."

Ein Raunen war unter den Reportern zu hören. Sie hatten inzwischen einen Kreis um die junge Archäologin gebildet. Berlach witterte die zweite Chance, eine Frage vor seinem Kollegen Herforth stellen zu können. „Wie meinen Sie das, Frau Meeves? Kein Krieg um Troja?", fragte er sie.

Balkis Bartosch war mit Ralph Herforth mitgegangen, um die ersten Teilnehmer nicht zu verpassen, die das Museum verließen. Er hatte einen ehrwürdigen weißhaarigen Herrn im Anzug gesehen, der bereits interviewt wurde. Danach waren zügig zwei Frauen aus der Tür gekommen, beide in grauem Hosenanzug, die eine schwarzhaarig mit Pagenschnitt, die andere blond. Ralphs Frage an die Blonde hatte er kaum gehört. Zu sehr hatte er noch auf den Herrn mit dem weißen Haar und dem weißen Schnäuzer geachtet. Aber ihre Augen hatte er gesehen. Sie hatte ihn kurz angelächelt. Ausdrucksstarke graublaue Augen hatten ihm ein Lächeln geschenkt und er hatte zurück gelächelt. Die Lebhaftigkeit dieser Augen war ihm zuerst aufgefallen. Er hatte sich eingebildet, dass sie während des Gesprächs mit Herforth immer wieder seinen Blick suchten. Balkis hatte das Stichwort 'Troja' gehört und beschloss, sich in den Vordergrund zu drängen. „Troja wird überschätzt", unterbrach er seinen Kollegen und fügte hinzu: „Das sind alles nur alte Legenden." Er lächelte.

Lynna war überrascht und dankbar zugleich, von dem Schwarzhaarigen angesprochen zu werden. Nun hatte sie einen Grund, den Mann so deutlich anzusehen, wie sie es schon seit ein paar Minuten gewollt hatte. Sie empfand ihn als gut aussehend und sein Lächeln wirkte auf sie angenehm unaufdringlich, entspannter als sie es von anderen Männern kannte. Ihre Augen strahlten kurz. Es dauerte Sekunden bis sie sich gesammelt hatte. „Nicht Troja wird überschätzt, sondern der angebliche Krieg." Ihre Gesichtszüge wurden ernst, aber die Augen strahlten gleichwohl. „Leider muss ich Sie korrigieren: Es ist keine Legende, sondern eine Sage. Aber der wahre Kern dahinter ist meiner Meinung nach etwas anderes als Homer schreibt. Es gab niemals eine zehnjährige Belagerung, keinen Achilleus, keinen Odysseus und schon gar kein Trojanisches Pferd! Das war ein Wirtschaftskrieg über mehrere Jahrzehnte zwischen Ost und West." Lynna gefiel es, wie der fremde Journalist ihr einfach zurückhaltend zuhörte. „Es war auch kein Nullter Weltkrieg, wie Kramin es formuliert. Dieser Ausdruck ist viel zu dramatisch. Wahrscheinlich gab es nur kleine Scharmützel über Jahrzehnte hinweg. Aber so etwas wollen die Herren im Museum einfach nicht hören." Sie räusperte sich. „Ich möchte gern wissen, mit wem ich spreche. Wie heißen Sie bitte?"

„Balkis", nannte er überrascht zuerst seinen Vornamen. Fasziniert hatte er ihren Ausführungen zugehört. „Balkis Bartosch von WOCHE ONLINE." Noch waren seine Augen in ihr Gesicht vertieft. Dann merkte er, dass andere Journalisten um ihn herum standen und weitere Fragen stellten. „Es hat kein Trojanisches Pferd gegeben, behaupten Sie?", fragte jemand und schob sich nach vorn. Eine Schulter drückte ihn beiseite. „Odysseus ist eine erfundene Figur?", fragte ein anderer.

Lynna Meeves gab geduldig Auskunft. „Ich bin Archäologin. Odysseus ist eine Hauptfigur im Epos von Homer. Aber historisch war er sicher nicht. Und das, was Sie Pferd nennen, war vielleicht die Beschreibung für einen hölzernen Belagerungsturm. Mit solchen Ungetümen berannte man damals die Stadtmauern einer belagerten Stadt. Mit viel Phantasie kann man ein Pferd darin sehen."

„Also wurde Troja doch belagert!", hielt einer der Reporter dagegen.

„Das bestreite ich ja gar nicht", erwiderte Lynna. „Wir sollten nur nicht über einen einzigen Krieg sprechen, der zehn Jahre gedauert hat. Ich glaube, die Sage stellt die Summe von jahrzehntelangen Auseinandersetzungen dar – zwischen dem mykenischen und dem hethitischen Kulturkreis – , also zwischen Ost und West, wie ich schon sagte."

Professor Yildiz – inzwischen allein gelassen von den Reportern – stand abseits und nickte zu dem, was er von der jungen Frau gehört hatte. Wie schon vorhin im Museum empfand er Sympathie für den engagierten Vortrag der Archäologin. Sie schien ganz entschieden an das zu glauben, was sie sagte. Für Yildiz war es in höchstem Maße spannend, hier in Deutschland eine Theorie zu hören, die genau dem entsprach, wonach er seit Jahrzehnten in der Türkei forschte. Er ging ein paar Schritte auf den Pulk um Lynna Meeves zu.

„Ralph", fragte Balkis, der von den Kollegen abgedrängt worden war. „Du hast diese Frau mit ihrem Namen angesprochen. Wer ist sie?"

Herforth lachte spöttisch. Sein Walrossbart zog sich nach oben. „Warum hast du sie das nicht selbst gefragt?" Seine Augen blitzten. „Du warst doch als erster an ihr dran. Und glaub mir: Du hast ihr gefallen. So was sehe ich sofort." Er unterbrach sich. „Das Wichtigste beim Interview ist, dass die Chemie stimmt. Zwischen euch hat es gestimmt. Warum hast du dich dann abdrängen lassen – keinen Mut mehr gehabt?" Er grinste spitzbübisch. „Jetzt fragst du den alten Kulturreporter, wie die schöne Frau heißt? Nimm dein Smartphone in die Hand und suche nach der Homepage der FU. Da findest du bei den Archäologen die alte Seyfried, Professorin von dem Laden. Und wenn du etwas weiter runter scrollst, hast du sie: Lynna Meeves, ihre jüngste Wissenschaftliche Assistentin." Er tippte mit den Fingern auf sein Handy, drehte es ihm zu und Balkis konnte ein Foto von ihr sehen.

„Danke!", sagte er beeindruckt. Zugleich kam er sich wie das Opfer eines Besserwissers vor. „Wenn ich richtig zugehört habe, hast du bei ihr doch auch keine Frage beantwortet gekriegt."

„Keine Sorge, Kollege!", grinste er. „Ich habe gefragt und ich habe genug Antworten für eine Story gehört: 'Der Trojanische Krieg fand nicht statt' oder 'Odysseus hat es nie gegeben'. Das reicht mir für eine Schlagzeile im Kulturteil."
„Lynna Meeves", behielt Balkis im Kopf. Er dachte noch nicht über einen Artikel nach. Den könnte er später im Hotel verfassen. Zunächst musste er noch einmal zu dieser Frau.
Merle Bartholy hatte sich schützend neben ihrer Freundin aufgebaut und in den letzten Minuten die Fragen der Journalisten gemeinsam mit ihr beantwortet. „Jetzt muss es aber auch mal genug sein!", rief sie dem Pulk der Reporter entgegen. „Wir haben alles erzählt, was wir wissen." Sie hob mit einer energischen Bewegung den rechten Arm.
„Aber hallo, junge Frau!", protestierte jemand. „Sie haben eine völlig neue Sichtweise zu dieser alten griechischen Sage entwickelt. Die Öffentlichkeit will mehr darüber lesen."
„Es ist ... es ist nicht unbedingt eine griechische Sage", unterbrach Lynna zögernd und blickte auf den weißhaarigen Mann, der langsam auf sie zu kam.
„Was bedeutet das denn jetzt ... keine griechische Sage ... ?", fragte der Journalist.
„Schluss jetzt!" Merle hielt die Arme hoch. „Ende des Interviews!", rief sie energisch. In diesem Moment stand Professor Yildiz vor den beiden Frauen.
„Entschuldigen Sie bitte!", lächelte er amüsiert. In seinem gebräunten Gesicht waren Lachfalten an den Augen und um die Mundwinkel zu sehen, die sich seit Jahrzehnten eingegraben hatten. „Ich möchte kein Interview", erwähnte er. „Ich würde Sie ... ich möchte nicht aufdringlich wirken", unterbrach er sich und senkte kurz den Blick. „Ich würde Sie gern zum Essen einladen."
„Danke!", erwiderte Merle kurz. „Sehr freundlich. Aber wir haben vor einer Stunde ... Da hinten gibt es ganz ausgezeichnete Döner-Wraps." Sie zeigte zur Hauptstraße.

Yildiz nickte. „Wrapublik … kenne ich gut, die Bude – Landsleute von mir." Er drehte sich halb zur Straße herum. „Nein, eigentlich sind sie fast schon Deutsche …", lächelte er. „ … oder Amerikaner – wer weiß das schon? In Berlin ist ja alles international." Mit einem Anflug von Verlegenheit blickte er Merle und danach Lynna an. „Was halten Sie von einem echten arabischen Restaurant?"

„Ich sagte doch", entgegnete Merle stirnrunzelnd. „Wir haben erst gegessen."

„Mir geht es um Ihren Vortrag, Frau Meeves." Professor Yildiz wandte sich Lynna zu. „Sie haben Auffassungen vertreten, die sich erstaunlicherweise mit meinen Forschungen decken. Außerdem haben Sie einen nationalen Pulsschlag in meinem Herzen bewegt. Ich würde gern mehr über Ihre Theorien hören." Er verbeugte sich kurz. „Das Restaurant 'Gilgamesch' hat die beste arabische Küche der Stadt."

„Das behauptet in Berlin jede Dönerbude von sich." Lynna zog die Stirn kraus. „Aber dass jemand meine Sicht der Dinge teilt, das habe ich da drin noch nicht gehört." Sie zeigte mit dem Finger auf das Museumsgebäude. Dann blickte sie den Professor mit interessierten Augen an. Sie musste über sich selbst lächeln und drehte sich zu Merle um. „Sag mal, hast du nach dem Fast-Food-Döner nicht auch Appetit auf ein richtiges Essen?"

Ralph Herforth wollte schon gehen, als Balkis ihn noch einmal ansprach. „Gilgamesch habe ich aufgeschnappt. Was ist das?", fragte er.

„Ein Restaurant, zu teuer für uns. Du kannst es googeln. Tu das!", sagte er herablassend.

„Für eine Story ist nichts zu teuer", entgegnete er trotzig.

„Die Frau gefällt dir, Balkis?", fragte Herforth grinsend und schlenderte davon.

Restaurant Gilgamesch, Berlin

„Ich hätte Ihnen etwas über den Namen des Restaurants erzählen sollen." Professor Yildiz lächelte unsicher, als der Wagen in der Greifswalder Straße stoppte. Es war dunkel geworden und die drei großen Fenster der Gaststätte warfen ein warmes gelbliches Licht auf den Gehweg, Unter einer Markise waren alle Tische des Außenbereichs besetzt. Die Gäste genossen die frühsommerliche Abendstimmung unter freiem Himmel, vielleicht zum ersten Mal in diesem Jahr. Links und rechts neben dem Eingang steckten zwei brennende Fackeln im Rahmen. Vor der Tür befand sich ein mannshohes Standbild einer antik aussehenden Figur – ein Mann mit einem gewaltigen Bart, der einen Löwen in der linken Hand hielt. Der Schriftzug „Gilgamesch" leuchtete darüber.
„Nein", entgegnete Merle beim Aussteigen. „Sie hätten nichts über Gilgamesch erklären müssen."
„Bitte?", fragte Yildiz irritiert, nachdem er seinem Fahrer eine kurze Anweisung gegeben hatte.
„Was glauben Sie, wen Sie eingeladen haben? Gilgamesch war König der Sumerer im dritten Jahrtausend, vermutlich um 2700 v. Chr. Seine Heldentaten sind in der wohl ältesten schriftlichen Dichtung der Welt verewigt – dem Gilgamesch-Epos. Sogar die Sintflut kommt darin vor, lange bevor sie in die Bibel geschrieben wurde, irgendwie verdächtig." Sie zwinkerte mit einem Auge.
„Bravo!", nickte der Professor beeindruckt. „Sie sind gut vorbereitet."
Lynna legte ihren Arm um die Schulter der Freundin. „Merle hat Ahnung", sagte sie und zeigte auf die Figur vor dem Restaurant. „Sie kennt diesen Kerl genau."
„Lassen Sie uns reingehen!", lächelte Yildiz. „Ich habe reserviert." Er ging auf die Tür zu, die im selben Moment von einem Kellner mit langer weißer Schürze geöffnet wurde. Sie traten ein und waren

sofort von einem würzigen Geruch umgeben. Knoblauch und Zwiebeln erkannten sie sofort, dazu das Aroma von scharf angebratenem Kohl. Über allem lag der Duft nach fremden Gewürzen, von denen sie später erfuhren, dass es sich um Kreuzkümmel, Koriander und Fenchel handelte. Der Kellner geleitete sie zu einem Tisch mit gepolsterten Stühlen. Sie nahmen Platz und Lynna und Merle sahen sich um. Hier drinnen waren die Tische im Unterschied zum Außenbereich nur zur Hälfte besetzt. Die Einrichtung wirkte auf eine unaufdringliche Weise elegant. Die Wände bestanden aus gespachteltem Putz, der mit weißer Farbe gekalkt war. Die Wandfläche war mit Strahlern indirekt angeleuchtet. Hier und da sah aus dem Putz eine kleine Reihe von Ziegeln hervor, wie der Bogen eines Fensters. Unter jedem Bogen war ein Bild aus antiker Zeit gemalt: ein Kampfwagen mit seinem Lenker, ein turmartiges Gebäude und dieselbe bärtige Figur wie vor dem Restaurant: Gilgamesch. Lynna betrachtete das Bild mit dem Bauwerk genau. „Der Turm von Babel", dachte sie. Dann brachte der Kellner die Speisekarten.

„Falafel sind der absolute Geheimtipp", ermunterte der Professor. „Aber auch Halloumi, den frittierten Käse, kann ich empfehlen. Oder Sie wählen einfach Schawarma als Platte. Dann haben Sie alles, zusammen mit dem würzigen Gemüse." Er zeigte auf den sich langsam bewegenden Drehspieß vor dem Grill. Mindestens zwei Dutzend Salat- und Gemüsesorten lagen davor in einer kühlenden Truhe offen aus, dazu mehrere Soßen.

„Was sagst du?", fragte Lynna ihre Freundin. „Schaffen wir das noch, so ein Schwamma?"

„Schawarma", verbesserte Yildiz. „Bei mir zu Hause heißt es Döner Kebab. Aber wenn ich ehrlich bin, haben wir den Arabern das Rezept geklaut, vor ein paar hundert Jahren." Er grinste breit.

„Darf ich Ihnen eine religiöse Frage stellen?", brachte er hervor, nachdem sie bestellt hatten.

„Dazu sind wir hier", antwortete Merle. „Aber ich hatte eher eine

Frage zu Troja erwartet."
„Troja?" Yildiz runzelte die Stirn. „Ja sicher! Später, mit großem Interesse", fügte er hinzu. „Mir ist nur gerade in den Kopf gekommen, ob Ihr Priester nicht böse mit Ihnen wäre, wenn Sie behaupten, dass das Gilgamesch-Epos mit seiner Überschwemmungsgeschichte schon lange vor der Sintflut in der Bibel geschrieben worden ist."
„Mein Priester heißt Pastor", entgegnete sie. „Und wenn er diese Tatsache nicht leiden könnte, wäre es mir egal. Ich bin mir sicher, dass die Autoren der Bibel von anderen abgeschrieben haben." Sie reckte sich auf und streckte ihre Arme. Dann lächelte sie überlegen. „Es ist doch klar, dass die Menschen früher solche Katastrophen, Sturmfluten, Überschwemmungen für ein Zeichen der Götter gehalten haben. Was hätten sie auch sonst denken sollen? Über so eine Flut berichtet das Gilgamesch-Epos und die alten Priester, die den Anfang der Bibel geschrieben haben, haben sich dieses Stoffes bedient. Wenn mein Pastor sauer ist, weil ich das so sehe, kann ich das auch nicht ändern. Aber diese Flut kam nicht von Gott. So was ist wahrscheinlich alle paar Jahre passiert." Merle blickte den Professor an und fing an zu grinsen. „Ehrlich gesagt glaube ich, dass unsere Pastoren heute viel cooler drauf sind als wir denken. Sie würden die Sache mit der Sintflut auch so beurteilen wie ich."
„Dann bin ich froh", lächelte der Professor amüsiert. „Sie haben Glück mit Ihren coolen Pastoren. Leider hat in früheren Zeiten die kritische Wissenschaft oftmals Ärger mit der Kirche bekommen, wenn sie heilige Vorstellungen ankratzte." Der Kellner brachte drei winzige Teegläser und schenkte aus einem dampfenden Kupferkessel ein. Der dunkel bernsteinfarbene Tee verbreitete am Tisch ein eigentümliches Aroma. Lynna dachte darüber nach, woran sie dieser Duft erinnerte … irgendein Gewürz aus der Weihnachtszeit, aber sie kam nicht auf den Namen.
„Ich scheine heute im Museum auch heilige Vorstellungen angekratzt zu haben", kam es spontan aus Lynna raus, während sie

sich das kleine Glas unter die Nase hielt.

„Großartig, dass Sie das ansprechen!", freute sich Professor Yildiz und beugte sich in seinem Stuhl nach vorn. „Ihr Vortrag hat mich beeindruckt. Er war der Grund, weswegen ich Sie eingeladen habe. Lassen Sie mich erklären, warum!" Er trank einen Schluck Tee, schloss seine Augen und legte die Stirn in Falten, so als wollte er sich konzentrieren. „Zunächst müssen Sie wissen, dass ich nicht nur wegen Troja in Berlin bin. Ich sollte eigentlich den Pergamon-Altar mit nach Hause bringen." Er musste lachen, während Lynna und Merle sprachlos die Brauen hochzogen. „Ich bin Gesandter des Türkischen Kultusministeriums und habe heute früh mit dem Regierenden Bürgermeister und dem Kultursenator von Berlin über die Herausgabe des Tempels verhandelt."

„Sie ... sie wollen den Pergamon-Altar aus Berlin wegholen?" Merle stotterte völlig überrascht.

„Sehen Sie!", lachte Evren Yildiz. „Da sind Sie empört. Ich kenne diesen Gesichtsausdruck. Alle blicken mich entgeistert an, wenn ich fordere, dass der Tempel aus dieser schäbigen Halle zurück unter den freien Himmel der türkischen Küste gebracht wird. Immerhin ist er von dort mal geklaut worden."

„Gekauft vom Osmanischen Reich und bezahlt", warf Lynna ein.

„Ja, sicher, Frau Meeves!", entgegnete der Professor. „Ich weiß das. Jeder türkische Archäologe weiß, dass unsere Vorfahren den unermesslichen Wert dieser Altertümer nicht zu schätzen wussten. Der Respekt vor diesen als griechisch angesehenen Gebäuden war so gering, dass sie wohl verfallen wären, wenn die Europäer sie nicht in ihre Museen in London, Paris oder Berlin abtransportiert hätten. Die Endphase des Osmanischen Reiches war eine unwissende Zeit. Aber bekommen Sie keine Angst, meine Damen! Die Forderung meiner Regierung auf Rückgabe ihrer Kulturgüter ist nur ein Ritual. Sie wird immer mal wieder überbracht, um den theoretischen Anspruch aufrecht zu erhalten. In diesem Jahr war ich als der Direktor des Arkeoloji Müsezi – des Museums von Canakkale in der

Nähe von Troja – und als langjähriger Leiter des Museums von Pergamon der Überbringer der Forderung. Die Ablehnung Ihrer Regierung war zu erwarten."

„Sie waren mal Museumsdirektor von Pergamon ... also dem wirklichen Pergamon ... da, wo der Altar mal gestanden hat?" Lynna sprach vor Erstaunen nur noch in Bruchstücken.

„Ja, das war ich viele Jahre lang", sagte der Professor. „Wir haben in Bergama übrigens auch so ein Modell wie Sie hier. Es zeigt, wie wunderbar der Altar auf einer Anhöhe über der Küstenlandschaft aussehen würde. Dem Bürgermeister habe ich dazu eine schöne Computersimulation vorgeführt."

„Pergamon ... ich bin platt!", sagte Lynna und Merle schüttelte sprachlos den Kopf.

„Bevor das Essen kommt ...", fuhr Yildiz fort, „ ... wollte ich Ihnen nur erklärt haben, dass mir an dieser Troja-Veranstaltung recht wenig lag. Es war gewissermaßen eine ermüdende Zugabe zu meinem Tagesprogramm." Er räkelte sich und nahm noch einen Schluck Tee. „Das Museum von Troja liegt nicht weit entfernt von Bergama. Ich war als Ehrengast geladen."

„Noch eine Ausgrabungsstätte, von der die Deutschen was geklaut haben, dieses Mal aber wirklich. Der Dieb hieß Schliemann", warf Merle ein.

Evrem Yildiz grinste. „Da könnt ihr mal sehen, wie das ist. Schliemann hat uns den 'Schatz des Priamos' geklaut und die Russen haben ihn euch geklaut. Glaubt ihr, dass sie ihn wieder herausgeben? Wahrscheinlich nicht. Genau das war heute Morgen meine Situation. Es hat mich gefreut, aus Ihrem Mund zu hören, der Schatz des Priamos gehöre in das Museum von Troja." Er unterbrach sich und verstummte für eine Weile. Er blickte in Richtung Küche und schenkte sich aus dem Kupferkessel Tee nach. Dann trank er einen Schluck. „Eigentlich wollte ich über etwas ganz anderes mit Ihnen sprechen", sagte er und schloss die Augen wie vorhin. „Sie, Frau Meeves, haben mir mit Ihrem Vortrag aus dem Herzen

gesprochen. Ihre Sichtweise entspricht meiner Forschung und meinem nationalen Herzen. Der Trojanische Krieg hätte nie stattgefunden, haben Sie behauptet. Das ist auch meine Auffassung und die von zahlreichen Kollegen in der Türkei."
„Freut mich", antwortete Lynna tonlos. „Aber ich war weit davon entfernt Ihr nationales Herz begeistern zu wollen." Es war ein kaum merklicher Zungenschlag in den Worten des Professors, der sie unangenehm berührt hatte. Sie blickte ernst und fügte hinzu: „Warum heben Sie Ihr Land so hervor? Die archäologische Forschung ist international, ein Welterbe gewissermaßen."
„Weil Troja nun einmal in meinen Land liegt!", antwortete er und seine braunen Augen funkelten. „Aber denken Sie nicht, dass mich nationalistische Motive leiten! Meine historische Vorstellung geht über Nationen hinaus. Es ist vielmehr eine Frage von Kontinenten." Yildiz hatte beide Hände erhoben und die auffallend schwarzen Augenbrauen unter seinem weißen Haar nachdenklich zusammengezogen. „Es war eine Auseinandersetzung zwischen Ost und West. Das haben Sie gesagt, Frau Meeves, genau meine Auffassung. Und mein Land liegt im Osten." Er legte die Hände wieder in den Schoß und begann zu schmunzeln. „Da lag es immer schon", setzte er hinzu.
„Zweimal Schawarma-Platte, die Damen!", kündigte der Kellner von Weitem an. „Und der Salat mit Halloumi für den Herrn." Elegant balancierte er die Teller auf seinen Fingern und setzte sie geräuschlos auf dem Holztisch auf. „Guten Appetit!", wünschte er lächelnd.
Der Duft von gebratenem Hähnchenfleisch stieg ihnen in die Nase, dazu das Aroma der Gewürze.
Vor ihnen standen im wahrsten Sinne des Wortes bunte Teller. Das Grün von Gurkenstreifen lag mit dem Rot von Tomatenscheiben auf einer weißen Joghurtsoße. Daneben befanden sich die braun bis fast schwarz gegrillten Hähnchenstücke, eingerahmt vom hellem Fladenbrot, das mit rosafarbener Chilibutter bestrichen war. Am

Rand des Tellers lag ein schwarz gerösteter Falafel, der wie das ganze Gericht mit grünen Streuseln aus Petersilie und Koriander bestreut war.

„Danke!", sagte Merle zum Kellner, der beflissen stehengeblieben war. „Auch wenn wir vorhin schon Döner hatten – dieses Essen toppt ja alles. Da muss auch die Politik mal Pause haben."

„Lassen Sie es sich schmecken! Gutes Essen ist eine Auszeit für schwierige Gedanken", wünschte Professor Yildiz und nahm die Gabel in die Hand.

Nachdem sie eine Zeit lang wortlos die köstlich gewürzten Stücke auf ihrem Teller probiert hatten und auf der Zunge zergehen ließen, machte Merle eine Bemerkung. „Sie haben nicht übertrieben, Professor. Dies ist tatsächlich die beste arabische Küche der Stadt. Und glauben Sie mir: Wir beide kommen viel rum." Genüsslich kaute sie weiter.

Es war schon spät, als der Kellner abdeckte. „Schade, aber jetzt kann ich nicht mehr", stöhnte Lynna. Sie hatte etwas übrig gelassen. „Ich glaube, ich kann auch nicht mehr denken." Sie streckte ihre Arme aus. „Mein Opa sagte immer: 'Nach dem Essen fließt das Blut zum Magen und dann fehlt es im Gehirn'."

„Wir haben ein ähnliches Sprichwort", erwiderte Yildiz. „Aber ein gutes Glas Wein kann diesen Vorgang umkehren." Er schmunzelte und machte ein Handzeichen in Richtung Theke. „Ich würde Sie nämlich gern noch einiges fragen."

„Aber nicht wieder zu Troja!", protestierte Lynna. „Das Thema bin ich für heute leid. Diskutieren wir lieber über Politik! Was halten Sie vom Beitritt der Türkei in die EU?", fragte sie schwungvoll.

Evrem Yildiz blickte sie schmerzerfüllt an. „Dieses Thema bin ich leid." Er schüttelte den Kopf. „Verzeihen Sie! Aber aktuelle Politik ist nicht meine Sache. Sie ist so unübersichtlich und die handelnden Personen sind unehrlich. Nein, nein!" Er schüttelte nochmals den Kopf. „Sie sind so offensichtlich unehrlich", wiederholte er angewidert. „Ich bin mehr in der Geschichte zu Hause. Und selbst da

kann man ja zu verschiedenen Auffassungen kommen, wie Sie heute gemerkt haben." Er bestellte eine Flasche Wein. „Die Ilias von Homer ist Literatur und nicht Geschichte haben Sie vorhin im Museum gesagt. In Wirklichkeit war es ein jahrzehntelanger Konflikt zwischen Ost und West, haben Sie hinzugefügt. Bitte behalten Sie beide Gedanken im Kopf! Das ist wichtig."
Der Kellner brachte die Weinflasche an den Tisch und schenkte ein. Lynna sah gelangweilt aus. Sie hatte für heute genug über dieses Thema geredet. Dagegen freute sie sich auf die entspannende Wirkung des Alkohols und prostete Merle und dem Professor zu.
„Sie haben auf die zeitliche Differenz hingewiesen. Homer hat, wenn es ihn gab, um 800 v. Chr. gelebt, der Trojanische Krieg fand um 1200 v. Chr. statt. Das sind vierhundert Jahre! Was kann in dieser Zeit durch mündliche Überlieferung alles verfälscht worden sein? Und jetzt habe ich eine Frage an Sie: Wann ist die Ilias in Athen gelesen worden? Wann wurde sie zu einem Bestseller der antiken Zeit?"
Merle und Lynna sahen sich an. Sie waren ratlos. Selbstverständlich hatten sie angenommen, das Epos wäre zu Homers Lebzeiten schon sehr bekannt gewesen. „Na, 800 v. Chr.", sagte Merle. „Was sonst?"
„Nein!", entgegnete Professor Yildiz und hob sein Weinglas. „Erst im 5. Jahrhundert v. Chr. wurde die Ilias in Athen ein Hit, wie wir heute sagen würden. Erst dann wurde sie in Buchform verlegt, öffentlich vorgetragen und überhaupt erst dem Autor Homer zugeschrieben. Von ihm selbst ist kein einziger Text überliefert. Wissen Sie, was das heißt?" Er machte eine Pause und blickte auf.
„Noch einmal dreihundert Jahre Differenz", antwortete Merle schnell. „Ich habe mitgerechnet. Das macht jetzt siebenhundert Jahre zum historischen Geschehen. Jede Möglichkeit, irgendwelche Geschichten hinein zu phantasieren. Außerdem ist Homer als Autor fragwürdig."
„Richtig, Kollegin!" Yildiz freute sich und bekam mit jedem Schluck Wein mehr Schwung. Jetzt möchte ich noch was von Ihnen wissen. Was sagt Ihnen das 5. Jahrhundert im antiken Athen?"

„Wollen Sie uns examinieren?", brummte Lynna unwillig. „Das Jahrhundert der Perserkriege und der Aufstieg Athens, das Zeitalter des Perikles und der Beginn der attischen Demokratie, die Blüte der Theaterdichtung mit Sophokles und Euripides, die griechische Mathematik und schließlich das Auftreten der Philosophie mit Sokrates und Platon. Reicht Ihnen das erstmal?"
„Danke, Frau Meeves! Ich weiß, dass Sie Bescheid wissen." Er lehnte sich in seinem Stuhl zurück. Lynna und Merle tranken einen Schluck. „Ich bestelle besser noch eine Flasche", lächelte er. „Es ist ein geflügeltes Wort, dass im Wein Wahrheit steckt, aber es stimmt."
„Nein, lassen Sie nur!", wehrte Merle ab. „Ich glaube, wir haben genug."
„Machen Sie sich bitte keine Gedanken wegen der Rechnung!", lächelte Yildiz listig. „Das zahlt das türkische Kultusministerium – alles Spesen." Er machte mit der Hand eine einladende Geste. „Jetzt sind wir doch erst an dem Punkt, wo es spannend wird. Warum glauben Sie werden Ilias und Odyssee im 5. Jahrhundert zu Bestsellern, nachdem sie vorher dreihundert Jahre lang geschlummert haben, warum ausgerechnet zur Blütezeit Athens?"
„Keine Ahnung." Lynna gähnte. „Vielleicht waren die Leute scharf auf Heldengeschichten."
„Bravo, Frau Meeves! Sie sagen es. Athen wollte Helden, alte Helden, die Vorbilder waren. Sie brauchten eine Geschichte, auf die sie stolz sein konnten." Er machte eine Pause, als die zweite Flasche Wein kam. „Glauben Sie an König Artus, glauben Sie an Camelot?", fragte er.
Lynna schüttelte den Kopf. Sie spürte, worauf der Professor hinaus wollte. „Nein, das ist reine Phantasie, das ist ein Mythos. König Artus als legendärer Gründer von England – nein, nein!"
„Artus ist der englische Gründungsmythos. Es hat ihn nie gegeben, aber seine Geschichte stiftete Sinn. Der christliche Held gründet mit seinem Zauberschwert Excalibur ein Reich gegen die Macht der heidnischen Druiden."

„Ich verstehe, was Sie meinen!", rief Lynna mit geweiteten Augen. „Glauben Sie, die haben hier so einen geilen starken Kaffee, der einen wieder wach macht? Ich möchte jetzt nicht müde sein." Sie streckte ihre Arme aus. „Der Trojanische Krieg war nichts weiter als ein griechischer Gründungsmythos, nützlich erst im 5. Jahrhundert, als Athen groß und mächtig wurde." Sie schlug sich mit der Hand vor die Stirn. „Das ist genial, Professor! Warum habe ich das vorhin im Museum noch nicht gewusst?"
„Selbstverständlich!", nickte Yildiz ihr zu. „Die ganze Sage von Troja ist zweifellos vorher schon an Fürstenhöfen gesungen worden. Aber erst zur Blütezeit von Athen wurde sie in eine Gründungsgeschichte für alle Griechen umgewandelt. Ich wiederhole 'für alle Griechen', denn einen solchen Staat hat es nie gegeben. Die Ilias wurde als Buch herausgegeben, sie wurde vorgetragen und sie war plötzlich Pflichtlektüre für alle Schüler in Athen."
„Sie haben recht. Es gab nie einen griechischen Staat, so groß später die Bewunderung für die antiken Hellenen war. Nur gegen Troja sollen alle Stadtstaaten miteinander gekämpft haben. Sonst waren sie sich meistens spinnefeind." Lynna verstummte. Der Kellner brachte drei Tassen Mokka, obwohl noch Wein in den Gläsern war. „Ich wusste es ... irgendwie", murmelte sie. „Aber das jetzt ... das ist das Motiv für das Getue um Homer." Hastig griff sie nach der Mokkatasse und trank einen Schluck. „Ich muss wieder klar werden", raunte sie zu sich selbst. Sie rieb sich mit den Fingerspitzen an den Schläfen und sah Merle verschwörerisch an. „Wenn ich daran vorhin schon gedacht hätte, die gelehrten Altphilologen hätten mich zerpflückt." Sie wandte sich Yildiz zu. „Der Trojanische Krieg war nicht Historie, er war vielleicht nicht mal Literatur. Aber eines war er ganz sicher: Politik."
Professor Yildiz klatschte lautlos in die Hände. „Sie sagen es, Frau Meeves. Kulturpolitik war es genauer gesagt. Das aufstrebende Athen brauchte eine alte ruhmreiche Geschichte, auf die es sich berufen konnte. Da kamen die fragwürdigen Texte von Homer oder

wem auch immer ganz recht. Die Hauptsache war, dass ganz Griechenland gegen einen Feind im Osten siegreich gekämpft hatte. Sie hatten doch gesagt, dass es ein Kampf Ost gegen West war?" Lynna nickte. „Nun bedenken Sie, dass es Athen im 5. Jahrhundert mit einem neuen Feind aus dem Osten zu tun hatte – den Persern. In drei Schlachten hatten sie den Feind besiegt: an den Thermopylen, in Marathon und vor Salamis. Danach hatten die Perser das Interesse an Griechenland verloren und zogen sich zurück. Es liegt doch auf der Hand, dass das aufblühende Athen gern eine Legende gehört hat, in der große griechische Helden früher schon einmal die Feinde aus dem Osten besiegt hatten. Der Siegeszug der Geschichte von Troja war zu dieser Zeit dem politischen Interesse geschuldet."

„Leonidas und Themistokles haben die Perser geschlagen wie Achilleus und Odysseus lange vor ihnen die Trojaner?", fragte Lynna.

„Genau so", bestätigte er. „Die Ilias unterstütze die politische Propaganda des aufblühenden Athen. Nur deshalb ist die Geschichte von Troja unsterblich geworden. Sie schuf eine Identität für die Griechen gegen Angriffe aus dem Osten – einen Gründungsmythos, wie ich schon sagte."

„Perfekt", sagte Lynna. „Es passt alles zusammen. Hätte ich nur schon vorher mit Ihnen sprechen können. Mein Vortrag im Museum wäre ganz anders ausgefallen. Unter dieser Sichtweise ist es ja auch möglich, dass Teile der Ilias erst im 5. Jahrhundert geschrieben worden wären, mit politischer Absicht – um eine Haltung gegen die Feinde aus dem Osten zu erzeugen."

„So weit will ich nicht gehen", entgegnete Yildiz. „Die Quellenlage zur Ilias ist schwirig und es gibt nichts, das auf eine absichtliche propagandistische Schrift hindeutet. Aber einen anderen Punkt möchte ich gern noch ansprechen." Er trank den letzten Schluck Mokka. „Es war immer ein Konflikt zwischen Ost und West. Es hat mich gefreut, dass Sie das vorhin erwähnt haben und ehrlich gesagt war das der Grund für meine Einladung. Troja und die Griechen, die

Perser und Athen – immer wieder dasselbe Stereotyp: Ost gegen West. Dabei trennen uns in Wahrheit doch nur ein paar Inselchen. Ich hatte vorhin von meinem nationalen Herzen gesprochen. Das hatte Sie skeptisch werden lassen. Ich stamme nun einmal aus dem Osten, aus der Türkei. Aus europäischer Sicht hat immer der Osten die schlechten Karten zugesteckt bekommen. Wenn Sie in der Geschichte weiter gehen, denken Sie an Byzanz und Rom, an die Kirchenteilung. Wer wird da negativ gesehen? Das Oströmische Reich, also Byzanz, obwohl es tausend Jahre länger existiert hat als Rom." Er machte eine Pause und hob ratlos die Hände. „Ich glaube, dass die Sage vom Trojanischen Krieg der Ur-Mythos ist, mit dem sich die Europäer von Asien abgegrenzt haben. Es ist nicht nur die griechische Gründungsgeschichte, sondern die für ganz Europa. Die europäische Literatur beginnt mit Homer, mit der Ilias und der Odyssee. Das steht in jedem Literaturlexikon für eure Schüler. Eigentlich sind es kulturelle Abgrenzungen gegen den Osten." Professor Yildiz wirkte auf einmal müde. Er faltete seine Hände. „Der Tag war lang, meine Damen. Ich sollte bald nach Hause gehen. Vergessen Sie bitte nicht, was Sie vorhin selbst gesagt haben: Diese Grenzlinien zwischen Ost und West waren immer politischer Natur. Diese Politik wirkt seit dreitausend Jahren fort. Die Menschen aber haben anders gedacht und gelebt. Bis auf den heutigen Tag leben mehr griechischstämmige Menschen in der Türkei als Sie glauben. Ich sagte ja schon, dass uns nur ein paar Inseln trennen. Es gibt Theorien, nach denen Homer in Kleinasien aufgewachsen sein soll." Er kicherte in sich hinein. „Vielleicht war Homer ein Türke."
Lynna und Merle waren sprachlos. Das war also der Grund der Einladung von Professor Yildiz: Er hielt die Sage von Troja für einen Ur-Mythos – für ein Feindbild West gegen Ost. Schlagartig wurde ihnen klar, dass nachfolgende Zeitalter diese Abgrenzung willig übernommen hatten – von der osmanischen Besetzung Konstantinopels bis ins 19. Jahrhundert, in dem die von der griechischen Antike begeisterten Europäer den

Unabhängigkeitskrieg gegen die Türken unterstützten. In dieser Zeit hatten die Ausgrabungen an den antiken Stätten begonnen. Lynna hatte vorhin im Museum die historische Existenz des Trojanischen Kriegs bestritten, aber jetzt hatte sie von Professor Yildiz ein politisches Argument hinzu gewonnen: Es hatte dem Athener Stadtstaat genützt, wenn überall dieses heldenhafte Märchen erzählt wurde. Der Kampf um Troja war antike Propaganda und nichts davon war je Wirklichkeit gewesen.

„Danke Professor!", sagte Lynna. „Vielleicht stammte Homer aus Anatolien, möglicherweise war er auch nicht allein. Vielleicht gab es drei, vier, fünf Autoren, die das alles geschrieben haben. Auf jeden Fall ist die Geschichte nicht historisch. Die Sage von Troja war politisches Kalkül. Um diese Erkenntnis haben Sie mich heute bereichert. Ich werde in diese Richtung weiter forschen. Danke Ihnen nochmal für die unglaubliche Anregung! Gleich morgen werde ich ..."

„Bedenken Sie bitte, warum das Feindbild vom Trojanischen Krieg falsch ist!", unterbrach Evrem Yildiz. „Tatsächlich hat uns trotz des Ägäischen Meeres nicht viel getrennt. Eigentlich waren wir mal eins: eine Kultur, ein Volk, eine Sprache."

„Eine Sprache?", fragte Lynna verblüfft.

„Natürlich", entgegnete Yildiz. „Die Sprache der Luwier war die erste indogermanische Sprache. Wie gefallen Ihnen die Worte „sana, duya, teri"? Klingen sie nicht ähnlich wie „ena, thio, tria" im Griechischen? „eins, zwei, drei – sogar auf deutsch hört man es noch." Er schmunzelte. „Eure Sprache stammt eigentlich aus Anatolien."

„Sana, duya, teri – ist das nicht hethitisch?" Merle reckte den Kopf.

„Sie haben recht, aber das ist einerlei. Es sind dieselben Worte. Auch hethitisch gehört zur indogermanischen Sprachfamilie. Aber es wurde weiter im Osten gesprochen, ungefähr da, wo heute Ankara liegt. Die Luwier beherrschten den Westen der heutigen Türkei. In Troja wurde luwisch gesprochen. Von dort aus wanderte die Sprache

hinüber zu den Stadtstaaten, die später Griechenland genannt wurden. Nicht die Griechen haben Troja erobert – nein! Die Sprache Anatoliens hat Griechenland erobert." Yildiz richtete sich lächelnd auf. „Sie wissen ja, dass die Sprache einer dominierenden Kultur eine andere überlagert, so wie später das Lateinische in ganz Europa Einzug hielt oder heutzutage das Englische in aller Welt. Welchen Schluss ziehen Sie aus der Bewegung der Sprachen? Wo war die dominierende Kultur – im Osten oder im Westen?"
Lynna grinste und hob die Hände hoch. „Sie haben gewonnen, Professor!"
Er lächelte dankbar. Nach einer kurzen Verbeugung bekamen seine Züge einen listigen Ausdruck. „Ich würde Sie gern zu einem weiteren Gespräch einladen."
„Sehr gern", erwiderte Lynna mit Neugier in den Augen. „Machen Sie einen Vorschlag."
Zu dem verschmitzten Lächeln des Professors traten jetzt Falten auf seine Stirn. „Von mir aus übermorgen. Es gäbe da nur etwas Organisatorisches für Sie zu regeln. Canakkale, also das Museum von Troja, ist fünf Autostunden von Istanbul entfernt."
„In Troja?" Ihre Augen weiteten sich. „Wir sollen in die Türkei fliegen?"
„Es war nur ein Gedanke." Yildiz machte eine beschwichtigende Handbewegung. „Ich fliege selbst morgen nach Hause. „Und da war mir eingefallen ... aber lassen Sie nur!", unterbrach er sich. „Ich glaube es ist spät genug." Er machte dem Kellner mit der Hand ein Zeichen und erhob sich halb von seinem Stuhl. „Ich möchte mich bei Ihnen bedanken, meine Damen. Ich habe mich – ehrlich gesagt – den ganzen Tag ein bisschen gelangweilt, ob beim Bürgermeister oder im Museum bei diesem Troja-Symposion. Erst im Gespräch mit Ihnen ist mein archäologisches Herz aufgegangen." Er nickte ihnen dankbar zu. Der Kellner kam und Yildiz steckte die Kreditkarte in ein Lesegerät.
„Warum sollten wir nach Troja reisen?", wollte Lynna wissen.

„Sie denken etwas quer zur üblichen Meinung – genau wie ich. Das gefällt mir." Er stand auf und auch Lynna und Merle erhoben sich. „Ich habe da unten noch ein paar interessante Argumente für Sie. Sie können es sich ja überlegen. Vielleicht tauschen wir unsere Handynummern aus." Ein paar flinke Fingerbewegungen auf ihrem Touchscreen und sie verabschiedeten sich.

Zur gleichen Zeit wurde die Tür geöffnet und ein neuer Gast stand zur späten Stunde im Restaurant. Der Kellner ging auf ihn zu und erklärte, dass die Küche bereits geschlossen wäre. Der junge, schwarzhaarige Mann nickte und bestellte am Tresen einen Kaffee. Sein Blick flog über die jetzt nur noch spärlich besetzten Tische. Weit hinten erkannte Balkis Bartosch die gesuchten Gäste. Er lächelte, stellte seine Tasse ab und bewegte sich in die Tiefe des Gastraums. Er wusste, dass er die drei Altertumsforscher hier am Abend stören würde. Er gehörte nicht hierher und ihm kam sein Auftreten ungebührlich vor. Andererseits war er nun einmal Journalist. Er hatte seinen Artikel über die Troja-Sache längst geschrieben und online gestellt. Vielleicht konnte er noch etwas Neues erfahren, um den Bericht morgen zu ergänzen. Beim Näherkommen sah er die graublauen Augen der Archäologin wieder. Lynna Meeves – diesen Namen hatte ihm Herforth verraten, aber er selbst hatte in den letzten Stunden mehrfach ihr Foto auf der Homepage der Uni angeklickt. Dadurch hatte er von allein behalten, wie sie hieß. Es war ihm nicht bewusst, dass er nur ihretwegen das Restaurant Gilgamesch aufgesucht hatte. Es ging ihm um die Story, aber er spürte eine gespannte Unruhe, als er dieser Frau näher kam. So nahm er den hinausgehenden Professor Yildiz kaum wahr.

„Guten Abend, Herr Bartosch!", grüßte dieser. „Immer noch bei der Recherche?", setzte er hinzu.

„Ja, ja", entgegnete Balkis überrascht. „Ich bin noch nicht fertig. Guten Abend!" Dann drehte er sich um und stand ein paar Schritte später vor Lynna und Merle. „Entschuldigung", sagte er. „Ich wollte nicht stören." Er sprach nicht weiter und sah unschlüssig aus.

Seit er ins Restaurant gekommen war, hatte Lynna ihn beobachtet. Sie war müde und das, was Professor Yildiz ihrem Kopf zu denken mitgegeben hatte, war mehr als genug gewesen. Aber als sie den jungen Journalisten erkannt hatte, wurde sie noch einmal mit Energie gestärkt. Eine neugierige Gespanntheit erfasste sie. Lynna erinnerte sich, dass vorhin ihr Blick an seinem Gesicht hängen geblieben war. Es hatte ihr gefallen, von diesem schüchtern wirkenden Mann interviewt zu werden. Sie stand auf. „Sie stören nicht, Herr Baltrusch. Wir hatten unser Gespräch mit dem Professor gerade beendet. Nehmen Sie doch Platz.!" Sie sah nicht, dass Merle die Stirn runzelte.

„Bartosch", verbesserte er. „Balkis Bartosch – kein geläufiger Name, ich weiß. Danke!" Er rückte umständlich den Stuhl zurecht und nahm Platz.

„Entschuldigung!" Der Versprecher war Lynna peinlich und sie hob ihre Hand.

„Kein Problem, das passiert mir dauernd." Balkis versuchte entspannt zu lächeln. Dann nahm er sein Handy aus der Tasche. „Hier", sagte er und bediente Felder auf dem Display. „Sie sind schon drin." Er legte das Gerät auf den Tisch.

„Wie drin?", fragte sie und sah dann die Überschrift über einem Text auf der Homepage von WOCHE ONLINE: „Der Trojanische Krieg fand niemals statt". Darunter las sie nur die Zeile „Archäologin enthüllt Sensation". Lynna blickte überrascht auf.

„Ein Online-Magazin muss nicht warten bis der Zeitungsjunge kommt. Ich hatte den Artikel schnell fertig und die Redaktion hat ihn vor knapp einer Stunde ins Netz gestellt. Morgen sind Sie berühmt mit Ihrer These." Er lächelte. „Erst recht, wenn die Zeitungen herauskommen."

Sie beugte sich wieder über sein Smartphone und las konzentriert den Artikel. „Kramin lassen Sie aber schlecht wegkommen", murmelte sie. Wenig später stieß sie auf einen anderen Namen. „Sie haben Professor Yildiz auch interviewt?"

„Natürlich, Frau Meeves", nickte er. „Er war sehr beeindruckt von Ihrem Vortrag. Aber das hat er Ihnen sicher selbst erzählt. Gibt es übrigens was Neues über Troja zu berichten? Sie haben sich ja lange mit ihm unterhalten." Balkis blickte entspannt und wissbegierig zugleich in ihre Augen.

Lynna spürte, wie sein Blick auf ihrem Gesicht ruhte. Sie registrierte im selben Moment, wie sie die Situation genoss. „Ja, es gibt Neuigkeiten." Sie lächelte ihn mit einem verschwörerischen Blick an. Der Kaffee hatte den Alkohol in ihrem Blut noch mal zirkulieren lassen. Sie fühlte sich beschwingt. „Aber das dauert ein bisschen. Trinken Sie ein Glas?", fragte sie und drehte sich ohne die Antwort abzuwarten zum Nachbartisch. Dort nahm sie ein sauberes Weinglas und schenkte ihm ein. „In der Flasche ist ein ordentlicher Rest und mein Glas ist noch halbvoll."

„Ich bin schon mal zur Toilette", unterbrach Merle und ging davon. Lynna sah ihr kurz nach.

„Auf Troja!", prostete sie Balkis zu. „Darauf, dass wir mal dahin fahren!"

Er hob sein Glas und wusste im selben Moment, warum er am späten Abend hierher gekommen war. Nicht wegen der Story, sondern nur um diese Frau wiederzusehen, deren blonde Haare jetzt um die graublauen lächelnden Augen spielten. Die Lebhaftigkeit dieser Augen war ihm schon vor dem Museum aufgefallen und die selbstbewusste Art, mit der sie auftrat. Im Gefühl, sich in einem Film zu befinden, stieß er mit ihr an. Er verfügte aber über genug Selbstkontrolle, die journalistische Frage zu stellen, die sich aus ihrem Trinkspruch ergab: „Sie wollen nach Troja?"

„Wir sollten das lassen, Balkis!", sagte sie. Als sie ihr Glas abgestellt hatte, legte sie ihre Hand auf seinen Arm. „Ich habe heute so viel Neues gehört – das ist alles unglaublich! Und du hast meine Geschichte veröffentlicht. Danke dir dafür! Sagen wir Du! Ich bin Lynna." Sie strahlte ihn an.

Er musste seine Augen schließen, um zu begreifen, dass es Wirklichkeit war, was er erlebte. Diese faszinierende Frau, der er am späten Abend bis in dieses Restaurant hinterhergefahren war, hatte ihm das Du angeboten und ihre Hand lag auf seinem Arm. „Balkis", sagte er „Balkis Bartosch – kein geläufiger Name – aber das sagte ich ja schon." Er gewann ein wenig Souveränität zurück.
„In euren Männerritualen ist jetzt ein Kuss vorgesehen. Bei einer Feministin wie mir musst du mit einer Umarmung vorlieb nehmen." Sie löste ihre Hand von seinem Arm und schlang sie um seinen Nacken. Balkis genoss jede Berührung. Merle kam zurück und blieb erstaunt stehen. „Ja, ich will nach Troja." Lynna löste sich aus der Umarmung. Sie griff zu ihrem Weinglas. „Yildiz hat mich eingeladen. Alles nur wegen meines Statements – das im Museum war ja gar kein Vortrag von mir. Das war eigentlich nur ein frecher Zwischenruf. Durch dich ist er jetzt in der Öffentlichkeit. Und morgen berichten vielleicht ein paar Zeitungen darüber. Das hätte ich heute Vormittag noch nicht geglaubt."
„Wenn Sie noch ein paar Informationen mehr haben, ..." Er unterbrach sich. „Es tut mir leid. Ich muss mich erst an das Du gewöhnen", sagte er verlegen. „Du hast doch so lange mit dem Professor gesprochen. Wenn es was Wichtiges gibt, stelle ich es heute Nacht noch ins Netz."
Lynna blickte kurz zu Merle und sah sie leicht nicken. „Ja", sagte sie danach gedehnt. „Wir haben eine Menge besprochen, aber ich muss erst darüber nachdenken. Einiges ist noch neu für mich. Du und dein Online-Magazin müssen heute Abend noch warten." Sie gähnte und drehte sich Merle zu.
„Wollen wir?", fragte die Freundin, ging auf sie zu und legte den Arm über ihre Schulter.
„Ja", antwortete Lynna lächelnd. „Es ist spät. Ciao, Balkis! Schön, dass du uns hier besucht hast!" Sie schlang ihren Arm um Merles Hüfte und beide gingen zur Tür. „Gute Nacht!", rief sie ihm nach.
Der Kellner hielt die Tür auf und Merle raunte: „Er gefällt dir."

Institut für Klassische Archäologie, Freie Universität Berlin

Lynna und Merle waren ein Paar, aber nicht in einer festen Beziehung. So hatten sie das formuliert, was sie seit ein paar Monaten zusammenhielt. Im Institut für Klassische Archäologie hatten sie sich als Studierende kennengelernt, Lynna als Archäologin und Merle als Historikerin. Schon damals hatten sie sich zueinander hingezogen gefühlt. Sie waren wissbegieriger, aber auch anarchistischer als die Kommilitonen, die einfach nur zielgerichtet ihren Studiengang bis zur Prüfung abspulten. Denen kamen sie oft chaotisch vor.

Im letzten Winter, während einer Weihnachtsfeier der Fakultät, als beide schon den Job als Wissenschaftliche Assistentin hatten, hatte es zwischen ihnen gezündet. Zuerst war Lynna erschrocken gewesen, wie eng aneinander geschmiegt Merle mit ihr getanzt hatte. Sie hatte sich von ihr gelöst, war von der Tanzfläche zur Bar gegangen und hatte ein weiteres Glas Punsch getrunken. „Das glaube ich nicht!", hatte sie gedacht. Und dann hatte sie lachen müssen, als Merle sie auf den Knien zu einem weiteren Tanz aufforderte. Von einem Moment zum anderen hatte Lynna Lust darauf gehabt, sich auf dieses Spiel einzulassen. Sie hatte Merle mit ihrer Art zu tanzen regelrecht animiert. Wie im Rausch war ihr Tanz immer extatischer geworden. Es war ein Gefühl gewesen, in dem beide die Freiheit gespürt hatten, sich berühren zu dürfen. Der Tanz hatte mit einem langen Kuss geendet. Niemand von den anderen hatte das Liebesspiel der beiden wahrgenommen. Lynna hatte gespürt, dass ihr etwas Verstörendes passiert war, aber sie hatte auch gewusst, dass sie Merle nie mehr loslassen wollte. Am nächsten Morgen war sie voller Unsicherheit und Schamgefühl in der Wohnung ihrer Freundin aufgewacht. Aber Merles selbstverständliche Art, mit der sie sie umarmte und das Frühstück für sie machte, hatte ihr jede Hemmung genommen. Sie hatte eine lesbische Beziehung aufgenommen und gerade begonnen, diese Freiheit zu genießen.

Während der nächsten Wochen erprobten Lynna und Merle ihre ersten Schritte als junges Paar. Sie waren begierig darauf, fast ständig zusammen zu sein. Sie besuchten dieselben Veranstaltungen, gingen beschwingt Arm in Arm in der Öffentlichkeit und verbrachten alle Nächte gemeinsam – mal in der einen und mal in der anderen Wohnung. Lynna empfand, dass sie nie eine unbeschwertere Beziehung geführt hatte als in dieser Zeit mit Merle. Innerhalb des Instituts war ihre Freundschaft nicht lange zu verheimlichen gewesen, wurde aber von den Kollegen akzeptiert, ja sogar für ganz interessant gehalten.

Nach einiger Zeit bemerkten sie, dass durch die große Nähe des ersten Verliebtseins andere Dinge zu kurz kamen. Sie mochten es auf einmal wieder, auch allein etwas zu unternehmen. Immerhin waren beide sehr eigenständige Persönlichkeiten und wollten das auch bleiben. Ein paar Tage lang fürchteten sie, ihre Liebe wäre in einer Krise. Dann sprachen sie sich aus, in einer Kneipe, die die ganze Nacht über auf hatte. Am frühen Morgen fiel Lynna zum ersten Mal seit Wochen allein in ihrer Wohnung in den Schlaf. Beide hatten entschieden, ein Paar zu bleiben, aber keine feste Beziehung haben zu wollen. Ein Leben als Eheleute in einer gemeinsamen Wohnung wäre ihnen ohnehin ein Graus gewesen. So, wie sie es jetzt für sich geplant hatten, sollte jeder seine Freiheit ausleben. Aber sie konnten auch die schönsten Nächte verliebt miteinander verbringen. Als Lynna am nächsten Vormittag aufwachte, lächelte sie und sie wusste, dass sie mit einem ihrer früheren männlichen Partner niemals so eine unkomplizierte Übereinkunft hätte treffen können.

In Merles Arbeitszimmer im Institut für Klassische Archäologie röchelte die Espressomaschine den letzten Wasserdampf durch die Düse. Die kleine Tasse war voll. Es duftete nach kräftigem Kaffee, als

Professorin Seyfried in einem grauen Kostüm hereinkam. Um ihren Hals hing eine zierliche goldene Kette. Der kleine Raum enthielt außer einem prallvollen Bücherregal an der Wand zwei sich gegenüberstehende Schreibtische. Auf dem einen stand ein Computer mit Bildschirm, beklebt mit gelben Haftnotizen. Um ihn herum lagen mehrere Papierstapel, Flyer, Zettelchen und die neuste Ausgabe einer Fachzeitschrift. Der Schreibtisch gegenüber war völlig blank, mit Ausnahme von Merles Laptop, an dem sie gerade arbeitete.
„Guten Morgen, Frau Seyfried", grüßte sie gekleidet in schwarzer Jeans und fliederfarbener Bluse über einem weißen T-Shirt. „Möchten Sie auch eine Tasse Espresso? Dauert höchstens eine Viertelstunde." Ihr ironisches Grinsen sah unzufrieden aus.
„Danke!" Die Professorin lächelte kurz. „So viel Zeit habe ich nicht mitgebracht. Ich brauche möglichst schnell den Briefwechsel mit Hildesheim – ich meine in Papierform. Die Akte müsste irgendwo bei Ihnen herumliegen." Sie spielte mit dem Anhänger, der an ihrer Kette hing – eine goldene antik aussehende Münze.
„Das Roemer- und Pelizaeus-Museum?", fragte Merle und schaute spontan auf ein kleines Regal, das neben dem anderen Schreibtisch stand. „Geht es um die Gipsköpfe?"
„Es geht um die Nachbildungen", korrigierte Seyfried. „Hildesheim hat uns um Leihgaben gebeten und ich benötige das Anschreiben im Original. Die Akte haben Sie vor ein paar Tagen bekommen."
„Ganz kleinen Moment, Frau Professor!", lächelte Merle unsicher. Sie hockte sich zu dem Regal, nahm eine geheftete Seminararbeit herunter und dann eine Zeitschrift. Unter einer Anzahl loser Blätter fand sie einen in rot gefassten Hefter mit der Aufschrift 'Roemer-Pelizaeus'. „Das müsste er sein", sagte sie erleichtert.
„Danke!", entgegnete die Professorin. „Ich bin froh, dass dieser Vorgang in Ihrem Messi-Haushalt nicht verloren gegangen ist." Sie ging zur Tür.
Merle schaute Seyfried betroffen hinterher. Sie war davon überzeugt

gewesen, ein ordentliches Arbeitszimmer zu haben. Ihr eigentlicher Schreibtisch war sauber. Nur das Laptop stand darauf, sonst nichts. Der Arbeitsplatz gegenüber war etwas anderes. Er war Ablage für Papiere aus analoger Kommunikation – völlig unwichtig. Eigentlich erstaunlich, dass die Chefin dieser Akte eine besondere Bedeutung beimaß. In der Tür drehte sich die Professorin noch einmal um. „Ist Frau Meeves schon da?", fragte sie.
„Tut mir leid", bedauerte Merle. „Heute habe ich sie noch nicht gesehen."
„Na, dass sie gestern bei uns war, habe ich selbst in Erinnerung." Seyfried grinste spöttisch und wandte sich um. „Wenn sie denn da ist, möchte sie sich bitte bei mir melden" fügte sie hinzu.
Merle faltete die Hände und drehte die Handflächen nach vorn. Dann streckte sie die Arme so weit sie konnte aus. „Mann!", dachte sie. „Was ist die Alte am frühen Morgen schon griffig?" Danach entspannte sie wieder. „War vielleicht auch meine Schuld. Die Frage nach den Gipsköpfen musste nicht unbedingt sein." Sie schüttelte den Kopf und recherchierte weiter nach dem Troja-Museum in Canakkale. Bei dieser Suche war sie gerade unterbrochen worden. Eine Autostunde lag der Ort von Troja entfernt, hatte sie herausbekommen. „Wieso so weit?", fragte sie sich. Plötzlich sah sie, dass eine SMS von Lynna eingegangen war: „sorry! verschlafen, komme bald", war zu lesen. Merle grinste. Sie wusste, dass ihre Freundin Alkohol wirklich gar nicht vertragen konnte. Das war damals schon so gewesen. „Mach schon! Chefin will dich sprechen", schickte sie zurück. Dann stöberte sie wieder nach diesem Museum in der Westtürkei.
„Hey!", grüßte Lynna demonstrativ gut gelaunt, als sie zur Tür hereinkam. „Morgen!" Sie hatte sich in der Eile hastig einen schwarzen Jogginganzug mit phosphoreszierenden pinkfarbenen Streifen übergezogen.
„Mahlzeit!", entgegnete Merle ironisch. „Kommst du vom Sport?"
„Merle!", erwiderte sie laut. „Du musst dir unbedingt einen neuen

Gagschreiber zulegen! Deine Sprüche sind ja aus der Steinzeit! – total unwitzig. Nein, ich komme nicht vom Sport!" Lynna wirkte beleidigt.

„Das sollte auch nicht witzig sein", sagte sie spitz. „Es ist gleich elf und unten öffnet die Kantine. Du kannst zu Mittag essen. Aber vorher gehst du noch zu Seyfried. Die will dich seit zwei Stunden sprechen und sie ist heute schlecht drauf." Merle zeigte mit dem Arm zur Tür.

„Bäh!", antwortete Lynna. „Ich will jetzt nichts essen! Dann gehe ich lieber zu Seyfried." Sie stellte ihren City-Rucksack ab und ging zur Tür.

„Frau Meeves!" Die Professorin erhob sich, als Lynna das Büro der Institutsleiterin betrat. „Schön, dass Sie es noch einrichten konnten", sagte sie mit einem Hauch von Süffisanz. „Schauen Sie hier!" Sie unterband jede Möglichkeit einer Antwort und kam zur Sache. „Das sind die Reaktionen der Presse auf die gestrige Troja-Veranstaltung. Sie werden in jedem Artikel erwähnt. Gratuliere, Frau Meeves! Sie haben Furore gemacht." Ihre Hand wies auf fünf aufgeschlagene Zeitungen mit farbig angemarkerten Artikeln. Lynna überflog aufgeregt die Schlagzeilen: „Odysseus hat es nie gegeben", „Die Troja-Lüge" und „Fälschung seit 2000 Jahren?". Dann las sie kurz in die Artikel hinein.

„Das ist übertrieben!", rief sie empört. „Alles nur Schlagworte! Ich habe was ganz anderes gesagt."

„Das ist Presse", hielt Ilonka Seyfried dagegen. „Zeitungen mussen Schlagworte schreiben, damit der Leser sie liest. Oder glauben Sie, jeder Käufer der BZ interessiert sich für die Antike?" Sie schüttelte den Kopf und begann zu lächeln. „Sie haben eine enorme Resonanz erreicht für die Statements, die Sie abgegeben haben. Schauen Sie!" Sie zeigte auf einen Artikel. „Mein armer Klemens Kramin kommt nur zweimal vor. Schade eigentlich, wo der Kollege es so liebt, in der Zeitung erwähnt zu werden." Sie grinste belustigt. „Sie dagegen werden in jedem Artikel namentlich zitiert, dreimal auch in

Verbindung mit unserer Universität. Bravo, Frau Meeves! Jetzt müssen Sie es nur noch beweisen."
„Wie?", fragte Lynna irritiert. „Was muss ich beweisen?"
„Ihre Theorie natürlich", erwiderte die Professorin mit erhobener Hand. „Den Trojanischen Krieg hat es nie gegeben. Das sagten Sie doch? Na, jedenfalls steht es heute in den Zeitungen. Das können sie zwar so hinausposaunen, aber als Wissenschaftlerin müssen Sie es auch beweisen. Kommen Sie! Wir setzen uns erstmal." Sie geleitete sie zum Schreibtisch. „Ihre Stellungnahme gestern hat Aufsehen erregt unter den Herren Altphilologen. Deren geliebtes Kind Troja hätte es gar nicht gegeben. Es war empörend ..."
„Das habe ich nicht gesagt", unterbrach Lynna.
„Ich weiß", gab Seyfried zu. „Aber so ähnlich ist es bei manchem hängengeblieben." Sie hatte Platz genommen und lehnte sich in ihrem Stuhl zurück. „Sie haben diese Resonanz bei den Gelehrten und in der Presse praktisch nur durch einen Zwischenruf erzielt", sagte sie und blickte sie scharf an. „Denn mehr war es doch – bei allem Respekt – nicht als eine freche Bemerkung, die sie da in die erlauchte Gesellschaft der Altertumsforscher hineingeworfen haben." Seyfried machte eine Pause, von der klar war, dass sie nicht unterbrochen zu werden wünschte. „Jetzt stellen Sie sich mal vor, Sie könnten Ihre Theorie wissenschaftlich untermauern und könnten darüber einen ganzen Vortrag halten und nicht nur einen Zwischenruf einbringen. Publizieren Sie eine Abhandlung unter einem Titel wie in den Zeitungen von heute: 'Der Trojanische Krieg fand nicht statt' oder so. Dazu möchte ich Sie ermutigen. Es würden Ihnen noch viel mehr Menschen zuhören als gestern."
„Ich soll ein Buch schreiben?", fragte sie.
„Nein!", entgegnete die Professorin scharf. „Sie sollen forschen, besser forschen als andere und dann können Sie vielleicht ein Buch darüber schreiben." Sie richtete sich im Stuhl auf. „Einen provokanten Spruch kann jeder machen. Ihn zu beweisen, bedarf gründlicher archäologischer und historischer Arbeit. Es dauert lange,

bis man einen falschen Ansatz widerlegt hat. Versuchen Sie es, Frau Meeves! Ich traue es Ihnen zu. Beginnen Sie eine kritische Arbeit zum Trojanischen Krieg."

„Sie wissen, dass mein Thema bisher die feministische Archäologie war", entgegnete Lynna.

„Ich weiß", antwortete Seyfried. „Aber genau aus der Perspektive wird Ihnen das Thema gefallen. Warum brach der Trojanische Krieg aus?" Sie wartete gespannt auf die Antwort. Ihre Finger nestelten an der goldenen Münze, die an der Kette um ihren Hals hing. In winzigen Strichen war ein Labyrinth darauf zu erkennen.

„Helena!", fuhr es aus ihr heraus und sofort fanden ihre Gedanken die Assoziationen, auf die ihre Chefin angespielt hatte. „Die archaische Männerphantasie. Der Raub der schönen Frau hätte einen ganzen Krieg auslöst?" Sie lächelte grimmig. „Ein lächerlicher Mythos", schnaubte sie. „Allein für diesen Quatsch lohnt es sich, die Troja-Sage ad absurdum zu führen." Sie blickte die Professorin gespannt an. „Ja", sagte sie schließlich. „Ich habe Lust es zu versuchen."

„Haben Sie gestern mit Professor Ylidiz gesprochen?"

„Etwas zu lange, fürchte ich." Lynna gähnte. „Er hat meinen Standpunkt um einige Argumente bereichert. Die ganze politische Situation im klassischen Athen hatte ich so noch nie gesehen. Wenn man die Rezeption der Ilias im Zusammenhang mit den Perserkriegen im 5. Jahrhundert betrachtet, tritt eine Interessenlage der Griechen zutage, ein altes Märchen wieder zu entdecken. Ihre Helden besiegen die Völker aus dem Osten. Seine Theorie ist faszinierend."

„Hat er Sie nach Troja eingeladen?", fragte sie gespannt.

„Ja, das hat er", antwortete Lynna überrascht. „Aber woher wissen Sie ... "

„Liebe Kollegin!", unterbrach Professorin Seyfried. „Ich kenne Evrem Yildiz schon sehr lange. „Ich hatte gehofft, dass sie zueinander finden würden. Seine Auffassungen sind so provokant für die

gängige Altertumsforschung, dass ich glaubte, sie würden Ihnen gefallen." Sie lächelte zufrieden. „Ich habe den Eindruck, dass Sie und Yildiz tatsächlich harmonieren."
Lynnas Augen verengten sich misstrauisch. „Verstehe ich das jetzt richtig? Sie haben ihn auf mich angesetzt?" Ein Verdacht kam in ihr hoch. „Sie haben mich in der Veranstaltung gestern nur untergebracht, damit Yildiz auf mich aufmerksam wird?"
„Unsinn!", entgegnete Seyfried scharf. „Ich kenne Ihr Temperament. Ich wusste, dass Sie gar nicht anders konnten, als selbst auf sich aufmerksam zu machen. Das haben Sie auch beeindruckend getan. Der Rest hat sich daraus wie von selbst entwickelt."
„Und woher wissen Sie, dass Professor Yildiz und ich harmoniert haben?" Sie zog die Brauen hoch.
Ilonka Seyfried fasste an die goldene Münze auf ihrer Brust und richtete sich in ihrem Stuhl auf. „Ich habe heute früh mit Evren telefoniert. Daher auch meine Information über Troja."
„Vergessen Sie es!", winkte Lynna in spontanem Zorn ab. Eigentlich fehlten ihr die Worte, um zu beschreiben, was sie empfand. Ohne ihr Wissen hatte es offenbar Absprachen zwischen Seyfried und Yildiz und vielleicht noch anderen gegeben. Ziel war wohl, sie in ein Projekt zu bringen, das sie unterstützen sollte. Sie fühlte sich an der Nase herumgeführt. „Ich bin keine Figur auf dem Schachbrett von anderen Leuten", protestierte sie.
„Davon kann keine Rede sein", versuchte die Professorin zu erklären. „Sie sind Wissenschaftlerin und sie haben sich eine bestimmte historische Auffassung erarbeitet. Diese Meinung möchten Sie gern ins öffentliche Bewusstsein bringen. Haben Sie geglaubt, das könnten Sie allein?" Seyfried erhob sich von ihrem Stuhl. „Sie haben heute die Schlagzeilen für sich und die konservativen Forscher mögen erschrocken sein: Klemens Kramin oder Gordon Byron oder der dicke Michaelis. Aber um auf die Dauer erfolgreich zu sein, brauchen Sie Gefährten. Professor Yildiz könnte Ihr erster Unterstützer sein." Sie ging um den Schreibtisch herum. „Fahren Sie

schon zu ihm nach Troja!", forderte Seyfried, als sie vor Lynna stand.
„Nein!", antwortete sie schroff. „Ich bin keine Schachfigur! Das sagte ich ja schon. Ich werde einen flammenden Aufsatz über die Ahnungslosigkeit dieser verbohrten Altphilologen veröffentlichen und dann werden wir ja sehen." Lynna war ebenfalls aufgestanden. „Aber eine hinter meinem Rücken arrangierte Forschungsreise trete ich nicht an."
„Ahnungslosigkeit?", wiederholte Seyfried und schwieg einen Moment lang. „Sie wissen wohl nicht, wie gut verbunden die verbohrten Altphilologen sind. Gleich morgen werden Sie es merken."
„Morgen?", fragte sie unsicher. „Was soll da sein?"
„Gegendarstellungen aus den deutschen Kulturredaktionen natürlich. Oder hatten Sie gedacht, dies hier würde ohne Antwort bleiben?" Sie wies auf die Zeitungen auf dem Tisch. „Ab Morgen werden Sie als Dilettantin, als Geschichtsklitterin oder als sensationsgeile Karrieristin bezeichnet. Glauben Sie mir: Die Altertumsforscher haben ihr Netzwerk. Die lassen sich durch Sie ihr schönes Bild vom guten alten Troja nicht kaputtmachen."
„Es wird auch ein paar unvoreingenommene Blätter geben", entgegnete Lynna. „Heute habe ich jedenfalls eine geniale Resonanz." Sie blickte auf die aufgeschlagenen Zeitungen.
„Was ist nun mit Professor Yildiz und Troja?", fragte Seyfried.
„Nichts ist mit Troja", entgegnete sie. „Ich schreibe etwas darüber. Unser Aufsatz 'Achilleus oder die Amazonen?' ist gut angenommen worden. Vielleicht heißt mein nächster Titel 'Achilleus war immer schon tot'."
„Schade", sagte Ilonka Seyfried. Aus Verlegenheit spielte sie wieder mit der goldenen Münze.
„Übrigens", fragte Lynna. „Ihr Medaillon – ist das das Labyrinth des Minotaurus?"
„Richtig!", lächelte die Professorin. „Es ist die Nachbildung einer Münze aus Knossos. Das Labyrinth unter dem Palast von König

Minos, dem Namensgeber der minoischen Kultur. Vor Jahrzehnten habe ich dort an Ausgrabungen teilgenommen. Mein Team hat damals diese Münze gefunden – also das Original. In gewisser Weise ist diese Kopie eine Art Trophäe für mich."
„Eine Trophäe ist was für Sieger." Sie nickte anerkennend.
„So was könnten Sie auch ausgraben, aber dazu müssten Sie mit dem Graben anfangen."
Lynna lächelte und schüttelte den Kopf. Dann verließ sie das Büro der Professorin.

***

Das Berliner Büro von WOCHE ONLINE befand sich in der Dorotheenstraße, nicht weit von der Museumsinsel entfernt. Balkis studierte in seinem Arbeitszimmer die Zeitungen, die aufgeschlagen auf seinem Tisch lagen. Fünf Artikel über das gestrige Troja-Symposion hatte er gefunden. Alle berichteten über den spektakulären Auftritt der jungen Archäologin Lynna Meeves. Immer wieder kamen ihm die Schlagzeilen ins Auge. „Lüge", „Fälschung" las er, aber am besten gefiel ihm die Überschrift, nach der es Odysseus nie gegeben hatte. Balkis arbeitete an einem Presse-Echo zu der Veranstaltung. Während seine Finger über die Tastatur des Laptops glitten, wanderten seine Gedanken zum gestrigen Abend zurück. Es hatte keinen wirklichen Grund für ihn gegeben, am Abend im Restaurant Gilgamesch aufzutauchen. Er hatte gefürchtet, als nerviger Pressetyp zu erscheinen, aber Lynna hatte ihn mit den Worten „schön, dass du uns besucht hast" verabschiedet. Diese Worte holte er sich wieder in Erinnerung. Außerdem hatte sie ihm, einem völlig fremden Journalisten, das Du angeboten. Und sie hatte – an diese Situation dachte er gern zurück – ihre Hand auf seinen Arm gelegt. Seit dem Aufwachen heute früh hatte er diese Geste als eine Berührung von großer Zärtlichkeit empfunden. Er wusste nicht, ob es so gemeint war, aber er erinnerte sich gern an diesen Moment. Vielleicht hätte er gestern mit dieser Situation etwas aktiver umgehen sollen, dachte er. Aber er hatte es nicht getan. Balkis hatte nur die Sympathie empfunden, die Lynna ihm offensichtlich entgegenbrachte. Er wollte diese Frau heute unbedingt wiedersehen. Auf seinem Smartphone aktivierte er die Homepage der Uni und sah sich ihr Foto an. Aber es war nicht ihr Gesicht, was er sah. Da war nicht das auffordernde und geheimnisvolle Lächeln, das er seit gestern von Lynna Meeves im Kopf hatte. Er beschloss, diese Frau anzurufen, die ihn so fasziniert hatte.

Athenaeum Club, London

Das Haus des Athenaeum Club befand sich seit 1824 an der Pall Mall in London, etwa zweihundert Meter entfernt vom Trafalgar Square. Das im klassizistischen Stil errichtete Gebäude empfing den Besucher mit einem Portal aus sechs dorischen Säulen. Vom Balkon im ersten Stock sah eine vergoldete Statue der Göttin Pallas Athene auf ihn herab – der Namensgeberin des Clubs. Unter der Dachbalustrade verlief um das Haus ein blau-weißer Relief-Fries, der dem Parthenon-Fries auf der Akropolis nachempfunden war. Das in jeder Hinsicht an die griechische Antike erinnernde Gebäude beherbergte einen der renommiertesten Clubs im Königreich. Seit jeher zog der Athenaeum Club Künstler, Literaten und Wissenschaftler an. In Abgrenzung zu anderen Clubs war die Aufnahme nicht so sehr an Stand oder Vermögen geknüpft, sondern an die literarischen und wissenschaftlichen Leistungen der Mitglieder. Charles Darwin und Michael Faraday hatten ihm angehört, sowie Rudyard Kipling und Charles Dickens, schließlich auch Winston Churchill. Der Club rühmte sich, über fünfzig Nobelpreisträger zu seinen Mitgliedern zu zählen. Die Kapazität für die Aufnahme war strikt auf zweitausend Personen begrenzt und die Warteliste war lang. Für seine Mitglieder bot der Club Musikveranstaltungen, Autorenlesungen und Weinverkostungen an. Außerdem fand alle zwei Wochen ein Diner statt, das von Spitzenköchen aus Londoner Restaurants zubereitet wurde. An Räumlichkeiten standen zur Verfügung: der Morgen-Raum, der Kaffee-Raum, der Garten-Raum, der Raucher-Raum, in dem heute nicht mehr geraucht wurde, und die berühmte Bücherei mit etwa 80 000 Titeln.

Sir Gordon Byron ließ sich im Morgen-Raum von seinem Sekretär die Zeitungen bringen. Eine Tasse mit dampfendem Kaffee und ein Glas

Mineralwasser stand auf dem Beistelltisch neben seinem schweren Ledersessel. Er war ein kräftiger, fast schon fülliger Mann, dessen Bauch unter dem geöffneten Tweed-Sakko hervortrat. Sein rosiges Gesicht wurde von einem grauen Kinnbart eingerahmt, seinen Kopf umgab ein weißer Haarkranz. Mit seinen gut siebzig Jahren war er fast schon ein halbes Jahrhundert Mitglied des ehrwürdigen Clubs. Seinerzeit hatte sein Vater mit einem erheblichen Geldbetrag dafür gesorgt, dass er ohne Wartezeit aufgenommen werden konnte. Die Mitgliedschaft im Athenaeum Club war von jeher für die Familie zwingend. Byron war Besitzer einer Reederei in Southampton, die Fährschiffe über den Kanal und zu den Inseln zu ihrer Flotte zählte. Außer dem Stadthaus in London gehörten ihm ein Landsitz in Cornwall und ein Anwesen in Schottland. Er hatte sich trotz seines Alters nicht zur Ruhe gesetzt, sondern bis heute an jeder Sitzung des Aufsichtsrats der Reederei teilgenommen. Er konnte behaupten, dass er die Geschicke der „Byron-Cruise" seit vierzig Jahren mitgestaltet hatte. Byron war dabei reich geworden. Aber noch mehr als für seine Firma hatte in seinem Leben eine andere Leidenschaft gebrannt: die Liebe zur griechischen Antike. Durch seinen Urahn, den legendären Freiheitskämpfer für die griechische Unabhängigkeit – Lord George Byron – , war er darauf geprägt. Sein Vater hatte mit ihm Reisen nach Griechenland unternommen, als er noch ein Kind war, und abends aus der Ilias vorgelesen. Altgriechisch hatte er später in der Schule gelernt und die Worte von Homer im Original studieren können. Der junge Gordon Byron wurde mit jedem Besuch eines antiken Tempels und mit jeder Lektüre mehr zu einem glühenden Bewunderer der alten Griechen. Manchmal glaubte er, es wäre damals eine hellere und durchgeistigtere Zeit gewesen als die Gegenwart, die ihm oft trüb und mittelmäßig erschien. Als er später über seine finanziellen Mittel selbst entscheiden konnte, steckte er viel Geld in archäologische Projekte in Griechenland und unterstützte Organisationen, die sich der Erforschung der antiken Welt widmeten. Die „Archaeology Unit" der

Universität Cambridge hatte er vor Jahrzehnten fast im Alleingang gegründet. Byron war im Laufe der Jahre von einem Hobby-Historiker zu einem gefragten Fachmann für die griechische Antike geworden. Auch das kulturelle Programm des Athenaeum Club bereicherte er von Zeit zu Zeit durch eigene Vorträge oder Veranstaltungen internationaler Experten, die er zu seinem Freundeskreis zählte. Byron galt für die Tradition und die historische Ausrichtung des Clubs seit Jahren als ein Aushängeschild.

Zu den Zeitungen, die er sich hatte bringen lassen, gehörten auch deutschsprachige – Byron sprach fließend deutsch. Oberflächlich durchblätterte er die WOCHE. Plötzlich stoppte er, raschelte mit dem Blatt und hielt es mit ausgestreckten Armen fest. Ein Foto im Kulturteil hatte ihn elektrisiert. Es war die Abbildung des hölzernen Pferdes von Troja. Darunter war die Schlagzeile zu lesen: „Der Trojanische Krieg fand nicht statt" Untertitel: „Der Held Achilleus war Fiktion". Gordon Byron glaubte seinen Augen nicht zu trauen. Mit zitternden Händen faltete er die Zeitung und legte sie auf die Armlehne des Ledersessels. Dann las er den Artikel des ihm unbekannten Verfassers Balkis Bartosch über die Troja-Veranstaltung in Berlin, an der er selbst teilgenommen hatte. Balkis hatte Glück gehabt. Die Redaktion war von seinem Online-Bericht so angetan gewesen, dass sie ihn für die Druckversion der Wochenendausgabe in vergrößertem Rahmen ausgesucht hatte. Byron atmete schwer bei der Lektüre. Mit jeder Zeile wuchs seine Empörung über das, was er lesen musste. „Homer hat nie gelebt", „Der Raub der Helena war eine Männerphantasie", „Schliemann war ein Scharlatan". Byron schnaubte. Alles, was ihm heilig war, wurde in diesem Artikel mit Schmutz besudelt. Zudem fand sich nicht eine kritische Stellungnahme des Verfassers zu diesen Thesen. Diese impertinente Lynna Meeves war eine junge verheißungsvolle Archäologin, hieß es im Artikel. Man könne von ihr noch innovative Impulse für die Erforschung der griechischen Antike erwarten. Als er diesen Satz gelesen hatte, begann Byron genau das zu fürchten. Ihm fiel ein, was zu erwarten wäre, wenn noch mehr von diesen ehrgeizigen jungen Dingern irgendeine Theorie hinausposaunten, nur um sich interessant zu machen. „Nichts wird übrig bleiben", raunte er. Zu oft hatte er schon die Erfahrung gemacht, dass von modernistischen Forschern alles in Frage gestellt worden war, was über die große Geschichte der antiken Hellenen als historisch gesichert feststand. Immer wieder hatte er sich mit seinen Freunden im Club und mit Mitstreitern in aller Welt gegen haarsträubende Theorien angehen müssen. Und letztlich hatte sich sein Bild in der öffentlichen Wahrnehmung immer wieder durchgesetzt: Das antike Griechenland war die Krone der alten Zeit. Er war sich sicher, dass sein Urahn George Byron diese Auffassung geschätzt hätte. Achtlos warf er die Zeitung von der Armlehne auf den Boden. Er wusste, dass er sich erneut einem Angriff auf die klassische Überlieferung entgegenstellen musste.

„Tylor!", rief er nach seinem Butler. „Bringen Sie mir bitte ein Telefon!" Als der Bedienstete herbei geeilt kam, fügte er hinzu. "Die Zeitungen können Sie mitnehmen. Und das da unten auch", sagte er mit einem verächtlichen Blick auf das weggeworfene Blatt.

In der nächsten halben Stunde führte er mehrere Telefongespräche. Er machte mit ihm befreundete Kulturredakteure auf den empörenden Artikel in der WOCHE aufmerksam. Eine junge Dilettantin wolle mit einer vermeintlichen Sensation in die Öffentlichkeit, erwähnte er. Man müsse von Seiten der seriösen Presse eine fundierte Kritik dagegensetzen. Sonst würde bald jeder Spinner mit seinem abstrusen Geschichtsbild die Öffentlichkeit verwirren. Möglichkeiten dazu gäbe es heute ja genug, fügte er in allen Gesprächen hinzu. Dann legte er den Hörer auf und war zufrieden. In wenigstens drei Zeitungen würden morgen kritische Stellungnahmen zu Frau Meeves abenteuerlichen Theorien zu lesen sein. Nun wählte Byron die Nummer von Professor Kramin in Berlin.

„Haben Sie schon die WOCHE gelesen, alter Freund?", kam er ins Gespräch.

„Ja", antwortete Kramin. „Eine erstaunliche Resonanz auf meine Veranstaltung. So viele Zeilen bekommen wir selten, und dann noch mit einem Foto."

„Ihnen ist wohl nicht aufgefallen, dass der ganze Artikel nur die Position dieser Wichtigtuerin vertritt, wie hieß sie noch?", setzte Byron dagegen. „Und dann dieser Titel!"

„Ach ja", entgegnete er. „'Der Trojanische Krieg fand nicht statt'. Das ist natürlich misslich."

„Das ist nicht misslich", schnaubte der Lord. „Das ist gelogen! Diese junge Frau verdreht mit ihren Behauptungen jede historische Forschung und alles, was für uns Bedeutung hat. Und ausgerechnet ihre Position wird in der Zeitung erwähnt. Wie konnte das passieren?"

„Ich weiß es nicht", sagte Kramin unsicher. „Ich habe allen Journalisten Auskunft über meine Veranstaltung gegeben. Aber manchmal geben sie die Inhalte eigenwillig wider. Das kommt häufig vor. Es sind sogar schon mal Namen in der Zeitung falsch geschrieben worden." Er flüchtete sich in ein ironisches Kichern.

Byron atmete tief ein. „Ich will Ihnen mal etwas erklären, Kramin. Ich habe mein ganzes Leben der Erforschung der griechischen Antike gewidmet. Ich arbeite mit den bekanntesten Museen und Forschungsinstituten der Welt zusammen und unterstütze sie großzügig. Ihre Einrichtung habe ich kürzlich mit einem fünfstelligen Betrag bedacht. Deshalb bin ich gern zu Ihrer Troja-Veranstaltung gekommen. Und da taucht diese Kleine auf, redet lauter krauses Zeug und hat noch die Resonanz in der Presse für sich? Das kann ich nicht zulassen. Korrigieren Sie diesen Fehler!"

„Wie sollte ich?", fragte Kramin. „Frau Meeves kam auf die Empfehlung meiner Kollegin Frau Professor Seyfried in die Veranstaltung. Dass sie so einen Wirbel macht, konnte ich nicht wissen."

„Meeves heißt sie also", schnitt Byron ihm das Wort ab. „Aber das ist egal. Sie haben eine völlig inkompetente Person zu diesem Troja-

Symposion zugelassen. Die Presse greift jetzt deren wirre Reden auf. Dafür sind Sie verantwortlich. Stellen Sie dieses Gequatsche ab!"
Von seinem Naturell her war Klemens Kramin viel zu sehr vergeistigt, als dass er dem aggressiven Ton Byrons etwas hätte entgegensetzen können. Er war ein überaus kenntnisreicher Altphilologe und ein harmonischer Moderator von Gesprächsrunden. „Ich bin durchaus Ihrer Meinung, dass die junge Dame sich unangemessen in den Ablauf des Gesprächs eingebracht hat", entgegnete er beruhigend. „Ich selbst habe ihr ja meine Sicht der Dinge entgegengehalten. Aber auf das, was die Zeitungen sich herauspicken, hat man keinen Einfluss. Vielleicht vergessen Sie diesen Disput einfach, Lord Byron." Kramin lächelte und fügte hinzu: „Bei uns gibt es das Sprichwort 'In die Zeitungen von heute wird morgen der tote Fisch eingewickelt'. Verstehen Sie?"
„Ich kenne auch das Sprichwort 'Immer bleibt etwas hängen' und von dem wilden Gerede dieser sogenannten Archäologin ist schon zu viel hängengeblieben: „Homer hat nie gelebt", „Schliemann ein Scharlatan". Ich will so etwas nicht mehr lesen müssen! Sorgen Sie dafür, dass diese giftige Quelle versiegt, Kramin! Berlin ist Ihr Territorium."
„Ich weiß nicht ...", antwortete er zögernd. „Ich fürchte ich kann nicht ..." Kramin unterbrach sich. „Ich kann doch nicht einer Kollegin einen Maulkorb verpassen", setzte er schwach hinzu.
„Jetzt verstehen Sie mich", grinste Byron am anderen Ende der Leitung. „Genauso habe ich es gemeint. Ich unterstütze Ihr Institut schließlich nicht dafür, dass es Dilettantismus verbreitet." Er beendete das Gespräch.
Klemens Kramin hatte den Hörer noch in der Hand. Er dachte nach. Dann schüttelte er den Kopf. „Unangenehme Situation!", fiel ihm ein. Hatte ihn Gordon Byron gerade unter Druck gesetzt, sein alter Forscherkollege und Gönner seines Instituts? Das konnte doch nicht möglich sein? Als er den Hörer auflegte, drängte sich ihm ein unsagbares Wort in den Kopf. „Erpressung", dachte er ohne es zu

wollen, als er das Gespräch noch einmal an sich vorbeilaufen ließ. Er erschrak vor diesem Wort.

„Tylor!", rief Lord Byron nach dem Butler. „Ist Cunningham im Hause?"
„Cunningham, Sir?", entgegnete er. „Ich bedauere! Mister Cunningham ist noch nicht eingetroffen." Tylor deutete ein Kopfschütteln an. „Merkwürdig eigentlich. Normalerweise ist er um diese Zeit immer im Club, Sir."
„Na, dann rufen Sie ihn an!", brummte Byron unwillig. „Ich muss mit ihm sprechen."
Eine halbe Stunde später stand ein junger Mann im Foyer des Athenaeum Club. Er hatte kurzgeschnittene blonde Haare und trug einen Dreitagebart auf seinem braungebrannten Gesicht. Der mittelgroße sportlich wirkende Mann war mit Jeans und hellbraunem Tweed-Sakko gekleidet. Nigel Cunningham drehte sich in der Eingangshalle herum und ließ die ganz in rot und weiß gehaltene Einrichtung auf sich wirken. Jedes Mal, wenn er in den Club kam, spürte er an diesem Ort eine besondere Stimmung. Der Londoner Straßenlärm war hinter der Eingangstür verebbt und die gedämpfte Akustik verlieh dem Inneren eine ehrwürdige Ausstrahlung. Er blickte die Treppe zum ersten Stock hinauf, von der ein roter Teppich herablief. Vier weiße dorische Säulen mit vergoldeten Kapitellen rahmten den Aufgang. Die Treppe schien vor einer antiken griechischen Marmorstatue zu enden. Auf den Stufen dieser Treppe hatte im Jahr 1863 Charles Dickens seinem Schriftstellerkollegen William Thackeray die Hand zur Versöhnung gereicht, nachdem sie jahrelang kein Wort miteinander gesprochen hatten. Cunningham schritt die ersten Stufen empor. Der dreißigjährige Archäologe war erst vor zwei Wochen von Ausgrabungen aus Sizilien zurückgekehrt. Er gehörte der „Archaeology Unit" der Universität Cambridge an, die dort – finanziert von Byron – ein durch einen Vulkanausbruch vor 2000

Jahren verschüttetes Gebäude freilegte. Innerlich bereitete er sich auf eine Berichterstattung über die Grabungen vor und lächelte. Er ertappte sich dabei, wie er auf dieser ehrwürdigen Treppe zwei Stufen auf einmal nahm. Byron hatte nach ihm gerufen und er war zuversichtlich, unter der Lava des Ätna eine ganze Stadt freilegen zu können. Am Ende der Treppe bog er rechts herum auf einen Flur ein und hatte den „morning room" erreicht.

„Cunningham!", rief Byron und erhob sich aus seinem dunkelgrünen Ledersessel. „Was für eine Freude, dass sie doch im Haus sind." Er reichte ihm die Hand.

„Guten Morgen, Lord Byron!", entgegnete er und erwiderte den Händedruck. Es kam ihm vor, als wäre der Lord etwas kleiner geworden, als er ihm gegenüber stand. Aber er war ja auch nicht mehr der Jüngste, wusste er. Trotzdem war ihm klar, dass er mit einem Giganten der internationalen archäologischen Forschung sprach. „Ich habe gute Neuigkeiten", begann er. „Unter der Lavadecke des Ätna schlummert seit Jahrtausenden eine wahrscheinlich unversehrte antike Stadt – kein Trümmerhaufen wie Pompeji, sondern Gebäude, die vollständig erhalten sind. Man muss nur die Lavaschicht abgraben. Die ist allerdings meterdick."

„Sie wollen wohl sagen, es ist eine Frage des Geldes?" Byron verzog sein Gesicht zu einem skeptischen Grinsen.

„Die Grabungen werden teuer", nickte Cunningham unbeeindruckt. „Der halbe Berg müsste abgetragen werden. Ich habe mich erkundigt. Die Mittel des italienischen Kultusministeriums sind leider begrenzt. Aber es wäre eine Sensation: eine ganze Stadt – perfekt erhalten!"

Byron machte ein mürrisches Gesicht. „Dass die staatlichen Gelder nie ausreichen, weiß ich leider seit Jahrzehnten nur zu gut." Er hob die Arme, als wäre er ratlos. „Dazu, dass etwas geschieht, sind ja wir privaten Mäzene da. Aber kommen Sie, Cunningham! Setzten wir uns doch!" Er geleitete ihn zu den grünen Ledersesseln der Sitzgruppe. „Ich wollte Sie eigentlich etwas ganz anderes fragen."

Nigel Cunningham ließ sich in einen der Sessel fallen. „Nichts zu Sizilien?", fragte er. „Weswegen haben Sie mich dann angerufen?"
„Wegen Lynna Meeves", bellte Byron spontan heraus. Er rief nach dem Butler. „Tylor! Holen Sie mir doch bitte den Computer und zeigen Sie dem Herrn das Foto der jungen Frau, die mich in Berlin geärgert hat." Er machte sich in seinem Alter nicht mehr die Mühe, immer wieder neue Begriffe für diese Geräte zu lernen, sondern nannte alles Computer, was ihm so ähnlich auszusehen schien. Tylor kam mit einem flachen Tablet-PC zurück, bediente ihn mit den Fingerspitzen und hielt das auf dem Screen sichtbare Bild Cunningham vor.
Dieser nickte lächelnd. „Eine gut aussehende junge Frau. Was ist mit ihr?"
„Sie ist ein Ärgernis." Byron räusperte sich als müsste er seinen Zorn herunterschlucken. Dann zeigte er auf das Tablet. „Ich hoffe, Sie werden diese Frau bald kennenlernen. Wenn Sie sie für gutaussehend halten, umso besser."
Nigel Cunningham zog die Augenbrauen hoch und erwiderte nichts.
„Diese Lynna Meeves habe ich vor ein paar Tagen in Berlin kennenlernen müssen. Ich war zu einer Veranstaltung geladen. Da ergriff diese Dilettantin in den Vortrag des Professors hinein das Wort und begann zu schwatzen. Ich unterbrach sie natürlich und rief sie zur Ordnung, aber sie setzte ihr unerhörtes Gerede einfach fort. Professor Kramin, von dem ich gedacht hatte, er wäre ein alter Freund, war leider zu schwach und zu illoyal, diese Dame aus dem Haus zu werfen. Und heute lese ich in einer deutschen Zeitung einen empörenden Artikel über ihre Thesen."
„Verzeihung, Sir!" Cunningham nutzte eine Atempause. „Worum geht es überhaupt?", fragte er. „Welche Thesen hat diese Frau denn vertreten?" Er blickte fragend.
„Dass es den Trojanischen Krieg nie gegeben hat", antwortete Byron und hielt seine Handflächen scheinbar ratlos empor. „Trotz Ilias und Odyssee und trotz Homer sagt dieses junge Ding: Es hat niemals

etwas gegeben." Er ließ die Hände in den Schoß fallen und schüttelte den Kopf.

„Aber ..." Cunningham stutzte. „Das ist unhistorisch. Ich verstehe nicht, ..." Er unterbrach sich. „Was macht diese Frau ..." Er schaute auf das Foto auf dem Tablet-PC. „ ... Meeves eigentlich beruflich? Ist sie Journalistin?"

„Sehen Sie selbst!" Byron machte seinem Sekretär ein Zeichen und Tylor gab dem jungen Mann den Tablet. Cunningham berührte den Touchscreen und scrollte die Homepage der FU Berlin rauf und runter.

„Sie ist Archäologin?", fragte er überrascht.

„Ja!", lachte Byron und brüllte dabei fast. „Eine Kollegin von uns! Und sie geht nicht ungeschickt vor. Sie formuliert provokant, aber sie hat einiges an Wissen im Hintergrund. Ein paar der Gäste in Berlin hat sie vielleicht sogar überzeugt. Auf jeden Fall hat sie den Verfasser des Artikels in der WOCHE für sich eingenommen und darin steckt die Gefahr."

„Aber es ist Quatsch", warf Cunninghan ein. „Den Trojanischen Krieg zu leugnen ist historisch unmöglich. Es ist eine Sage, aber der wahre Kern ist erforscht. Troja ist archäologisch erschlossen. Man weiß, welche Ausgrabungsebenen der zerstörten Stadt zuzuordnen sind. Ebene sechs oder sieben sind es, glaube ich. Man hat den Schmuck gefunden, der Helena zugeordnet wird."

„Sieben A ist die Ebene", korrigierte Byron. „Eine Grabungsschicht mit verbranntem Material."

„Danke, Sir! Das sagte ich doch." Er hob temperamentvoll den Arm. „Wie kann man das leugnen? Diese Schicht liegt doch vor unser aller Augen", fügte er hinzu.

„Lynna Meeves leugnet nicht die Spuren. Sie leugnet den Wirklichkeitsgehalt der ganzen Ilias. Verstehen Sie, was das heißt, Cunningham?", rief er fast cholerisch.

„Die Ilias ist nur eine Sage", entgegnete er.

„Nein!", brüllte er und hielt drohend seinen Zeigefinger aufrecht.

„Die Ilias ist das älteste Zeugnis der europäischen Literatur. Auf sie gründet alles, was später geschrieben wurde. Die Sage vom Trojanischen Krieg beschreibt das erste Ringen eines europäischen Volkes um die Vorherrschaft. Tatsächlich war das so eine Art Nullter Weltkrieg, wie Kramin es formuliert hat. Danach waren es die Griechen, die als erste den europäischen Kontinent auf die Landkarte der Geschichte gebracht haben. Sie haben eine Hochkultur erreicht, die allen anderen weit überlegen war. In der Baukunst, der Philosophie, der Mathematik, der Dichtung, der Rhetorik, ja sogar in der Kriegskunst war das antike Griechenland maßgebend für alle Welt. Noch Jahrhunderte nach der Blütezeit Athens gehörte es im Römischen Reich zum guten Ton, sich zur Bildung der Kinder einen griechischen Hauslehrer zu halten. Fast zweitausend Jahre später hat sich die Renaissance der Leistungen der alten Griechen erinnert. Und wir sitzen heute in einem Clubhaus, das sich in seinem Baustil mehr oder weniger gelungen auf den Parthenon auf der Akropolis bezieht." Byron verzog grinsend sein Gesicht.

„Mir ist völlig klar, was Sie dargestellt haben, Sir", antwortete Cunningham. „Aber was hat das mit dem Trojanischen Krieg zu tun?"

„Die Ilias ist der Ur-Mythos der europäischen Zivilisation, Nigel!" Byron nannte den jungen Archäologen zum ersten Mal beim Vornamen. Er erhob sich aus seinem Sessel und ging ein paar Schritte durch den morning room. „Verstehen Sie doch! Wir gründen alle darauf, ob wir Griechen, Engländer, Franzosen oder Deutsche sind. Ganz Europa sieht seine literarischen Wurzeln bei Homer. Und ganz Europa hat aus der Ilias ein Ideal geerbt: das des freien Geistes. Wir sind nie ein Kontinent gewesen, der zu Tausenden bedingungslos seinem Pharao gefolgt ist. Wir kennen aus der Ilias den Geist des Widerspruchs und die Genialität des Einzelnen. Achilleus hat seinem König den Gehorsam verweigert und das konnte er sich erlauben. Nicht König Agamemnon hat den Sieg über

Troja errungen, sondern der listenreiche Odysseus durch seine Idee mit dem hölzernen Pferd. Nicht die Masse an Soldaten unter einem großen König gewinnt den Krieg, sondern der Geist eines Einzelnen – das ist das europäische Vorbild der Geschichte von Troja."

„Voltaire und Kant waren geistige Erben von Homer?", fragte Cunningham.

„Sie haben es erfasst, Nigel." Er ging zum Sessel zurück und nahm Platz. „Nur aus der Tradition der griechischen Antike heraus konnten die wirklichen Geistesgrößen Europas entstehen. Sie könnten Leonardo da Vinci, Kopernikus oder Isaac Newton noch hinzufügen. Sie alle waren freie Geister, die keine andere als die europäische Kultur zu bieten hat", fügte Byron leidenschaftlich hinzu und blickte den jungen Mann eindringlich an. „Wenn Sie Troja als Ursprung der europäischen Geistesgeschichte weglassen, dann entziehen Sie uns den Boden unter den Füßen. Worauf wollten wir uns dann gründen? Auf einen allmächtigen Pharao in Ägypten oder einen Kriegsherrn wilder Horden von Söldnern aus Persien? Nein!", rief er zornig. „Dann halte ich mich doch lieber an die überlieferte Entstehungsgeschichte und den Aufstieg des freien Individuums."

Cunningham dachte nach. „Ihre Argumentation ist schlüssig, Sir", murmelte er leise. Es passt alles zusammen. Widerspruch und Genialität sind europäische Tugenden – Achilleus und Odysseus." Er schwieg einen Moment lang und hob den Kopf. „Wer den Ur-Mythos leugnet, setzt alles aufs Spiel, was daraus folgt. Sie haben mich überzeugt, Sir."

„Sie hatten doch nichts anderes erwartet?" Byron lächelte selbstzufrieden und trank einen Schluck von dem lauwarm gewordenen Kaffee. „Dann lassen Sie uns weiter über diese vorlaute Archäologin sprechen und über den eigentlichen Grund, aus dem ich Sie zu mir gebeten habe. Frau Meeves wird morgen einige Zeitungsartikel zur Kenntnis nehmen, die sich kritisch mit ihren Thesen befassen. Bei drei Blättern, die ich persönlich kontaktiert habe, bin ich mir sicher, dass 'Dilettantin' noch die harmloseste

Bezeichnung für sie sein wird. Andere Redaktionen werden dieser Linie folgen. Sie schreiben voneinander ab. Das weiß ich. Die junge Dame aus Berlin wird einen Gegenwind spüren, der stärker ist als der Applaus, den sie bis jetzt bekommen hat." Byron stellte die Kaffeetasse ab und räkelte sich im Sessel. „Wissen Sie, Nigel? So etwas darf gar nicht erst aufkommen."
„Ich verstehe, Sir." Cunningham nickte. „Worauf wollen Sie hinaus?"
Mit den scharfen grauen Augen in seinem runden rosigen Gesicht blickte Gordon Byron ihn an. „Ich will sie vernichten", sagte er leise. „Und Sie sollen mir dabei helfen!"
„Vernichten?", fragte er und sah erschrocken aus.
„Richtig, Nigel", war seine Antwort. „Aber keine Angst! Mein halbes Leben lang habe ich mich mit solchen Dingen befassen müssen. Wir – das heißt der innere Zirkel des Clubs – haben schon oft gegen irgendwelche Emporkömmlinge ankämpfen müssen, die alles in Frage gestellt haben. Es hat immer Kritiker und selbst ernannte Revolutionäre gegeben, die sogenannte neue Denkweisen etablieren wollten. Im Athenaeum Club sehen wir uns als Sachwalter der großen Zeit, die uns das antike Hellas als Vorbild gegeben hat. Es gibt einen internen Kreis mit Freunden in aller Welt, der seit Jahrzehnten dafür arbeitet. Ich gehöre ihm seit langem an." Byron räusperte sich. „ ... und ich hoffe bald auch Sie."
„Ein innerer Zirkel?", fragte Cunningham unsicher.
„Mein lieber Nigel!" Er beugte sich zu ihm herüber. „Nun sehen sie nicht so traurig aus! Ich will die Kleine ja nicht umbringen." Er kicherte. „Es würde mir völlig reichen, wenn Frau Meeves noch einmal ein neues Studium beginnen müsste. Begabt ist sie ja zweifellos."
„Ist dieser innere Kreis der Grund, weswegen Sie mich bestellt haben, Sir?", fragte er.
Byron lächelte und griff entspannt zu seiner Kaffeetasse. „Sicher, Nigel. Es würde mich freuen, wenn ich Sie dort einführen könnte. Ich halte Sie für einen sehr erfolgversprechenden Archäologen. Machen

Sie sich übrigens keine Sorgen um ihre Ausgrabungen auf Sizilien. Finanziell ist das kein großes Hindernis, obwohl noch Zuständigkeiten geklärt werden müssen. Und was diese leidige Troja-Affäre betrifft, wollte ich Sie heute nur für das Thema sensibilisieren. Vielleicht haben Sie selbst mal Lust nach Berlin zu fahren und der jungen Kollegin auf die Finger zu gucken?"

„Die Kollegin ist gutaussehend", lächelte Cunningham. „Und nach Berlin fahre ich immer gern."

„Bestens!" Byrons rosiges Gesicht rundete sich zufrieden. „Dann wäre alles besprochen." Er stellte seinen Kaffee ab. „Am kommenden Dienstag ist das nächste Treffen vom inneren Kreis des Athenaeum Club. Es findet im ehemaligen Raucher-Raum statt. Ich würde mich freuen, wenn ich Sie dort einführen dürfte."

„Kommenden Dienstag", sagte Cunningham. „Es wird mir eine Ehre sein, Sir."

Distrikt Coffee, Berlin

Während er ein Rumpeln aus der Küche des Restaurants hörte, sah er ihr herausforderndes Lächeln. Es ruhte auf seinem Gesicht als wollte es sich nicht mehr abwenden. Sie trank ihr letztes Glas Wein. Er hörte sie sagen: „Schön, dass du gekommen bist" und wollte auf sie zugehen. Das Rumpeln war wieder zu hören, lauter. Er drehte sich zur Küche hin und der Blick durch das Restaurant wurde ungenau, fast schemenhaft. Balkis Bartosch wälzte sich im Bett. Er wollte noch mal einschlafen und die Bilder aus der Zwielichtzone zwischen Traum und Tag zurückholen. Der Wagen der Müllabfuhr stand vor seinem Haus. Für Minuten sank er noch einmal in den Schlaf, aber der Traum war verloren. Balkis drehte sich aus seinem Kissen und schlug die Augen auf. Das Geräusch der klappernden Mülltonnen entfernte sich die Straße hinunter. Er richtete sich im Bett auf. „Ich habe von Lynna geträumt", dachte er, „ ... zum ersten Mal". Ihm fiel ein, dass er sie seit Tagen anrufen wollte. Aber immer hatte er etwas anderes zu tun gehabt oder war sich albern dabei vorgekommen. Jetzt nahm er es sich fest vor. Er wünschte sich nichts mehr, als dieses Lächeln wiederzusehen.

Das 'Distrikt Coffee' befand sich nicht weit entfernt von der Museumsinsel. Es hatte Anfang des Jahres als amerikanische Kaffeebar eröffnet. Die ausschließlich englischsprachige Speisekarte war bei Facebook einzusehen. Es gab „Superfood Bowl" - Chiasamen mit Kokosraspeln, „Eggs on Toast" mit gegrillten Tomaten und Avocado sowie „Caesar Salad" mit Räucherforelle. Seit ein paar Tagen war auch der Außenbereich vor dem Restaurant mit Bistrotischen und -hockern bestuhlt.
Dort wartete Balkis seit zehn Uhr. Er hatte Lynna zu einem zweiten Frühstück eingeladen. Sie hatte überrascht und erfreut zugesagt. Zumindest hatte er das dem Klang ihrer Stimme entnommen. Balkis,

dessen schwarze Haare von der Dusche noch leicht glänzten, trug über der Jeans und dem grauen T-Shirt ein hellbraunes Leinensakko. Er war nervös und bestellte sich am Bistrotisch einen Espresso. Er fragte sich, ob ihr die Atmosphäre in diesem etwas hektischen Kaffee gefallen würde.

„Hallo!", hörte er rufen und sah Lynna mit wehenden blonden Haaren. In auberginefarbener Lederhose und grauem Pulli kam sie auf ihn zu. Er blickte sie von weitem an und bemerkte das Lächeln aus seinem Traum. „Hast du schon ohne mich angefangen?", fragte sie herausfordernd, als sie kurz vor ihm stand. Dann umarmte sie ihn und hauchte ihm einen Kuss auf die Wange. „Guten Morgen!"

Balkis war verwirrt. Die Umarmung, ihre Nähe – das war genau, was er sich seit dem Traum gewünscht hatte. „Nein, habe ich nicht ... nur ein Kaffee", stotterte er. „Guten Morgen!", setzte er hinzu. „Entschuldigung!" Er sah in ihr lächelndes Gesicht.

„Wollen wir?", entgegnete sie. „Komm, trink aus!" Sie hielt ihm ihre Hand hin. Balkis trank den letzten Schluck und griff nach der Hand. Die Situation kam ihm unwirklich vor. Von ihr geführt betrat er das Restaurant. „Ich möchte mich noch bei dir bedanken", sagte sie, als sie zwei Plätze am letzten freien Tischchen gefunden hatten. Das 'Distrikt Coffee' war klein und gut besucht.

„Wofür?", fragte er und blickte auf ihre lackierten Fingernägel – dasselbe Lila wie die Lederhose.

„Dein Artikel in der WOCHE natürlich." Sie zog die Brauen hoch. „Das war der Hammer! Hat an der Uni fast noch mehr Resonanz gebracht als die Tageszeitungen nach der Veranstaltung."

„Ach ja!", lachte Balkis. „Ich habe Glück gehabt. Die Redaktion fand den Online-Artikel so gut, dass ich ihn nochmal für die Printausgabe am Samstag schreiben durfte – 'Achilleus war Fiktion'."

„'Männerphantasie' zum Raub der Helena fand ich besonders gut", ging Lynna dazwischen. „Das waren genau meine Worte im Museum."

„Nur das Foto mit dem Pferd war albern. Das haben sie eingefügt

ohne mich zu fragen."
Sie schüttelte den Kopf. „Das nennt man Wiedererkennungswert", sagte sie. „Nicht jeder kennt Homer oder Achilleus – auch WOCHE-Leser nicht –, aber alle kennen das Trojanische Pferd."
„Vielleicht hast du recht", erwiderte Balkis und richtete seinen Blick zum ersten Mal von ihr weg auf die Karte. „Was möchtest du essen?"

Sie zog die Mundwinkel nach unten und legte den Kopf in die aufgestützte Hand. „Seit deinem Artikel ist in der Presse nichts Gutes mehr passiert. Ich glaube, ich muss ein Frust-Essen haben. Den Toast mit Ei, Tomaten und Avocado – das Teuerste auf der Karte, fürchte ich."
In fließendem Englisch sprach ihn die freundliche Bedienung an und Balkis bestellte zweimal 'Eggs on Toast'. „Was ist passiert?", fragte er.
„Andere Zeitungen, zwei englische und eine von hier", antwortete sie. „Sie haben mich verrissen. Meine Theorien wären kindisch, ich wäre eine junge Dilettantin." Sie starrte ärgerlich auf den Tisch. „Dabei hatte Seyfried mich gewarnt." Sie hob trotzig die Arme hoch. „Es würden auch noch negative Stellungnahmen kommen, hatte sie gesagt. Jetzt sind sie in den Blättern, die Meinungen aus der altphilologischen, allwissenden Hellas-Mafia. Und ich werde wie ein dummes junges Küken dargestellt. Diese Journalisten sind wirklich nur blöde!" Sie schüttelte den Kopf.
Balkis hatte keinen der besagten Artikel gelesen. Er wollte ihr etwas Beschwichtigendes sagen. „Beim Fußball oder bei Filmstars ist das ja der normale Mechanismus. Heute schreiben dich die Zeitungen in den Himmel und morgen ganz nach unten. Dass das auch beim Thema Wissenschaft so funktioniert, das wusste ich nicht."
„Keine Ahnung!", erwiderte sie sauer. „Du bist doch der Journalist von uns beiden."
„Eggs on Toast for you with Filter Coffee", flötete die Bedienung auf englisch.

„Boah, ist das lecker!", rief Lynna während sie mit der Gabel in Rührei, Avocado-Creme und den gegrillten Tomaten herumstocherte. „So was habe ich ja noch nie gegessen."
„Absolut spitze!", stimmte Balkis zu. Er war froh, dass sie ihre gereizte Stimmung überwunden hatte. „Ich habe mich immer gefragt, wieso es so voll hier ist. Jetzt weiß ich es."
„Pappsatt bin ich", sagte sie wenig später. „Genial für ein zweites Frühstück! Ich meine, es ist gerade erst halb zwölf. Wann soll ich denn zu Mittag essen?" Sie zuckte mit den Schultern.
„Wann weiß ich nicht", grinste er. „Aber ich wüsste wo. Ich kenne da einen Inder ..."
„Hör auf!", unterbrach sie ihn. „Ich esse bis heute Abend garantiert nichts mehr."
„Noch einen Kaffee oder lieber einen Saft?"
„Einen winzigen Espresso ... höchstens."
„Wann fährst du nach Troja?", warf er ein, als die Tassen an den Tisch kamen.
„Gar nicht", entgegnete sie und sah ihn irritiert an. „Wieso glaubst du, dass ich nach Troja fahre?"
„Du hast es selbst gesagt, im Gilgamesch Restaurant." Er war sich nicht sicher, ob er das Recht hatte, diese Frage zu stellen. Aber – egal, was sie denken würde – er wollte es wissen, ob sie dem Vorschlag von Professor Yildiz nachkommen wollte.
„Ja", antwortete sie gedehnt. „Das war kurz bevor wir gegangen sind. Der Professor hatte etwas angedeutet und ich hatte ganz schön getrunken."
„Yildiz hat dich nach Troja eingeladen", setzte er nach.
Lynna sah ihn überrascht an. „Woher weißt du das? Du warst doch gar nicht dabei."
„Von Herforth", entgegnete Balkis. „ ... Kulturreporter bei der BZ. Er hat Yildiz interviewt. Über deinen Auftritt im Museum hat er einen guten Artikel geschrieben."
„Ich glaube, ich erinnere mich. Der mit dem Walrossbart?", fragte

sie.
„Genau", bestätigte Balkis. „Mit Ralph Herforth habe ich in den letzten Tagen öfter gesprochen. Er hat mehr von Professor Yildiz erfahren als er in der BZ geschrieben hat. Der hat bei seinen Ausgrabungen in Troja offenbar etwas gefunden, das er für wichtig hielt. Er hielt das Fundstück für eine Sensation. Das war alles kurz vor seiner Reise nach Berlin. Dort lernte er dich bei deinem Auftritt im Neuen Museum kennen und seitdem hält er dich für eine geistig verwandte Forscherin, sagt Herforth."
Sie hatte mit staunenden Augen seinem Vortrag zugehört. „Wir haben die Dinge ziemlich ähnlich beurteilt, die wir im Gilgamesch diskutiert haben. Ich habe sehr viel von seiner Sicht der Dinge gelernt", räumte sie ein. „Aber um welchen Fund geht es?"
„Das hat Herforth mir nicht gesagt. Ich glaube, er weiß es selbst nicht."
„Aber das muss eine große Sache sein, wenn Yildiz von einer Sensation spricht. Weißt du wirklich nicht mehr?", fragte sie neugierig.
„Nein", wehrte Balkis ab. „Da musst du ihn schon selbst fragen."
Plötzlich lächelte er überlegen. „Oder du musst in die Türkei fliegen. Habe ich vielleicht den Forschergeist in dir angeregt?" Der Espresso war ausgetrunken und die Bedienung kam an den Tisch. An der Tür wartete ein Pulk von Gästen auf den nächsten freien Tisch. Lynna sah ratlos aus und schwieg. „Die Antwort darauf kannst du mir draußen geben" sagte er, zahlte und bestellte noch zwei Red Juice für den Bistrotisch vor dem Restaurant.
Lynna trank einen Schluck aus dem Mix aus Rote Beete, Karotten und Apfelsaft. „Ich kann nicht einfach so abhauen nach Troja. Wir sind mitten im Semester. Ich habe Lehrveranstaltungen jede Woche. Bei Merle sieht es genauso aus. Seyfried würde uns jetzt niemals zu Ausgrabungen in alle Welt fahren lassen." Sie bemerkte im selben Moment, dass sie gelogen hatte. Ihre Professorin hatte sie vor ein paar Tagen erst zu einer Reise nach Troja angeregt.

„Merle?", fragte Balkis. „Was hat sie damit zu tun?"
„Ich dachte ...", antwortete sie zögernd, „ ... dass sie mit mir". Sie stoppte kurz. „Ich meine: Wir sind Freundinnen." Sie unterbrach sich wieder. „Bei unseren Forschungsarbeiten sind wir immer ein gemeinsames Team gewesen. Wir würden nie allein ein Projekt anfangen." Sie hatte gestockt und trank nervös einen Schluck von dem Red Juice. „Es ist so, Balkis", gestand sie schließlich. „Merle und ich sind zusammen." Danach schwieg sie und blickte ihn unsicher an.
„Wie, zusammen?", fragte er verständnislos. Lynna nickte nur leicht mit dem Kopf. Balkis sog tief die Luft ein und richtete dabei seinen Oberkörper auf. Falten traten auf seine Stirn, während er die Augen erstaunt hochzog. Allmählich begann er zu verstehen. „Ihr beide seid ein Paar?", fragte er leise. Dann formulierte er genauer. „Seid ihr ein lesbisches Paar?"
Sie nickte. Gleichzeitig spürte sie Erleichterung und Unsicherheit über ihr Bekenntnis. „Bist du jetzt schockiert?", wollte sie wissen. „Schockiert?", wiederholte er um Zeit zu gewinnen. Er musste in ein paar Sekunden das Bild, das er sich von Lynna gemacht hatte, neu sortieren. Seine Vorstellung von ihr bekam ein ganz anderes Bild. Lynna und Merle? Damit hatte er niemals gerechnet. Alles war gerade anders geworden. Nur die gutaussehende Frau ihm gegenüber war noch dieselbe. Und ihr Lächeln war dasselbe. „Nein, ich bin nicht schockiert", antwortete er. „Überrascht ist das richtige Wort. Ja, überrascht bin ich. Du und Merle – das hätte ich nicht gedacht." Er verlagerte mit den Händen auf den Bistrotisch gestützt sein Gewicht von einem auf das andere Bein. „Ihr seid doch Kolleginnen?", fügte er hinzu und wusste sofort, dass er eine ziemlich unbedachte Bemerkung gemacht hatte.
„Ja, und?", entgegnete sie und blickte ihn fragend an. Ihre graublauen Augen blitzten.
„Entschuldige!" Er wippte leicht nach vorn und hinten. „Das war dusselig. Was ich fragen wollte war, ob davon jemand bei dir auf der Arbeit weiß, also von eurer ... ?" Er wusste nicht weiter.

„Von unserer Beziehung wolltest du sagen", ergänzte Lynna. „Davon wissen alle im Institut. Ich glaube sogar, manche finden uns richtig gut, anders eben." Ein Hauch von Stolz war auf ihrem Gesicht zu erahnen. „Wie findest du es?"
„Ich?", fragte er irritiert. „Dass du mit Merle zusammen bist?" Er überlegte kurz. „Ich finde es okay. Ich habe da keine Vorurteile. Es überrascht mich nur. Und ich habe auch keine Ahnung, das heißt, ich kennen niemanden, der … " Er wusste nicht, wie er fortfahren sollte.
„Du kennst niemanden, der homosexuell ist, meinst du", half sie ihm weiter. „Seitdem ich mit Merle zusammen bin, wundert es mich, dass das so schwierige Wörter sind: homo, schwul und lesbisch. Keiner traut sich, sie wirklich auszusprechen."
„Du hast vielleicht recht", räumte er ein. „Darüber habe ich noch gar nicht nachgedacht." Innerlich bewegten ihn ganz andere Fragen. Er hatte Lynna eingeladen, weil er für sie geschwärmt hatte. Heute morgen hatte er von ihr geträumt. Sie hatte eine Faszination für ihn ausgeübt wie schon lange keine Frau mehr. Er wollte sie für eine archäologische Expedition nach Troja begeistern und er wäre nur zu gern mit ihr zusammen gereist. All diese Vorstellungen waren in den letzten Minuten in seinem Kopf zerplatzt. Dass diese intelligente, gutaussehende Frau einen Partner haben konnte, davon war er in seinen Gedanken schon ausgegangen. Diesen Zustand hätte man ändern können, hatte er zuversichtlich gedacht. Jetzt lagen die Dinge anders. Gegen diese Orientierung würde er keine Chance haben. Balkis war enttäuscht. Er blickte Lynna an und stellte sich vor, dass sie mit Merle Arm in Arm durch die Straßen ging. Dann fiel ihm ein, dass er sie so schon gesehen hatte. Es war ihm nur nicht aufgefallen. Als die beiden vor ein paar Tagen das Gilgamesch verlassen hatten, waren sie umarmt hinaus gegangen. Er hätte da schon etwas merken können. Endlich gewann er wieder die Kontrolle über seine Gedanken. „Wenn dich die Sache mit dem Fundstück in Troja reizt, frag doch deine Professorin. Die weiß von der Sensation von Yildiz ja noch nichts. Vielleicht kannst du die Tour doch gemeinsam mit

Merle machen."

„Meinst du?", fragte sie nachdenklich und gab sich sofort selbst die Antwort. „Natürlich! Seyfried kann noch nichts von diesem Fund wissen. Das hat Professor Yildiz niemandem gegenüber erwähnt. Sogar zu mir war er stumm, obwohl er mich für eine Verwandte im Geiste hält." Sie lachte. „Diese Metapher ist nicht von mir. Du hast mir das vorhin in den Kopf gesetzt, von dem Walrossbart."

„Herforth meinst du", sagte er.

„Ja ja, genau. Aber entschuldige!" Sie griff in ihre blonden Haare und warf sie nach hinten. „Ich muss jetzt über eine Menge nachdenken und dringend mit Merle sprechen, möglicherweise noch mit Seyfried." Sie ging um den Bistrotisch herum und legte die Hand auf seine Schulter. „Danke dir für das geniale Essen! Und danke für deinen Tipp mit dem Fundstück!" Sie hauchte ihm einen Kuss auf die Wange. „Du bist ein Schatz", sagte sie, drehte sich vom Bistrotisch weg und machte die ersten Schritte auf dem Gehweg.

„Ein Schatz", wiederholte Balkis im Kopf. „Ein Scheiß bin ich!", dachte er. „Alles ist daneben gegangen." Er sah ihren blonden Haarschopf langsam in der Menge der Passanten verschwinden. „Wie konnte ich so dämlich sein und die Umarmung im Gilgamesch nicht bemerken?" Er ballte die Faust. Eigentlich hatte er ihr vorschlagen wollen, sie nach Troja zu begleiten. Er hatte mit ihr gemeinsam das sensationelle ausgegrabene Stück ansehen wollen, von dem Ralph Herforth gesprochen hatte. Mit WOCHE ONLINE war alles abgeklärt. Die Kulturredaktion war von seiner Idee begeistert: eine Online-Berichterstattung von Ausgrabungen im antiken Troja mit Video-Sequenzen. Er hatte das Okay des Chefredakteurs für die Reise. Das war nun vorbei. Balkis dachte an die ironischen Worte von Ralph: „Sie gefällt dir" und schüttelte den Kopf. Er wollte ein Bier bestellen, fand aber keines auf der Karte. Das 'Distrikt Coffee' war ein Frühstückskaffee und keine Kneipe.

***

„Ich dachte, du wolltest nicht nach Troja", sagte Merle verwundert. Lynna war gerade in ihr Büro gestürmt und hatte nach ihren Recherchen über das Museum von Canakkale gefragt. „Ich habe alles geklärt. Das ist das offizielle Troja-Museum, obwohl es weit entfernt ist. Aber sag mal!", unterbrach sie sich. „Was ist denn eigentlich mit dir los?"

„Es klingt spannend!", antwortete sie. „Die haben da was gefunden, über das niemand spricht. Auch Yildiz hat neulich zu uns nichts darüber gesagt. Aber es soll eine Sensation sein."

„Sensation?" Merle zog die Brauen hoch. „Woher weißt du das?"

„Von Balkis", sagte sie sofort. „Du weißt doch: Balkis Bartosch, der Journalist, der abends noch in dem Restaurant auftauchte. Er hat mir die Geschichte erzählt."

„Ich weiß, wen du meinst. Und was soll der über einen Fund wissen?" Sie blickte misstrauisch.

„Von einem Kollegen, der Professor Yildiz seit langem kennt – ich habe seinen Namen vergessen –, hat Balkis erfahren, dass dieser bei Ausgrabungen etwas gefunden hat, das er für bedeutend hält. Yildiz hat kurz danach in Berlin meinen Auftritt im Museum erlebt und mich für eine Art geistige Schwester gehalten. Daher kam seine Einladung ins Restaurant. Den Rest kennst du."

Merle runzelte die Stirn. „So ähnlich fangen Geschichten in der Bild-Zeitung an."

„Quatsch!", erwiderte Lynna leidenschaftlich. „Ich nehme diese Sache ernst. Denk doch mal daran, worüber Yildiz mit uns gesprochen hat. Die Sage vom Trojanischen Krieg hat keine historische Wurzel, sondern eine politische Motivation im alten Athen. Wenn er so etwas sagt, dann hält er mit diesem Fundstück vielleicht einen Beweis für diese These in der Hand. Jedenfalls vermute ich das. Nur um uns für seine Theorie zu gewinnen, hat er so lange mit uns gesprochen. Yildiz hält in Troja eine Sensation bereit. Das glaube ich. Deswegen habe ich mich anders entschieden. Ich möchte dahin reisen."

„Ich glaube, er gefällt dir", antwortete Merle mit einem wissenden Lächeln.

„Wer? Yildiz?", fragte Lynna empört.

„Nein", sagte Merle. „Balkis gefällt dir. Aber das habe ich dir schon mal erzählt, besser gesagt ich habe es dir prophezeit, dass du dich in ihn verknallen wirst. Ich kenne dich genau. Ich habe es gesehen, wie du auf seinen zurückhaltenden Charme abfährst. Er sieht gut aus. Das gebe ich zu, auch wenn ich nicht auf Kerle stehe."

„Merle!", rief sie. „Was redest du da?" Sie sprang auf sie zu und nahm sie in den Arm. „Ich liebe nur dich! Du bist das Tollste, was mir passiert ist." Sie küsste sie auf die Wange und dann auf den Mund. Eng umschlungen standen sie im Büro. Merle erwiderte die Umarmung leidenschaftlich, so als wollte sie sich ihrer Freundin versichern. Ihre Hand strich über Lynnas Po.

„Du siehst sexy aus in dieser Lederhose", schnurrte sie und legte auch die andere Hand auf ihren Hintern. „Am liebsten würde ich dich …" Sie unterbrach sich. „ … ach, das kannst du dir gar nicht vorstellen." Merle ließ Lynna langsam los, trat einen Schritt zurück und lächelte verschwörerisch.

„Gibt es etwas, das wir noch nicht ausprobiert haben?", fragte Lynna mit aufreizendem Blick.

„Abwarten!", entgegnete Merle. Ihre schwarzen Augen funkelten. „Wer weiß, was mir noch einfällt, um dich zu beeindrucken." Sie hob den Zeigefinger und bewegte ihn drohend.

„Ich bin wahnsinnig gespannt." Lynna hob mit einer kecken Bewegung ihren Kopf.

Merle machte drei Schritte zu ihrem Schreibtisch. „Schluss jetzt!", sagte sie streng. „Wir sind hier bei der Arbeit." Sie legte die Finger auf die Tastatur ihres Laptops. „Das ist die Homepage des Museums von Canakkale, des Troja-Museums. Dein Professor mit seinem

geheimnisvollen Fundstück ist ganz sicher hier zu finden."
Lynna ging zu ihr, legte den Arm um ihre Schulter und schmiegte den Kopf an ihren Hals. „Ich möchte so gern mit dir nach Troja fahren", flüsterte sie.
„Na, dann geh jetzt zu Seyfried und mach die Sache klar!", forderte sie und gab ihr einen Klaps auf den Po. „Halt!", stoppte sie ihre Freundin noch bevor sie sich weggedreht hatte. „Mit dieser Frisur gehst du nicht zu deiner Chefin!" Sie fuhr mit den Fingern durch Lynnas zerzauste blonde Strähnen und brachte ihre Haare in Ordnung. „Du siehst ja aus, als wärst du aus dem Bett gekommen."
„War ja auch fast so", erwiderte sie und grinste neckisch als sie Merles Büro verließ.

***

Im Vorzimmer von Ilonka Seyfried fiel Lynna ein Bild an der Wand auf. Es war die Luftaufnahme eines grünen Hügels, die so gar nicht zu den übrigen Bildern von antiken Skulpturen und Gebäuden passte. Sie schaute genauer hin und dachte, dass es sich um eine Ausgrabungsstätte handeln musste. Sie sah weiß leuchtende Ruinen und Steinmauern auf der Kuppe des Hügels, offenbar die Spitze einer antiken Stadt, die erst zu ungefähr einem Zehntel ausgegraben war. Ein verblasster Schriftzug war links unten auf dem Luftfoto zu sehen. Das Wort „Hisarlik" konnte sie entziffern. Sie dachte nach und buchstabierte nochmal die unscharfen Buchstaben. Dann war sie sich sicher.
„So, jetzt habe ich Zeit für Sie", war die schnarrende Stimme der Professorin zu hören. Die Tür ihres Arbeitszimmers hatte sich geöffnet und die Studentin, die zur Beratung die Sprechstunde besucht hatte, war mit konzentriertem Blick hinausgegangen. „Kommen Sie herein, Frau Meeves!"

Lynna blieb vor der Luftaufnahme stehen. „Sie haben ein Foto von Troja hier?", fragte sie.
„Ich bin erstaunt." Seyfried ging auf sie zu und blieb vor dem Bild stehen. „Nicht viele meiner Besucher erkennen Troja auf diesem Foto." Sie nickte anerkennend.
„Ich müsste mein Examen zurückgeben, wenn ich nicht wüsste, was Hisarlik ist – der Berg, auf dem die Ruinen von Troja stehen."
„Na, dann kommen Sie mal rein!" Die Professorin ging vor und hielt ihre Tür auf. „Sie wollen ja nun doch zu den Siegern gehören?", fragte sie und berührte ihr Medaillon. „So eine Trophäe ist etwas für Sieger sagten Sie, wenn ich mich recht erinnere. Ich freue mich, dass Sie nach Troja reisen wollen. Vielleicht wartet dort eine Entdeckung auf Sie."
„Ich suche nicht nach einem Schmuckstück", erklärte Lynna. „Jemand soll dort eine Sensation ausgegraben haben. Ich weiß nicht, was es ist, aber vielleicht der Museumsdirektor von Troja."
Seyfried zog ratlos ihre Schultern hoch. „Leider kann ich Ihnen nichts Genaues dazu sagen. Mein alter Freund Evren Yildiz hat über diesen Fund nicht gesprochen." Sie blickte streng. „Ein bisschen verärgert bin ich schon darüber, dass er jetzt sein Geheimnis mit Ihnen teilen will."
„Ich weiß doch auch nichts." Lynna spürte, dass sie in eine peinliche Situation geraten war. „Ich habe die Nachricht von einem Journalisten, der von einem anderen Journalisten diese Info von Professor Yildiz bekommen hat. Es klingt ein bisschen nach Bild-Zeitung. Merle hat das auch gesagt." Sie war unsicher.
„Egal", entgegnete Seyfried. „Etwas Interessantes steckt dahinter, ob Yildiz es mir sagen wollte oder nicht. Es ist schön, dass Sie sich jetzt doch zu dieser Reise entschlossen haben. Vielleicht können Sie das Negativ-Image ausbügeln, das Sie inzwischen in der Presse haben."
„Das sind konservative Kulturpäpste, die da gegen mich schießen", erwiderte sie.
„Ja klar", sagte die Professorin. „Das weiß ich und das wissen alle

Kenner. Aber ich hatte Ihnen ja eine Welle von Kritik vorausgesagt. Für die Außendarstellung der Universität ist so ein Rummel natürlich zunächst mal interessant. Aber auf die Dauer wäre es besser, Sie würden recht behalten mit Ihren Thesen und Sie könnten es wissenschaftlich beweisen." Seyfried sah sie ernst an. „Es ist gut, dass Sie dazu vor Ort recherchieren. Fahren Sie nach Troja!" Ein aufmunterndes Lächeln legte sich auf ihr Gesicht.
„Ja!", nickte Lynna zufrieden. „Das machen wir. Merle hat schon das Museum dort recherchiert."
„Moment, Frau Meeves! Das sehen Sie falsch. Ich weiß, dass Sie ein gutes Team sind. Aber mitten im Semester kann ich unmöglich Sie und Frau Bartholy gleichzeitig entbehren."
Lynna glaubte nicht richtig zu verstehen. „Aber ich dachte, dass wir ..."
„Kann ich mir denken", unterbrach sie und drehte ihr Medaillon zwischen den Fingern. „Aber versetzen Sie sich in meine Lage. Für die zwei, drei Wochen, die Sie weg sein werden, muss ich eine Vertretung für Ihre Lehrveranstaltungen einsetzen. Sie selbst werden dafür auch einiges vorarbeiten müssen. Keinesfalls kann ich gleichzeitig auch noch einen Ersatz für Frau Bartholy organisieren."
Enttäuschung war auf ihrem Gesicht zu sehen. Sie sagte kein Wort.
„Die Sache wäre anders, wenn Sie in den Semesterferien reisen würden. Aber bis dahin sind es noch knapp zwei Monate", gab Seyfried zu Bedenken. „Im Sommer können Sie nach Troja fahren, wann und mit wem Sie wollen, auch zu Zweit mit Unterstützung der Uni."
Lynna legte ihren Kopf in die Hand und überlegte. „Ich kann doch Professor Yildiz in Troja nicht erzählen, dass er mit seinem Fund noch zwei Monate Geduld haben sollen bis ich Urlaub habe." Sie schloss ratlos die Augen.
„Das wäre unklug", urteilte die Professorin. „Sie müssen jetzt fahren. Aber obwohl Sie vor Ort allein sein werden, stelle ich es mir so vor, dass Frau Bartholy sie von hier aus unterstützt. Ich möchte auf der

Homepage des Archäologischen Instituts einen Blog einrichten. Sie werden – wie im Fernsehen – täglich eine kurze Filmsequenz senden. Frau Bartholy und ich werden Ihr Material redaktionell bearbeiten und ins Netz stellen. Alle Welt wird Ihnen bei der Forschungsarbeit zusehen können." Sie blickte ihre Assistentin zuversichtlich an.

„Ein Videoblog von mir?", fragte Lynna. „Auf diese Idee sind Sie doch nicht jetzt erst gekommen?"

„Dieses Konzept verfolge ich schon seit mehreren Tagen, Kollegin." Seyfried runzelte die Stirn. „Sie wissen ja, dass ich mir um die Außendarstellung der Uni Gedanken mache. Erst jetzt, da Sie zugesagt haben, die Reise zu unternehmen, kann ich die Idee mit dem Videoblog umsetzen."

„Jeden Tag ein Film aus den Trümmern von Troja", wandte Lynna ein. So etwas kann auch mal stinklangweilig werden. An manchen Tagen gibt es eben nichts."

„Ein Projekt, das von Evren Yildiz inspiriert ist, wird nicht langweilig. Wenn er sagt, er hat eine archäologische Sensation, dann hat er eine. Schade finde ich nur, dass er mich nicht eingeweiht hat. Vertrauen Sie meinem türkischen Kollegen, Frau Meeves. Er hat da was ganz Großes. Und wenn Sie mal über einen Tag ohne besondere Ereignisse berichten müssen, dann wird Ihnen schon was einfallen, bei Ihrem Temperament." Die Professorin grinste sie an. „Machen Sie es?"

„Ja", sagte Lynna. „Ich bin selbst fasziniert von Yildiz. Ich bin gespannt darauf, was er hat."

***

Balkis starrte flüchtig auf sein Laptop. Die Mail von WOCHE ONLINE mit dem Vertrag für das Projekt in Troja war auf dem Bildschirm zu sehen. Der Verlag übernahm alle Kosten für Flug, Unterkunft und Spesen. Es war der erste Auslandsauftrag, den er in dieser Form angeboten bekam. Wenn er der Redaktion etwas Interessantes liefern konnte, würde seine Reputation als Kulturjournalist enorm steigen. Er würde nicht mehr bei Kinopremieren auf der Straße stehen müssen, um irgendwelche Zuschauer zu interviewen. Für seine Artikel würde es erheblich mehr Geld geben, wenn er in Troja Erfolg hatte. Das wusste er alles und war trotzdem ratlos. Er blickte gleichgültig auf den Screen. Natürlich könnte er mit Lynna in die Türkei fahren, aber unter anderen Vorzeichen als er es sich vorgestellt hatte. Ihm war klar, dass sie unerreichbar für ihn sein würde. Balkis seufzte und wollte die Homepage der Uni klicken, um ihr Foto anzusehen. Dabei unterlief ihm ein Fehler und er sah auf einmal eine Datei mit eigenen Fotos auf dem Schirm. Automatisch ließ er Bilder durchlaufen, die er im letzten Jahr mal zusammengestellt hatte. Plötzlich stoppte er die Dia-Show. Simone war auf einem Foto zu sehen, tanzend vor der Bühne bei einem Rock-Konzert. „Schon ein Jahr her", dachte er und beugte sich näher an den Bildschirm heran. Er kroch mit den Augen in das Bild hinein, glaubte die Musik des Konzerts zu hören und bewegte seine Schultern so als würde er mit ihr tanzen. „Im Sommer lief alles noch super", fiel ihm ein. Simone und Balkis waren ein Jahr lang ein Paar gewesen. Sie schienen wie füreinander gemacht zu sein. Sie, die Handwerkerin, arbeitete als Goldschmiedin für ein bekanntes Juweliergeschäft. Er, der Kopfmensch, versuchte sich als freier Kulturjournalist mit Artikeln über Theateraufführungen über Wasser zu halten. Bei der WOCHE war er damals noch lange nicht. Ihre Unterschiedlichkeit war das Kapital ihrer Beziehung gewesen. Es hatte eine Zeit gegeben, besonders zu Anfang, in der sie sich wie magisch zueinander hinzogen fühlten. Sie hatten genau wegen ihrer Verschiedenheit nie darüber nachgedacht, eine gemeinsame Wohnung zu beziehen. Sie hatten immer viel Raum für sich selbst gebraucht. Aber in den Zeiten, in denen sie zusammen waren, lebten sie ihre Leidenschaft füreinander aus. Die gemeinsamen Stunden waren ekstatisch gewesen, aber tageweise lebten sie manchmal so getrennt voneinander, als würden sie sich gar nicht kennen. Im Bekanntenkreis galten sie als das völlig ineinander verliebte Paar. Vor etwa einem Dreiviertel Jahr war Markus aufgetaucht, erinnerte sich Balkis. Markus war IT-Berater für eine Computerfirma und jobbte nebenbei als DJ bei Geburtstagspartys. Bei einer solchen Feier, die bis in den Morgen ging, hatten sie beide ihn kennengelernt. Markus verkörperte ein modernes weltläufiges Leben mit viel Geld und viel Spaß. Simone war fasziniert von ihm und Balkis merkte, wie wenig er dagegen halten konnte und auch wie wenig davon er wollte. Diese Welt, mit der Markus seiner Freundin imponierte, war ihm fremd. Er spürte immer mehr, dass er Simone verlor. Aber wie in einer Art innerer Kündigung empfand er in diesen Wochen, dass es ihm egal wurde. Als Simone ihm irgendwann im Herbst eröffnet hatte, sie würde die Beziehung mit ihm beenden, hatte er beinahe gleichgültig reagiert. Er hatte nicht um sie gekämpft, sondern es einfach so laufen lassen. Eigentlich, dachte er später manchmal, hatte er seine Freundin einem Angeber kampflos hergeschenkt.

Etwas Wehmut befiel ihn beim Betrachten des Fotos von Simone. Dann klickte er weiter. Es waren noch einige Bilder von ihr zu sehen, aber schließlich suchte er das Bild von Lynna auf der Seite der Uni auf. Er dachte an ihren Blickkontakt vor dem Neuen Museum, an das kurze Gespräch im Restaurant und vor allem an das Frühstück, bei dem er sie so faszinierend gefunden hatte. „Du machst einen Fehler!", dachte er und schüttelte den Kopf. „Bedeutet sie dir nun was oder nicht?", fragte er sich. „Du machst denselben Fehler wie mit Simone. Du musst dir Mühe geben, du musst um sie werben!" Er klappte das Laptop zu, sah aus dem Fenster in den Frühlingshimmel und fragte sich: „Wieso ist Merle eigentlich ein Problem?" Balkis tippte die gespeicherte Nummer von Lynna in sein Smartphone.

„Ja?", erklang die ersehnte Stimme am anderen Ende der Leitung.

„Balkis hier", antwortete er. „Ich bin neugierig. Was macht Troja?"
„Schön, dass du anrufst!", sagte sie. „Es geht bald los, in ein paar Tagen. Ohne deinen Tipp mit dem Fundstück hätte ich diese Chance nicht bekommen. Du hast recht gehabt. Seyfried hatte keine Ahnung von der Sache, aber sie war sofort überzeugt. Deshalb hat sie mich losgeschickt."
„Gratuliere!", rief er. Balkis war froh, ihre Stimme zu hören und stellte sich ihr Gesicht dabei vor. Er wünschte sich, stundenlang mit Lynna telefonieren zu können. „Hast du Genaueres über den Fund erfahren können?", fragte er obwohl er wusste, dass sie nichts Neues wissen konnte. Er wollte einfach nur möglichst lange weiter mit ihr sprechen.
„Nein", war ihre Antwort. „Ich weiß nicht, was die Sensation sein soll, aber ich bin sehr gespannt. Seyfried gibt viel auf die Meinung von Professor Yildiz. Wenn er etwas Wichtiges gefunden hat, dann ist es wichtig, sagt sie." Lynna machte eine Pause. „Nur eins ist total blöd", sprach sie weiter und seufzte kurz. „Ich kann Merle nicht mitnehmen."
„Wieso nicht?" Balkis glaubte nicht richtig verstanden zu haben. „Merle kann nicht mit?"
„Nein", begann sie zu erklären. „Leider! Zuerst war ich ja sauer. Aber nach kurzer Zeit hatte ich die Professorin verstanden. Wir sind mitten im Semester und sie kann nicht eben mal zwei Lehrende abziehen. Die Veranstaltungen für die Studenten müssen ja weiterlaufen."
„Ich verstehe", antwortete er. „Ist ja klar", fügte er hinzu und spürte gleichzeitig eine völlig neue Freiheit in sich. Er atmete tief durch. Lynna anzurufen war die goldrichtige Entscheidung gewesen. 'Du musst beharrlich bleiben!', hatte er vorhin gedacht und jetzt sah vielleicht wieder alles ganz anders aus. „Wie geht es nun weiter?", fragte er.
„Seyfried stellt sich vor, dass ich eine Art Videoblog von Troja aus sende. Ich soll mich auf die Spuren von Professor Yildiz Fundstück

begeben, jeden Tag ein Video darüber machen und Merle bearbeitet das hier zu Hause. Der fertige Blog soll auf der Homepage der Uni erscheinen."
Balkis konnte nicht glauben, was er gehört hatte. Es gab eine Chance für ihn, an ihrer Seite zu sein.
Lynna hatte offensichtlich genau denselben Job, den er von WOCHE ONLINE auch angeboten bekommen hatte. „Wäre es dir recht, wenn wir zusammen nach Troja fahren?", fragte er.

Archäologisches Museum, Canakkale

„Wir werden abgeholt", versicherte Lynna als das Flugzeug im Anflug auf Istanbul war. „Yildiz hat mir gerade das Foto seines Fahrers aufs Handy geschickt, mit einem Schild in der Hand."
„Ein Schild mit seinem Namen drauf", stellte Balkis mit einem Blick fest. Er streifte kurz mit dem Gesicht ihr Haar, während er sich hinüberbeugte, und er roch den verblassenden Duft ihres Parfüms. Ihm fiel ein, welches unglaubliche Glück er in den letzten paar Tagen gehabt hatte. Nicht nur, dass Merle gezwungen war zu Hause zu bleiben, sondern auch, dass Lynna und er einen fast identischen Auftrag für ihre Troja-Reise bekommen hatten. Es war sehr naheliegend, dass sie diese Fahrt gemeinsam unternahmen. Offensichtlich war Lynna froh, mit ihm reisen zu können. Heute früh am Flughafen hatte sie ihn zur Begrüßung umarmt. Und nun war es kein Traum, dass er neben ihr im Flugzeug saß. Sie hatte den Platz am Fenster und er betrachtete sie von der Seite. Er sah die lebhaften graublauen Augen und die scharf ausgeprägten Wangen, über die ihre blonden Haare fielen. Eine Anzahl verblasster Sommersprossen waren darauf zu sehen. Ihre schmalen Lippen schienen ständig zu lächeln. Ein cremefarbener Schal bedeckte ihren Hals.
„Stimmt was nicht?", fragte sie nach einer leichten Drehung ihres Kopfes. Sie schien bemerkt zu haben, dass er sie musterte.
„Alles gut." Er schüttelte den Kopf und zeigte zum Fenster. „Da vorn kommt Istanbul." Das Flugzeug verlor an Höhe und drehte von Nordwesten auf die Stadt zu. Ein Häusermeer war zu sehen und ein Gewässer, in dem Hunderte von Schiffen wimmelten – der Bosporus, der sich weiter entfernt zum Marmarameer hin öffnete. Eine Brücke tauchte in dem kleinen Fenster auf.
„Die Bosporus-Brücke", sagte Balkis. „Sieht aus wie die Golden Gate. Sie verbindet Europa und Asien", fügte er hinzu. „Pass auf! Da kommen die Sehenswürdigkeiten." Sie überflogen den Stadtteil

Besiktas. „Da siehst du gleich den Topkapi-Palast." Er drängte sich mit ihr zusammen ans Fenster. „Und hier ist die berühmte Hagia Sofia." Aufgekratzt berührte er mit dem Zeigefinger die Fensterscheibe. Dann neigte sich die Maschine und ließ ein tiefes Brummen vernehmen. Sie flogen über eine Wohnsiedlung mit Hochhäusern, ein Industriegebiet und sahen im Landeanflug die ersten Gebäude des Flughafens.

„Du kennst dich gut aus", lobte Lynna, während das Flugzeug aufsetzte. „Danke dir für deine Sightseeingtour! Ich bin sonst bei Landungen immer schrecklich aufgeregt. Aber mit dir fand ich es jetzt zum ersten Mal richtig locker."

„Ich war schon mal hier", entgegnete er. „Istanbul von oben kenne ich ein bisschen."

Beim Verlassen des Flughafengebäudes umfing sie die Hitze. Das Thermometer kletterte im Mai des mittags häufig auf dreißig Grad. Zugleich prallten sie auf eine hin und her laufende Menge von Menschen. Flugreisende wurden erwartet und abgeholt. Autos fuhren an dem Gebäude vor und hupten. Touristen schoben ihre Kofferkulis quer über die Fahrbahn. Taxifahrer machten mit lauten Rufen mögliche Fahrgäste auf sich aufmerksam. Der Vorplatz glich einem Chaos.

Lynna und Balkis schauten nach einem Schild, auf dem der Name „Yildiz" stand, so als wäre das ein Hotel oder eine Reiseagentur. Mehrere ähnliche Schilder wurden hochgehalten und Gruppen von Touristen sammelten sich dahinter. Einen Fahrer mit der gesuchten Aufschrift konnten die beiden nicht ausmachen. Unschlüssig begaben sie sich zum Taxistand, um sich zu irgendeinem Hotel fahren zu lassen. Einige Taxifahrer bewegten sich auf sie zu und sprachen geschäftig auf sie ein. „Byzantium Hotel", rief einer und hielt die Hintertür seines Wagens auf. Kollegen von ihm riefen dazwischen und drängten sich vor. Plötzlich bewegte sich über den Köpfen der Fahrer ein Schild mit der Aufschrift „Yildiz". Der Mann, der das Schild hielt, ging zwischen den Leuten hindurch. „Sie müssen

Frau Meeves sein", sagte er auf deutsch und zeigte ein Foto auf seinem Smartphone.
Lynna nickte. „Das bin ich." Sie zeigte ihm das Gegenstück auf ihrem Handy. „Und das sind Sie."
Der Fahrer lächelte. Er zeigte in Richtung Parkplatz. „Ich habe den Auftrag von Professor Yildiz, Sie gleich nach Canakkale zu bringen. Das dauert etwas mehr als vier Stunden. Zwischendurch werden wir Rast machen und etwas essen. Aber zuerst zeige ich Ihnen Istanbul."

***

Balkis schlief in den Rücksitz eingesunken, den Kopf an den Türrahmen gelehnt. Lynna brannten die Augen vor Müdigkeit, aber sie war zu aufgeregt, um die Lider zu schließen. Die Fahrt auf der Landstraße von Istanbul am Marmarameer vorbei war landschaftlich spektakulär gewesen und nun hatte Cem, der Fahrer, gesagt, dass es bis Canakkale nicht mehr weit wäre. Abgesehen von neugierigen Blicken aus dem Fenster, verfolgte sie die Route auch auf ihrem Handy. Sie wusste, dass sie nur noch ein paar Minuten zu fahren hatten und zoomte den Kartenausschnitt in google maps so groß, dass sie Troja erkennen konnte. Lynna war fasziniert. Um dorthin zu kommen, waren sie heute früh in Berlin gestartet, hatten über zweitausend Kilometer zurückgelegt und waren jetzt ganz nah an dem legendären Ort. Sie verspürte den Pioniergeist einer Entdeckerin in sich. An einer Abzweigung bremste Cem den Wagen ab. Im Vorbeifahren sah sie ein Ortsschild. Balkis wachte auf und stöhnte. Sein steifer Nacken schmerzte vom Kopf bis zur linken Schulter.
„Wach werden, Balkis!", rief sie. „Wir sind da."
Cem fuhr in die verzweigten Straßen der Kleinstadt Canakkale hinein und wenige Minuten später hielten sie vor dem Archäologischen

Museum. Vor der Tür stand ein etwa sechzigjähriger hagerer, weißhaariger Mann. Er trug ein weißes Hemd und Krawatte zum dunkelgrauen Anzug. Professor Yildiz lächelte. Er schien schon länger über die Ankunft der Gäste informiert zu sein.

„Frau Meeves, Herr Bartosch!", begrüßte er sie. „Es freut mich, dass Sie so schnell den Weg zu mir gefunden haben." Er ging auf sie zu.
„Herr Professor!", entgegnete Lynna. „Ich bin froh, endlich hier zu sein – in der Nähe des guten alten Troja. Herrn Bartosch von WOCHE ONLINE kennen Sie ja. Wir beide arbeiten zusammen." Sie zeigte auf Balkis.
„Ich weiß, Frau Meeves", sagte Yildiz und wies mit der Hand in Richtung Eingangstür. „Frau Seyfried hat mich darüber unterrichtet, dass Sie zu Zweit kommen." Er hielt die Tür des Museums auf und geleitete die Besucher in das Foyer. „Verzeihen Sie! Ich möchte heute Abend keine Führung mehr machen, aber zu meiner Wohnung gelangt man nur durch das Museum." Er ging durch die Eingangshalle, die von einer Marmorskulptur des römischen Kaisers Hadrian beherrscht wurde, öffnete eine Seitentür und geleitete die Gäste in den Flur seiner Privaträume. „Hier bin ich zu Hause", sagte er lächelnd. „Direkt neben meinen Ausstellungsstücken. Seien Sie willkommen!"
Lynna und Balkis folgten ihm und hatten weiterhin den Eindruck im Museum zu sein. Auch der Flur und das Wohnzimmer, das sie daraufhin betraten, machten mit antiken Skulpturen und Amphoren ganz den Eindruck einer Ausstellung. Die Bilder an den Wänden, die als Zeichnungen oder Fotografien Ansichten von Troja zeigten, unterstrichen diese Wirkung. Das „Arkeoloji Müzesi" von Canakkale war das zuständige Museum für die Ausgrabungsstätte und der Hausherr zeigte das gern auch in seiner Wohnung. Professor Yildiz bat die Gäste Platz zu nehmen. Kurz darauf betrat seine Frau Sevim den Wohnraum. In den Händen hielt sie ein silbernes Tablett, auf dem vier kleine Teegläser standen. „Eine kleine Erfrischung für Sie",

sagte sie. „Nachher werden wir ein Abendessen servieren. Herzlich Willkommen!" Sie stellte das Tablett auf dem Tisch ab.

Evren Yildiz hob sein Glas. „Ich freue mich, dass Sie es möglich machen konnten. Es gibt noch mehr zu erzählen als neulich im Restaurant in Berlin. Aber vorher werde ich Ihnen Ihre Zimmer zeigen. Es kommen oft Altertumsforscher zu uns. Deshalb verfügt das Museum über einige Gästezimmer."

„Sind das Bilder von Troja?", fragte Lynna aus Höflichkeit. Tatsächlich hatte sie die Motive genau erkannt.

„Ja", antwortete Yildiz und ging zur Wand, um die Bilder zu erläutern.

„Wie weit ist es von hier aus bis dahin?", unterbrach sie.

„Nicht weit", entgegnete er. „Eine halbe Stunde mit dem Auto." Er sah sie erstaunt an. „Sie wollen doch nicht heute Abend noch ...?" Er unterbrach sich. „Sie sind schon den ganzen Tag unterwegs gewesen. Ich dachte, Sie wären müde."

„Stimmt", lächelte sie. „Wir sind den ganzen Tag gereist, um nach Troja zu kommen. Und jetzt sind wir fast da. Es ist doch noch lange genug hell für eine halbe Stunde." Ihre Augen leuchteten. Sie blickte Balkis an und sah, wie er ihr zustimmend nickte.

„Gut", sagte Yildiz. „Ich sehe, sie tragen einen echten Forscherdrang in sich. Der Zeitpunkt ist günstig gewählt. Abends nach sechs hält sich kein Tourist mehr auf dem Gelände auf." Er nahm seine graue Anzugjacke von einem Stuhl und machte den beiden ein Zeichen mit der Hand. „Kommen Sie mit!", rief er. „Ich fahre Sie nach Troja."

***

Der Wagen fuhr durch eine leicht hügelige Gegend mit vereinzelten Dörfern und grünen Feldern. Manchmal gab es in der Abendstimmung einen faszinierenden Blick auf das Wasser der

Dardanellen, die nicht weit entfernt in das Ägäische Meer übergingen. Dann ging die Fahrt wieder über Land und Lynna und Balkis wurde langweilig. Die Fahrt dauerte schon über eine halbe Stunde und sie durchquerten Ackerflächen und kleine Dörfer. Die Sonne neigte sich. Plötzlich wies Yildiz mit der Hand nach vorn. „Hisarlik", sagte er. Ein kleiner Hügel war zu sehen, wenig später ein Schild: „Troia 2 km". Der Wagen fuhr von der Landstraße ab, an einigen landwirtschaftlichen Gebäuden vorbei bis zu einem Zaun am Fuße des Hügels.
„Wir sind da", sagte Yildiz, stieg aus dem Auto und ging auf ein verschlossenes Tor im Zaun zu. „Das ist Troja". Er grinste verschmitzt. „Glücklicherweise habe ich alle Schlüssel für diese heilige Stätte." Er schloss auf und schob das quietschende Tor zur Seite. Lynna konnte im Vorbeigehen eine Tafel wahrnehmen, auf der die Rekonstruktion der antiken Stadt zu sehen war. Mehr wies von außen nicht auf diese Legende der Altertumsforschung hin. Ein geschwungener Sandweg führte zur Ausgrabungsstätte. Die Nachbildung des hölzernen Pferdes überragte den Platz, auf den sie zugingen. Tagsüber tummelten sich hier die Touristen, die über eine Treppe in den Bauch des Pferdes gelangen konnten. Dort gab es Fenster, aus denen viele gern für einen Schnappschuss herauswinkten. Am Rande des Platzes befand sich vor dem Eingang ein Imbiss und ein Laden mit Postkarten und Souvenirs. Yildiz schloss die Tür zur Ausgrabungsstatte auf. Nach einigen Schritten standen sie vor einer aus rötlichen Ziegeln gemauerten schräg ansteigenden Stadtmauer. Ihre Höhe betrug etwa fünf Meter, aber die Tafel mit einer Zeichnung des ursprünglichen Zustands zeigte, dass sie einmal doppelt so hoch gewesen war und sich darauf noch Türme befanden.
„Troja ist zweitausend Jahre lang immer wieder neu gebaut worden", erklärte Yildiz. „Man hat bisher zehn verschiedene Schichten freigelegt. Wir sprechen also eigentlich über zehn Städte. Das Troja, das alle interessiert – also die Zeit des angeblichen Trojanischen

Krieges – ist in der Ebene Nummer sieben zu finden. Wir stehen hier vor der Stadtmauer aus dieser Zeit." Der Weg führte ein paar Schritte an der Mauer entlang, als sich von der rechten Seite eine weitere Mauer erhob, die ebenso schräg ansteigend mit der Stadtmauer eine enge Gasse bildete. Sie gingen durch diese Gasse bis der Weg hinauf nach links abbog.

„Soll das die Stadtmauer sein, vor der Achilleus und Hektor gekämpft haben", fragte Lynna.

„Das sollte sie vielleicht sein", antwortete Yildiz lächelnd. „Aber – ehrlich gesagt – als Archäologe befasse ich mich mit diesen Figuren nicht. Achilleus und Hektor sind Mythen, sagenhafte Gestalten, aber sie sind nicht Geschichte."

„Was ist denn die wirkliche Geschichte von Troja?", fragte Lynna, während sie eine Rampe aus glatt polierten Steinen hinaufgingen.

„Dies war möglicherweise ein Aufgang zum Stadttor, flach und breit angelegt, damit Pferde und Wagen hinaufkommen konnten." Er machte eine Pause. „Die wirkliche Geschichte von Troja, nach der Sie fragen, kenne ich auch nicht genau. Sie hat aber mit Sicherheit nichts zu tun mit dem Pferd, das da draußen steht. Das trojanische Pferd ist ein Märchen, wie vieles andere auch."

„Sie haben vorhin vom angeblichen Trojanischen Krieg gesprochen. Das interessiert mich." Sie blieb mitten auf der Rampe stehen. „Ich bin selbst der Auffassung, dass nicht viel historisch Wahres dahinter steckt."

„Ich weiß." Yildiz nickte. „Ihren Auftritt in Berlin habe ich noch in Erinnerung. Sie haben alle konservativen Altphilologen erschüttert. Meinen Respekt, Frau Meeves! Den alten Lord Byron zu provozieren, das traut sich nicht jeder."

„Ich wusste gar nicht, wer das ist", schwächte sie das Lob ab. „Aber was meinten Sie nun mit dem angeblichen Trojanischen Krieg?"

„Es hat ihn nicht gegeben." Yildiz stützte die Arme in die Hüfte. „Mehr möchte ich jetzt nicht sagen, gern nachher, wenn wir beim Abendessen sitzen." Er ging zum Rand der steinernen Rampe und deutete mit dem Zeigefinger nach unten. „Da sehen Sie eine kleine Grünfläche neben der Mauer. Die meisten Touristengruppen gehen daran vorbei. Es gibt ja auch nichts zu sehen. Aber dort soll die Stelle gewesen sein, an der Schliemann den Schatz des Priamos ausgegraben hat – den angeblichen Schatz." Er lachte. „Dieses Wort benutze ich heute wohl zu oft."

Lynna antwortete nicht, sondern blickte staunend hinunter. „Hier hat mal der Schmuck der schönen Helena gelegen", dachte sie und wurde fast andächtig. „Vor ein paar Tagen habe ich im Neuen Museum vor diesen goldenen Klunkern gestanden."

Balkis trat neben sie und blickte auf die unscheinbare grün überwachsene Stelle. „Jetzt bist du ein bisschen beeindruckt", stellte er fest.

„Dieser Schliemann war ein Scharlatan, ein Aufschneider und auch ein Dieb", sagte sie. „Aber für seine Zeit war er ein großer Archäologe. Deswegen bin ich an diesem Ort etwas ergriffen. Auch wenn ich diesen ganzen Spuk mit Troja nicht glaube. Diese Grabung von Schliemann war für damalige Verhältnisse sensationell." Sie nahm ihr Smartphone aus der Tasche. „Sollten wir mit unserem Video-Blog nicht gleich jetzt beginnen?"

Balkis lief die Rampe runter und filmte sie ab. Dann schwenkte er zur Stadtmauer, ging nach oben und richtete sein Handy auf die grün bewachsene Grabungsstelle. Mit einer Nahaufnahme von Lynna beendete er die Sequenz. Sie stiegen weiter den Hisarlik-Hügel hinauf. Oben angekommen überblickten sie das ganze Gelände. Es war, das mussten sie sich eingestehen, kein besonders spektakulärer Anblick, den sie vor Augen hatten. Dieses legendäre Troja bestand aus höchstens in Kniehöhe erhaltenen Hausmauern, steinernen Umrissen einer ziemlich kleinen Stadt, überwachsen von Gras. Es gab keinen Tempel, keine Säulen, mit Hilfe derer sich die Vorstellung einer großen Vergangenheit bilden konnte. Es war nur der mythische Name der Stadt und die weltbekannte Sage, die diesem Sammelsurium von Trümmern Leben einhauchte.

„Sehen Sie das Meer dahinten?", fragte Yildiz. „Es ist fast sechs Kilometer entfernt. In der antiken Zeit reichte es bis an Troja heran. In dreitausend Jahren ist die ganze Ebene verlandet. Damals könnten die Griechen mit ihren Schiffen hier unten angekommen sein. So erzählt es uns die Sage. Dann hätten sie da unten ihr Lager aufbauen müssen." Er schüttelte den Kopf.

„Sie glauben nicht daran?", fragte Lynna, während Balkis das Panorama auf dem Smartphone festhielt.

„Nein", antwortete Yildiz. Dann zeigte er auf einige Zelte in der Ebene. „Da graben Kollegen von uns, britische Forscher. Sie wollen beweisen, dass Troja früher viel größer war. Aber kommen Sie! Es ist spät geworden, Zeit nach Hause zu fahren." Sie gingen zum Ausgang zurück. Es war trotz der frühen Abendstunde immer noch drückend warm. Balkis merkte, dass es ein Fehler war, am Morgen in Jeans das Flugzeug betreten zu haben. Er stieg verschwitzt ins Auto ein. Lynna überkam erst jetzt, da sie auf der Rückfahrt von Troja war, die Müdigkeit nach einem langen Reisetag. Ihre Augen brannten, aber sie wollte noch nicht einschlafen.

„Ich muss zugeben, dass ich ein bisschen enttäuscht bin", sagte sie, während der Professor sie nach Canakkale zurückfuhr. „Dieses Troja hat nicht viel von dem antiken Kick, den ich anderswo gespürt habe, mit Ausnahme der Stadtmauer vielleicht. Ich meine … ", versuchte sie zu erklären, „ … in Ephesus siehst du ein riesiges Theater, in Mykene hast du wenigstens das Löwentor und in Olympia liegen die Reste des Zeus-Tempels an der Erde und das Stadion ist da. Aber hier …" Sie schüttelte den Kopf.

„Ich weiß, was du meinst", entgegnete Balkis. „Es ist nicht sehr viel zu sehen, bei dem man sich was vorstellen kann. Mir ist es damals genauso gegangen."

„Wie? Damals?", fragte sie überrascht. „Du warst schon mal hier?"

„Ja", sagte er. „Das ist eine Ewigkeit her. Damals war ich Schüler. Auf einer Klassenfahrt haben wir Troja besucht und Pergamon und

Ephesus. Ich hatte mich als Kind glühend für die Geschichte vom Trojanischen Krieg interessiert. Die Belagerung, alle diese Helden und dann die List mit dem hölzernen Pferd! Als ich die Ausgrabungsstätte gesehen hatte, war ich genauso enttäuscht wie du jetzt. Ich hatte mir alles imposanter vorgestellt und vor allem viel größer."
„Größer", rief Lynna entschieden. „Du sagst es! Wenn Troja damals eine so mächtige Stadt war, muss sie viel größer gewesen sein als dieser Hisarlik-Hügel." Wenige Kilometer klimperte sie mit den Augen, begann gleichmäßig durch die Nase zu atmen und schlief auf dem Rücksitz des Wagens ein.

***

„Ende des Ausflugs", sagte Yildiz, als sie am Museum angekommen waren. „Nach dem Abendessen werden Sie es nicht bereuen, meiner Einladung aus dem Restaurant Gilgamesch gefolgt zu sein."
„Ich erwarte nichts weniger als eine Sensation von Ihnen", antwortete Lynna. „So ungefähr hat es jedenfalls meine Chefin, Frau Seyfried, ausgedrückt."
Yildiz lächelte. „Lassen Sie sich überraschen! Meine Frau hat etwas vorbereitet. In einer halben Stunde vielleicht? Dann haben Sie Zeit, sich etwas frisch zu machen. Sie sind ja schon seit zwölf Stunden unterwegs."
Sevim Yildiz stand in der Tür, um sie auf ihre Zimmer zu geleiten. Ein würziger Duft nach Kräutern und Gebratenem stieg ihnen in die Nase, als sie das Haus betraten. „Es ehrt uns, dass Sie so schnell von Berlin hierher gekommen sind", sagte die Frau des Museumsdirektors, während sie auf der Treppe voranging. „Mein Mann freut sich über Ihren Besuch. Er hat etwas Außergewöhnliches entdeckt. Hier sind Ihre Zimmer." Sie schloss zwei Türen im ersten

Stock auf. Lynna und Balkis verschwanden mit ihren Rucksäcken dahinter.

Nachdem er sich zehn Minuten lang unter der Dusche erholt hatte, klopfte Balkis an der Tür seiner Nachbarin. „Wir haben noch Zeit, unseren ersten Blog nach Berlin zu schicken – Erkundung in der Ausgrabungsstätte. Was hältst du davon, wenn wir zusammen das gleiche Video an unsere Empfänger senden?"

„Cool", antwortete sie lächelnd. „Das spart Zeit. Zeig mal, was du hast!"

„Die Stadtmauer, den Schwenk zur Rampe und Schliemanns Fundstelle", erklärte er, während er ihr das Handy hinhielt. „Dann ist da noch das Panorama von oben mit dem Blick zum Meer. Ich kann schnell einen Text darauf sprechen und das Video absenden."

„Schaffst du das?", fragte sie. „Wir sollen gleich zum Essen runter."

„Kein Problem. Dazu bin ich Journalist. Ich habe den Text schon im Kopf. Ich brauche nur noch die Mail-Adresse deiner Uni." Er gab ihr sein Handy.

„Ja ... das ist toll!", entgegnete sie irritiert und gab die Daten der Uni ein. „Du schreibst meinen ersten Blog. Danke dir! Ich werde noch mal kurz mit Merle sprechen."

Balkis ging in sein Zimmer. Die Erwähnung von Merles Namen hatte ihn gestört. Er hielt sein Smartphone in der Hand und brachte nicht die Konzentration auf, einen Text darauf zu sprechen. Warum war er so abgelenkt?, fragte er sich. Mit welchem Recht machte er sich Gedanken darüber, mit wem Lynna telefonierte? Mit keinem. Dieses Aufkommen von Eifersucht musste er sich selbst verbieten. Er sprach den Text zu den Videos ins Handy und schickte die Datei ab. Morgen würde auf der Homepage der Uni und auf WOCHE ONLINE derselbe Blog aus Troja erscheinen. „Alles ist wunderbar!", dachte er. „Du warst heute den ganzen Tag mit ihr zusammen. Das war vor ein paar Tagen noch dein Traum. Und jetzt ist er Wirklichkeit." Balkis lächelte und schüttelte den Kopf.

***

Im Atrium vor dem Esszimmer lagen mehrere Stücke Lammkarree auf dem Grill. Der Duft nach gebratenem Fleisch, Gewürzen und Knoblauch zog hinein. Auf dem Tisch standen Platten mit Bulgur, Falafel und Meze, türkischen Vorspeisen. Ein großes Stück Fladenbrot lag auf jedem Teller.

„Lassen Sie es sich schmecken, Kollegen!", sagte Evren Yildiz, als Lynna und Balkis den Raum betraten. „Ich freue mich, dass Sie bei uns sind. Meine Frau hat etwas Köstliches vorbereitet."
Sevim Yildiz wies die beiden weiß gekleideten Küchenhilfen an, das Fleisch vom Grill zu nehmen. Darauf schnitt sie mit einem scharfen Messer die Karree-Stücke in kleine Koteletts und lege sie auf die Teller. „Gegrilltes Lammkotelett", sagte sie beim Servieren. „Guten Appetit!"
Die Gäste, die den ganzen Tag unterwegs gewesen waren, spürten erst jetzt, wie groß ihr Hunger war. Eine ganze Weile lang hörte man nichts außer dem Kauen der Menschen und dem Klappern von Besteck. Die Koteletts verschwanden allmählich, das Brot wurde weniger und die Teller mit den Vorspeisen leerten sich.
„Köstlich!", unterbrach der Professor das genießerische Schweigen der Runde. „So etwas Leckeres habe ich lange nicht gegessen. Danke, Sevim!" Er verbeugte sich kurz.
Balkis nahm mit einem Stück Brot den Rest von der Soße auf. „Ich kann mich nur anschließen, Frau Yildiz. Ihr Essen war ein Erlebnis."
„Super!", fügte Lynna an. „Fast hätte ich bei diesem Lammkotelett vergessen, dass Sie noch etwas Interessanteres für uns haben, Professor." Sie blickte ihn mit großen Augen an.
„Ja", antwortete er gedehnt. „Das Fundstück. Deshalb sind Sie ja überhaupt hierher gekommen. Ich hole es gleich aus dem Keller. So lange können Sie noch einen Kaffee trinken oder ein Glas Wein."

„Ich kann Alkohol nicht nicht gut vertragen", lehnte Lynna ab.

Während Sevim Yildiz den Küchenhilfen einen Wink gab, verschwand ihr Mann im Archiv des Museums. Die Angestellten deckten den Tisch ab und kamen kurz darauf mit Kaffee in kleinen Mokkatassen. Nur für den Professor brachten sie noch eine Flasche Wein. Dann kam Yildiz zurück. Er hielt etwas in ein weißes Leinentuch Eingeschlagenes in den Händen. Es hatte die Größe eines Tabletts. Vorsichtig legte er das Stück auf den Tisch und schlug das Tuch zur Seite. Eine hellbraune gebrannte Tontafel kam zum Vorschein. Sie war annähernd rechteckig und so groß wie zwei Blätter Papier. Schriftzeichen waren zu erkennen.

„Diese Schrifttafel habe ich vor ein paar Tagen in der Ebene vor Troja gefunden, nicht weit weg von der Grabungsstelle der Engländer", erklärte Yildiz. „Der Fundort befand sich in etwa zwei Meter Tiefe. Wir durchkämmen die Ebene seit Jahren systematisch, weil wir glauben, dass Troja größer war als das, was man heute auf dem Hügel sieht. Dieser Fund könnte es beweisen." Er sprach nicht weiter, sondern zeigte auf die Tafel. „Sie sehen Schriftzeichen. Wenn Sie genauer hingucken, bemerken Sie zwei verschiedene Schriften."
Lynna und Balkis beugten sich weit über den Tisch. „Das eine könnte griechisch sein", sagte sie.
„Bravo!", entgegnete Yildiz. „Es ist griechisch. Ich habe natürlich sofort versucht, die Schrift zu entziffern. Es ist mir bei dem griechischen Teil auch gelungen. Offensichtlich handelt es sich um die öffentliche Bekanntmachung einer Hochzeit. Aber bei der anderen Sprache brauchte ich länger. Sie sehen die Keilschrift im oberen Bereich der Tafel? Es ist genauer gesagt hethitische Keilschrift. Sie sehen das an den Zacken über den Buchstaben. Diese Schrift ist ziemlich gut erforscht. Mit Hilfe von Kollegen konnte ich den Text übersetzen. Es stellte sich heraus, dass der Inhalt identisch ist mit dem griechischen Text. Es handelt sich um die Bekanntgabe einer Königshochzeit. Wahrscheinlich wurde sie ausgehängt an

einem Gebäude, ähnlich wie wir heute das Aufgebot im Rathaus kennen. Einen Unterschied gibt es nur beim Namen der Eheleute. Sie sind verschieden, in hethitischer und in griechischer Sprache. Das hat uns erst ziemlich verwirrt. Aber jetzt ist mir der Sachverhalt klar. Bitte, lesen Sie selbst!", forderte der Professor.

Lynna sah ratlos auf den oberen Teil der Tafel. Die Zeichen der Keilschrift waren ihr schon immer vorgekommen wie ein Drahtverhau. Mehr Erfolg hatte sie mit den griechischen Buchstaben. Sie erkannte „BASILEA" für Königin und konnte das Wort für Hochzeit entziffern. Plötzlich erschrak sie und fuhr mit den Fingern entlang der eingebrannten Buchstaben. „Mein Gott!", rief sie. „Da steht „ELENA". Ist das vielleicht ..." Sie verstummte. „Ist das die Helena aus der Troja-Sage?"

„Sie haben völlig recht, Frau Meeves", antwortete Professor Yildiz. „Das hatte ich auch vermutet, als ich diesen Namen gelesen hatte. Aber jetzt lassen Sie mich den ganzen Text übersetzen, wie gesagt: Der Inhalt ist genau gleich, nur die Namen sind unterschiedlich: „Königin Inaara von Hatussa erwählte den Prinzen Pasiya von Wilusa zu ihrem Mann und brachte ihn in ihre Stadt." Yildiz lächelte. „So weit die Übersetzung der hethitischen Keilschrift, jetzt der griechische Text: „Königin Helena von Hatussa erwählte den Prinzen Paris von Troja zu ihrem Mann und brachte ihn in ihre Stadt."

„Unglaublich!", rief Lynna und sprang auf. „Wilusa ist der hethitische Name für Troja. Können Sie mir den Namen Inaara in Keilschrift zeigen?"

„Gern." Yildiz zeigte gleich oben an der Tafel auf ein Wort aus Strichen und Zacken. „Das heißt Inaara – Helena auf griechisch übersetzt."

„Wahnsinn!", sagte sie. „Das ist der Beweis dafür, dass Helena wirklich gelebt hat, und auch noch zweisprachig dokumentiert. Können Sie das Alter der Tafel bestimmen?"

„Der Schrift nach ganz eindeutig 1200 vor Christus. Viel länger hat es die hethitische Schrift gar nicht gegeben. Auch die griechischen

Buchstaben legen diese Zeit nahe – also ungefähr die Zeit des Trojanischen Krieges, nur dass hier kein Krieg stattgefunden hat, sondern eine Hochzeit. Für die physikalische Datierung müssen wir das Fundstück noch untersuchen lassen."
„Helena erwählte den Prinzen Paris", wiederholte Lynna begeistert. „Wissen Sie, was das heißt?"
„Ja", bestätigte der Professor. „Wir glauben, dass wir es wissen."
„Wenn das die wirkliche Helena war, ..." sie zeigte mit dem Finger auf die Tafel, „ ... dann hat sie sich ja wohl ihren Mann selbst ausgesucht. Und an dieser Entführungsgeschichte war niemals etwas dran. Das war eine typische archaische Männerphantasie, wie ich in Berlin gesagt habe."
„Richtig", sagte er. „Aber nicht nur das. Dieser Fund sagt möglicherweise auch etwas über die Entstehung der Ilias aus. Was wissen wir denn über die Autorenschaft von Homer?"
„Nichts", mischte sich Balkis ein. „Wir wissen nicht mal, ob er je gelebt hat. Möglicherweise hatte die Ilias mehrere Autoren. Die Sänger von Heldengeschichten sind damals von Stadt zu Stadt gezogen. Sie haben ihre Lieder auswendig im Kopf gehabt und sicher auch Strophen oder ganze Geschichten voneinander übernommen, wenn sie gut waren."
„Interessant, was Sie da sagen, Herr Bartosch", bestätigte Professor Yildiz. „Die Dichter zur Zeit von Homer wurden engagiert von Adligen oder von reichen Leuten zur Unterhaltung ihrer Gäste. Sie standen in einem regelrechten Wettbewerb auf dem Markt der Liedersänger. Wer die beste, die spannendste Geschichte vortragen konnte, verdiente viel Geld. Wenn Sie die uralte Entstehung der Lyrik realistisch sehen, war es völlig normal, dass die Sänger Stoffe von anderen übernommen haben, Hauptsache, sie trugen zur Unterhaltung der Gäste bei. An der Ilias vom angeblichen Homer fällt zum Beispiel auf, dass es nicht immer nur um Troja geht. Manchmal sind Sondergeschichten in das Epos eingewebt, wie zum Beispiel der Kampf mit der Amazonenkönigin Penthesilea oder die

Flucht des Aeneas, der zum Gründervater von Rom wird. Wir glauben, dass diese Geschichten aus einer anderen mündlichen Überlieferung zur Ilias dazu gedichtet worden sind." Er machte eine Pause, beugte sich über den Tisch und zeigte auf die Schrifttafel. „Und nach diesem Fund glauben wir, dass die Geschichte von der entführten Helena zu den Sonderstoffen gehört, die später in das Werk hineingearbeitet wurden. Die wirkliche Helena liegt hier vor uns."

„Bei der Königin der Amazonen bin ich immer gern dabei", warf Lynna lachend ein. „Aber glauben Sie, Homer hätte aus der Königin Helena eine Ehebrecherin gemacht?"

„Bedenken Sie, dass es nur das Thema von Helena und Paris war, das herausgelöst wurde und anders herum in das Werk eingefügt. Der Frauenraub war eine in der Antike geläufige erzählerische Figur."

Lynna runzelte empört die Stirn. „Toll!", brummte sie. „Es galt also als Literatur, wenn die Kerle sich ihre Weiber abschleppten. Und die wirkliche Helena steht Jahrtausende da als die blöde Gans, die diesem Paris hinterherläuft. Dabei lesen wir hier, dass genau das Gegenteil der Fall war."

„Sie haben recht, Frau Meeves", bestätigte Yildiz. „Vielleicht können wir mit der Schrifttafel diesen bedauerlichen Sachverhalt ändern und damit Helenas Ruf für künftige Zeiten wiederherstellen." Er lächelte kurz. „Darüber hinaus verbinde ich noch eine andere Hoffnung mit diesem Fundstück. Erinnern Sie sich daran, was wir in Berlin im Restaurant diskutiert haben – der Trojanische Krieg wäre eine Metapher für einen Ost-West-Konflikt?" Lynna nickt stumm und der Professor fuhr fort. „Diese Sage war der Ur-Mythos, mit dem sich die Europäer von Asien abgegrenzt haben. Vor uns liegt der Beweis dafür, dass das Epos von Homer die historische Wirklichkeit von Anfang an verfälscht wiedergegeben hat. Der Raub der Helena hat niemals stattgefunden. Kein Trojaner hat unter Missachtung der Regeln der Gastfreundschaft eine griechische Frau geraubt. Sondern eine Königin der Hethiter hat sich in Troja einen

Mann erwählt. Dieses Paar ist beim Volk zur Legende für eine glückliche Ehe geworden. So glücklich wie Inaara und Pasiya war ein geflügeltes Wort, das die Zeit der Hethiter überdauert hat."
„Was meinen Sie mit überdauert?", fragte Lynna. „Gelten die beiden etwa heute noch als eine Art Liebesgottheit für junge Paare?"
„Später, Frau Meeves", bremste Yildiz ihre Wissbegierde. „Es gibt darüber noch viel zu berichten. Lassen Sie mich noch mal zur Entstehung der Ilias zurückkommen. Wir haben vorhin gesagt, dass die Epen der Antike im Laufe der Zeit durch Sonderstoffe erweitert wurden. Wenn die Sänger bemerkten, dass eine Geschichte bei ihrem Publikum gut ankam, dann blieben sie natürlich dabei. Die Amazonenkriegerin Penthesilea war so ein Stoff und ich bin nach diesem Fund fest davon überzeugt, dass die Liebesgeschichte von Inaara und Pasiya oder eben Helena und Paris damals auch ein bekannter Stoff war. Bedenken Sie bitte, dass es von der Zeit Homers im Jahr 800 vor Christus bis zur endgültigen Verschriftung der Ilias im 5. Jahrhundert mehr als dreihundert Jahre waren, in denen das Werk abgewandelt worden sein konnte. Erzählerisch ist so eine Geschichte von der untreuen Frau und dem ehrlosen Liebhaber natürlich ein Knaller, wenn ich mal so sagen darf. Das war sie wahrscheinlich auch schon im antiken Griechenland. Nur historisch ist der Einstieg in die Ilias falsch, wie wir hier sehen." Er zeigte mit der Hand auf die Schrifttafel.
Balkis nahm sein Smartphone in die Hand. „Darf ich das Fundstück fotografieren?", fragte er.
Professor Yildiz runzelte die Stirn und überlegte kurz. „Ich habe das Stück vom Tag des Fundes an schon mehrmals fotografiert. Ein paar Bilder habe ich natürlich dem Kultusministerium übermittelt. Aber ein veröffentlichtes Foto gibt es noch nicht."
„Mein Foto würde morgen bei WOCHE-ONLINE erscheinen und auf der Homepage der Uni", erklärte Balkis. „Damit wäre es öffentlich. Es würde wahrscheinlich einen Sturm des Interesses auslösen."
„Warum eigentlich nicht?", murmelte er. „Damit sich viele für

unseren Fund interessieren, habe ich Sie schließlich hierher eingeladen. Es fehlt allerdings noch die physikalische Untersuchung, die C14-Datierung. Dann wüssten wir das genaue Alter des Stücks. Ich warte seit Tagen auf eine Antwort von der Behörde in Istanbul. Dann bringe ich das Fundstück persönlich ins Institut. Aber an der Echtheit der Schrifttafel besteht ohnehin kein Zweifel. Ich habe sie ja schließlich aus der Erde geholt." Yildiz tippte unruhig mit den Kuppen seiner gespreizten Finger gegeneinander.

Balkis spürte, dass der Professor sich nicht ganz sicher war. „Ich muss das Foto nicht machen", sagte er. „Es war nur eine Frage. Für meinen Blog und auch für den von Lynna wäre es natürlich ein super Start, aber entscheiden Sie selbst. Für meinen Artikel kann ich das Fundstück auch einfach nur mit Worten beschreiben. Die Resonanz darauf wäre nicht so gigantisch, aber eine tolle Schlagzeile gäbe es trotzdem."

Lynna hatte zugehört ohne etwas zu sagen und staunte jetzt ein wenig über Balkis. Für so clever hatte sie ihn nicht gehalten. Er hatte Yildiz in die Enge getrieben. Auch ein Bericht ohne Foto würde zu Hause von den Medien wahrgenommen werden. Und das war doch eigentlich die Absicht. Dazu hatte er sie ja nach Troja eingeladen. Sie stellte fest, dass sie Balkis mochte. Das wusste sie zwar vorher schon. Nur deswegen hatte sie sich auf die Reise mit ihm anstelle von Merle eingelassen. Aber jetzt bekam ihr Gefühl etwas von Bewunderung. Sie sah zu, wie dieser völlig unaufdringliche Journalist den Professor zu einer Entscheidung trieb. Sie blickte in sein entspanntes Gesicht. Schon vor ein paar Tagen an der Tür des Neuen Museums hatten seine dunklen Augen ihre Neugier erregt. Balkis konnte gleichzeitig fordernd und zurückhaltend wirken, eine Mischung, die Lynna bisher bei keinem Mann so kennengelernt hatte. Es mochte vielleicht an dem interessierten Ausdruck seines Gesichts liegen, dachte sie, mit dem er jeden Gesprächspartner ernst zu nehmen schien. Fasziniert folgte sie seinem Gespräch.

Eine Zeit lang hatten die Gedanken im Kopf von Evren Yildiz

gearbeitet. Das hatten alle sehen können. Seine Stirn lag in Falten, die Augen waren fast geschlossen. Schließlich lächelte er. „Fotografieren sie nur Herr Bartosch!", rief er aus. „Wegen dieses Fundstücks sind Sie ja über zweitausend Kilometer hierher gereist. Wir wollten doch die Öffentlichkeit suchen!" Er blickte auffordernd zu seinem Gegenüber.
Balkis nahm zögernd sein Smartphone in die Hand, hielt es auf die Schrifttafel und machte ein Foto. Dann nahm er die Schriftzeichen ins Visier und schoss mehrere Nahaufnahmen. „Das war schon alles", sagte er triumphierend. „Damit wird es ein spektakulärer Beitrag für unseren Blog."
„Ab morgen kennen alle dieses Fundstück", flüsterte Yildiz. Entschuldigen Sie meine kurze Sentimentalität! Aber es ist ein Unterschied, ob diese Tafel allein mir gehört oder der ganzen Welt." Er legte seine Finger behutsam auf das tönerne Relikt.
„Diese Sensation wird bald überall bekannt sein", ergänzte Balkis. „Es ist gut, wenn die Menschen über diese alte Sage etwas Neues dazu lernen." Dann blickte er Lynna fragend an. „Sollten wir jetzt nicht noch einen Kommentar zu diesen Fotos sprechen?"
„Ja", sagte Lynna spontan. „Mit diesen Fotos wird der Blog genial! Zu Hause werden sie staunen. Wir müssen den Bericht unbedingt fertigstellen. Lass uns sofort auf mein Zimmer gehen." Sie wandte sich den Gastgebern zu. „Entschuldigen Sie uns bitte für ein paar Minuten."

Athenaeum Club, London

Im „smoking room" des Athenaeum Club war das Rauchen seit langem verboten. Aus Tradition hatte man den Namen beibehalten. Feine Nasen konnten noch Reste des würzigen Aromas wahrnehmen, mit dem Pfeifentabak und Zigarren jahrzehntelang das Holz der Möbel gegerbt hatten. Wer ein Buch aus dem Regal nahm, roch beim Aufschlagen der Seiten das Erbe der großen Zeit des Raucherraums. Aufgrund seiner geringen Größe und der Möblierung mit schweren Polstersesseln und runden Beistelltischchen wirkte der Raum gemütlich. Er verkörperte das, was in früheren Haushalten mal Herrenzimmer genannt wurde.

Nigel Cunningham war vor wenigen Minuten in das Gebäude gekommen, hatte auf der ehrwürdigen Aufgangstreppe zwischen den dorischen Säulen hindurch wie immer zwei Stufen auf einmal genommen und stand jetzt im alten Raucherraum. Seiner ursprünglichen Bedeutung beraubt diente er als Treffpunkt, den die Clubmitglieder gern nach einer Mahlzeit aufsuchten. Er sog den charakteristischen Geruch nach Tabak ein und ließ die heimelige Atmosphäre des Zimmers mit seinem vergilbten Bücherregal und der kleinen Cocktailbar in der Ecke auf sich wirken. Lord Byron hatte ihn zu dieser Uhrzeit am Vormittag hierher bestellt.

Tylor, der Butler, hatte durch eine Seitentür unbemerkt den smoking room betreten. Ein ratloser Zug lag auf seinem Gesicht. „Ich fürchte, dass Lord Byron im Straßenverkehr steckengeblieben ist", sagte er und deutete Cunningham gegenüber eine Verbeugung an. „Darf ich Ihnen Kaffee oder Tee bringen?"

„Danke, Tylor!", erwiderte dieser. „Nichts von beidem. Eine Zeitung wäre recht. Haben Sie die neuste Ausgabe der WOCHE?"

„Sicherlich halten wir die WOCHE, Sir", konnte er mit einem Kopfnicken bestätigen. „Ich bringe sie sofort herauf."

„Bitte tun Sie das!", sagte Cunningham.

Wenig später hielt er die gewünschte Zeitung in den Händen und blätterte zügig. Schnell war er beim Kulturteil angekommen und fand den gesuchten Artikel unter der Überschrift „Wer war Helena wirklich?". Sein Blick blieb oben auf der Seite am Foto eines Fundstücks hängen. Fasziniert überflog er den Artikel und schüttelte den Kopf. Die abgebildete Schrifttafel wäre in Troja gefunden worden, hatte er gelesen. Sie würde eine völlig neue Einschätzung der Figur der schönen Helena erfordern. Tatsächlich wäre sie niemals aus Griechenland entführt worden.

„Ja!", rief der hereinkommende Lord Byron in den Raum und ging schnell auf Cunningham zu. „So weit sind sie schon!", fügte er zornig hinzu. „Sie ziehen die Existenz von Helena in Zweifel. Gut, dass Sie sich kundig gemacht haben." Er begrüßt seinen Gast und nahm ihm die Zeitung aus der Hand. „Meeves und Bartosch sind die Autoren dieses Machwerks." Er drosch mit der Zeitung auf die Rückenlehne eines Sessels. „Ich sagte Ihnen ja, Cunningham: Diese Leute zerstören alles."
„Guten Tag, Lord Byron!", erwiderte er gelassen. „Soweit ich sehe, ist dieser Artikel nicht von den beiden, sondern von einem Redakteur der Print-Ausgabe der WOCHE auf der Basis ihres Blogs."
„Ja, ja!", schimpfte er. „Das weiß ich doch alles! Meeves und dieser Bartosch senden von da unten ihren Video-Blog und die Zeitung schreibt das ab. Auf diese Tour verdient die Journaille zweimal Geld." Er schnaubte und bot Cunningham einen Platz an. „Ich möchte wissen, was für ein Fund das sein soll?" Er zeigte auf das Foto der Schrifttafel, während er sich in den Sessel fallen ließ.
„Ich habe keine Ahnung, Sir", entgegnete er. „Sie haben etwas ausgegraben."
„Dass sie was ausgegraben haben, weiß ich selbst!", bellte Byron. „Ich will wissen, was es ist und was es zu bedeuten hat."
„Im Artikel ist von einer zweisprachigen Schrifttafel die Rede – griechisch und hethitische Keilschrift – eine Übersetzung offenbar",

versuchte er zu erklären.

Lord Byron lehnte sich zurück und atmete tief ein und aus. „Nigel", stieß er hervor. „Ich brauche Ihre Hilfe. Die Nachricht von diesem seltsamen Fundstück geht bereits um die Welt. Der Anfang der Ilias wird in Zweifel gezogen. Helena wäre nicht von Paris entführt worden, sondern eine hethitische Königin gewesen, behaupten sie. Diese Eiferer werden mit ihrer angeblich historischen Forscherei dafür sorgen, dass der Glaube an alles verloren geht. Diese Frau Meeves hat ihre Philosophie ja in Berlin präsentiert: „Der Trojanische Krieg hat nicht stattgefunden". Das waren ihre Worte. Ehe alle Welt das ebenfalls glaubt, müssen wir etwas unternehmen."

„Wie kann ich Ihnen helfen?", fragte Cunningham.

„Sie müssen nach Troja", antwortete Byron spontan. „Ich brauche da unten jemanden, der diesen Wichtigtuern auf die Finger schaut, die etwas ausgebuddelt haben wollen. Unser Ziel soll sein, dass es unhistorischer Quatsch ist, was die sich zusammenreimen. Am liebsten wäre mir, dieses Fundstück gäbe es gar nicht. Diese Scharlatane werden nur Unheil anrichten, wenn wir sie nicht stoppen." Er schnippte mit den Fingern in Richtung des Butlers, der am Tresen der Bar Gläser polierte. „Bringen Sie mir bitte die Unterlagen der Durmond-Grabung, Tylor!", verlangte er und wandte sich zu dem jungen Archäologen zurück. „Unser Freund Frank Durmond hält sich zu Forschungen in Troja auf. Mit seinem Team untersucht er, ob die Stadt früher größer gewesen ist als man annimmt. Ich finanziere das ganze Projekt." Tylor brachte die Unterlagen und Byron breitete Papiere, Fotos und Karten auf einem Beistelltisch vor Cunningham aus. „Sehen Sie", sagte er triumphierend. „Das ist die derzeitige britische Ausgrabungsstätte in Troja. An dieses Team könnten Sie ohne weiteres andocken, wenn Sie jetzt dahin fahren. Unsere Leute arbeiten gelegentlich auch mit dem Museum von Canakkale zusammen. Und dort sind diejenigen zu Hause, die diese Situation hervorgerufen haben: Meeves, Bartosch und dieser türkische Professor ... wie hieß der noch?"

Byron blätterte fahrig in den Unterlagen.
„Yildiz", warf Cunningham ein. „Professor Yildiz hat angeblich diese Schrifttafel gefunden." Er stand aus seinem Sessel auf. „Ich fürchte, ich habe nicht richtig verstanden, Sir. Heißt das, dass ich heute noch in die Türkei fliegen soll?"
„Selbstverständlich", versicherte Byron. „Ich weiß, das wirkt jetzt etwas überfallartig. Aber auch mich haben diese Nachrichten überrascht ... überrascht und beunruhigt, wenn ich das sagen darf. Ich habe in den letzten Stunden alles für Sie veranlasst. Sie haben ein Flugticket, ein Hotel in Istanbul und einen Leihwagen mit Fahrer nach Canakkale." Er erhob sich ebenfalls aus seinem Sessel und schritt auf ihn zu. „Kommen Sie, Nigel! Wir müssen jetzt reagieren!"
Dann lächelte er und fügte hinzu: „Was ihr Projekt auf Sizilien betrifft, sollten Sie sich keine Sorgen mehr machen."
Nigel Cunningham erwiderte das Lächeln.

Archäologisches Museum, Canakkale

„Es tut gut, dich zu sehen!", sagte Merle, die am Morgen per Skype mit Lynna sprach. Das Bild auf dem Schirm wackelte etwas und verschwamm manchmal, aber es war viel besser als Telefon. Sie konnten sich ins Gesicht sehen. Sie konnten mit dem Zeigefinger zärtlich über das Bild auf dem Monitor streichen und sich einen Kuss über die Kamera zuhauchen.

„Ich vermisse dich, Schatz", flüsterte Lynna dem Bild auf dem Rechner entgegen. „Ich habe ganz wunderbar geschlafen. Wir hatten einen sensationellen Abend. Ich glaube jedes Wort, das Yildiz über diese Schrifttafel erzählt. Die wirkliche Geschichte von Troja ist ganz anders verlaufen, als wir es uns vorstellen können. Was sagst du? Wie ist die Resonanz zu Hause?"

„Seyfried ist begeistert, wenn du das meinst", entgegnete sie. „Dein Blog auf der Uni-Homepage ist in aller Munde. Sie hält das für eine großartige Werbung. Das rätselhafte Fundstück wird seit gestern Abend im Netz überall zitiert. Morgen werden die Zeitungen dazu kommen. Das wird eine ganz große Sache." Merle unterbrach sich und warf ihr über die Kamera einen Kuss zu. „Ich freue mich so für dich! Mit diesem Professor Yildiz hast du genau den richtigen Kontakt gefunden. Wie beurteilst du die Schrifttafel denn selbst? Was verändert sie für die Forschung?"

„Auf keinen Fall war Helena die entführte Frau aus Sparta. Soviel steht schon mal fest." Lynna kicherte. „Im Gegenteil", fügte sie hinzu. „Sie war eine Königin der Hethiter, die sich ihren Mann in Troja erwählt hat, Paris eben." Sie musste schon wieder lachen. „Oh, ich hätte große Lust, mit dir zusammen einen Artikel darüber zu schreiben. 'Helena hat Paris entführt' müsste der Titel sein, ein Artikel gegen diese Männerphantasie von den geraubten Frauen."

„Klasse!", antwortete Merle. „Stattdessen kannst du mit der Schrifttafel beweisen, dass es umgekehrt war. Helena ist nach Troja

gekommen und hat ihren Mann abgeschleppt."
„Das wäre super! Aber ich muss noch warten. Yildiz weiß noch viel mehr darüber. Er ist ein Kenner der alten hethitischen Kultur. Zum Beispiel sprach er davon, dass die Liebe der beiden im Volk zur Legende geworden ist."
„Das klingt romantisch", sagte sie. „Aber der Beginn der Ilias ist mit dieser Entdeckung doch tot. Keine griechische Flotte kann nach Troja gesegelt sein, wenn es den Raub der Helena nicht gegeben hat."
„Dass es diese Flotte nie gegeben hat, war mir schon vorher klar. Niemals konnten die Griechen damals über tausend Schiffe aufbringen, um mit ihnen in den Krieg zu ziehen. Aber mit diesem Fund ist historisch ein noch wichtigeres Stück der Ilias erledigt. Es fehlte den Griechen jegliche Motivation für einen Krieg. Kein Agamemnon musste für die geschändete Ehre seines Bruders Menelaos kämpfen. Es gab schlicht keinen Kriegsgrund mehr. Das ist mit der Entdeckung dieser Tafel bewiesen."
„Stark!", rief Merle in das Mikro. „Daraus mache ich etwas Spektakuläres für den Blog. Kannst du mir noch erzählen, wer die Königin der Hethiter wirklich war?"
„Keine Ahnung. Inaara hieß sie. Mehr weiß nur Professor Yildiz. Mit ihm muss ich noch einige Gespräche über Helena führen."
„Dann tu das, Liebes!" Merle küsste in Richtung Kamera und beendete die Verbindung.
Lynna blickte verträumt auf den Monitor. Das Gespräch via Skype hatte ihr Energie gebracht, wie alle Gespräche mit ihrer Freundin. Merle konnte für sie ein wahres Kraftwerk sein. Sie ging ans Fenster und öffnete beide Flügel. Die Morgensonne stand noch niedrig. Sie streckte ihr Gesicht wohlig in die wärmenden Strahlen. Der Tag würde auch heute ziemlich heiß werden. Lynna sah auf die kleine Parkanlage um das Museum und auf die Häuser der Kleinstadt Canakkale. Den Ort hatte sie gestern gar nicht richtig wahrgenommen. Es war ein strapaziöser Anreisetag gewesen – fast schon unwirklich. Erst der Flug nach Istanbul, dann die lange

Autofahrt, dazu noch die Exkursion nach Troja und schließlich der Abend, an dem der Professor das Geheimnis um die Schrifttafel enthüllt hatten. Lynna hatte der Kopf geschwirrt, als sie ins Bett gefallen war. Aber nach acht Stunden Schlaf war sie ausgeruht und das Gespräch mit Merle hatte sie angeregt. Sie war gespannt darauf, Neues zu erfahren und neue Fragen zu stellen. Der Verkehrslärm der Stadt, besonders das ständige Hupkonzert, drang zu ihr herauf. Ihr fiel ein, dass unten bei Frau Yildiz ein Frühstück auf sie wartete.

***

„Morgen, Lynna!" Balkis lächelte, als sie das Esszimmer betrat. Gestern hatte der Professor dort auf dem Tisch seinen Fund präsentiert. Jetzt war er mit einem üppigen Frühstück gedeckt. Brot, Käse, Salami und verschiedene Schalen mit Salat standen da. Sevim Yildiz hielt eine Thermoskanne mit Kaffee in der Hand.
„Guten Morgen!" Lynna blickte in seine strahlenden dunklen Augen und war froh, ein bekanntes Gesicht zu sehen. Seit sie mit Merle geskypt hatte, war ihr bewusst geworden, dass sie hier mitten in der Türkei weit in der Fremde war. Der Blick aus dem Fenster vorhin hatte ihr diesen Eindruck bestätigt. So war sie froh, Balkis am Frühstückstisch zu sehen. Er war – gut gelaunt und selbstsicher wie er da stand – das einzige, das sie aus ihrer Heimat mitgebracht hatte. Sie ging auf ihn zu und umarmte ihn. „Ich habe wunderbar geschlafen", sagte sie. „Und du?"
„Wie ein Bär, danke!", antwortete er. „Ich hatte es auch bitter nötig. Was war ich kaputt gestern Abend!" Als sie sich aus der Umarmung löste und lächelnd zum Frühstückstisch ging, sah er ihr nach. Er bewunderte jede ihrer Bewegungen. Er fand es schön, wie ihr blondes Haar über ihren Nacken fiel. Er mochte die freundliche Offenheit, die ihr Gesicht ausstrahlte, während sie mit Frau Yildiz

sprach. Balkis fiel ein, dass er in diesem Moment so ungefähr vierundzwanzig Stunden mit Lynna zusammen war. Zusammen war nicht das richtige Wort, wusste er gleich. Aber gestern um diese Uhrzeit war er mit ihr ins Flugzeug gestiegen. Er konnte die ganze Situation nur als Geschenk betrachten. Aus ein paar Metern betrachtete er Lynna in ihrer khakifarbenen Trekkinghose und der gleichfarbigen Bluse mit einem Gefühl von Faszination.
„Merle glaubt, dass dieses Fundstück morgen in den Zeitungen eine große Sache wird", sagte sie, als Balkis Platz genommen hatte. „Der Blog schlägt im Netz schon klasse ein. Meine Professorin ist zufrieden. Bis morgen könnten wir mehr Futter für die Meute gebrauchen."
Die Erwähnung des Namens ihrer Freundin gefiel ihm nicht. „Ich habe vorhin schon gecheckt, dass mein Blog vielfach aufgegriffen worden ist." Mit Absicht sprach Balkis von seinem Blog. Immerhin hatte er seit gestern sowohl an seiner als auch an Lynnas Seite gearbeitet. „Die Resonanz ist irre! Viele Kommentare ziehen den Wahrheitsgehalt der antiken Überlieferung in Zweifel. Das gefällt dir bestimmt. Ein Beitrag aus der Türkei – in deutscher Sprache – sagt, dass die Wiege der Menschheit ohnehin in Anatolien gestanden hätte. Darüber wird sich Professor Yildiz freuen." Er unterbrach sich für einen Moment und zog die Brauen hoch. „Aber was meinst du mit mehr Futter?"
„Ach, das weiß ich auch noch nicht genau", antwortete sie, während sie einen Bulgur-Salat auf ihr Brot strich. „Ich glaube, wir haben gestern etwas Großes losgetreten. Und heute stoßen wir vielleicht auf was, das den Hype um Troja weiter ankurbelt."
„Das hat Merle dir gesagt", wollte Balkis entgegnen, aber er hielt seinen Mund. Er durfte sich auf keinen Fall gegen ihre Freundin stellen, wenn er Lynna für sich einnehmen wollte, zumindest jetzt noch nicht. Er erinnerte sich daran, dass Merle von Anfang an sehr distanziert ihm gegenüber war. Im Gilgamesch-Restaurant, in dem alles angefangen hatte, war sie zur Toilette gegangen, als er mit

Lynna gesprochen hatte. Ihre Ablehnung hatte sie damals schon gezeigt. Jetzt verwaltete sie von Berlin aus den Blog auf der Uni-Homepage. Balkis war eifersüchtig und durfte nichts davon zeigen. Er musste positive Perspektiven entwickeln, er wollte sie durch seine Aktivität faszinieren. „Professor Yildiz glaubt, dass Troja früher viel größer war als wir es heute annehmen. Sein Team führt Grabungen durch, genauso wie die Engländer, die von der gleichen Theorie ausgehen. Er will uns heute zu den Ausgrabungsstellen mitnehmen."
„Super!", entfuhr es Lynna, während sie sich fast an ihrem Brot verschluckte. „Vielleicht finden wir noch so eine Schrifttafel." Sie musste husten.

***

„Früher hat sich das Interesse der Archäologen auf den Hisarlik-Hügel beschränkt", erklärte Yildiz auf der halbstündigen Fahrt zur Ausgrabungsstätte. „Man glaubte, nur dort etwas finden zu können, wo Schliemann seine Schätze ausgegraben hat. Seit ein paar Jahren denken wir anders darüber. Wenn Troja damals eine bedeutende Stadt war, eine Metropole für antike Verhältnisse, dann war der Hisarlik-Hügel nur der Bereich des Palastes. Sie haben gestern gesehen, wie klein das Gelände ist." Lynna und Balkis waren nach dem Frühstück zu Professor Yildiz ins Auto gestiegen. Während ein Mitarbeiter aus dem Team fuhr, konnte der Professor vom Beifahrersitz aus dozieren. „Vielleicht waren Sie sogar ein bisschen enttäuscht."
„Genau so war es", bejahte Lynna. „Ich hatte mir Troja viel größer vorgestellt."
„Das ist auch unsere Annahme", stimmte er zu. „Die Unterstadt mit ihren vielleicht zehntausend Bewohnern, die bis in die Ebene reicht, ist nur zu einem kleinen Teil erforscht. Leider bestanden die

Gebäude dort alle aus Holz. Sie wissen ja, wie wertvoll hölzerne Relikte nach dreitausend Jahren sind." Er verzog missmutig sein Gesicht.
„Schon hundert Jahre reichen für einen alten Baum bis er vollständig verrottet ist", fügte sie an.
„Genau", bestätigte er. „Mit keiner Methode kann man vergammeltes Holz nach dieser Zeit nachweisen. Wir wissen nicht, wie weit sich die Unterstadt erstreckt hat. Trotzdem haben wir hier einige Stücke aus Stein und aus Metall gefunden. Die Schrifttafel, die ich Ihnen gestern gezeigt habe, gehört dazu. Ich bringe Sie gleich zur Ausgrabungsstelle." Er zeigte auf ein Schild, auf dem „Troia 2 km" stand. „Dort sind wir gestern abgebogen. Sie erkennen dahinten den Hisarlik-Hügel wieder. Jetzt fahren wir hinunter in die Ebene, ins wirkliche Troja."
Lynna blickte gleichmütig auf die Felder, an denen sie vorbei fuhren. Das Getreide hatte jetzt im Mai durch die südliche Sonne eine fast schon gelbliche Farbe und könnte bald abgeerntet werden. Für die Landwirtschaft war das sicher interessant, dachte sie, aber nicht für die Archäologie. Gelangweilt verfolgte sie die Feldmark, die durch das Fenster des Wagens an ihr vorbeizog. Alles ging hier schon früh von einem saftigen Grün in ein sonnenverbranntes Gelbbraun über. Dann sah sie ein paar große weiße Zelte.
„Das sind die britischen Kollegen", erklärte Yildiz. „Sie forschen auf Grund derselben Annahme wie wir. Sie glauben auch, dass Troja sich früher viel weiter erstreckt hat. Den größten Fund haben allerdings wir gemacht. Bis gestern Abend haben wir ihn geheim gehalten. Jetzt müsste Frank Durmond, der Leiter der Ausgrabungen, aus dem Internet wissen, was wir ausgegraben haben." Er räusperte sich. „Ein hervorragender Archäologe, dieser Durmond", fügte er an. „Wir haben uns schon einige Male unterhalten. Die Briten sind ganz allgemein gut und kenntnisreich. Aber was die Ausgrabungen angeht, sind wir eben auch Wettbewerber." Er grinste vielsagend.
„Da hinten ist das Camp unseres Teams", sagte er etwas später und

zeigte auf ein Zelt und einen Bauwagen mitten in einem Getreidefeld. Der Fahrer des Allradfahrzeugs fuhr von der Straße in eine Treckerspur hinein. Ein Mitarbeiter kam ihnen entgegen, als das Auto heranrollte.

„So, meine Freunde", sagte Yildiz feierlich als alle ausgestiegen waren. „Das ist der Ort, an dem wir die Schrifttafel gefunden haben." Er wies auf eine etwa zehn Meter lange Grube, die zwei, drei Meter in den Boden gegraben war. Ein Stock mit einem roten Fähnchen steckte unten in der Erde und markierte die Fundstelle.

„Da?", fragte Lynna ungläubig und konnte ihre Enttäuschung kaum verbergen. Sie hatte eine weitaus größere Ausgrabungsstelle erwartet. „Das kann ja nur ein Zufallstreffer gewesen sein." Sie blickte sich um und sah nur Getreidefelder. „Warum wird hier nicht weiträumiger gegraben? Wenn Sie hier ein solches Stück gefunden haben, dann müssen Sie doch das ganze Land durchwühlen."

„Sie sehen, dass das Land bewirtschaftet ist, Frau Meeves", entgegnete der Professor. „Es gehört den Bauern. Unser Kultusministerium zahlt Entschädigungen an die Landwirte, wenn wir Ausgrabungen vornehmen. Aber das kostet Geld." Er lachte kurz. „Manche Bauern sind richtig scharf drauf, wenn wir Archäologen ihr Land für interessant halten. Die Entschädigungen bringen ihnen mehr als der Ertrag aus ihrer Ernte. Aber die Mittel der Regierung sind leider begrenzt. Wir können uns hier nicht so einfach durchbuddeln, wie Sie sich das vorstellen."

„Ist mir klar", sagte sie enttäuscht. „Ich dachte nur, ..." Sie unterbrach sich. „Ach, egal" sagte sie schließlich und kletterte über eine kleine Leiter in die Grube.

Währenddessen filmte Balkis die ganze Ausgrabungsstätte ab. Er achtete darauf, dass Lynna und Professor Yildiz auf dem Bild waren. So konnte er beide in seine Online-Reportage einarbeiten. Auf seinem Video war nicht nur die Grube mit dem roten Fähnchen an der Fundstelle zu sehen, sondern auch das archäologische Gerät, mit dem gearbeitet wurde: große und kleine Schaufeln, Kellen und

Pinsel, mit denen vorsichtig Sand und Erdreich von einem Fundstück abgetragen werden konnten. Einen Kartentisch mit mehreren Klemmbrettern hielt er auch auf dem Video fest. Dort war die kartographische Vermessung der Fundstelle dokumentiert.

„Darf ich?", fragte Lynna, die inzwischen den Grund der Grube erreicht hatte. Sie tastete mit den Fingern über den Boden und hielt auf einmal eine kleine Schaufel in der Hand.

„Ja sicher, Kollegin", rief Yildiz. „In Troja zu graben ist der Traum jedes Archäologen." Er gab einem Mitglied des Teams ein Zeichen, zu ihr hinunterzusteigen. Cem, ein Archäologiestudent aus Istanbul nahm sich einen Plastikeimer und kletterte die Leiter hinab. Lynna schabte mit langsamen Bewegungen der Schaufel das Erdreich ab, das sich in Krümeln zu kleinen Häufchen türmte. Cem war bei ihr angekommen und beförderte die Sandhaufen in den Plastikeimer. Wie ein Gärtner, der zentimeterweise den Boden nach Unkraut absucht, war Lynna völlig auf die nächste Handbreit des Erdreichs konzentriert. Sie sah nicht, dass Balkis sie filmte. Sie kratzte weiter am Grund der Fundstelle als wäre die Grabung eine Art Meditation. Plötzlich stoppte sie, schlug mit der Schaufel vorsichtig auf und grub um die Stelle herum. Etwas Braunes war zu sehen. Cem reichte ihr einen Pinsel und rief ein Wort nach oben. Mit dem Pinsel wischte Lynna den Sand um das Braune weg. Professor Yildiz kam herunter. Schließlich hatte sie das Stück so weit freigelegt, dass man eine handtellergroße tönerne Scherbe erkennen konnte. Lynna entfernte noch Reste an Erde und hob das Fundstück langsam mit der Schaufel nach oben. Dann ergriff sie die Scherbe mit den Fingerspitzen und betrachtete sie von allen Seiten.

„Gratuliere, Frau Meeves!", sagte Yildiz. „Ein Fund nach einer Viertelstunde Grabung. Das schafft nicht jeder. Lassen Sie mal sehen!" Er beugte sich zu Lynna. „Die Scherbe eines Tellers oder eines Kruges. Vielleicht passt sie zu den anderen Stücken. Wir haben nämlich schon eine ganze Anzahl von Scherben aus dieser Grabung geborgen. Bitte legen Sie den Fund noch für einen Moment zurück!

Wir wollen ihn erst fotografieren. Dann zeichnen wir in die Karte ein, wo genau Sie die Scherbe gefunden haben."
„Erstellen Sie eine Computergrafik?", fragte sie und legte die Scherbe zurück.
„Genau", bestätigte Yildiz. „Diese Grabungsstelle ist die erste, die wir nicht nur kartographieren, sondern mit Hilfe von Fotos in einer 3D-Grafik darstellen. Jedes Fundstück aus dieser Grabung ist im Computer genau so festgehalten, wie es in der Erde gelegen hat, auch die Schrifttafel, die Sie gestern gesehen haben." Er lächelte verlegen. „Ich arbeite nach diesem Verfahren zum ersten Mal. Ehrlich gesagt bin ich nicht sehr versiert mit diesem Programm. Aber ich bin begeistert. Stellen Sie sich vor, dass Sie das Bild der Fundstücke dieser Grabung in jede Richtung drehen können. Sie sehen alle Teile so wie sie ursprünglich in der Erde lagen. Auch eine Sicht von oben und von unten ist möglich. Das eröffnet völlig neue Perspektiven für die weitere Vorgehensweise."
„Ich verstehe." Lynna nickte. „Wir haben in der Uni vor kurzem mit diesem Programm gearbeitet. Wenn meine Scherbe zu einem anderen Bruchstück passt, können Sie die zusammengehörenden Teile in der 3D-Grafik dokumentieren. Mit ziemlich großer Wahrscheinlichkeit kann man dann die Richtung der nächsten passenden Stücke vermuten. Denn der Teller war ja mal ein ganzes Gebilde. Und dessen Teile können nicht weit weg gewandert sein." Sie unterbrach sich und blickte hoch. „Sag mal Balkis! Filmst du mich etwa?" Sie lächelte und setzte sich gerade hin.
„Richtig, Frau Meeves", sagte der Professor. „Wenn wir mehr über die Bewegung der Sedimente wüssten, könnten wir das nächste Fundstück mit Hilfe dieser Grafik ganz präzise ansteuern."
Lynna hatte nicht mehr richtig zugehört. „Balkis!", rief sie. „Du filmst mich ja wirklich! Was soll denn das?" Sie lachte und hob drohend die Hand.
Er kletterte die Leiter hinunter und richtete das Objektiv seines Smartphones auf die Scherbe, die immer noch auf dem Boden lag.

„Perfekt!", sagte er. „Das wird ein phantastischer Eintrag für den Blog – das Tagebuch einer Archäologin bei der Arbeit. Wenn ich alles zusammengestellt habe, zeige ich dir nachher das Ergebnis. Du wirst noch der Hit für die Homepage deiner Uni."
„Ich werde ein Hit, wie ich hier in der Grube sitze?", entgegnete sie ironisch.
Balkis lächelte selbstsicher. „Wir sollen jeden Tag Material für unsere Auftraggeber abliefern. Das habe ich seit gestern gemacht. Eine Archäologin mit dreckiger Hose und schwarzen Rändern unter den Fingernägeln gibt ein absolut authentisches Bild für deine Arbeit. Das passt total gut zu der Präsentation der Schrifttafel von gestern. Verlass dich auf mich, Lynna! Wenn du den Blog erst siehst, wirst du überzeugt sein." Er steckte sein Handy in die Tasche.
„Wenn du es sagst", entgegnete sie. „Ich bin gespannt."

***

Professor Yildiz schloss die Kellertür des Museums auf. Er hatte die Grabungen mit seinen Gästen unterbrochen und war zurück nach Canakkale gefahren. Seine Frau wartete mit einem Imbiss zu Mittag. Die Scherbe, die Lynna gefunden hatte, hielt er verpackt in einer Plastikschachtel in der Hand. „Gleich werden wir sehen, ob Ihr Fundstück zu einer der anderen Scherben passt. Ich bin sehr zuversichtlich." Er ging im Licht der Deckenlampen zu einem Tisch, auf dem zahlreiche tönerne Fundstücke lagen. „Das Puzzlespiel sieht verwirrend aus, aber die digitale Technik wird uns helfen." Er klappte ein Laptop auf und aktivierte die 3D-Grafik der Fundstelle. Er vergrößerte die Ansicht und drehte die Perspektive ein wenig. Man erkannte mehrere Scherben und Splitter auf dem Monitor so als ob sie noch in der Erde liegen würden.
„Warten Sie!", unterbrach Lynna. „Ich bin mit diesem Programm

vertraut. Lassen Sie es mich selbst mal versuchen." Sie drängte ihn sachte beiseite und bediente die Grafik. „Ist mein Fundstück schon eingearbeitet?", fragte sie und Yildiz bejahte. Aus der Fülle der Einzelteile zoomte sie einige heran und drehte sie auf dem Schirm. Dann erkannte sie das von ihr gefundene Stück wieder. „Das passt", sagte sie schließlich, als sie ein Gegenstück zu ihrer Scherbe gefunden hatte. „Versuchen Sie es mit dem echten Material."
Yildiz blickte prüfend auf den Bildschirm und versuchte, die passende Scherbe zu identifizieren. Dann drehte er sich zum Tisch um, nahm das Fundstück aus der Schachtel und hielt es an eine andere Scherbe. „Sie haben recht. Es passt", sagte er. „Wir könnten jetzt alle Teile, die wir in der Grafik sehen, virtuell zusammensetzen. Dann wüssten wir sehr schnell, welche Art Gegenstand wir vor uns haben, einen Teller, einen Krug oder eine Vase."
„Außerdem können wir mit Hilfe des Programms ziemlich genau vorwegnehmen, wo das nächste Stück in der Erde liegt." Lynna zoomte die Grafik etwas auf und zeigte auf den Bildschirm. „Diese Teile, die ursprünglich mal zusammengehörten, haben einen bestimmten Abstand voneinander." Sie blinzelte mit den Augen. „Ich würde sagen, nach höchstens fünfzig Zentimeter in dieser Richtung ist mit dem nächsten Bruchstück zu rechnen." Sie zeigte nach rechts oben, außerhalb des Darstellungsbereichs der Grafik.
„Bravo!" Yildiz applaudierte. „Ich nehme Sie beim Wort, Frau Meeves. Unser Team arbeitet bis in den Nachmittag an der Grabungsstelle. Gut möglich, dass sie fünfzig Zentimeter vorankommen. Wenn Sie recht haben, liegt heute Abend ein weiteres Stück auf dem Tisch."

***

„Gib mir eine halbe Stunde Zeit", sagte Balkis nach dem

Mittagessen. „Dann habe ich das Video für den heutigen Blog fertig."
„Warum soll ich dir Zeit geben?", fragte Lynna verständnislos. „Wir können das auch gemeinsam zusammenstellen. Dann ist es egal, wie lange es dauert."
„Nein", entgegnete er lächelnd und winkte mit der Hand ab. „Ich habe so ein paar Vorstellungen. Allein bin ich da schneller", fügte er leicht abwesend hinzu und ging nach oben.
Sie verließ das Esszimmer durch die Außentür und schlenderte in den kleinen Park, der das Museum umgab. Seit dem Morgen hatte sie nicht mehr mit Merle gesprochen. Sie holte das Handy aus der Hosentasche und wählte ihre Nummer. An einem üppigen längst verblühten Rhododendron setzte sie sich auf eine Bank, während der Rufton aus dem Handy ertönte. Es war mittlerweile richtig heiß geworden, aber im Schatten des riesigen Busches war ihr angenehm.
„Es gibt Neuigkeiten, Schatz", begann sie, nachdem sich die Freundin gemeldet hatte. „Deine Lynna hat eine Ausgrabung gemacht", berichtete sie stolz. „Noch nicht ganz der Goldschatz des Priamos, aber immerhin ein Stück von einem antiken Teller. Das Alter wird noch bestimmt."
„Gratuliere!", rief Merle. „Jetzt bist du eine echte Archäologin! Das Fundstück musst du unbedingt filmen und in den Blog einstellen. Das wird super! Die Resonanz auf deinen Bericht im Netz ist sowieso schon klasse. Aber das habe ich ja heute früh schon gesagt."
„Das Material für heute stellt Balkis gerade zusammen. Er macht das toll. Er filmt und fotografiert überall – auch da, wo ich es vergessen würde."
„Das glaube ich, dass Balkis seine Sache toll macht", entgegnete sie spitz.
„Ach Merle!", versuchte Lynna zu beschwichtigen. „Nun sei doch nicht so! Ich meine, dass er mir wirklich eine Hilfe ist. Er macht diese Online-Arbeit richtig gut."
„Ich bin gar nicht so", erwiderte Merle lachend. „Ich halte ihn für

einen guten Journalisten. Er wird den Blog aus Troja zu einer Erfolgsstory machen. Ich weiß, dass Balkis klasse ist."
Nach dem Ende des Telefonats war Lynna klar, dass das Telefonieren eine völlig ungeeignete Form der Kommunikation war. Sie saß frustriert auf der Parkbank. Die Atmosphäre des Gesprächs war ins Eifersüchteln abgerutscht und sie hatte nichts dagegen tun können. Am liebsten hätte sie Merle in den Arm genommen. Ihr fiel noch mehr ein, das sie jetzt gern mit ihr gemacht hätte, aber es war eben nur ein Telefongespräch.
Die halbe Stunde Zeit, um die Balkis gebeten hatte, war lange vorbei. Lynna ging in der Hitze des Mittags durch den Park zurück ins Museum. Im Esszimmer und im Atrium traf sie niemanden an. Offenbar hatten sich alle außer ihr zurückgezogen. Sie stieg die Treppe in den ersten Stock hoch und klopfte an der Tür.
„Fertig!", rief Balkis, als er schwungvoll öffnete. „Nimm Platz! Ich kann dir den Blog auf dem Fernseher zeigen."
Sie betrat sein Zimmer und setzte sich in einen Sessel. „Du machst es spannend", kommentierte sie seinen Auftritt. Dann sah sie auf dem Fernsehschirm die Schrifttafel von gestern. Gleichzeitig hörte sie Musik. Balkis hatte das Video mit den langsamen, gedrängten Gitarrenläufen von Ry Cooders 'Paris, Texas' unterlegt. Sie sah die Ruinen auf dem Hügel von Hisarlik und einen Schwenk in die Ebene. Dann war wieder die zweisprachige Schrifttafel zu sehen. Eine Übersetzung legte sich darüber: „Königin Helena von Hatussa erwählte den Prinzen Paris von Troja zu ihrem Mann und brachte ihn in ihre Stadt." Es folgte eine Moderation von Balkis, die er wie ein Selfie vor dem Hintergrund des Hügels aufgenommen hatte. Er erklärte darin, dass durch diesen Fund die Ilias als Quelle für historisches Geschehen völlig unglaubwürdig geworden ist. „Den Raub der Helena hat es niemals gegeben", erklärte Balkis auf dem Video. „Und dadurch ist der Anlass für den gesamten Trojanischen Krieg hinfällig." Dann war wieder die Ebene unterhalb von Troja zu sehen, die Unterstadt, wie eine Einblendung erklärte. Der nächste

Schriftzug lautete: „Die Archäologin bei der Arbeit". Zu sehen war Lynna in der Aufnahme vom Vormittag, wie sie in der Grube der Ausgrabungsstelle hockte und mit einer kleinen Kelle und dann mit dem Pinsel ein Fundstück freilegte. Die ausgegrabene Scherbe in ihrer Hand war die letzte Sequenz. Danach folgte nur noch die Animation der Fundstücke aus der 3D-Grafik von Professor Yildiz. Untermalt von derselben Musik wie zu Beginn endete das Video.

„Mann, ist das klasse!" Lynna fuhr sich begeistert mit den Händen in die Haare und stand auf. „Erzähl mir bloß nicht, dass du das in nur einer halben Stunde geschafft hast!", fügte sie hinzu.

„Ein bisschen länger hat es schon gedauert", gab Balkis grinsend zu. „Was meinst du? Wollen wir dieses Video nach Hause schicken, als heutigen Beitrag für unsere Blogs?"

„Das fragst du noch?" Sie ging mit ausgebreiteten Armen auf ihn zu. „Das ist super, was du da zusammengeschnitten hast! Die Musik ist auch genial! Natürlich geht das so nach Hause." Ihre graublauen Augen strahlten ihn an, ihre Arme schlangen sich um seine Schultern. Ihr strahlendes Gesicht kam ihm immer näher. Schließlich hauchte sie einen Kuss auf seine Wange.

Ihre sichtbare Freude hatte ihn mit tiefer Zufriedenheit erfüllt. Mehr noch: Er hatte Aufregung in sich gespürt, als sie ihm näher gekommen war. Sein Video hatte ihr gefallen und nun genoss er, dass sie ihre Zuneigung zeigte. Er merkte, wie ihre Hände sich um seine Schultern legten. Er griff instinktiv zu ihren Hüften. Dann spürte er ihren Kuss. Balkis nahm die zarte Berührung ihrer Lippen auf seiner Wange wahr. Seine traumhafte Vorstellung, diese Frau in den Armen zu halten, war in Erfüllung gegangen. Er wusste, dass es Wirklichkeit war, was er erlebte und hielt sich sekundenlang im Traum auf. Gleichzeitig war ihm klar, dass Lynna ihn in einer freundschaftlichen Umarmung berührte, in der er nur kurz verbleiben durfte. Er empfand aber viel mehr und hielt sie in dem Moment, in dem sie sich lösen wollte, mit seinen Händen an ihrer Hüfte fest. Er übte Druck aus und wollte sie nicht loslassen. Dann

sah er, dass ihr Gesicht, das sich langsam von seinem entfernte, einen fragenden Ausdruck angenommen hatte. Er lockerte seinen Griff und ließ die Hände fallen. Sein Traum war vorbei.
Lynna trat einen Schritt zurück und drehte sich halb zum Fernseher. Sie hatte die feste Berührung seiner Hände genau gespürt. Der Druck war etwas zu stark gewesen. Sie hatte immer noch den fragenden Blick in ihren Augen und konnte kein Wort sagen. Sie versuchte zu verstehen, welche Empfindung sie gerade gehabt hatte, aber sie erschrak vor der Ahnung, die sie bekam. Niemals hätte sie bei Balkis mehr als kollegiale Freundschaft vermutet. Die Situation lag erst wenige Sekunden zurück und sie musste jetzt schnell denken. Die fordernde Berührung seiner Hände hatte sie völlig überrascht, aber noch mehr verunsicherte Lynna das Gefühl, das sie in sich spürte. Sie hatte seinen Übergriff genossen. Um die Sekunden der peinlichen Stille nicht noch länger werden zu lassen, zeigte sie reflexartig auf den Bildschirm.
„Wenn es dir gefällt, dann schicke ich das Video nach Berlin", flüsterte Balkis tonlos. Er nahm sein Handy, ging ein paar Schritte zum Fenster und bediente den Touchscreen. „Fertig", sagte er schließlich ohne seinen Blick vom Smartphone abzuwenden.
Lynna war langsam zur Tür gegangen. Nun hob sie grüßend die Hand – eine Geste, die ihr im selben Moment linkisch vorkam. „O.k.", antwortete sie und hörte, wie heiser ihre Stimme klang. Dann verließ sie sein Zimmer. Schnell lief sie über die Treppe ins Atrium und riss die Tür zum Esszimmer auf. Niemand war im Raum. Auf dem Tresen stand ein halb ausgetrunkenes Wasserglas. Sie griff danach und trank es gierig aus. In der Küche sah sie Frau Yildiz.
„Entschuldigung!", rief sie beim Eintreten. „Haben Sie einen Schluck Kaffee oder Tee? Kann auch lauwarm sein."
„Ist alles in Ordnung, Frau Meeves?" Sevim Yildiz runzelte die Stirn. „Geht es Ihnen gut?"
„Ja ... nein ... natürlich", stotterte Lynna. „Es ist die Hitze. Ich habe fürchterlichen Durst."

„Ach so." Die Hausherrin lächelte. „Das beste Getränk bei dieser Wärme ist lauwarmer Tee. Davon haben wir immer eine Kanne in der Küche." Sie schenkte in ein kleines Glas ein.
Lynna trank in einem Zug aus. „Haben Sie vielleicht ein größeres Glas?", fragte sie. „Ich würde gern ein paar Minuten in Ihrem schönen Park spazieren gehen."
„Sie wollen in der Mittagshitze nach draußen?", fragte Frau Yildiz ungläubig. „Ich dachte, es wäre Ihnen zu heiß. Sind Sie sicher, dass es Ihnen gut geht?"
„Ja, ja", entgegnete sie. „Nur ein paar Minuten … und ein Glas Tee. Ich brauche frische Luft."
„Draußen ist nur heiße Luft", erwiderte die Frau des Professors und schenkte eine große Tasse Tee ein.
Lynna stand im Schatten des Rhododendron vor der Bank, auf der sie vor einer halben Stunde schon gesessen hatte. Von hier aus hatte sie mit Merle telefoniert und Merle hatte ihre Eifersucht auf Balkis kaum unterdrücken können, ohne irgendeinen Grund, wie sie vorhin noch gedacht hatte. Jetzt sah alles anders aus und das letzte, was sie jetzt gewollt hätte, wäre ein Gespräch mit ihrer Freundin zu führen. Konnte Merle hellsehen? Woher kam diese besitzergreifende Geste von Balkis? Sie kannte ihn doch bisher nicht so. Lynna fand keine Antworten auf ihre Fragen. Am meisten aber war sie durch ihre eigene Empfindung beunruhigt. Sie hatte es genossen, von ihm festgehalten zu werden – ganz kurz nur, aber sie hatte es schön gefunden. Sie schüttelte den Kopf. „Das kann nicht sein!", dachte sie. „Du machst dir doch nichts mehr aus den Kerlen!", kam ihr in den Kopf.

***

Am späten Nachmittag wollte Professor Yildiz mit seinen Gästen

noch einmal in die Unterstadt von Troja fahren. Sein Ziel war die Grabungsstelle der englischen Archäologen. „Ihre Kollegin ist noch nicht da, Herr Bartosch", sagte er. „Wollen wir auf sie warten?"
„Ich weiß nicht", antwortete Balkis. „Ich habe sie seit heute Mittag nicht mehr gesehen." Er hätte nur die Treppe hinauf zu ihrem Zimmer gehen brauchen um nachzusehen, aber das wollte er nicht. Ihre irritierte Reaktion vorhin hatte er natürlich bemerkt. Er war selbst zu befangen gewesen, um die peinliche Situation zwischen ihnen aufzulösen. Das war nicht seine Art. Balkis war zufrieden damit, Lynna ein Zeichen gegeben zu haben. Er hatte genug Geduld, auf ihre Antwort zu warten. Weiter bedrängen würde er sie nicht. Daher gab er sich Yildiz gegenüber ratlos und wartete neben seinem Wagen.
„Ich möchte nicht drängeln", sagte der Professor mit einem Blick zur Uhr. „Aber wenn wir jetzt nicht fahren, treffen wir niemanden mehr an."
„Gut", antwortete Balkis, sah sich noch einmal um und stieg ein.
„Frank Durmond, der Leiter der britischen Ausgrabung ist ein hervorragender Experte", erklärte Yildiz während er losfuhr. „Wir arbeiten hier in der Unterstadt Hand in Hand. Sie müssen sich vorstellen, dass das Siedlungsgebiet von Troja etwa dreißig mal so groß war wie der Hisarlik-Hügel. Der hat ja nur die Größe eines Fußballstadions. In Wirklichkeit war die Stadt für damalige Verhältnisse riesig. Es gibt viel auszugraben, denken wir." Er räusperte sich und begann zu grinsen. „Aber durch die Entdeckung der Schrifttafel haben wir gegenüber den Engländern die Nase weit vorn. Durmond müsste spätestens seit gestern von unserem Fund wissen – durch Ihren Blog in WOCHE-ONLINE. Ich bin gespannt, was er dazu sagt."
Der Wagen bog auf einen Feldweg ein und Yildiz fuhr noch ein paar hundert Meter bis sie eine kleine Zeltstadt vor sich sahen – das Camp der britischen Ausgrabung. „Kommen Sie!", rief er beim Aussteigen. „Ich stelle Ihnen Durmond vor." Sie gingen auf die

weißen Zelte zu, von denen die vorderen so aussahen wie offene Partyzelte, die im Sommer jedermann im Garten stehen hat. Beim Näherkommen sahen sie, dass auf Klapptischen die Fundstücke der Grabung ausgebreitet waren. Ein Mann mit vollem weißen Haar und weißem Bart kam ihnen entgegen. Er trug Jeans und T-Shirt und wirkte mit seinem federnden Schritt weitaus jünger als er war.
„Professor Yildiz!", begrüßte er die Ankömmlinge freundlich. „Schön, Sie mal wieder bei uns zu sehen. Fürchterlich heiß heute für Grabungen!" Er streckte seine Hand aus.
„Mister Durmond!", erwiderte er den Gruß. „Das ist Balkis Bartosch von WOCHE-ONLINE. Sie kennen seinen Troja-Blog wahrscheinlich."
Durmond wirkte für einen Moment überrascht. „Seit Ihrer Veröffentlichung gestern sind Sie in aller Munde, Herr Bartosch. Freut mich, Sie kennenzulernen." Er schüttelte seine Hand. „Mit dem Fundstück von Yildiz – also mit der Schrifttafel – haben Sie ein Riesending. Darf ich Sie fragen, welche Schlüsse Sie aus dieser Entdeckung ziehen?"
Balkis räusperte sich. „Ich bin Journalist und kann den Ergebnissen der Historiker nicht vorgreifen. Aber die wirkliche Helena wird nach diesem Fund als eine völlig andere gesehen werden müssen, als wir sie aus der Troja-Sage kennen."
„So so", entgegnete Durmond. „Und Sie, Professor Yildiz? Was sagen Sie dazu?" Er streckte ihm noch einmal die Hand entgegen. „Meinen Glückwunsch natürlich zu diesem spektakulären Fund!"
Dieser schwieg eine Zeit lang und schmunzelte ein wenig. „Ich habe immer schon die Auffassung vertreten, dass die kulturelle Entwicklung von Ost nach West verlaufen ist. Das heißt, die früheren Völker Anatoliens haben ihre Kultur nach Griechenland gebracht. Der Fund dieser Schrifttafel bestätigt meine Meinung. Inaara oder Helena, eine Königin der Hethiter, hat Paris von Troja zu ihrem Mann erwählt. Einen Raub der Helena hat es nie gegeben. Dadurch entfällt der Grund für den Ausbruch des Trojanischen Krieges. Wahrscheinlich werden wir bald beweisen können, dass auch der

Rest der Ilias nur literarische Fiktion ist und nicht historische Wirklichkeit."
Durmond rieb sich mit der Hand am Kinn. „Höre ich da eine nationale Sichtweise heraus, Professor? Die Völker Anatoliens sind die Vorfahren der heutigen Türken."
„Keineswegs, Kollege", entgegnete Yildiz und zog die Augenbrauen zusammen. „Die Vorfahren der heutigen Türken sind Türken", stellte er richtig. „Seit einem halben Jahrtausend bewohnen wir dieses Land. Es ist keine nationale Haltung, mit der ich mich für die antiken Völker in Anatolien interessiere. Ich versuche vielmehr dem Lauf der Zeit nachzuspüren. Dabei bin ich zu der Überzeugung gelangt, dass die Wiege der Kultur in Anatolien gestanden hat, außer Mesopotamien und Ägypten natürlich. Unser Land gehörte einmal zum fruchtbaren Halbmond. Hier hat das Herz der Geschichte angefangen zu schlagen, lange bevor Europa irgendwelche Spuren hinterlassen hatte. Leider hat mein Land jahrhundertelang dieses Erbe nicht gesehen und vernachlässigt. Aber die heutige historische Forschung ist sich der Bedeutung der Vorväter der Türkei bewusst, ob sie Lyder, Hethiter, Luwier oder anders hießen. Es ist kein nationales Tamtam, Kollege. Wir nehmen an, dass die antike Kultur von unserem Kontinent aus den Anfang gemacht hat. Ihr Europäer haltet lieber die Griechen für die ersten, aber unser Fundstück ist ein Beweis für meine These."
„Ex oriente lux", sagte Durmond und lächelte. „Aus dem Orient kommt das Licht ... das Licht der Kultur. Sie haben völlig recht. Niemand wird bestreiten, dass die alte Geschichte in Mesopotamien wurzelt. Babylon war die erste Großstadt der Welt. Aber was Troja angeht, folge ich der klassischen Überlieferung. Hier hat sich zum ersten Mal ein europäisches Land gegen die Macht des anderen Kontinents gestellt. Griechenland hat die Völker Kleinasiens besiegt und damit ist der Fokus der Geschichte nach Europa gerückt, erst nach Athen und später nach Rom."
„So einfach war es nicht, Herr Durmond", widersprach Yildiz. „Was

Sie Überlieferung nennen, war nichts weiter als ein Lied. Ilias und Odyssee sind zur Unterhaltung der Menschen gesungen worden. Ihr historischer Wert ist gleich null."

Der britische Archäologe schüttelte den Kopf. „Und doch stehen wir hier vor dem alten Troja und graben", entgegnete er schmunzelnd. Dabei wies er mit dem rechten Arm zum Hisarlik-Hügel. „Ach, Kollege Yildiz!", fügte er lachend hinzu. „Ich genieße unseren Disput jedes Mal, wenn wir uns treffen. Bei unseren Gesprächen geht es wenigstens nicht um Politik, sondern um die wirklich interessanten Dinge."

„Im Grunde ist es Politik, worüber wir streiten." Yildiz grinste vielsagend. „Aber jetzt sagen Sie mir doch endlich, was Sie in den letzten Tagen ausgegraben haben."

„Nichts, was meine Theorie stützt, leider." Durmond hob entschuldigend die Hände. „Ich hätte gern den Beweis für ein griechisches Heerlager vor Troja gehabt. Aber wir haben einige Keramikstücke, die auf den ersten Blick sehr nach mykenischer Herkunft aussehen. Morgen soll jemand damit nach Istanbul zur physikalischen Untersuchung fahren. Die C14-Datierung wird uns Aufschluss über das Alter der Fundstücke geben."

„Sie werden hier keine Spuren eines griechischen Heerlagers finden, weil es niemals eins gab. Vergessen Sie Homer!" Yildiz lächelte kurz und wurde gleich wieder ernst. „Aber dass Sie einen Termin beim Institut bekommen haben, darum beneide Sie doch. Ich versuche seit Tagen, dort mein Fundstück untersuchen zu lassen. Aber ich bekomme einfach keine Rückmeldung."

„Sie haben doch schon veröffentlicht, wie alt Ihre Schrifttafel ist", lachte Durmond. „Im Blog von WOCHE-ONLINE habe ich gelesen, dass Ihr Helena-Text aus dem Jahr 1200 v. Chr. ist."

„Das war eine Vermutung von mir", schaltete Balkis sich ein. „Genau wissen wir es natürlich erst nach der Untersuchung. Aber der Zusammenhang mit Troja legt diesen Zeitraum nahe."

„So so", brummte Durmond erneut. „Also, wenn Sie möchten, kann

ich Ihr Stück nach Istanbul mitnehmen lassen." Er sah Yildiz fragend an. „Wir haben uns ja schon öfters gegenseitig geholfen." Er runzelte die Stirn. „Oder haben Sie sich beim Institut unbeliebt gemacht?" Der Professor schüttelte den Kopf. „Genau weiß man das bei den Behörden nie. Aber Sie haben offenbar den etwas besseren Draht."
„Wer gut schmiert, der gut fährt, sagt man ja", entgegnete Durmond. „Wir verfügen über Mäzene mit erstaunlichen finanziellen Mitteln."
„Ich werde mir Ihr Angebot ernsthaft überlegen", sagte Yildiz stirnrunzelnd.

***

Am Yachthafen von Canakkale stand Lynna vor einem hölzernen Pferd. Es war das Pferd aus dem amerikanischen Film „Troja" mit Brad Pitt. Die Stadt hatte die Filmrequisite vor Jahren gekauft und als Touristenattraktion an der Hafenpromenade aufstellen lassen.
„Kitschiger Touri-Scheiß!", dachte sie und ging mit verächtlichem Blick um das Pferd herum. Sie blickte zum Kopf hoch und wusste, dass diese Metapher in Wirklichkeit einmal die Zugbrücke eines Belagerungsturms bedeutet hatte. Sie schlenderte ein paar Meter zurück und sah sich die neue Sehenswürdigkeit des Ortes aus der Distanz an. „Es ist ein Symbol", kam ihr in den Kopf. „ ... ein kolossales Symbol." Fast automatisch zückte sie ihr Handy und fotografierte. „Jeder auf der Welt kennt dieses Pferd", überlegte sie. „Sein Wiedererkennungswert kann uns auf dem Blog von Nutzen sein. Selbst Leute, die gar keine Ahnung haben, werden auf dieses Ding aufmerksam." Sie schoss noch einige Fotos setzte sich auf eine Bank an der Promenade. Lynna genoss die warmen Strahlen der Nachmittagssonne. Ihr fiel Balkis ein und das ärgerte sie. Konzentriert betrachtete sie die Yachten, die strahlend weiß im Hafen lagen. Sie hörte das gleichmäßige Klacken der Drahtseile, die

an die Masten schlugen. Dann achtete sie auf das Geschrei der Möwen, die im Hafen herumflogen. Sie war mit Absicht nicht mit Professor Yildiz nach Troja gefahren. Sie wollte nicht über Balkis nachdenken und schon gar nicht den ganzen Nachmittag mit ihm zusammen sein. Deshalb hatte sie sich zu einem Bummel in Canakkale entschieden. Jetzt war er doch wieder in ihrem Kopf. Lynna fragte sich, was eigentlich passiert war. „Sei nicht so empfindlich!", dachte sie. „Er hat dich doch nur kurz berührt – eine kurze Umarmung. Das war völlig normal." Dann erinnerte sie sich, dass sie beide danach kaum ein Wort miteinander sprechen konnten. „Das stimmt nicht", fiel ihr ein. „So ganz normal war sein Griff an meine Hüfte nicht. Er wollte mehr." Sie hätte seit Stunden mit Merle telefonieren können. Ein paarmal hatte sie das Handy auch schon in der Hand gehabt. Aber eine Empfindung in ihr hatte sie daran gehindert, die Stimme ihrer Freundin anzuhören. Merle hatte am Mittag eine eifersüchtige Bemerkung über Balkis gemacht. Jetzt wirkte es für Lynna so, als hätte sie in die Zukunft sehen können. Denn inzwischen wäre Eifersucht berechtigt gewesen, wenn Merle ihre Gedanken kennen würde. Balkis hatte zwar fast nichts getan, aber Lynna wurde im Laufe des Nachmittags immer klarer, dass sie seine fordernde Berührung genossen hatte. Er war ein gut aussehender junger Mann, er war intelligent, zielstrebig und im Begriff erfolgreich zu werden. Er hatte sich seit gestern um alles gekümmert, was sie betraf. Ihr kam ins Bewusstsein, dass Balkis mit seiner zurückhaltenden, vorsichtigen Art eigentlich der Mann war, von dem alle Frauen träumen müssten. Ausgerechnet dieser Mann hatte ihr ein Signal seiner Zuneigung geschickt. Sie empfand ein bisschen Stolz und musste lächeln. Sie drehte sich auf der Bank herum, hielt ihr Handy hoch und machte ein Selfie von sich und dem Trojanischen Pferd. „Mal sehen, wie ernst es Balkis meint", dachte sie.

Athenaeum Club, London

„Das ist ja interessant", schnaubte Gordon Byron. „Jetzt gräbt sie also schon selbst." Er saß mit einem Notebook auf den Knien in einem schweren Ledersessel in der Bibliothek. Hinter ihm erhob sich eine fünf Meter hohe Wand aus Büchern, die sich über die ganze Längsseite des Saales erstreckte. Die oberen Galerien waren über eine Treppe erreichbar, die entlang der Regale verschoben werden konnte. Unter allen Clubs der Welt verfügte der Athenaeum Club über die weitaus größte Bibliothek. Byron hatte auf dem Notebook den neusten Blog der FU Berlin zur Kenntnis genommen. Er hatte zu Anfang noch einmal die zweisprachige Schrifttafel gesehen und dann Lynna Meeves bei Grabungen in der Ebene vor Troja. Die gequälte Gitarrenmusik, mit der das Video unterlegt war, hatte ihm nicht gefallen. Dann hatte er gesehen, wie diese junge Archäologin tatsächlich ein Stück ausgegraben hatte. Sie schien vom Glück verfolgt zu sein. Er klappte das Notebook zu, nahm sein Smartphone in die Hand und tippte die Nummer eines Freundes.
„Durmond", meldete sich eine weit entfernte Stimme.
„Frank?", fragte er. „Hier ist Gordon Byron. Wie läuft es bei dir?"
„Gordon? Du rufst selbst an?" Die Stimme klang überrascht. „Es läuft gut, würde ich sagen. Wir finden nichts besonderes, aber wir behalten die Spur."
„Die Konkurrenz hat leider einen Fund gemacht. Ich habe gestern im Internet davon erfahren. Eine Schrifttafel." Byron räusperte sich. „Ich hätte dir gewünscht, du hättest sie gefunden."
„Ich weiß", antwortete Durmond. „Yildiz war heute bei mir. Er hält den Text für sehr bedeutend."
„Das ist er auch, wenn die Tafel noch bekannter wird als sie ohnehin schon ist. Sie erschüttert alles, an das wir glauben."
„Professor Yildiz meint, dass der Wahrheitsgehalt der gesamten Troja-Sage in Frage gestellt ist. Aber nimm das nicht so wichtig,

Gordon! Ich streite häufig mit ihm über diese Dinge."
„Das kann ich gar nicht wichtig genug nehmen!", bellte Byron in sein Handy. „Ich brauche deine Hilfe, Frank. Ich werde Maßnahmen gegen diese Geschichtsfälschung ergreifen. Morgen trifft ein Vertrauter von mir in Troja ein: Nigel Cunningham, ein junger fähiger Archäologe. Er wird den Spuk mit diesem Helena-Text beenden. Für diesen jungen Mann wünsche ich deine völlige Unterstützung."
„Cunningham?", fragte Durmond. „Nie gehört. Wer soll das sein?"
„Das ist mein Mann für diese Sache", entgegnete Byron. „Du musst ihm jede Freiheit geben, die er braucht, Frank."
„O.k., du bist der Boss, Gordon. Nigel Cunningham ist in meinem Team willkommen."

Archäologisches Museum, Canakkale

„Morgen wollen Sie ja nach Pergamon fahren." Professor Yildiz hob sein Weinglas. Er saß mit seiner Frau, Lynna und Balkis im Atrium des Museums. „Sie können gern meinen zweiten Wagen mit Fahrer haben. Dort werden Sie erleben, wie wunderbar der Altar, der jetzt in Berlin in einer Halle steht, unter freiem Himmel vor dem Hintergrund des Mittelmeers aussehen würde", fuhr er fort. „Sie werden verstehen, warum ich dieses Schmuckstück zurück haben möchte."

„Warum bauen Sie ihn nicht nach?", fragte Balkis. „Stellen Sie eine originalgetreue Kopie dorthin, wo der Tempel einmal war. Die Griechen haben das auf der Akropolis auch gemacht – wegen der Luftverschmutzung. Das komplette Erechteion steht im Museum und oben blicken die Touristen auf Gipsfiguren – täuschend ähnliche Kopien."

„Ihre Idee ist gut, aber nicht neu." Yildiz lachte kurz und runzelte sofort wieder die Stirn. „Solche Vorschläge hat es gegeben während der Zeit, in der ich Direktor des Bergama Müzesi war. Ich habe sie immer abgelehnt. Eine Kopie des Tempels, der heute in Berlin ist, wäre nicht nur ungeheuer kostspielig, sie wäre auch ein falsches Signal." Er legte sein Gesicht in die Hände. „Wenn wir eine Kopie über den Ruinen von Bergama stehen hätten, würde es wunderbar aussehen. Aber es würde auch so wirken, als gäben wir uns mit der Situation zufrieden. Das Original wäre immer noch nicht zu Hause." Yildiz lächelte kopfschüttelnd. „Nein, da fahre ich lieber alle paar Jahre nach Berlin und fordere den Pergamon-Tempel zurück, wenn auch erfolglos." Plötzlich grinste er. „Vielleicht überlegt ihr Deutschen euch mal, eine Kopie anzufertigen."

„Geniale Idee!", rief Lynna. „Lauter Kopien herstellen und die Originale dorthin zurück bringen, von wo sie mal geklaut worden sind. Der Bestand unserer Museen ist ohnehin ein Spiegelbild des

Kolonialismus."

Lynna war kurz vor dem Abendessen zum ersten Mal seit dem Mittag wieder auf Balkis getroffen. Ihre Befangenheit, wegen der sie am Nachmittag allein sein wollte, hatte sie abgelegt. Sie war neugierig und gespannt darauf, was Balkis ihr andeuten wollte. Sie wollte wissen, ob das, was zwischen ihnen passiert war, der Beweis einer Zuneigung oder nur ein Spiel war. Sie hatte ihn bei der Begegnung am Abend offen angelächelt und ihm gleich auf ihrem Smartphone das Selfie mit dem Trojanischen Pferd gezeigt. Er hatte gelacht und sofort zugestimmt, das Foto in den Blog aufzunehmen. Damit hatten sie wieder eine Gesprächsebene gefunden, auch wenn die irritierende Emotion von vorhin noch ungeklärt war.

„Ich würde es nicht Kolonialismus nennen, Frau Meeves", entgegnete Yildiz. „Aber was die antiken Schätze des damaligen Osmanischen Reichs oder auch Griechenlands angeht, spielt die dominierende Rolle Westeuropas vor hundert Jahren schon eine Rolle. Heutzutage würde kein einziges Fundstück mehr außer Landes gehen." Er räusperte sich und richtete sich auf. „Ich würde gern die alte Schrifttafel noch einmal heraufholen", sagte er und stand auf ohne eine Antwort abzuwarten. Kurze Zeit später war er mit dem weißen Leinentuch in der Hand wieder zurück, entnahm daraus wie gestern Abend die hellbraune Tontafel und legte sie auf den Tisch. „Sehen Sie sich das gute Stück noch einmal genau an. Vielleicht lasse ich die Tafel morgen zur physikalische Untersuchung nach Istanbul bringen."

Balkis zog die Augenbrauen hoch. „Wollten Sie nicht selbst fahren, Professor?"

„Ja", antwortete Yildiz unwillig. „Das will ich seit Tagen, aber ich bekomme einfach keine Zusage vom Institut. Kollege Durmond von der britischen Grabungsstelle hat morgen einen Termin in Istanbul. Er hat mir seine Hilfe angeboten."

„Sie wollen die Schrifttafel doch nicht aus der Hand geben?", fragte Balkis ungläubig.

„Ohne die offizielle Expertise mit der C14-Datierung ist unser Fundstück nichts wert", entgegnete Yildiz. „Ich muss etwas unternehmen, wenn sich die Behörde nicht von selbst rührt."
„Wenn Sie mich fragen, dann lassen Sie diesen Schatz nur in einem gepanzerten Wagen mit Polizei-Eskorte nach Istanbul bringen."
„Ich habe mich noch nicht entschieden", versuchte Yildiz seinen Gast zu beruhigen. Er tastete mit dem Zeigefinger die Schriftzüge entlang.
„Königin Helena von Hatussa erwählte den Prinzen Paris von Troja zu ihrem Mann und brachte ihn in ihre Stadt", murmelte er vor sich hin.
„Das heißt doch wohl, dass die Hochzeit nicht hier, sondern in Hatussa stattgefunden hat", warf Lynna ein.
„Sie haben recht, Kollegin. Sie brachte ihn in ihre Stadt – das geht aus dem Text hervor – und heiratete ihn dort. Inaara, das heißt Helena, hat natürlich in ihrer Hauptstadt geheiratet."
„Und warum finden wir diese Tafel dann hier in Troja?", fragte sie. „Die Bekanntgabe einer Königshochzeit ist hier doch völlig falsch platziert."
„Vielleicht ist sie anders gemeint, als wir ein Aufgebot beim Standesamt kennen, Frau Meeves", erklärte Yildiz. „Diese Tafel macht keine Hochzeit in der eigenen Stadt bekannt. Sie feiert den Prinzen Paris von Troja im voraus. Es hat möglicherweise ein Fest oder einen Umzug mit den Bürgern gegeben, als Helena mit ihrem erwählten Mann aus Troja abreiste. Dafür könnte die Schrifttafel ein Erinnerungsstück sein."
„Das heißt, die Tafel war keine Heiratsurkunde, sondern mehr ein Souvenir, ein Andenken an den Triumphzug, in dem Helena und Paris die Stadt verließen?", fragte Lynna.
„Wir wissen es nicht", antwortete er. „Die Ehe von Inaara und Pasiya, also von Helena und Paris ist später zu einer Legende für Liebe und Treue geworden. Es ist gut möglich, dass sich unsere Tafel seinerzeit auf die Legende bezogen hat und nicht auf die Hochzeit – als Motto für die Bewohner des Hauses, in dem sie mal an der Wand gehangen hat."

Lynna sah sich die Schriftzeichen auf der Tafel an. „Eine romantische Vorstellung, Herr Yildiz, dass sich vor dreitausend Jahren ein junges Paar mit diesen Sätzen einen Leitspruch für ihr Leben in ihr Haus gehängt hat." Sie dachte einen Moment nach. „Balkis!", sagte sie dann. „Diese Geschichte muss unbedingt in unseren Blog. Ob es sie jemals so gegeben hat, ist egal."

„Ich kann nur wiederholen, dass wir nicht wissen, aus welchem Grunde die Tafel angefertigt wurde. Aber die Erklärung, die Sie gerade gefunden haben, könnte plausibel sein, Frau Meeves." Yildiz ging zum Tisch und wollte das hellbraune Stück Ton in das Leinentuch einschlagen.

„Warten Sie!", rief Balkis. „Zu diesem Kontext fallen mir noch ein paar andere Fotos ein, die ich machen möchte." Er zog sein Handy aus der Tasche und fotografierte die Schriftzüge aus der Nähe.

Antusa Palace Hotel, Istanbul

Das Antusa Palace Hotel lag im Stadtteil Fatih ziemlich genau auf einer Linie zwischen der Hagia Sofia und dem Großen Basar. Nigel Cunningham hatte gestern Abend nach seinem Flug von London dort für drei Tage eingecheckt. Ein Leihwagen mit Fahrer stand für ihn bereit. Noch von zu Hause aus hatte er telefonisch Kontakt mit einem alten Bekannten aufgenommen. Memet Gökhan war Besitzer einer renommierten Töpferei, die sich auf Replikate antiker und osmanischer Keramiken spezialisiert hatte. Im Großen Basar besaß er ein von Touristen stark frequentiertes Geschäft. Nigel hatte Memet Gökhan für den Abend seinen Besuch angekündigt. Er war erschöpft gewesen nach der überstürzten Abreise aus London, aber nach einer halben Stunde in der Sauna des Hauses hatte er sich neu belebt gefühlt. Er war vom Chauffeur des Leihwagens durch die engen Gassen von Fatih gefahren worden, bis er an der Rückseite des Großen Basars angekommen war, am Hintereingang von Gökhans Töpferei.

Der rundliche schwarzhaarige Mann im grauen Arbeitskittel hinter dem Tresen staunte, als er den Besucher in sein Geschäft kommen sah. Mit seinen dunklen Augen blickte Memet ihn ungläubig an.
„Nigel!", rief er. „Ich hätte nicht geglaubt, dass du heute noch kommst."
„Memet!", antwortete Cunningham. „Schön dich zu sehen!" Er ging mit ausgebreiteten Armen auf ihn zu. „Guten Abend", sagte er als sie sich umarmten. „Hast du daran gezweifelt, dass ich es heute noch schaffe?" Er wirkte mit seinem braungebrannten Gesicht, dem blonden Dreitagebart und dem Uni-T-Shirt von Cambridge wie ein Tourist auf der Suche nach einem Souvenir.
„Es ist schon spät." Memet zeigte auf seine Armbanduhr. „Gleich acht, ich wollte gerade schließen. Schau dich um, Nigel! Es ist nicht mehr viel los im Basar." Die Geräuschkulisse von hunderten

herumlaufender Menschen in der überdachten Seitengasse war zwar vorhanden, Musik erklang auch noch aus vielen Geschäften, aber der Tuchhändler gegenüber hatte sein Geschäft schon geschlossen. Auch der Kupferschmied nebenan war damit beschäftigt, seine Auslagen mit Kesseln und Kannen in den Laden zu bringen. Es herrschte Feierabendstimmung. Ein Junge ging schnell mit einem Tablett voller kleiner Teegläser durch die Gasse.
„Hast du ein Glas Tee für mich bestellt, Memet?" Nigel lächelte. „Du solltest das tun. Ich habe einen ziemlich großen Auftrag für dich. Dafür kannst du deinen Laden morgen geschlossen halten."
Memet schnippte dem Jungen mit den Fingern zu und nahm zwei Gläser vom Tablett. „Was für ein Auftrag?", fragte er. „Soll ich dir wieder etwas Antikes kopieren?" Er grinste.
„Ja, so ungefähr", antwortete Nigel gedehnt und trank einen Schluck Tee. „Ich kann mich sehr gut an deine Arbeit an einer tönernen Vase erinnern. Vor fast einem Jahr war das wohl. Das Stück hat perfekt ausgesehen. Heute habe ich etwas noch Schwierigeres für dich. Und das Honorar spielt dieses Mal überhaupt keine Rolle." Er nippte nochmal vom Tee und blickte ihn mit seinen blauen Augen genau an.
Memet starrte zurück. „Worum geht es?" Er runzelte die Stirn unter seinen schwarzen Haaren.
„Du wirst mir zwei Nachbildungen einer antiken Tontafel anfertigen." Nigel holte ein Blatt Papier aus der Tasche. „Die erste noch heute Nacht nach diesem Muster." Er faltete das Blatt auseinander und zeigte ihm eine farbige Abbildung der Schrifttafel, die Gordon Byron am Morgen aus dem Blog der FU Berlin kopiert hatte. „Die zweite Nachbildung erstellst du morgen ganz präzise nach dem Original, das ich dir dann bringen werde." Seine Augen schienen sich in einen blaugrünen Ton zu verfärben während er ihn fixierte.
„Ich soll die Nacht durcharbeiten?", fragte Memet verständnislos.
„Richtig", entgegnete Nigel. „Die Höhe deiner Rechnung spielt für meinen Auftraggeber keine Rolle", fügte er hinzu und sah ihn

weiterhin fordernd an. „Einen kleinen Vorschuss kann ich dir für die Nachtarbeit natürlich jetzt schon zahlen", sagte er und verzog sein kühles Gesicht kurz zu einem maskenhaftem Lächeln. Er blätterte 10-Euro-Scheine auf den Tresen bis zweihundert Euro erreicht waren. „Das ist nur für die erste Kopie", bemerkte er.
Mit großen Augen blickte Memet auf das Geld und seufzte. Dann nahm er sich das Blatt, das neben dem Stapel von Scheinen lag. Konzentriert betrachtete er das Foto der Schrifttafel. „Das sind zwei verschiedene Schriften", sagte er. „Die eine ist griechisch. Das sehe ich. Und die andere ..."
„Hethitische Keilschrift", unterbrach Cunningham und zeigte auf den oberen Bereich der Tafel.
„Dass es Keilschrift ist, habe ich auch gesehen", entgegnete Memet verärgert. „Ich mache solche Sachen schließlich nicht zum ersten Mal. Aber die typisch hethitischen Zacken machen die Kopie nicht einfacher." Er brummte ein paar türkische Worte vor sich hin.
„Entschuldige, Memet! Ich wollte nicht schulmeistern." Nigel klopfte ihm auf die Schulter. „Ich weiß, dass du Ahnung hast. Sonst wäre ich ja nicht hier."
„Was bedeutet dieser Text überhaupt?", fragte der Töpfer missmutig.
„Ich weiß es nicht", antwortete Nigel. „Ich kann griechisch, aber diese Zeichen verstehe ich nicht. Das können nur Spezialisten." Er lächelte. „Was ist, Memet? Schaffst du das oder muss ich nach einem anderen Fachmann suchen? Der Basar ist groß." Er legte die Hand auf die Geldscheine.
„Evet", antwortete Memet spontan auf türkisch. „Ja. Morgen früh ist das Stück fertig."
Zurück im Antusa Palace Hotel nahm Nigel Cunningham ein köstliches Abendessen zu sich. Danach informierte er Lord Byron telefonisch über den Stand der Dinge und fiel schließlich völlig erschöpft ins Bett. Vorher hatte er dem Service den Auftrag gegeben, ihn am nächsten Morgen um vier Uhr zu wecken.

Britische Ausgrabungsstelle , Troja

Der Fahrer des Leihwagens war mit seinem Gast um fünf Uhr morgens aus Istanbul abgefahren. Zu dieser frühen Uhrzeit waren die Straßen noch relativ frei und sie konnten die Millionenstadt zügig hinter sich lassen. Nigel Cunningham fühlte sich nach der Dusche erfrischt, obwohl die Nacht für ihn kurz gewesen war. Er war fit genug, um solche Tage wie den gestrigen nach einigen Stunden Schlaf wegzustecken. Gestern hatte er im Basar alles in die Wege geleitet für das bevorstehende Manöver. Nun war er gespannt darauf, Troja zu erreichen und den Plan zu Ende zu führen.

***

Balkis stand in der Frühe auf dem Balkon seines Zimmers. Die Sonne ging gerade auf und versprach einen weiteren heißen Tag. Er blickte über den Park des Museums und über die Dächer des kleinen Ortes. Nebenan schlief Lynna wohl noch. Sie würde sich erst etwas später auf diesem Balkon sehen lassen und er beschloss, ins Bad zu gehen. Gestern Abend hatte sie kein Zeichen der Unsicherheit mehr gezeigt, dachte er. Im Gegenteil: Sie hatte ihm eine Idee für den Blog mitgegeben. Sie hatte sich vorgestellt, aus welchem Grund die Schrifttafel vor dreitausend Jahren an einem Haus angebracht war. In Lynnas Phantasie war es ein junges Paar, das die Liebe von Inaara und Pasiya als Leitspruch für sich selbst gewählt hatte. Das war zwar eine völlig unwissenschaftliche Spekulation, aber Balkis hatte diese Vorstellung gefallen. Er war eben Journalist und nicht Historiker. Deshalb hatte er gestern noch am Abend Lynnas frei erfundene Geschichte ins Netz gestellt. Auf der Homepage der Uni und der von WOCHE-ONLINE waren Helena und Paris jetzt als Glücksboten der

Liebe zu sehen.
Durch die Gardine ihres Zimmers konnte Lynna ihn auf dem Balkon erkennen. Sie zögerte hinauszugehen. Seit gestern wollte sie wissen, wie ernst es Balkis meinte, aber nicht jetzt vor dem Frühstück. Gerade hatte sie seinen neuen Eintrag im Blog zur Kenntnis genommen. Die Geschichte, die er nach ihrer romantischen Phantasie von gestern Abend geschrieben hatte, berührte sie. „Er schreibt immer, was ich empfinde", dachte sie und blickte durch die Gardine. „Eigentlich ist der ganze Blog ohne ihn nicht denkbar", gestand sie sich ein. „Alles, was er für seine Zeitung gemacht hat, hat er auch mir für die Uni zur Verfügung gestellt." Sie beschloss, nicht auf den Balkon zu gehen, sondern drehte sich zum Kleiderschrank. Dort holte sie ihre olivgrüne Cargo-Hose und ein blassrosa T-Shirt heraus und betrachtete sich darin im Badezimmerspiegel. Sie war mit ihrem Outfit zufrieden. Dann fuhr sie gründlich mit der Bürste durch ihre langen blonden Haare, sah sich kritisch ihr Gesicht an und zog die Lippen mit Lipgloss nach. Plötzlich hielt sie inne. „Warum mache ich das jetzt?", fragte sie sich und schüttelte den Kopf. „Ich führe mich auf wie ein Teenie vor dem ersten Date", sagte sie zu sich, als sie die Treppe zum Esszimmer hinunterging.
„Guten Morgen, Frau Meeves", begrüßte sie Professor Yildiz. „Das ist interessant, was Sie in Ihrem Blog geschrieben haben: Helena und Paris als Glücksboten für ein junges Paar."
„Ich habe das nicht geschrieben", entgegnete sie. „Das war Balkis. Er ist der Journalist."
„Egal", sagte er. „Dieses Bild entspricht genau unserem Forschungsstand über die Mythen der Hethiter. Königin Inaara wird darin ..." Er unterbrach sich selbst und lächelte Lynna verlegen an. „Das möchte ich Ihnen später erklären. Ich sollte dem nicht vorgreifen."
Sie nickte. „Mir gefällt es auch, was Balkis geschrieben hat. Es ist zwar eine pure Annahme und alles andere als wissenschaftlich, aber

die Geschichte regt die Vorstellung über die Schrifttafel an. Die Leser bekommen ein Bild vom alltäglichen Leben der Menschen im antiken Troja, von ihren romantischen Träumen. Das ist viel mehr wert als den alten Homer auswendig zu können."
„Ich stimme Ihnen zu", entgegnete Yildiz mit einem ironischen Grinsen. „Diese alten Verse sind meisterhaft gedichtet, aber historisch bringen sie gar nichts." Er sah zur Treppe hoch. „Da kommt unser Blog-Autor", bemerkte er und ging auf ihn zu. „Guten Morgen, Herr Bartosch!"
„Guten Morgen", erwiderte Balkis und ging beinahe unhöflich am Professor vorbei auf Lynna zu. „Hast du gut geschlafen?", fragte er sie und fügte hinzu: „Ich habe was Neues in den Blog ..."
„Phantastisch", unterbrach sie.
„Wie?", fragte er. „Der neue Eintrag?" Er runzelte die Stirn.
„Nein. Ich habe phantastisch geschlafen." Sie sah ihn herausfordernd an. „Wenn du mir zwei Fragen auf einmal stellst, kann ich ja nur eine zuerst beantworten."
„Und was hältst du von dem Artikel im Blog?", wollte er wissen.
„Dasselbe wie von deinem gestrigen Artikel." Sie beugte sich zu ihm und gab ihm einen Kuss auf die Wange. Dabei berührte sie mit ihrer linken Hand seine rechte und drückte sie ganz leicht nach hinten. Sie lächelte und ihre Augen drückten Überlegenheit aus. „Genial habe ich gestern gesagt. Das finde ich heute auch. Du machst eine super Arbeit. Dein neuer Eintrag hat sogar den Professor begeistert – Helena und Paris als Glücksboten." Sie wies mit der Hand auf Yildiz. „Er kann dir das selbst viel besser erklären. Aber jetzt lass uns zum Frühstück gehen!"
Balkis hatte ihre Körpersprache verstanden. Sie hatte den Kuss von gestern wiederholt, aber seine Hand weggedrückt. Sie wollte verhindern, dass er sie wieder berührte. Im kurzen Gespräch mit dem Professor auf dem Weg zum Frühstückstisch war er unkonzentriert. „Warum hatte sie sich mit ihren Worten überhaupt auf gestern bezogen?", dachte er. „Und dann wieder ein Kuss?

Wollte sie mit der Geste ihrer Hand vielleicht nur einen Widerstand spielen und erwartete insgeheim mehr von mir?" Balkis war verwirrt.
Während des Frühstücks fiel Lynna ein, dass sie Merle noch nicht angerufen hatte. Das müsste sie gleich nachholen, noch vor ihrer Abfahrt nach Pergamon.

***

Nigel Cunningham sah dösend aus dem Fenster des Wagens. Seit vier Stunden waren sie unterwegs. Am Anfang der Fahrt aus Istanbul heraus hatte er die faszinierenden Blicke von der Küstenstraße auf das Marmarameer genossen. Jetzt führte die Strecke über Land und wurde eintönig. Felder und Dörfer in einer hügeligen Landschaft bestimmten das Bild. Plötzlich wurde er auf ein Hinweisschild aufmerksam: „Canakkale". Nigel schaute hinter dem vorbeihuschenden Schild hinterher. Das war der Ort, in dem sich seine Gegner aufhielten, wusste er. Hier lag irgendwo die Schrifttafel, derentwegen ihn Lord Byron hierher geschickt hatte. Er fragte seinen Fahrer und erfuhr, dass sie noch eine halbe Stunde zurückzulegen hatten. Danach griff er zu seinem Handy und meldete sich bei der britischen Ausgrabungsstelle in Troja.
„Ich bin überrascht, dass Sie jetzt schon eintreffen", sagte Frank Durmond verwundert. „Sie müssen ja schon in der Nacht in Istanbul aufgebrochen sein."
„Ja", entgegnete Nigel. „Es war ziemlich früh am Morgen, als wir losgefahren sind."
Im Vorbeifahren sah er das Verkehrsschild, das nach Troja wies. Er erkannte nicht weit entfernt den Hisarlik-Hügel wieder. Mehrere Male war er früher an der alten Ausgrabungsstätte gewesen. Aber heute galt sein Interesse etwas anderem als den antiken Ruinen. Er

sah eine Gruppe von weißen Zelten in einiger Entfernung auf dem Ackerland. Er wies seinen Fahrer an, in den nächsten Feldweg einzubiegen, und stand wenig später vor dem britischen Grabungsgelände, das von Frank Durmond geleitet wurde. Der weißhaarige Archäologe kam auf ihn zu.

„Ich grüße Sie, Mister Cunningham!" Durmond streckte ihm seine Hand entgegen. „Gordon Byron hatte Sie erst gestern angekündigt. Sie sind schnell – mal eben von London nach Troja."

„Die Sache, um die es Lord Byron geht, erfordert eine zügige Vorgehensweise. Haben Sie die Schrifttafel? Ich habe gehört, dass Professor Yildiz sie Ihnen anvertrauen wollte. Es ist mein Auftrag, die Tafel nach Istanbul zu bringen."

„Ich weiß, Mister Cunningham. Aber so weit sind wir noch nicht." Durmond machte eine ruhige Handbewegung. „Ich habe Yildiz lediglich angeboten, sein Fundstück dort untersuchen zu lassen. Das habe ich Gordon Byron gestern berichtet." Er schüttelte den Kopf. „Der gute alte Gordon! Er ist immer noch ein bisschen ungeduldig."

„Das heißt, Sie haben nichts für mich?", fragte Nigel und blickte ihn ungläubig an.

„Doch, doch", entgegnete Durmond. „Wir haben eine ganze Anzahl Stücke, deren Alter im Institut bestimmt werden sollte. Ich habe dort für morgen früh einen Termin bekommen." Er grinste. „Eine schöne Stange Geld hat uns das gekostet."

„Ich meinte nicht diesen Kram." Die hellblauen Augen des jungen Mannes flackerten. „Ich spreche von der Schrifttafel, die Yildiz gefunden hat, von dem Stück, das angeblich den ganzen Trojanischen Krieg in Frage stellt. Deswegen hat mich Lord Byron hierher geschickt."

„Sie sollten nicht von Kram sprechen, wenn Sie über meine Fundstücke reden, Cunningham." Er zog mit einem missbilligenden Ausdruck die Stirn in Falten. „Was hier auf dem Tisch liegt ...", fügte er hinzu und zeigte auf Tonscherben, die auf einem Tapeziertisch ausgebreitet waren, „erbringt eines Tages vielleicht eine neue

Beurteilung der Unterstadt von Troja."
„Entschuldigen Sie, Mister Durmond", stöhnte Nigel ungehalten. „Ich wollte nicht unhöflich sein, aber es ist tatsächlich nur der Fund von Yildiz, für den sich Lord Byron interessiert. Die C14-Untersuchung der Schrifttafel hat für ihn höchste Priorität."
„Vielleicht kann ich Sie trösten, junger Mann." Die Gesichtszüge des Archäologen entspannten sich. „Kurz bevor Sie kamen, erhielt ich einen Anruf vom Professor. Er wird in einer halben Stunde hier sein. Offenbar hat er sich entschlossen, mir sein Fundstück anzuvertrauen, damit es endlich in Istanbul geprüft werden kann. Er wartet seit Tagen auf diese Gelegenheit."
Zum ersten Mal lächelte Nigel Cunningham. „Dann war meine Reise hierher vielleicht doch nicht umsonst", sagte er zufrieden. „Haben Sie die Schrifttafel eigentlich selbst gesehen?"
„Nein, nein", entgegnete er. „Bisher kenne ich nur die Abbildungen aus dem Internet. Ich bin sehr gespannt darauf, das Stück selbst in Augenschein nehmen zu dürfen."
„Genauso geht es mir", versicherte Nigel und schwieg eine Zeit lang. Ihm fiel ein, dass es vielleicht eine kluge Strategie wäre, wenn er sich ahnungslos stellen würde. Dann richtete er eine Frage an Durmond: „Wissen Sie, warum diese Tafel eine solche Sensation sein soll? Ich meine, aus welchem Grunde erschüttert das Fundstück die Troja-Sage? Die einschlägigen Seiten im Netz sind voll von derartigen Schlagzeilen." Er sah ihn mit einem ratlosen Gesicht an.
„Das sollten wir bei einer Tasse Kaffee besprechen", antwortete Durmond und zeigte auf ein großes Zelt hinter den Tischen mit den Fundstücken. „Lassen Sie uns in mein Zelt gehen bis Professor Yildiz eintrifft!" Sie gingen hinein und Cunningham sah sich um. Ein weiterer Tisch mit tönernen Scherben war zu sehen und eine Sitzgruppe aus Campingstühlen um einen Arbeitstisch herum. Ein Laptop und mehrere Blätter mit Skizzen von Ausgrabungsstellen lagen darauf. Durmond bat seinen Gast Platz zu nehmen und ging in die Tiefe des Zeltes zu einer improvisierten Kochecke, auf der eine

Thermoskanne stand. Mit zwei Plastikbechern voll Kaffee kam er zurück. „Wie Sie sicher wissen, Cunningham, ist der Text auf der Schrifttafel eine Art Heiratsurkunde", begann Durmond. „Diese ist in zwei Sprachen abgefasst, griechisch und hethitisch. Die Bedeutung beider Texte ist identisch, nur die Namen sind verschieden. Im hethitischen Teil heißt das Hochzeitspaar Inaara und Pasiya, im griechischen Teil Helena und Paris."

„Die Zweisprachigkeit ist wahrscheinlich die Sensation?", fragte er scheinbar naiv.

„Ja", antwortete Durmond. „So etwas ist bisher nicht gefunden worden. Außerdem sind die Parallelen zur Sage vom Trojanischen Krieg unübersehbar: Helena und Paris, die Figuren, mit denen nach der Ilias von Homer der Krieg beginnt." Er trank einen Schluck Kaffee und richtete sich in seinem Campingstuhl auf. „Nur lesen wir in dem Text der Schrifttafel eine entscheidende Abweichung von der Überlieferung durch Homer: Nicht Paris raubte Helena, sondern Helena erwählte Paris. Verstehen Sie?", fragte er und sah seinen Gast an.

Cunningham nickte und griff mit seiner Folgerung absichtlich zu kurz. „Dann kann der Trojanische Krieg nicht mit dem Raub der Helena begonnen haben."

„Falsch!", korrigierte Durmond. „Dann kann er überhaupt nicht stattgefunden haben. Mit dem Raub und mit der Untreue von Paris fängt alles an." Er lehnte sich zurück und faltete die Hände über seinem Bauch. „Kein Raub – kein Krieg. Das ist das historische Resultat aus dem Text dieses Fundstücks. Deswegen sind die Internet-Seiten und inzwischen auch die Zeitungen voll davon."

„Das, was Homer geschrieben hat, wäre also die reine Phantasie?", fragte Cunningham.

„Wir wissen es nicht", antwortete der alte Archäologe. „Aber Fundstücke sind bessere historische Quellen als lyrische Texte, zumal keine Original-Handschrift von Homer existiert. Es gibt seit langer Zeit einen Disput darüber, ob der Trojanische Krieg so stattgefunden hat, wie er in der Ilias geschildert wird. Diese Schrifttafel wird weitere Zweifel aufkommen lassen." Durmond räkelte sich und griff zu seiner Kaffeetasse. „Aber Professor Yildiz geht mit seiner Analyse noch weiter. Er geht davon aus, dass die gesamte Ilias nur Fiktion ist – ein ausgedachter griechischer Gründungsmythos. Der Lauf der kulturellen Entwicklung wäre von Ost nach West erfolgt, von Anatolien nach Europa."

„Damit liegt der Professor zweifellos nicht ganz falsch." Cunningham lächelte.

„Das wissen wir alle", gab Durmond zu. „Die Entwicklung hat vom fruchtbaren Halbmond aus ihren Weg genommen – von Mesopotamien, Ägypten, Anatolien. Europa war kulturell erst viel später an der Reihe. Das ist ja unbestritten. Aber Evren Yildiz hält die griechischen Hochkulturen nur für eine Randerscheinung im Westen von Kleinasien. Ich habe oft mit ihm darüber gestritten."

Cunninghan lehnte sich zurück. „Vielleicht muss man Yildiz aus seiner Sichtweise verstehen. Er ist Türke und beurteilt den Lauf der Geschichte von der anatolischen Halbinsel aus. Warum sollte er sich für das von Inseln zersplitterte Nachbarland interessieren?"

„Weil in Griechenland die europäische Kultur entstanden ist", antwortete Durmond spontan.

„Genau das glauben wir Europäer gern", entgegnete Cunningham. „Unser türkischer Kollege sieht das offenbar anders und sein Fundstück weist den Blick nach Osten, nach Halussa, der Hauptstadt der Hethiter. Ich bin gespannt darauf, diesen Professor Yildiz kennenzulernen." Er lächelte zufrieden in sich hinein. Er hatte durch seine unbedarften Fragen Durmond Gelegenheit zu weit ausholenden Antworten gehabt, was dieser liebte. Außerdem hatte er ein wenig mit den Argumenten der Gegenseite gespielt. Welcher Auffassung er wirklich war, musste der alte Forscher nicht wissen.

***

Der Fahrer des Professors war mit Lynna und Balkis vom Hof des Museums in Canakkale gefahren. In gut drei Stunden würden sie in Pergamon sein. Das Ehepaar Yildiz hatte ihnen hinterher gewunken.
„Wie die Turteltauben", sagte Sevim lächelnd.
„Was sagst du da?" Ihr Mann blickte sie fragend an.
„Die beiden", antwortete sie. „Unsere Gäste. Sie sind verliebt bis über beide Ohren."
„Wie kommst du denn darauf?", fragte er ungläubig.
„Männer!" Sie machte ein spöttisches Gesicht. „Ihr erforscht alles Mögliche, aber das wirklich Wichtige bemerkt ihr nicht." Sie nahm seine Hand und beide schlenderten zum Haus zurück. „Ich weiß seit gestern, was mit Frau Meeves los ist. Sie kam völlig aufgelöst in die Küche und fragte nach einem Glas Tee und dann nach noch einem. Um im Kopf wieder klar zu werden, ging sie in der größten Mittagshitze in den Park." Sie schüttelte lächelnd den Kopf. „Als Frau – und das verstehst du eben nicht, Evren – war mir sofort klar, dass nur der gut aussehende Herr Bartosch damit zu tun haben konnte. Was ich dann noch wissen musste, konnte ich sehen, weil ich die beiden beobachtet habe. Sie sind Turteltauben, aber das sagte ich ja schon."
Evren Yildiz grinste. „Was du so alles herauskriegst!" Er kratze sich verlegen am Kopf. „Davon habe ich nichts bemerkt." Als sie kurz vor der Tür zum Museum standen, hielt er die Hand seiner Frau fest. „Etwas anderes, Sevim!", raunte er. „Ich habe mich entschieden. Ich fahre raus und vertraue Durmond meine Schrifttafel an."
„Das hast du dir sicher gut überlegt", entgegnete sie mit einem fragenden Blick.
„Ich kann nicht anders. Die Altersbestimmung durch das Labor ist die Verifikation meines Fundes. Erst wenn ich sagen kann, dass die Tafel aus dem Jahr 1200 v. Chr. stammt, macht irgendeine Theorie über den Text einen Sinn. Ich habe tagelang nach einem Termin

gefragt, Durmond hat einen. Wahrscheinlich hat er die Behörde mit viel Geld geschmiert. Aber das soll mir egal sein. Er nimmt mein Fundstück mit zur Untersuchung und morgen habe ich Gewissheit."
„Das ist der bedeutendste Fund, den du je gemacht hast", gab Sevim zu bedenken.
„Tatsächlich." Evren nickte. „Diese Tafel wird Bedeutung erlangen, wenn ihr Alter festgestellt ist. Vielleicht werden ein paar Seiten in den Geschichtsbüchern neu geschrieben werden. Deshalb will ich es jetzt genau wissen. Ich fahre zu Durmond." Er umarmte seine Frau und begab sich in den Keller des Museums. Wenig später kam er mit dem in ein Leinentuch eingeschlagenen Stück wieder herauf und ging zu seinem Wagen. Behutsam legte er seinen Fund auf den Beifahrersitz. Eine halbe Stunde später hielt er vor den weißen Zelten der britischen Ausgrabungsstelle an.
„Professor Yildiz", begrüßte ihn der alte Archäologe und ging auf ihn zu. „Schön, dass Sie zu mir kommen. Haben Sie Ihr Fundstück mitgebracht?" Durmond schüttelte seine Hand.
Instinktiv bediente Yildiz die Fernbedienung seines Autoschlüssels und verschloss die Türen. „Ich habe entschieden, von Ihrem Angebot Gebrauch zu machen. Wenn Sie meine Schrifttafel nicht zur Untersuchung bringen, dann passiert in den nächsten Wochen nichts mehr. Ich kenne die Behörden. Bei denen kann es ziemlich lange dauern."
„Keine Sorge, Professor! Ich habe das zusätzliche Stück schon angemeldet", versicherte er. „Aber jetzt lassen Sie doch mal sehen, was Sie mitgebracht haben! Im Internet hat sich ja schon alle Welt Ihre Tafel anschauen dürfen. Wie sieht sie denn nun wirklich aus?"
Durmond blickte begierig zu seinem Wagen, als ein blonder braungebrannter junger Mann aus dem Zelt kam, der wie ein Urlauber aussah. „Das ist Nigel Cunningham, Archäologe aus London. Wir arbeiten zusammen."
„Ich freue mich, Sie zu sehen, Professor", sagte dieser. Ein breites Lächeln zog sich langsam über sein Gesicht, nachdem er den Mann

mit seinen stechenden blauen Augen gemustert hatte. „Sie werden möglicherweise die Geschichte des Trojanischen Kriegs neu schreiben."

„Nicht ich", erwiderte Yildiz. „Mein Fundstück wird vielleicht zu einer Neubewertung führen."

„Seien Sie nicht zu bescheiden!", wandte Cunningham ein. „Nach allem, was ich gelesen habe, stellen Sie das gesamte klassische Verständnis der Troja-Sage in Frage."

Der Professor schmunzelte. „Das habe ich schon vor dem Fund getan. Meine Einschätzung dieser Sage war schon immer etwas anders als das, was ihr in Europa darüber denkt."

„In Europa?", fragte er und dachte nach. Sofort fiel ihm ein, dass er Yildiz Vertrauen gewinnen konnte, wenn er seine Sichtweise bestärkte. „Wird die Rolle der griechischen Antike in Europa überbewertet?" Er lächelte wieder mit einem flackernden Ausdruck seiner Augen.

„Keineswegs", entgegnete Yildiz. „Der kulturelle Sprung zur Blütezeit von Athen im 5. Jahrhundert ist ohne Beispiel. Darauf kann sich Europa mit vollem Recht beziehen. Es wird von euch nur gern vergessen, dass auf der anderen Seite der Ägäis derselbe Standard vorgeherrscht hatte. In der Baukunst, in der Wissenschaft, in der Philosophie waren die Städte Kleinasiens dem großen Athen zumindest ebenbürtig. Und jetzt sagen Sie bitte nicht, dass diese Leistungen alle dem griechischen Kulturkreis zuzuordnen sind!"

„Das werde ich nicht tun", versprach Cunningham. „Ich weiß, dass Thales und Heraklit in Kleinasien zu Hause waren und nicht in Griechenland. Milet und Ephesos liegen in der Türkei."

„Pythagoras könnten Sie noch hinzufügen. Der war auch kein gebürtiger Grieche."

„Sie meinen also, dass die europäische Sicht der Antike Griechenland einseitig bevorzugt?"

„Unbedingt", bekräftigte Yildiz. „Für den Beitrag der kleinasiatischen Völker interessiert sich die Forschung in Europa nicht und die

Museen auch nicht. Möglicherweise fließen die staatlichen Unterstützungen reichlicher, wenn es um Forschungsaufträge zur griechischen und römischen Antike geht. Die Völker der Lyder, der Karer und besonders der Luwier sind den europäischen Historikern fast völlig unbekannt. Allenfalls die Hethiter werden erwähnt." Er grinste spöttisch. „Das erste Volk, das Waffen aus Eisen hergestellt hat, konnten die Europäer nicht übergehen."
„Unser Blick auf die Antike ist also von einem eurozentrischen Geschichtsbild geprägt?"
„Genau das meine ich!", rief der Professor mit einer Heftigkeit, die ihn selbst überraschte. „Die Kultur kam von Osten nach Europa, aus Mesopotamien und Anatolien. Aus der Sprache der Hethiter und der Luwier hat sich eure Sprache entwickelt."
„Kann Ihr Fundstück, Ihre Schrifttafel beweisen, dass die Geschichte anders verlaufen ist, als es uns die Sage vom Trojanischen Krieg erzählt?", fragte Cunningham.
„Selbstverständlich", entgegnete Yildiz entschlossen. Er hatte sich durch seine eigene Darstellung etwas mitreißen lassen. „Das Lied von Homer ist zum Ur-Mythos der europäischen Geschichte hochstilisiert worden. Der Text meiner Tafel zeigt, dass das wirklichen Geschehen verfälscht wiedergegeben wurde."
Cunningham klatschte fast lautlos in die Hände. „Bravo, Professor!", sagte er. „Vielleicht haben Sie da etwas in der Hand, mit dem die Geschichte neu geschrieben werden muss. Ich werde das Stück gern für Sie nach Istanbul zur Untersuchung bringen."
Er blickte ihn überrascht an. „Ach, Sie übernehmen das?", fragte er. „Ich dachte, dass der Kollege Durmond ..." Er führte seinen Satz nicht zu Ende.
„Nein, lieber Yildiz", wandte Frank Durmond ein. „Die Kurierfahrt nach Istanbul erledigt unser Freund." Er zeigte auf Cunningham. „Er hat extra einen Wagen mit Fahrer engagiert, um Ihr Fundstück gemeinsam mit meinen Sachen nach Istanbul zu bringen." Er machte eine Pause und lächelte seinen türkischen Kollegen breit an. „Nun

zeigen Sie uns schon, was Sie mitgebracht haben! Ich brenne darauf, zu sehen, was seit Tagen in den Medien kursiert. Ihr Fundstück hat ja schon fast Kultstatus."

Der Professor zögerte. „Ich weiß nicht, ob ich es aus der Hand geben soll", sagte er. Dann öffnete er die Türen seines Wagens und griff nach dem eingewickelten Stück auf dem Beifahrersitz. „Vielleicht sollte ich warten, bis mir das Institut einen Termin gibt." Er schlug das Leinentuch zur Seite und gab den Blick auf die Schrifttafel frei.

Ehrfürchtig wie bei einem Heiligtum starrten die beiden auf die tönerne Platte mit den eingeritzten Buchstaben. „Unglaublich", stieß Durmond hervor. „Es sind tatsächlich zwei Sprachen. 'Königin Helena von Hatussa' kann ich auf griechisch erkennen. Die hethitische Keilschrift ist schwierig für mich. Aber es ist ganz außerordentlich, Yildiz!" Er legte seinen Zeigefinger auf die Schriftzeichen und folgte über die Tafel hinweg ihrem Verlauf.

„Ich kann beide Schriften übersetzen", sagte der Professor selbstbewusst. „Der Sinn ist der gleiche:
'Königin Helena von Hatussa erwählte den Prinzen Paris von Troja zu ihrem Mann und brachte ihn in ihre Stadt.' Der hethitische Text sagt dasselbe. Damit dürfte die antike Überlieferung durch die Ilias widerlegt sein. Der Raub der Helena hat nicht stattgefunden."

„Das ist eine Sensation!", rief Cunningham. „Mit diesem Fundstück haben Sie einen Beweis für Ihre Theorie in der Hand. Die Figur der Helena, auf die sich der Trojanische Krieg gründet, kam in Wirklichkeit aus Anatolien, aus dem Reich der Hethiter." Er strahlte ihn mit seinen blauen Augen an. „Dieses Dokument dürfen Sie nicht in Ihrem Museum schlummern lassen. Es braucht eine wissenschaftliche Verifikation und danach können Sie die eurozentrische Sichtweise der Troja-Sage ad absurdum führen."

Die Augen von Professor Yildiz leuchteten. „Ja!", bestätigte er kräftig. „Genau das habe ich vor."

Durmond lächelte. „Davon träumen Sie schon lange, Kollege. Ich weiß."

„Mit diesem Text in der Hand kann Yildiz einiges bewirken." Cunningham nickte Durmond zu. „Vielleicht muss das Kapitel Troja in der Geschichte neu geschrieben werden." Dann wandte er sich an den Professor. „Morgen werden Sie das Ergebnis der Untersuchung in der Hand halten. Ich fahre gleich mit Durmonds Fundstücken nach Istanbul. Ihre Schrifttafel würde ich im Institut als erstes vorlegen. Ein paar Stunden später ist das Alter ermittelt und Sie können eine sensationelle These aufstellen: Homer hat gelogen." Er legte seine Hand auf die Tafel und strich über die Schriftzüge.

Yildiz hielt sein Fundstück fest. „Ich weiß nicht, ob ich es aus der Hand geben soll", sagte er. „Eigentlich würde ich gern selbst nach Istanbul mitfahren."

„Wie Sie wollen", entgegnete Cunningham. „Sie werden sich für das Richtige entscheiden. Ich nehme Sie auch gern mit nach Istanbul."

„Ach!" Yildiz winkte ab. „Dafür habe ich gar keine Zeit." Er schlug die Tafel in das Leinentuch ein. „Nein, ich bin froh, dass Sie da sind und diesen Termin für mich erledigen können."

Auf Cunninghams braungebranntem Gesicht zeichnete sich ein leises Lächeln ab. Er breitete seine Hände aus, um das eingewickelte Stück entgegenzunehmen. „Wenn Sie sich entschieden haben, will ich keine Minute versäumen und mich sofort auf den Weg nach Istanbul machen."

„Sie benachrichtigen mich, sobald Sie das Ergebnis haben?", bat Yildiz und überreichte ihm seinen in Leinen verpackten Fund.

„Selbstverständlich, Professor", sagte Cunningham. „Morgen Vormittag erhalten Sie Antwort." Er nahm das Leinenpaket an sich, brachte es zum Kofferraum seines Wagens und legte es in eine mit Schaumstoff ausgekleidete Aluminiumtruhe, in der schon Durmonds Fundstücke aufbewahrt waren.

Der Fahrer hatte längst hinter dem Steuer Platz genommen und Cunningham verabschiedete sich von Durmond. Dann ging er auf Yildiz zu. „Morgen ist ein großer Tag für die Archäologie." Er

schüttelte seine Hand und lächelte. „Und Sie werden im Mittelpunkt stehen, Professor."
Yildiz nickte stumm und sah dem Wagen nach, der langsam über den Feldweg auf die Landstraße zufuhr.

Akropolis von Pergamon, Bergama

„Das hätte ich nicht gedacht, dass wir mit der Seilbahn auf die Akropolis fahren", wunderte sich Lynna. „Es ist wie ein Ausflug in den Bergen."
„Sei froh!", hielt Balkis dagegen und ging auf die schaukelnde Gondel zu. „Dieser Berg ist dreihundert Meter hoch. Zu Fuß wäre das in der Mittagshitze eine ganz schöne Quälerei."
Nach drei Stunden Fahrt waren die beiden zur heißesten Zeit des Tages in Bergama angekommen. Ihr ortskundiger Fahrer hatte sie an der Talstation einer Seilbahn am Rande des Ortes abgesetzt. Dort hatten sie am improvisierten Grill eines Händlers einen Fleischspieß zu Mittag gegessen. Die Fleischstücke waren von außen fast schwarz verbrannt, aber innen zart und dabei köstlich gewürzt. Die Salatschale bestand aus einem Eimer und wurde mit der Kelle in Plastikschalen gefüllt. Begleitet von Rauchschwaden und dem Geruch nach verbrannter Holzkohle und Gewürzen waren sie zum Schalter der Bahn gegangen und hatten ein Ticket gelöst.

„Von hier unten sieht man fast nichts", bemerkte Lynna. Durch das Kabinenfenster behielt sie die Aussicht auf den Berg im Blick. In Gedanken war sie immer noch bei dem Telefonat, das sie während der Herfahrt mit Merle geführt hatte. Sie hatte am Morgen vergessen sie anzurufen. Ihr Kopf war völlig bei Balkis gewesen. Mit dem harmlosen Kuss auf seine Wange hatte sie ihn testen wollen. Zugleich hatte sie seine Hände abgewehrt. Sie fragte sich, warum sie das getan hatte? Wollte sie einen erneuten Übergriff von ihm verhindern oder wünschte sie sich ihn? Lynna war zu unkonzentriert für ein Telefonat mit Merle gewesen. Nach dem Frühstück war dann alles ganz schnell gegangen. Erst während der Fahrt nach Pergamon hatte sie wieder an den Anruf bei ihrer Freundin gedacht. Sie hatte mit einem schlechten Gewissen ihre Nummer eingegeben und bei den ersten Worten gespürt, dass etwas nicht stimmte. Dabei hatte Merle alles gelobt, was sie im Troja-Blog gesehen hatte. Der Beitrag über Helena oder Inaara als mythische Glücksbotin wäre zwar reine Phantasie gewesen, hätte aber zu einer neuen Interpretation nach dem Fund der Schrifttafel sehr gut gepasst. Auch Ilonka Seyfried wäre zufrieden mit der Präsentation gewesen. Das alles hätte Lynna freuen können. Aber sie meinte, dass Merle zu sachlich mit ihr gesprochen hatte. Nicht einmal hatte sie erwähnt, dass sie sie vermisste. Die Mitwirkung von Balkis, der ja immerhin hauptverantwortlich für den Blog war, hatte sie gar nicht erwähnt. Wieder einmal empfand sie, dass eine telefonische Verbindung völlig ungeeignet war, wenn man den Anrufer einfach nur in den Arm nehmen wollte. Aber Lynna fragte sich auch, warum ihr selbst keine zärtlichen Worte für ihre Freundin eingefallen waren. Einen Aufhänger dazu hätte es mit der Liebesbotin Helena gegeben. Aber Lynna war einfach nicht in der Stimmung gewesen. So hatte sie ein viel zu sachliches Gespräch mit ihrer Freundin beendet und wünschte sich in diesem Moment zurück nach Berlin, um alle Missverständnisse in einer Umarmung zu klären. Sie sah aus der Gondel den Berg hinauf und bemerkte, dass mit jedem Höhenmeter die Akropolis von Pergamon deutlicher zu erkennen war. „Ich glaube, ich sehe einen Tempel", sagte sie zu Balkis, während sie nach oben spähte.

„Das kann nur der Trajan-Tempel sein", entgegnete er und stand in der Gondel auf. „Er ist das höchste Bauwerk auf der Akropolis. Nur vier Säulen davon sind noch vorhanden." Die Seilbahn zog sie weiter nach oben. „Jetzt kannst du auch das Theater erkennen", rief er. „Es soll die steilsten Zuschauerränge der antiken Welt haben." Bevor er weitersprechen konnte, glitt die Gondel in die Bergstation ein. Die beiden stiegen aus und blickten auf die Stadt Bergama unter ihnen.

„Kennst du das Modell im Pergamon-Museum?", fragte Lynna begeistert. „Es sieht genauso aus wie hier. Der Ort da unten, in der Ferne das Meer und hier oben die Akropolis. Es ist alles so wie auf

dem Modell – unglaublich!"
„Klar kenne ich das Modell", antwortete er. „Willst du den Pergamon-Altar sehen?"
„Wieso?", sagte sie ratlos. „Der ist doch nicht mehr hier."
„Eben", gab Balkis zurück und griff nach ihrer Hand. „Ich zeige dir den Traum von Professor Yildiz." Er zog sie weg von dem beschilderten Rundweg. Hand in Hand gingen sie an antiken Mauern und Ruinen vorbei bis zum Rand der Anlage.
„Du machst dir einen Spaß mit mir", lachte sie und ließ ihn los. „Wo soll hier ein Traum des Professors sein? Der Haufen von Trümmern hier ist doch ziemlich ernüchternd." Während sie diese Frage stellte, fand sie es schade, seine Hand losgelassen zu haben. Sie hatte sich wohlgefühlt mit dieser Berührung. Aber von sich aus seine Hand wieder zu ergreifen, traute sie sich nicht.
„Du wirst noch weiter ernüchtert sein", rief er ihr zu und kletterte über mehrere Felsbrocken. Dann zeigte er auf eine fußballplatzgroße leere Fläche mit einer rechteckigen Umrandung aus Steinen, die von verdorrtem gelbbraunen Gras bedeckt war. „Das ist der Pergamon-Altar."
Lynna glaubte nicht, was sie sah. „Nein! Das sind Grundmauern, mehr nicht", widersprach sie.
„Die Grundmauern des Altars. Stell dir mal kurz die Abmessungen im Berliner Museum vor und du wirst sehen: es passt." Balkis ging ein paar Schritte auf die von verbranntem Unkraut und Kieseln übersäte Fläche. „Hier möchte Yildiz das wieder errichten, was in Berlin in einer viel zu kleinen Halle eingepfercht ist – im Freien unter der Sonne des Mittelmeers."
Lynna kannte den Pergamon-Altar genau, aber nicht diese Ausgrabungsstätte. Sie überstieg auch die steinerne Umrandung und stand auf der Fläche. Sie drehte sich um sich selbst, stellte sich die Größe des Originals vor und wusste auf einmal, dass Balkis recht hatte. Genau hier hatte die Top-Sehenswürdigkeit der Berliner Museen einmal gestanden. Sie blickte über den Ort Bergama hinaus

in die Ferne und wusste plötzlich, was der Professor gemeint hatte. „Es ist eine Schande!", kam es spontan aus ihr heraus. „Jetzt verstehe ich Yildiz. Dies ist doch nur noch ein verwahrloster Trümmerhaufen. Kein Mensch kann sich hier vorstellen, wie unfassbar schön das mal war. Das müsste man alles rekonstruieren, von mir aus mit Kopien, aber natürlich auch mit den Originalen aus Berlin. Ich verstehe Yildiz. Wie sollen sich die Touristen ein Bild von der wunderbaren Baukunst der Antike machen, wenn sie nur einen Haufen Steine sehen? Die wirklich schönen Sachen sind ja geklaut – in Museen in Berlin, London und Paris stehen sie." Verärgerung kam in Lynna hoch. „Eigentlich müsste alles zurückgegeben werden", rief sie.

„Vielleicht hast du recht", stimmte er zu. „Aber woher sollten die Leute bei uns etwas über die Antike verstehen, wenn das Pergamon-Museum leer ist?"

„Durch Kopien", entgegnete sie spontan.

„Ein paar schöne Sachen gibt es hier aber immer noch", sagte er und ging von den Grundmauern des Altars weg. „Komm mit! Ich zeig sie dir." Lynna lief hinter ihm her und ergriff plötzlich seine Hand. Warum sie das tat, wusste sie nicht. Sie sah aber, dass Balkis sie anlächelte, und spürte, dass er ihre Hand sacht streichelte bevor er weiterging. Sie stiegen eine Treppe hinauf und gingen durch ein Tor in ein vollständig erhaltenes Gebäude, eine Art Säulenhalle, in die nur durch Fenster von oben Licht einfiel. Sie mussten sich eine Weile tastend fortbewegen, bis die Augen sich an das Halbdunkel gewöhnt hatten. Sie sahen, dass von der Säulenhalle eine Treppe nach unten führte. Vorsichtig stiegen sie hinab bis sie durch einen steinernen Türrahmen das Licht der Mittagssonne eindringen sahen. Als sie durch die Tür traten, waren sie geblendet. Balkis hielt Lynna immer noch an der Hand. „Ich hatte dir etwas Schönes versprochen", sagte er. „Hier: das steilste Theater der Antike." Er machte mit dem Arm eine halbkreisförmige Bewegung. „Von der Seilbahn aus haben wir ja schon einen Blick darauf gehabt, aber von hier oben ... was sagst

du?"
„Boah!", war ihre Antwort. „So was Steiles habe ich noch nicht gesehen! Halt mich bloß fest! Mir wird schwindlig." Sie blickte die Zuschauerränge hinunter bis zu dem weißen steinernen Platz, der früher mal die Bühne war. Das Theater wirkte wie eine riesige Muschel, die in den Berg hinein geklebt worden war. Anders als alle antiken Theater, die sie gesehen hatte, ragte diese Muschel aber deutlich steiler, fast senkrecht hinauf. „Ich muss mich setzen", sagte sie. „Ich will das wie ein Zuschauer von damals betrachten." Lynna war weit davon entfernt an Höhenangst zu leiden. Sie hatte das Schwindelgefühl nur erwähnt, damit Balkis sie weiterhin an der Hand hielt. Seit vorhin hatte sie seine Berührung genossen. Ihr fiel ein, dass es noch mehr war. Schon vor zwei Tagen hatte sie es gern gehabt, wie er sie berührt hatte. War das erst zwei Tage her? Kurz dachte sie an Berlin, an ihre erste Begegnung. Seine interessierten und gleichzeitig fordernden Augen hatten sie gleich fasziniert. In den letzten Tagen hatte sie ihn als unaufdringlich, fast schüchtern erlebt, bis auf den einen Moment. Sie dachte, dass sie noch nie so einen Mann kennengelernt hatte.
„Als Zuschauerin von damals", wiederholte Balkis und führte sie in eine der steinernen Sitzreihen. „Du musst dir vorstellen, dass es Abend ist, dass dahinten die Sonne untergeht." Er zeigte auf den Horizont hinter der Stadt. „Das Abendrot beleuchtet die Zuschauerränge, in denen sich nach und nach bis zu zehntausend Gäste einfinden." Er ließ ihre Hand los und beide setzten sich. „Es ist ein Gemurmel von Menschen zu hören wie das Summen in einem Bienenstock. Einzelne Leute rufen und winken Bekannten zu. Es riecht nach gebratenem Fleisch, das hinter den Rängen verkauft wird. Dann werden Fackeln an den steilen Aufgängen und unten rund um die Bühne aufgestellt. Die weißgekleideten Schauspieler erscheinen und nach und nach wird es still."
Lynna träumte. Sie sah das Abendrot, die Fackeln und die Schauspieler. „Du bist phantastisch!", sagte sie. „Woher kannst du

das, so eine Stimmung zu beschreiben? Ich bin ganz weg."
„Ich bin Journalist. Ich sollte so was können." Er berührte sie behutsam an der Schulter. „Hörst du das?", fragte er. „Da fängt Musik an. Jemand klimpert Töne auf der Leier. Der Chor beginnt zu singen."
Sie drehte sich zu ihm. „Ich mag das, wenn du mich anfasst." Sie sah ihm in die dunklen Augen.
Balkis breitete die Hand auf ihrer Schulter aus, streichelte ihr über den Nacken und hielt sie an der anderen Schulter fest. „Der Chor tritt an den Rand der Bühne und die Zuschauer sind ganz still."
„Ich bin still", sagte sie und kam ihm langsam näher. „Ich bin ganz still", wiederholte sie fordernd und schlang ihre Arme um ihn. Für eine kleine Ewigkeit verharrten ihre Lippen dicht vor seinen. Sie spürte, wie der Druck seiner Umarmung stärker wurde. Von einem Glücksgefühl erfüllt schmiegte sie ihren Körper an ihn und berührte seine Lippen. Für einen Moment genoss sie es, allein die Berührung zu spüren. Dann tastete sich ihre Zunge vor und begegnete seiner. Als wäre eine tagelange Hemmung von ihnen gefallen, umarmten und küssten sie sich leidenschaftlich. Lynna stand während der Umarmung auf und drängte sich ihm entgegen. Irgendwann lösten sie sich voneinander, hielten sich aber weiter an beiden Händen fest. Ohne Worte sahen sie sich an. Keiner von beiden lächelte. Sie blickten sich nur in die Augen, so als müssten sie ihre Gesichtszüge aufs Neue ergründen und sich versichern, dass das gerade Geschehene Wirklichkeit war.
„Ich möchte reingehen", unterbrach Balkis die Stille. Er blickte zu der Tür, durch die sie das Theater betreten hatten, stand auf und ging Hand in Hand mit ihr in das kühle Gebäude. Es war kein Tourist hier. Aus dem Schatten blickten sie zurück auf die Zuschauerränge und fielen sich wieder in die Arme. „Das habe ich zuerst an dir geliebt", sagte er, während er ihr durch die Haare strich „deine blonden Haare."
Sie ließ ihn los, blickte ihn an und legte ihren Zeigefinger auf seine

Lippen. Dann schlang sie ihre Arme um seinen Nacken und küsste ihn wieder. Sie wollte den Zauber dieses unbeschreiblichen Moments nicht durch Worte unterbrechen lassen. Sie spürte ein bodenloses Gefühl der Dankbarkeit dafür, dass sie ihre Gefühle für Balkis endlich zeigen konnte. Ihre Hände glitten vom Nacken über die Schultern herab zu seinen Hüften. Sie merkte, dass er alles andere als der schüchterne Mann war, für den sie ihn gehalten hatte. Mit geschlossenen Augen genoss sie das Spiel seiner Hände auf ihrem Körper. Sie wünschte sich, dass dieser Rausch nie aufhören würde. Plötzlich löste er sich von ihr und trat einen Schritt zurück. Er nahm ihre Hände fest in seine.
„Davon habe ich geträumt, seitdem ich dich kennengelernt habe", flüsterte er. „Ich möchte dich nie wieder loslassen."
„Dann tu es auch nicht", hauchte sie. „Nimm mich in den Arm!"
Eng umschlungen gingen sie aus dem Gebäude in die Mittagshitze zurück. Sie hatten kein Interesse mehr an weiteren Besichtigungen. Ausgelassen tanzten sie auf ihrem Weg durch die antiken Säulen umeinander und küssten sich immer wieder. Plötzlich blieb Balkis stehen. „Hier haben wir uns zum ersten Mal gesehen", sagte er.
„Haben wir nicht", widersprach sie mit fragendem Blick.
„Doch, doch", versicherte er. „Denk mal an mein Interview mit dir vor dem Neuen Museum zurück. Das war in Berlin, vom Pergamon-Museum genauso weit entfernt wie wir jetzt von der leeren Stelle, an der der Altar einmal gestanden hat. Verstehst du? Genau an dem Punkt habe ich mich in dich verliebt."
Lynna blickte den Weg zurück, den sie gegangen waren, bis zum Ende der Anlage. „Spinner!", kam es aus ihr raus. „Romantischer Spinner!", fügte sie hinzu und küsste seinen Hals. „Das fällt dir hier ein, zweitausend Kilometer von Berlin. Da hättest du mir gleich am Neuen Museum eine Liebeserklärung machen können."
Balkis lächelte verlegen. „Dazu hätte ich niemals den Mut gehabt. Außerdem habe ich das erst begriffen, als Herforth es mir erklärt hatte."

„Der Reporter mit dem Walrossbart?", fragte sie.
„Die Frau gefällt dir, hatte er mir gesagt. Da wusste ich Bescheid und ich musste dich abends im Gilgamesch-Restaurant unbedingt noch einmal sehen."
„Herforth ist also schuld." Sie schlang ihre Arme um seine Hüften.
„Der Mann ist als Kulturkritiker der BZ eine Legende in Berlin. Er kennt die Menschen. Was hätte ich anderes tun sollen, als seinem Urteil zu folgen?" Er lachte und bog sich nach hinten in ihre Arme hinein, die ihn mit aller Kraft festhielten. Langsam neigte er sich wieder zu ihr hin. Mit beiden Händen streichelte er ihr Gesicht. „Du bist schön", flüsterte er.
„Danke!", hauchte sie. „Du bist ein Mann, wie ich überhaupt noch keinen erlebt habe."
„Ich bin ein Mann, der in deinen Armen am Ziel seiner Träume ist." Er küsste sie auf den Mund. „Das kannst du mir glauben." Er zeigte auf die antiken Säulen oberhalb von ihnen. „An diesem Berg bin ich dort angekommen, wohin ich mich in Gedanken immer hin geträumt hatte, seitdem Herforth diese Bemerkung gemacht hat. Am liebsten würde ich gar nicht mehr runter fahren."
„Doch", entgegnete sie entschlossen. „Ich möchte nichts lieber als mit dir in der Seilbahn nach unten, mit dem Auto nach Hause und dann auf unser Zimmer im Museum. Komm mit!" Sie streckte ihre Hand aus und zog ihn in Richtung der Bergstation. „Oder möchtest du noch was besichtigen?"
Er schüttelte lachend den Kopf und ließ sich von ihr zur Bahn führen. Auf der Fahrt bergab sahen sie noch einmal die Ränge des Theaters. „Da haben wir gesessen." Balkis zeigte nach unten und küsste sie auf die Wange.
„Ich weiß", antwortete Lynna. „Es war wunderschön."

***

Die Fahrt nach Hause dehnte sich auf kurvigen Nebenstraßen in die Länge. Lynna saß mit Balkis auf dem Rücksitz und hielt seine Hand. „Was hast du nur mit mir gemacht, da oben in diesem Theater? Wie du mich mit deinen Worten in die alte Zeit hinein gezaubert hast. Du warst traumhaft! Ich hätte nie gedacht, dass ich dir so viel bedeute." Balkis antwortete nicht sofort. Was in Pergamon geschehen war, hatte ihn aufgewühlt. „Wie konnte das Wirklichkeit sein?", fragte er sich. Er hatte sich vorgenommen aktiv zu werden, seine Chance zu suchen. Er hatte ihre Hand ergriffen und sie ins Theater geführt. Aber das Unglaubliche war, dass sie mitgespielt hatte! Als er auf den Sitzreihen ihre Schulter berührt hatte, hatte sie ihn ermutigt. Es war wie ein Erdbeben für ihn, als sie gesagt hatte: „Ich mag das, wenn du mich anfasst". Die ganzen Bedenken, die er gehabt hatte, waren von ihm abgefallen. Danach hatte die Leidenschaft sein Handeln bestimmt. Er konnte sich sicher sein, dass sie eben soviel für ihn empfand wie er für sie
„Ich hatte mich nicht getraut es dir zu zeigen – bis vorhin", sagte er. Er dachte zurück an ihre erste Begegnung vor dem Neuen Museum und an seinen Besuch im Restaurant Gilgamesch. Hatte es damals schon bei ihm geknallt? Er konnte sich nur daran erinnern, dass er etwas später von ihr geträumt hatte. Richtig verliebt in sie hatte er sich im Distrikt Coffee. Wunderbar hatte er sie dort gefunden, wie eine Ikone, die man nur anbeten konnte. Dort hatte sie ihm auch ihre Beziehung zu Merle geoutet, aber daran wollte er jetzt nicht denken. Er blickte auf den Fahrer, der sie langsam nach Canakkale kutschierte, und auf die Frau neben ihm, die seine Hand hielt. Er fühlte sich wie Paris, der Helena geraubt hatte. Es war ihm klar, dass diese alte Geschichte so nicht stimmte. Aber er kam sich vor wie derjenige, der die schönste Frau der Welt in Besitz hatte. „Lynna" sprach er in Gedanken immer wieder. „Helena", fiel ihm plötzlich ein. „Das ist doch fast derselbe Name?", murmelte er erstaunt.
„Ich habe mal von dir geträumt, Balkis", sagte sie kurz vor Canakkale.

„Du hast mich geküsst in diesem Café, in dem wir mal waren. Alle Leute konnten uns sehen."
„Das hätte ich gern getan. Aber dazu habe ich den Mut nicht gehabt", antwortete er.
„Vielleicht wäre es da schon traumhaft gewesen. Aber jetzt freue ich mich auf dich."
Ermüdet und verschwitzt wie sie waren, umarmten sie sich, während das Auto in die Auffahrt zum Museum auffuhr. Nur mit einem kurzen Wort des Dankes an den Fahrer sprangen sie aus dem Wagen und liefen Arm in Arm die Treppe zu ihren Zimmern hoch.
„Zu mir!", sagte Lynna, als sie vor ihren Türen standen. „Wir müssen dringend duschen."

Sevim Yildiz hatte die beiden von der Küche aus beobachtet. „Turteltauben", dachte sie lächelnd.

***

„Ich erwarte übrigens morgen das Ergebnis", warf Professor Yildiz beim Abendessens während einer Gesprächspause in die Runde. Seine Frau runzelte die Stirn.
„Das Ergebnis wovon?", fragte Balkis. Er und Lynna waren etwas zu spät zu Essen gekommen. Ihre Haare hingen nicht gründlich abgetrocknet strähnig herab.
„Das Ergebnis der C14-Datierung", antwortete er. „Morgen werden wir wissen, wie alt die Schrifttafel genau ist. Ich tippe auf präzise 1200 vor Christus." Yildiz grinste.
„Haben Sie Ihr Fundstück nach Istanbul gebracht?", fragte Lynna.
„Nein", entgegnete er. „Ich habe die Hilfe des Kollegen Durmond in Anspruch genommen. Er hat morgen einen Termin im Institut und war bereit mein Stück mitzunehmen."

„Sie haben die Schrifttafel aus der Hand gegeben?" Balkis war sprachlos.

„Ein absolut vertrauenswürdiger Gewährsmann von Durmond hat das Stück übernommen, ein Archäologe wie wir", erklärte Yildiz. „Er hat viel Sympathie gezeigt für unsere Auslegung des Textes auf der Tafel. Zur Zeit müsste er schon längst in Istanbul sein."

Balkis schüttelte den Kopf. „Sie haben einem Fremden Ihr Fundstück anvertraut?" Hilflos blickte er zu Lynna. „Ich hatte Ihnen doch zu einem gepanzerten Wagen mit Polizei-Eskorte geraten."

„Unsinn!", sagte Yildiz entschieden. „Bei uns wird kein Auto mit Antiquitäten überfallen. Dieser Mann von Durmond hat mein vollstes Vertrauen. Er denkt wie wir. Ab morgen ist die Schrifttafel eine bestätigte archäologische Sensation, angefertigt zur Zeit des Trojanischen Krieges."

Antusa Palace Hotel , Istanbul

Gegen sechs Uhr am Abend fuhr der Fahrer durch die verwinkelten Straßen von Fatih bis zur Rückseite des Großen Basars. Am Hintereingang von Gökhans Töpferei stand eine rostbraune Metalltür offen. Cunningham bat den Fahrer zu warten, nahm ein Leinenpaket aus dem Kofferraum und ging durch diese Tür. Nach ein paar Schritten durch die Werkstatt betrat er das Ladengeschäft. Von der Gasse des Basars drang das Stimmengewirr der vielen Menschen herein. Musik plärrte aus mehreren Geschäften in der Nachbarschaft. Es roch nach frisch gebackenem Brot.
„Guten Abend Memet!", grüßte Cunningham vernehmlich ohne den Besitzer zu sehen. Er ging durch den Laden auf die Gasse hinaus, sah den Tuchhändler gegenüber und die Kessel und Kannen des Kupferschmieds nebenan. In der engen Basarstraße kam ihm die Geräuschkulisse noch lauter vor. Es war nicht kurz vor Feierabend wie gestern, sondern Hauptgeschäftszeit. Die Gruppen von Touristen schoben sich durch den Basar, blieben an jedem Stand stehen oder wurden von den geschäftstüchtigen Mitarbeitern beharrlich angesprochen. Es entwickelten sich Verkaufsgespräche, bei denen die Gäste nicht selten zu einem Glas Tee ins Innere des Geschäfts geladen wurden. In ein solches Gespräch verwickelt war Memet Gökhan. Am Rande seiner Ausstellungsfläche präsentierte er einer Gruppe Touristen mehrere nach antikem Muster getöpferte Vasen. Die Interessenten gaben sich sachkundig, hielten Museumsführer mit Fotos von Vasen in der Hand und verglichen sie mit den angebotenen Stücken. Schmunzelnd verfolgte Cunningham, wie Memet in seinem grauen Kittel die Besucher wortgewaltig zu überzeugen wusste. Er war sich sicher, dass die Qualität seiner Töpferware letztlich immer ein Grund war, der die Käufer überzeugte. Memet kam mit einigen Geldscheinen in der Hand zurück. Dann sah er das bekannte Gesicht in der Gasse vor sich.

„Nigel", rief er überrascht. „Freut mich, dich zu sehen! Komm rein!"
„Guten Abend Memet!", grüßte Cunningham ein zweites Mal und folgte dem Töpfer. „Ich hoffe, du hast das Stück fertig, um das ich dich gebeten hatte."
„Keine Sorge, Nigel. Für die zweihundert Euro habe ich die halbe Nacht gearbeitet. Die Tontafel liegt in der Werkstatt. Komm mit!" Er ging durch die Hintertür. An einem Tisch vor dem Brennofen blieb er stehen. Ein hellbraunes Stück mit der Größe von zwei Blättern Papier lag darauf. „Die hethitischen Schriftzeichen waren schwierig. Das hatte ich ja gesagt. Ansonsten gab es keine Probleme. An der Farbe könnte man noch arbeiten. Mit einem Foto als Vorlage wird das immer etwas ungenau." Memet Gökhan zeigte mit der Hand auf sein Werk.
Cunningham war verblüfft. Er ging auf den Tisch zu und sah sich das Stück aus der Nähe an. Dann beugte er sich herunter und überprüfte jedes Detail. Sooft er sich die Schrifttafel schon angesehen hatte, war jede Einzelheit in seinem Gedächtnis. Mit den Fingern tastete er über die Schrift und fand jedes Zeichen. Dann trat er wieder einen Schritt zurück und ließ den Gesamteindruck auf sich wirken. „Du bist ein Genie, Memet!" rief er schließlich. Das Stück, das er vor sich sah, war jetzt schon eine perfekte Kopie, die er morgen im Institut hätte vorlegen können. Aber er hütete sich, diesen Eindruck zu erwähnen. „Das ist fast schon das, was ich mir vorstelle. Aber du hast es ja gesagt, dass ein Foto immer eine schlechte Vorlage ist. Hier ist das Original, das du kopieren sollst." Er wickelte die leinene Verpackung ab und hielt ihm die Schrifttafel entgegen.
Memet Gökhan blickte voller Respekt auf das Stück. „Wie alt ist das?", fragte er.
„Etwa dreitausend Jahre", antwortete Cunningham. „Aber du erschaffst es heute Nacht brandneu. Es muss eine perfekte Kopie werden. Sie ist das Doppelte von dem wert, was du hier schon fertig gestellt hast." Er zog grinsend seine Geldbörse hervor und blätterte Scheine auf den Tisch.

„Vierhundert Euro?", fragte Memet. „Dafür erschaffe ich ein täuschend echtes Duplikat." Er zog komplizenhaft die Brauen zusammen. „Täuschen soll es ja wohl jemanden, das Stück?" Cunningham zwinkerte kurz mit den Augen. „Mein Auftraggeber möchte eine ebensolche Schrifttafel wie diese, so perfekt wie möglich."
„Der Interessent muss es sehr ernst meinen für sechshundert Euro", entgegnete er. „Mit den Preisen für Antiquitäten kenne ich mich ein bisschen aus. Und dies ist ein sehr hoher Preis."
„Keine Fragen, Memet!" Cunninghams blaue Augen fixierten ihn. Seine Gesichtszüge wurden hart. „Wenn du die Bezahlung unangemessen findest, dann sag es einfach."
„Nein, nein!", wich der Töpfer zurück. „Der Preis ist in Ordnung, Nigel. Du wirst mit meiner Arbeit zufrieden sein."
„Morgen früh um sieben hast du die Kopie fertig. Dann komme ich wieder." Die Mundwinkel von Cunningham zuckten ein wenig so als würde er lächeln.

***

Todmüde warf sich Nigel Cunningham auf das Bett im Zimmer des Hotels. Er war um vier Uhr morgens aufgestanden, war von Istanbul nach Troja und zurück zehn Stunden gefahren und er hatte seinen Auftrag erledigt. Die Schrifttafel war in seiner Hand. Jetzt konnte er nicht mehr. Für etwa zwei Stunden schlief er tief ein. Dann schreckte er hoch und setzte eine Mail an Lord Byron ab, in der er ihn über den Stand der Dinge informierte. Er konnte einen erfolgreichen Verlauf der Operation vermelden. Nigel fielen die Möglichkeiten zur Regeneration ein, die das Antusa Palace Hotel bot. Er zog sich um und suchte den Pool auf. Nach ein paar erfrischenden Runden begab er sich in die türkische Sauna und schwitzte die Anstrengung des

Tages aus sich heraus. Er fühlte sich matt und hungrig und ging in das erstklassige Restaurant des Hauses. Nach einem Grillspieß mit Kichererbsen und Gemüse war er wieder völlig hergestellt. Er war es gewohnt, Anstrengungen durch einige Stunden Schlaf wieder wettmachen zu können. Morgen würde er wieder mit voller Fitness für die Sache arbeiten können. Und morgen würde ein entscheidender Tag für sein Vorhaben werden. Nigel schlief beruhigt ein.

Archäologisches Museum, Canakkale

Für Evren Yildiz hatte der Tag früh begonnen. Er war am Morgen aufgewacht und hatte sofort den Gedanken an seine Schrifttafel im Kopf gehabt. Heute war der große Tag, an dem ihr genaues Alter bestimmt würde. Erst danach könnte er von sich behaupten, ein einzigartiges Fundstück entdeckt zu haben, ein Stück, das vielleicht die Geschichtsschreibung verändern würde. Der Professor konnte nicht mehr einschlafen. Daher begab er sich im Morgengrauen in sein Arbeitszimmer unten im Museum. Er sichtete Aufzeichnungen von früheren Ausgrabungen und schaltete den Computer an, um sich die 3D-Simulation seiner Tafel anzusehen. Er stoppte das Bild und entzifferte den ihm längst bekannten Text. Dann ging er zum Bücherregal. Erst nach einiger Zeit fand er den gesuchten Band: „Legenden aus der Zeit der Hethiter". Er setzte sich und blätterte in dem Buch. Dann begann er zu lesen und hörte nach einer Stunde auf. Die Sonne war schon aufgegangen und Yildiz lächelte. Seit er die Schrifttafel gefunden hatte, wollte er in diesem Buch lesen, hatte aber nie Zeit dazu gefunden. Jetzt war ihm klar, welches der nächste Schritt für ihn sein musste. Er blickte das Telefon an und schaute zur Uhr. Dann entschied er, dass man um diese Zeit schon anrufen könne, und wählte eine Nummer in Anatolien. Das Telefonat dauerte lange. Immer wieder zitierte er seinem Gesprächspartner Sätze und ganze Passagen aus dem aufgeschlagenen Buch. Am liebsten hätte er alle Fotos und Animationen von der Schrifttafel übersandt. Aber dafür war sein alter Bekannter technisch nicht ausgerüstet. Yildiz konnte froh sein, ihn überhaupt am Telefon erreicht zu haben. Nach dem Gespräch ging er in die Küche, in der seine Frau das Frühstück vorbereitete. „Sevim!", sagte er. „Ich muss mit unseren Gästen nach Ankara reisen, nach Ankara und noch etwas weiter."
„Ich habe mich schon gefragt, wo du bist", antwortete sie. „Warst du

denn wenigstens schon im Bad, bevor du im Arbeitszimmer alte Bücher gewälzt hast?" Sie lächelte.

„Sevim", gab er zurück. „Das ist jetzt nicht wichtig. Ich brauche einen Flug nach Ankara und ein Hotelzimmer für die beiden und für mich, dann noch einen Leihwagen. Kannst du das für mich buchen? Du weißt doch: Ich bin nicht so sattelfest bei diesen Online-Bestellungen."

„Nein Evren, das bist du nicht", lachte sie. „Beim letzten Mal hast du eine Zusatzversicherung für das Gepäck gebucht, obwohl du gar kein Gepäck hattest." Dann wunderte sie sich. „Ich verstehe dich nicht ganz, Evren. War nicht die Nachricht aus Istanbul über das Alter der Schrifttafel das Wichtigste für dich? In ein paar Stunden kann sie vorliegen. Wann willst du überhaupt nach Ankara?" Sie runzelte die Stirn.

„Am liebsten sofort. Aber ich kann natürlich unsere Gäste damit nicht überfallen", entgegnete er. „Das Ergebnis vom Institut kommt sowieso. Darüber mache ich nicht so viele Gedanken. Mein Stück ist aus dem Jahr 1200 vor Christus. Das steht fest."

„Unsere Gäste sind gestern zu einem Paar geworden", lächelte Sevim wissend.

***

Mit den ersten Sonnenstrahlen schlug Lynna die Augen auf. Balkis lag neben ihr. Ihr kam der gestrige Abend in Erinnerung und nach und nach das ganze wunderbare Erlebnis, mit dem sie ihre Liebe für diesen introvertierten Journalisten entdeckt hatte. Gespürt hatte sie seine Anziehungskraft schon bei der ersten Begegnung vor dem Museum in Berlin. Von seinem zurückhaltend lächelnden Gesicht war eine Faszination ausgegangen, von diesen dunklen Augen, die gleichzeitig schüchtern und fordernd aussehen konnten. Sie fragte sich, warum sich dieses erste Gefühl bei ihr nicht sofort gemeldet hatte. Oft genug hatten sie sich danach ja gesehen. Vielleicht war es ein fehlendes Signal von Balkis gewesen. Sie musste lächeln, während sie ihn betrachtete. Der Typ aktiver Eroberer war dieser Mann nicht. Aber gestern hatte er ihr mit dem Festhalten ihrer Hand ein Zeichen gegeben und sie war sofort entflammt. Lynna fühlte sich wohl neben ihm zu liegen. Es gab überhaupt kein Gefühl der Fremdheit in ihr. Sie streichelte über seine Schultern. Ein unwilliges Seufzen war seine Reaktion. Sie stand auf und ging ins Bad.

„Unten gibt es Frühstück", sagte sie laut, als sie zurückkam. „Es duftet nach Kaffee."

„Es duftet nach den Blumen einer Sommerwiese, wenn du hereinkommst", antwortete Balkis mit aufgeschlagenen Augen aus dem Bett. „So ein tolles Parfüm!", fügte er hinzu und stand schnell auf. „Davon möchte ich mehr!"

„Soviel du willst", entgegnete sie einladend und ging mit ausgebreiteten Armen auf ihn zu. Beide umarmten sich, als wollten sie sich versichern, dass der gestrige Tag kein Traum war. Es sollte Wirklichkeit bleiben, was zwischen ihnen in Pergamon begonnen hatte. „Du riechst schon gut, bevor du unter der Dusche warst", raunte sie ihm zu. Sie löste ihre Arme von seinem Nacken und ging zwei Schritte auf den Kleiderschrank zu. „Du hast fünf Minuten. Dann gehe ich nach unten und trinke Kaffee", lächelte sie.

Sie hörte die Brause aus dem Bad noch rauschen, als sie sich angekleidet auf den Stuhl vor dem kleinen Schreibtisch setzte. Ihr Handy lag darauf und ihr kam ein bitterer Gedanke. Bis gestern hatte sie an jedem Morgen vor dem Frühstück Merle angerufen. Sie hatte sie über den neusten Stand der Dinge unterrichtet und vor allem, den jüngsten Beitrag für den Blog besprochen. Lynna fiel plötzlich ein, dass weder sie noch Balkis gestern einen Beitrag abgesetzt hatten. Das musste Merle ungewöhnlich vorkommen. Für einen Moment zuckte ihre Hand zum Gerät hin. Aber dann entschied sie, dass sie ihre Gedanken erst sortieren musste.

„Habe ich die fünf Minuten geschafft?", fragte Balkis lachend. „Oder bist du schon zum Frühstück gegangen?" Er hatte sich das Badehandtuch umgeschlungen. „Ich muss noch in mein Zimmer."
„Wir sehen uns gleich", antwortete sie abwesend.

***

„Wann rechnen Sie denn mit einer Nachricht?", fragte Balkis den Professor, während er sich am Buffet ein Börek mit Schafskäse nahm. Er war mit Lynna im Esszimmer von der lächelnden Sevim Yildiz begrüßt worden und hatte zunächst seinen Kaffeedurst gestillt. Der Professor blickte zur Uhr. „Ich nehme an, dass die Schrifttafel zur Stunde untersucht wird. Gegen Mittag erwarte ich das Ergebnis. So war es jedenfalls früher." Er griff mit den Fingern in seine weißen Haare. „Am Mittag kann man im Institut anrufen. Das heißt ..." Er machte eine Pause und korrigierte sich. „In diesem Fall kann das nur der Kollege Durmond. Das Fundstück ist ja von ihm eingereicht worden ... also formal." Seine Finger tippten unruhig auf die Tischplatte.
„Sie erfahren die Nachricht von Durmond?", vergewisserte er sich.
„Ja", entgegnete Yildiz. „Das ist ungewöhnlich für mich. Aber wenn ich dann Gewissheit habe, kann ich Sie in das ganze Geheimnis der Schrifttafel einweihen."
„Das ganze Geheimnis?", fragte er verständnislos.
„Die Königin der Hethiter, Helena oder Inaara", war seine Antwort. „Ihr Geheimnis ist in Hatussa, der alten Hauptstadt. Wir werden heute noch nach Ankara reisen. Meine Frau ist im Moment im Arbeitszimmer und bereitet die Buchungen vor: Flug, Hotel, Leihwagen."
„Jetzt bin ich überrascht, Herr Professor." Balkis winkte Lynna zu sich. „Ich dachte, Sie wären heute nur auf das Ergebnis der

Untersuchung aus. Und nun planen Sie einen Ausflug?"
„Die C14-Analyse ist eine Formalität", entgegnete Yildiz ungeduldig. „Ab heute Mittag werde ich Bescheid wissen. Aber danach möchte ich Ihnen beweisen, worum es bei dieser Tafel wirklich geht. Ich hätte den wirklichen Hintergrund der Geschichte schon in Berlin ansprechen sollen."
„Haben Sie uns etwas verschwiegen, Professor?", fragte Lynna, die herangekommen war.
„Nein, nein!", antwortete Yildiz. „Ich habe Ihnen meine Theorie in ihrer Gänze in Berlin noch nicht darstellen können. Als ich Sie kennenlernte, Frau Meeves, hatte ich zunächst ja nur mit Freude festgestellt, dass Sie der üblichen Vorstellung vom Trojanischen Krieg kritisch gegenüberstanden. Danach hatte ich Sie davon überzeugen können, dass diese alte Sage zum politischen Instrument gemacht worden war, zu einem eurozentrischen Gründungsmythos. Deshalb hatte ich Sie hierher eingeladen. Sie haben die Schrifttafel gesehen und die Ausgrabungen. Der Weg zur wirklichen Figur der Helena führt aber über Troja hinaus. Er führt nach Hatussa."
„Und da wollen Sie mit uns hin?", fragte sie.
„Ich möchte Ihnen die alte Hauptstadt der Hethiter zeigen. Nur mit diesem Volk macht das Märchen einen Sinn, das später der Trojanische Krieg genannt wurde. Die Hethiter waren eine Großmacht."
Lynna war aufgekratzt. „Sie wissen, wie man eine antike Tour zusammenstellt: erst Troja, gestern Pergamon und morgen Hatussa."
„Sie sollen Ihrer Uni täglich Bericht erstatten", lächelte Yildiz. „Mit meinem Programm werden Sie eine Menge zu erzählen haben. In Hatussa waren bestimmt noch nicht viele Ihrer Kollegen."
„Nein", bestätigte sie. „Ich glaube, das werde ich sogar Ilonka Seyfried voraus haben."

***

„Was meinst du?", fragte sie Balkis, als sie nach dem Frühstück auf ihre Zimmer gingen. „Hast du Lust nach Hattussa zu fahren?"
„Mit dir genauso wie nach Pergamon", antwortete er lächelnd. „Aber sollten wir nicht allmählich wieder einen Beitrag für den Blog schreiben? Gestern hatten wir ja keine Zeit." Vor ihrer Zimmertür nahm er ihre Hand und zog sie an sich heran. „Vielleicht kriege ich einen gefälschten Blog hin. Ein paar Fotos habe ich in Pergamon ja gemacht." Er schlang seine Arme um ihre Hüften und küsste sie. „Nur ein paar Fotos. Den Rest müssen wir für uns in Erinnerung behalten."
„Ich bin Archäologin", flüsterte sie. „Erinnerung ist mein Spezialgebiet."

Sie sah das Laptop auf dem Tisch liegen. Es war höchste Zeit Merle anzurufen, aber Lynna wollte nicht. Sie musste nachdenken, zum ersten Mal seit Pergamon. Die traumhaften Minuten im Theater hatten alles verändert. Sie hatte sich ernsthaft in Balkis verliebt. Allmählich wurde ihr klar, dass sie nicht mehr viel länger im siebten Himmel schweben konnte. Sie musste sich ziemlich bald bei Merle melden und ihr etwas über den Fortgang ihrer Forschungen erzählen. Auf einmal dachte sie verächtlich über sich selbst. „Forschungen hat es gestern keine gegeben. Ich habe sie betrogen." Lynna bekam ein schlechtes Gewissen. Bisher hatte sie keinen Gedanken daran zugelassen, aber sie war seit einem halben Jahr in einer festen Beziehung. Wollte sie die jetzt beenden? Sie nahm die kleine Web-Kamera in die Hand und setzte sie auf den Bildschirm. „Das mit Merle ist mehr als irgendeine Partnerschaft", fiel ihr ein. „Ich bin mit einer Frau zusammen. Das hätte ich früher nie für möglich gehalten, aber dann war es passiert. Die Zeit mit ihr war sensationell", dachte sie. Sie hatte sich für etwas Besonderes

gehalten, für eine Lesbe. Gleichzeitig empfand sie sich ebenso wie Merle als Emanze. Die Annäherungsversuche von Männern perlten an ihr ab, das geistlose Gehabe von Macho-Typen ebenso wie das intellektuell verkleidete Renommieren von Studenten an der Uni. Über diese Sorte Männer hatte sie mit Merle zusammen oft gelacht. Sie blickte wieder auf das Laptop. „Und wer ist Balkis?", dachte sie. Er passte nicht in ihr Bild. Er war anders. Sie träumte sich in das Theater von Pergamon zurück. „Er ist schüchtern und fordernd zugleich. Wie kann das sein?"
Sie stellte die Verbindung zu Merle her. „Ich bin es. Hallo!", meldete sie sich bei ihr.
„Ich bin so froh, dich zu sehen, Schatz!", antwortete sie und warf ihr eine Kusshand auf dem Monitor zu. „Seit gestern habe ich nichts mehr von dir gehört. Einen neuen Eintrag im Blog hast du auch nicht gemacht. Ich dachte schon, es wäre etwas passiert."
„Nichts ist passiert", entgegnete Lynna und gab ein Küsschen in die Kamera zurück. „Wir haben einen Ausflug nach Pergamon gemacht, drei Stunden hin und drei Stunden zurück in der Hitze. Ich war einfach nur platt gestern Abend."
„Nach Pergamon?", fragte sie. „Was habt ihr denn da verloren?" Merle verstand nicht, was dieser Ausflug mit der Schrifttafel zu tun hatte. „Darüber hättest du doch auch was in den Blog schreiben können", fügte sie hinzu.
„Den Eintrag stellt Balkis gerade fertig", sagte Lynna. Im gleichen Moment hätte sie sich für diese Antwort ohrfeigen können. Sie wollte doch nicht über ihn sprechen.
„Ach, Balkis", erwiderte Merle gedehnt. Dann wechselte sie das Thema. „Weißt du eigentlich, dass rund um deinen Blog der Teufel los ist? Es gibt Tausende von Klicks und Hunderte von Zuschriften. Dein Bericht über Troja und die Schrifttafel ist der Hit auf der Homepage der Uni. Seyfried ist begeistert. Sie plant eine Veranstaltung mit dir, wenn du wieder zurück bist" Sie unterbrach sich kurz. „Sag mal, hörst du mir eigentlich zu?"

„Ja, klar", antwortete Lynna. „Seyfried plant eine Veranstaltung mit mir."
„Toll aufgesagt, mein Schatz!", entgegnete Merle ironisch. „Was ist denn los mit dir? Du bist ja gar nicht bei der Sache. Das sehe ich dir doch an." Sie lächelte und küsste in Richtung Webcam.
„Tut mir leid", sagte Lynna. „Ich bin wohl noch müde von gestern." Sie lächelte in die Kamera. „Eine Veranstaltung in Berlin kann ich mir jetzt noch gar nicht vorstellen."
„Dann denk doch mal etwas weiter, Liebes!" Ihre Stimme wurde weicher als vorher. „Dieses Fundstück, an dem du dran bist, könnte deine Karriere bedeuten. Unsere Professorin hat sich auch schon so ähnlich ausgedrückt. Du hast etwas völlig Neues entdeckt. Wenn du über diese Schrifttafel schreibst, hat das das Potential für eine Doktorarbeit."
„Du spinnst", sagte sie spontan und fragte dann nach: „Hat Seyfried das gesagt?"
„Natürlich, Frau Dr. Meeves! Deswegen spreche ich ja gerade mit dir", erwiderte Merle. „Aber ich glaube, du bist zur Zeit wirklich woanders als in der Uni. Was ist denn los mit dir? Ich sehe es doch deinem Gesicht an, dass irgendwas nicht stimmt."
„Nichts ist los, aber heute ist ein wichtiger Tag", entgegnete Lynna. „Die Schrifttafel von Yildiz wird untersucht. Wenn ihr Alter bestätigt wird, hat seine Theorie gewonnen. An nichts anderes kann ich im Moment denken. Ich wünsche ihm diesen Erfolg." Nach einer Pause fügte sie hinzu: „Für Doktorarbeiten habe ich jetzt keinen Kopf."
„Verstehe ich", antwortete Merle mit einem ungewissen Gefühl. Etwas in Lynnas Worten, in ihrer Art kam ihr sehr fremd vor und sie wusste nicht, warum. „Wie geht es jetzt weiter? Suchst du noch die wahre Helena?", fragte sie schließlich.
„Ja", sagte sie überrascht. Sie wunderte sich über die Frage. Merle schien hellsehen zu können. „Morgen fahren wir zu ihr, nach Hattussa. Es geht demnächst ab nach Istanbul und von dort aus fliegen wir nach Ankara. Ich melde mich bei dir, wenn es etwas

Neues gibt. Ciao Liebes!"
Merle blickte auf das verlöschende Bild der Webcam. Sie wiederholte „Hattussa", aber sie konnte nicht aufhören zu denken, dass Lynna verändert auf sie gewirkt hatte.

Antusa Palace Hotel, Istanbul

Der Große Basar hatte um sieben Uhr noch nicht geöffnet. Nigel Cunningham betrat ihn durch den Hintereingang zur Werkstatt von Memet Gökhan. Der Besitzer war allein in seiner Töpferei und erwartete ihn hinter seinem Arbeitstisch. Ein weißes Tuch deckte die Werkstücke ab, die auf dem Tisch lagen.
„Guten Morgen, Memet!", grüßte Cunningham. Er zeigte auf die Abdeckung. „Ist meine Bestellung darunter verborgen?"
„Ja, Nigel. Ich habe eine Überraschung für dich. Du darfst aussuchen." Er drehte sich um und griff in ein Regal. „Aber zunächst zeige ich dir das." Er hielt eine Tontafel in der Hand. „Es ist das Muster, das ich gestern für dich angefertigt habe. Jetzt schlage ich das Tuch zurück."
Cunningham war verblüfft. Unter dem Tuch kamen zwei absolut gleich aussehende Schrifttafeln zum Vorschein. Als dritte legte Memet jetzt sein Muster dazu. Diese sah etwas anders aus, heller und etwas kleiner, wie ihm schien. Aber die beiden Stücke, die unter dem Tuch gelegen hatten, schaute er immer wieder an. Er konnte sie nicht unterscheiden.
Memet Gökhan grinste. „Ich sagte ja: Du darfst aussuchen. Welches ist die Kopie?"
Cunningham beugte sich über die Tafeln und betrachtete sie genau. Er sah sich die Schriftzüge an und berührte das Material mit den Fingern. Dann schüttelte er den Kopf. „Ich kann es nicht sagen. Du bist ein Genie, Memet!"
„Danke!" Er verbeugte sich kurz. „Ich werde die Stücke in ein paar Wochen auch nicht mehr unterscheiden können. Aber heute geht es noch. Ich habe immerhin die ganze Nacht daran gearbeitet. Wenn du die Tafeln herumdrehst, wirst du den Unterschied sehen." Er drehte beide Exemplare auf die Rückseite. Dann zeigte er auf den Rand des einen Stücks. „Hieran kannst du die Kopie erkennen. Die

Farbe an den Rändern ist etwas verbrannter. Es geht ein bisschen ins Schwarze. Das liegt vermutlich an dem Ton, den ich benutzt habe. Es ist leider unmöglich, genau denselben Ton zu verwenden wie jemand vor dreitausend Jahren."

„Sehr gute Arbeit, Memet", lobte Cunningham. „Aber noch einmal für mich zum Verstehen. Das mit den etwas schwärzeren Rändern auf der Rückseite ist die Kopie?"

„Genau", antwortete er und nahm seine Arbeit in die Hand. „Das ist deine Bestellung."

Nigel nahm die Tafel entgegen, wickelte sie in ein Tuch und steckte sie in seinen Rucksack. Dann holte er die Brieftasche heraus. „Vierhundert Euro sind fast zu wenig für so eine perfekte Arbeit."

„Ich habe den Preis nicht gemacht." Memet Gökhan lachte und nahm sein Honorar in Empfang.

„Ich bringe diese Antiquität rasch zu meinem Wagen und dann komme ich nochmal wegen des Originals", sagte Cunningham und verließ die Töpferei.

Gökhan hielt ein Bündel Geldscheine in der Hand und zählte sie. Der Betrag stimmte. Dann dachte er über seine Erkenntnis aus der letzten Nacht nach, in der er sich jede Kleinigkeit der Schrifttafel angesehen und sie kopiert hatte. Etwas war ihm aufgefallen, über das sein Auftraggeber bisher nicht gesprochen hatte. Es war in dem Text enthalten.

„Jetzt werde ich das kostbare Original mitnehmen." Cunningham kam mit einem Koffer in der Hand zurück, etwas größer als eine Laptoptasche. Er öffnete ihn auf dem Arbeitstisch. Das Innere war mit Schaumstoff ausgeschlagen. Dann legte er vorsichtig die Schrifttafel hinein.

„Ich habe den griechischen Text auf der Tafel übersetzt", sagte Gökhan. „Es ist von Helena und Paris die Rede. Das sind Figuren aus der Ilias, aus der Sage vom Trojanischen Krieg."

Cunningham blickte ihn überrascht an. „Ich wusste gar nicht, dass du griechisch kannst."

Memet lächelte listig. „In der Schule habe ich das auch nicht gelernt", entgegnete er. „Ich habe mir die Sprache durch meine Arbeit angeeignet. Meine Kunden erwarten antik aussehende Stücke, oft auch mit griechischem Text. Wort für Wort habe ich die Vokabeln beim Töpfern gelernt." Er zeigte auf das Original, das inzwischen im Koffer verstaut war. „Diesen Text hatte ich ziemlich schnell verstanden. Und dann war es nicht mehr sehr schwer, im Internet den Zusammenhang von Helena zu dieser Schrifttafel zu finden. Gleich mein erster Versuch brachte mehrere Abbildungen der Tafel, die ich vor mir liegen hatte." Memet schmunzelte. „Ich frage nie nach der Herkunft der Vorlagen, die ich bekomme. Das gehört zum Job. Aber hier: Alle Achtung, Nigel!"

Die Falten in Cunninghams Gesicht waren schärfer ausgeprägt, seine Augen starrten den Töpfer regungslos an. „Das hast du nie gesagt!", flüsterte er drohend. Dann griff er in seine Brieftasche. „Besser, du vergisst das gleich wieder. Ich sagte ja schon: Vierhundert Euro sind fast zu wenig." Er reichte Memet zwei Fünfzig-Euro-Scheine und blickte ihn eisig an.

„Entspann dich, Nigel! Ich habe völlig vergessen, was ich gerade gesagt habe." Er grinste breit. „Das gehört gewissermaßen zu meiner Berufsehre."

Cunningham verließ den Basar und fuhr zum Physikalischen Institut. Pünktlich um acht Uhr gab er die Kopie aus seinem Rucksack zusammen mit Durmonds Fundstücken zur C14-Untersuchung ab. Danach steuerte er den Wagen durch den Berufsverkehr Istanbuls zum Antusa Palace Hotel. Den Koffer mit dem Original deponierte er im Hotelsafe. Er ließ sich ein zweites Frühstück auf sein Zimmer bringen. Jetzt musste er nur noch warten, bis eine Nachricht vom Institut auf seinem Handy einging. Zufrieden schickte er Lord Byron eine SMS auf seine Mailbox in London.

Athenaeum Club, London

Der Frühstücksraum des Clubs legte Ehre für seinen Namen ein. Heute war der Tag, an dem wie in jedem Monat ein Sternekoch der Stadt das Frühstücksbuffet ausrichtete. Mehrere Bedienstete des bekannten Restaurants bereiteten das Buffet vor. Man hörte das Klappern von Tellern und Besteck. Einige Clubmitglieder waren morgens um acht schon anwesend. Im Laufe der Zeit trafen andere ein. Der Duft nach Kaffee erfüllte den Raum, später der scharfe Geruch nach gebratenem Schinken.
Aber es roch auch nach Petersilie und frisch geschnittenem Schnittlauch. Das Angebot der Küche, das sich allmählich auf den Tischen breitmachte, war teils traditionell britisch und teils modern mit Obst, Salaten und frischen Kräutern. Es gab nur noch wenige freie Plätze, als um neun Uhr das Buffet mit einem Gongschlag durch den Koch eröffnet wurde. Die normalerweise gut situierten Clubmitglieder drängten auf das Startsignal hin zu den Tischen, um möglichst schnell die Leckereien auf ihre Teller zu befördern. Es entstand Gedränge.
Im Beisein von Tyler betrat Lord Byron den Frühstücksraum. Er schüttelte den Kopf und ließ sich zu einem der wenigen freien Plätze geleiten. „Bringen Sie mir bitte eine repräsentative Auswahl!", ordnete er an. „Aber kämpfen sie keine Schlacht von Trafalgar darum." Er sah seinen Butler auf das umdrängte Buffet zugehen.
Mit einer Handvoll Porridge mit Chia-Samen, Rührei mit Avocado-Mousse und einer Scheibe Räucherlachs kam Tyler zurück. Dazu hielt er ein Brötchen in der Hand. „Ich fürchte, das ist alles, was ich in kurzer Zeit erobern konnte. Lord Nelson wäre seinerzeit erfolgreicher gewesen."
„Es ist gut, Tyler", antwortete er und nahm den Teller in Empfang. „Danke! Ich wundere mich immer wieder, wie wir sonst so disziplinierten Briten aus den Fugen gerate, wenn es um ein Buffet

geht." Lord Byron probierte zuerst von dem Räucherlachs. „Ich habe das Gefühl, dass heute ein großartiger Tag wird", fügte er hinzu. „Vorhin hat Nigel Cunningham mir eine SMS geschickt. Es läuft alles so, wie ich es mir vorgestellt habe. Zur Zeit wird eine perfekte Kopie dieser Schrifttafel untersucht. Ich rechne jeden Moment mit der Nachricht."

„Um diese Zeit schon?", fragte Tyler ungläubig.

„Vergessen Sie nicht den Zeitunterschied! In Istanbul ist es jetzt schon elf Uhr morgens." Byron nahm einen Happen von dem Avocado-Mousse, als sein Handy klingelte.

„Cunningham hier", verstand er undeutlich. „ ... ausgeführt", hörte er dann.

„Hallo!", rief Byron in sein Handy. „Ich verstehe Sie nur schlecht." Die Geräuschkulisse im Frühstücksraum machte eine klare Verständigung unmöglich. „Bleiben Sie dran!", forderte er. „Wir müssen schnell irgendwohin, wo es ruhiger ist", sagte er zu Tyler. Der nahm ihm das Mobiltelefon ab und half ihm aus dem Stuhl. Ein Bein nachziehend schleppte sich Byron so schnell er es konnte aus dem überfüllten Raum. Tyler ging mit dem Handy zum Raucherraum voran. Auf dem Flur dahin konnte Byron nicht weiter. Er stützte sich auf einen Stuhl und ließ sich auf ihn fallen. „Geben Sie mir das Handy!", verlangte er. „Was ist los, Cunningham?", rief er ungeduldig in das Gerät und konnte nun seinen Gesprächspartner störungsfrei verstehen.

„Ihr Auftrag ist ausgeführt, Sir", antwortete Cunningham. „Das Physikalische Institut von Istanbul hat die Schrifttafel zweifelsfrei als eine Fertigung aus der Gegenwart bestimmt. Das angeblich antike Stück, mit dem Professor Yildiz und andere Wirbel gemacht haben, ist wahrscheinlich nichts weiter als eine Fälschung."

„Das ist großartig, Nigel!", rief Byron. „Haben Sie das schriftlich?"

„Die Papiere liegen mir vor", antwortete Cunningham. „Hören Sie, Freund", fügte er hinzu. „Sie müssen heute noch nach London zurückfliegen. Bringen sie die Dokumente vom Institut mit

und die echte Schrifttafel natürlich. Sie haben das Original doch bei sich?"
„Selbstverständlich, Sir", versicherte er. „Ich könnte Ihnen Fotos der Papiere schicken. Sie sind in türkischer Sprache abgefasst. Aber die Datierung ist eindeutig: Das Stück ist nicht in der Antike angefertigt worden, sondern in der Gegenwart." Cunningham musste lachen. „Ich weiß auch wo."
„Lassen Sie nur, Nigel!", sagte Byron. „Es reicht für meine Zwecke vollkommen, wenn Sie heute Abend in London sind. In der Zwischenzeit kann ich auch ohne Unterlagen die Medien auf diese Fälschung anspitzen. Denen reicht es fürs Erste, wenn sie nur ein Gerücht veröffentlichen können. Glauben Sie mir: Ab morgen sind Yildiz und diese penetrante Meeves erledigt. Sie haben eine gute Arbeit gemacht, Nigel. Ich bin sehr zufrieden mit Ihnen."
„Danke, Sir! Ich hatte noch vor, Durmond über den Stand der Dinge zu unterrichten."
„Tun Sie das! Der alte Frank wird die Nachricht sogleich Professor Yildiz übermitteln. Und dann wird dieser Wichtigtuer ganz langsam spüren, dass er in der Tinte sitzt." Byron atmete tief durch und richtete sich auf. „Glauben Sie mir, Nigel! Diese Hetzerei gegen den Wahrheitsgehalt der Schriften von Homer haben mich in den letzten Tagen beinahe zermürbt. Erst jetzt – Ihnen sei dank – weiß ich, dass die Theorie dieser Ignoranten nicht die Oberhand gewinnen wird. Diese selbsternannten Modernisierer vergreifen sich am Allerheiligsten, den alten Wurzeln unserer Kultur."
„Wenn Sie diese Fälschung in die Öffentlichkeit bringen, sind Yildiz und Meeves wissenschaftlich erledigt. Sie haben ihre Kampagne im Internet zu groß angelegt, um sich ein komplettes Scheitern leisten zu können. Niemand wird ihnen mehr glauben."
„Darauf können Sie sich verlassen, dass ich diesen Skandal in die Öffentlichkeit bringe", bellte Byron in sein Handy und kicherte nach einer Weile. „Dazu habe ich die Fälschung ja veranlasst. Egal, wann Sie heute Abend eintreffen, nehmen Sie ein Taxi und fahren Sie zum

Club. Geld spielt keine Rolle. Ich erwarte Sie hier." Gordon Byron beendete das Gespräch. Gemeinsam mit Tyler suchte er den alten Raucher-Raum auf, in dem es zur Zeit am ruhigsten zu sein schien. Byron führte mehrere Telefonate mit Zeitungsredaktionen und Fernsehsendern. „Schrifttafel aus Troja ist eine Fälschung" oder „Chinesische Touristen-Fälschung in der Troja-Debatte" waren Schlagzeilen, die er den Redaktionen vorschlug. Es machte ihm Vergnügen, seine selbst geschaffene Wahrheit in die Welt zu bringen.

Cunningham erkundigte sich im Hotel wegen einer Flugverbindung nach London. Erst am Abend um acht ging die nächste Maschine. Dann beauftragte er den Fahrer des Leihwagens, mit den geprüften Fundstücken von Durmond und der kopierten Schrifttafel zurück nach Troja zu fahren. Der Wagen würde erst am Nachmittag ankommen. Davon setzte er Frank Durmond telefonisch in Kenntnis.
„Cunningham hier", meldete er sich. „Ihre Fundstücke sind geprüft. Sie erhalten sie in ein paar Stunden durch meinen Fahrer zurück. Es ist alles positiv. Die Stücke sind authentisch. Sie sind circa zweitausend Jahre alt. Genaue Daten können Sie den Papieren entnehmen."
„Und die Schrifttafel von Professor Yildiz?", fragte Durmond.
„Ja, das ist seltsam", zögerte Cunningham. „Sind Sie sicher, dass Sie mir das richtige Fundstück gegeben haben?"
„Natürlich", entgegnete Durmond. „Sie haben die Schrifttafel doch selbst in der Hand gehabt."
„Ich weiß", sagte er. „Deswegen kann ich mir das Missverständnis auch gar nicht erklären. Das Physikalische Institut kommt jedenfalls zu dem Ergebnis, dass die Tafel in unserer Gegenwart angefertigt wurde und nicht in der Antike."
„In ... in der Gegenwart", stotterte er überrascht. „Das ... das kann ja nur heißen ..." Er unterbrach sich selbst und sagte eine Weile gar nichts. „Das deutet auf eine Fälschung hin." Er machte wieder eine

Pause. „Ich kann mir nicht vorstellen, dass Professor Yildiz so etwas nicht bemerkt."

„Ich verstehe Sie, Durmond. Ich stand auch vor einem Rätsel, als mir die Mitarbeiter des Instituts das Ergebnis der C14-Analyse gezeigt hatten. Aber die Schrifttafel von Yildiz ist nachweisbar nicht antik." Cunningham schwieg eine Weile. „Ich war selbst sprachlos", fügte er hinzu.

„Das kann nur eine Verwechslung sein", kam es ungläubig aus Durmond heraus. „Ein Irrtum, der im Institut unterlaufen ist. So was soll ja nicht passieren, kann aber. Meine Güte, Yildiz!", rief er. „Der holt doch keine Fälschung aus seiner Grabungsstelle!" Dann fiel ihm etwas anderes ein. „Sagen Sie, Cunningham! Weiß schon jemand davon?"

„Nein", entgegnete er. „Sie sind der erste, der davon erfährt. In dem Zusammenhang habe ich eine Bitte an Sie. Könnten Sie Professor Yildiz anrufen und ihm die unangenehme Nachricht mitteilen? Ich muss heute noch zurück nach London. Sein Fundstück gehörte ja zu Ihrem Kontingent, das im Institut untersucht wurde."

„Ja sicher werde ich ihn anrufen", antwortete Durmond und seufzte. „Das wird ein Schock für ihn sein." Ihm kam ein Gedanke. „Es hat doch einige Veröffentlichungen über die Schrifttafel gegeben. Wenn dieses Ergebnis bekannt wird, gibt es einen Skandal."

„Das wird nicht zu vermeiden sein, wenn die Medien das Wort Fälschung auch nur wittern", stimmte Cunningham ihm zu.

Archäologisches Museum, Canakkale

Hand in Hand liefen Lynna und Balkis die Promenade des Yachthafens von Canakkale entlang. Sie hatten den ganzen Vormittag Zeit. Professor Yildiz hatte die Abfahrt auf drei Uhr nachmittags gelegt. Daher hatten sie sich zu einem Stadtbummel entschieden. Am Hafen waren sie in ein buntes Bild von nebeneinander liegenden Segelschiffen eingetaucht. Ein Gewimmel von Menschen umgab sie, die mit oder ohne Gepäck zu den Booten hin wollten oder sie gerade verließen. Die belebte vierspurige Autostraße verlief parallel zur Promenade. Ein Ausflugsdampfer tutete kurz vor der Abfahrt. „Hier bin ich vor ein paar Tagen allein lang gebummelt", sagte Lynna.
„Ich weiß. Du wolltest Abstand von mir und ich bin allein nach Troja gefahren." Balkis lächelte.
„Das war nicht witzig." Sie sah ihn strafend an. „Du hattest mich total durcheinander gebracht. Ich musste mir über meine Gefühle klarwerden." Sie sprach nicht weiter und sah ihm in die Augen. „Vielleicht war hier der erste Moment, an dem ich gespürt habe, dass ich etwas für dich empfinde. Du hattest mich angefasst, zwar nur zart, aber immerhin."
„Und wie war das vorher?", wollte er wissen. „Ich meine, ich war schon in Berlin in dich verliebt." Er blickte ziellos auf die Segelschiffe. „Eigentlich bin ich nur deinetwegen hier in der Türkei."
„Du wolltest mich erobern?", fragte sie neckisch.
„Ich wollte bei dir sein", antwortete er. „Ein großer Eroberer bin ich nicht."
„Doch!", sagte sie und legte ihre Hände um seinen Nacken. „Das bist du." Ihr Gesicht kam seinem immer näher. „Du hast mich verführt: erst mit deinem Griff an meine Hüfte und dann in Pergamon mit deiner Hand, die meine gehalten hat." Vorsichtig berührten ihre Lippen seine. Er umarmte sie und erwiderte zaghaft ihren Kuss.

Dann bewegte er sich zurück.

„Ich kann es nicht fassen, dass ...", sagte er zögernd. „ ... dass ich dich habe."

„Du hast mich nicht", entgegnete sie.

„Nein", brachte er verlegen hervor. „Natürlich nicht. Aber – ich weiß nicht, wie ich es sagen soll – es ist ein Traum für mich, dass wir zusammen sind."

„Sind wir zusammen?", fragte sie und lächelte ihn an. „Ach, sei still!", sagte sie schließlich. Sie zog ihn zu sich heran , schlang ihre Hände um seinen Kopf und küsste ihn leidenschaftlich. „Du bist ein Eroberer", sagte sie danach. „ ... aber nicht so wie ein oberflächlicher Macho, sondern wie ein zarter, romantischer Liebhaber. Du hast mich erwischt!" Sie legte ihren Kopf an seine Brust.

„Liebhaber ist ein schönes Wort", sagte Balkis. „Es setzt sich daraus zusammen, dass ich jemanden lieb habe. Und das tue ich, Lynna: Ich liebe dich!"

Sie hob ihren Kopf und sah ihn erschrocken an. Sie lächelte in einer entrückten Art, wie sie in ihrem Leben selten gelächelt hatte. Sie sagte nichts, weil sie spürte, dass jedes Wort diesen Moment zerstören könnte. Sie schmiegte sich an sein Gesicht und drückte ihre Arme fest um seine Schultern. Beide spürten, dass sie einen wundervollen Augenblick erlebten. Sie küssten sich nicht mehr. Sie hielten sich nur noch so fest wie sie konnten.

Als sie einander losgelassen hatten, schauten sie sich wortlos in die Augen. „Ist das wahr, was ich erlebe?", dachte Balkis. „Lynna", träumte er für sich. „Lynna", immer nur „Lynna" wiederholte er in seinen Gedanken. Er sah, dass ihre graublauen Augen feucht waren.

Kein Wort wäre jetzt passend gewesen. Wie gestern in Pergamon griff er nach ihrer Hand und ging ein paar Schritte die Hafenpromenade entlang. Beide ließen ihre verschränkten Hände ein bisschen schaukeln. Es machte ihnen Spaß, diese Bewegung mit jedem Schritt zu verstärken. Dann gingen sie schneller, liefen fast und übertrieben das Schaukeln der zusammengehaltenen Hände.

Schließlich, während ihre Arme hoch über ihnen schwangen, blieben sie lachend stehen und fielen sich in die Arme. „Ich habe mich gerade gefragt, ob das Wirklichkeit ist, was ich erlebe", sagte er.
„Es passiert wirklich", antwortete sie und sah ihn an. Dann wanderte ihr Blick zum bunten Spalier der Segelschiffe. „Ich glaube, ich liebe dich auch." Ihr Gesicht wurde ernst.
„Du glaubst?" Balkis sah sie fragend an.
„Ja", entgegnete sie ungeduldig. „Du bist der wunderbarste Mann, der mir je begegnet ist. Du bist sanft und fordernd gleichzeitig. Du bist verführerisch und zurückhaltend. So einen Typ wie dich gibt es eigentlich gar nicht. Aber bist du auch frei?"
„Natürlich bin ich frei", antwortete er überrascht. „Sonst hätte ich mich ja nicht in dich verliebt."
„Siehst du", sagte sie traurig. „Ich bin es nicht."
„Merle?", fragte er, obwohl er seit gestern gehofft hatte, diesen Namen nicht hören zu müssen.
Lynna nickte. „Ich kann hier draußen tun, was ich will. Aber irgendwann komme ich wieder nach Berlin zurück und da wartet sie auf mich. Ich bin mit ihr zusammen. Eigentlich bin ich schon viel zu weit gegangen. Ich habe sie betrogen." Sie schaute wieder auf die lange Kette der Schiffe.
„Du glaubst, dass du mich liebst, hast du gesagt." Balkis ließ ihre Hände los.
Lynna erschrak. „Nein, nein! Halt mich weiter fest!", bat sie. „Ich brauche das jetzt, dass du mich anfasst. Ich glaube es wirklich, dass ich dich liebe. So ein Mann wie du ist mir noch nie passiert. Aber ich bin eben nicht frei. Bitte nimm mich in den Arm!"
Balkis behielt seine Hände bei sich. „Du entscheidest, ob du frei bist."
Sie legte ihre Hände um seinen Nacken. „Es ist alles so gemein und so verkehrt!", rief sie. „Aber es ist alles auch so richtig. Ich meine: das mit dir ist richtig." Tränen traten in ihre Augen.
„Wenn es verkehrt ist, dann gehe ich lieber zu diesem Pferd." Er

zeigte auf das neue Wahrzeichen von Canakkale, die Nachbildung des Trojanischen Pferdes aus dem „Troja"-Film. „Dieses Ding ist ja sowieso eine Art Talisman für unsere Reise."
„Versteh mich doch!", rief sie laut und breitete ihre Arme aus. „Das ist nicht so einfach für mich. Nimm mich jetzt endlich in den Arm! Das willst du doch selbst!"
Balkis legte seine Hände um ihre Hüften. „Mit dieser Berührung habe ich mal angefangen dich zu erobern. Offen gestanden hatte ich es darauf angelegt, seit wir in Berlin losgeflogen sind. Zuerst war ich vielleicht zu zaghaft. Aber habe ich immer gefürchtet, dass Merle zwischen uns stehen würde."
„Es ist so gekommen und ich finde es schön mit dir", antwortete sie und küsste ihn. „Bitte lass mich wegen Merle jetzt nicht los!"
„Ich will dich ja gar nicht loslassen!", rief er und drückte sie an sich. Leise sagte er dann: „Ich habe nur Angst dich gleich wieder zu verlieren."
„Verlieren?", fragte sie mit großen Augen. „Du hast mich doch seit gestern erst gewonnen und du weißt wohl gar nicht, wie sehr du gewonnen hast." Sie hakte sich in seinem Arm ein. „Komm! Wir gehen um dieses hölzerne Pferd herum." Sie umrundeten die Requisite aus dem „Troja"-Film.
„Sag mal! Was hältst du von dieser Fahrt nach Hatussa? Mir kam es ein bisschen spontan vor."
„Yildiz hat mich völlig überrascht mit dieser Idee", sagte Balkis. „Er war wie aufgekratzt, als müsste er sofort mit uns dahin. Das Gutachten zu seinem Fundstück schien ihn nur noch am Rande zu interessieren. Er kam mir vor wie ein Schachspieler, der schon einen Zug weiter denkt."
„Yildiz will uns zur wirklichen Figur der Helena führen, sagte er. Nur von der alten Hauptstadt der Hethiter aus macht der Trojanische Krieg einen Sinn", erinnerte sich Lynna. „Ich glaube, er will uns dort ein Geheimnis zeigen, das er schon in Berlin im Kopf gehabt hat. Der Professor ist immer für eine Überraschung gut, so wie ich ihn

kennengelernt habe."

„Dann haben wir einen spannenden Ausflug vor uns", antwortete Balkis.

***

„Ach, Durmond! Sie sind es." Yildiz hatte einen Anruf aus Anatolien erwartet, als er den Hörer abnahm. „Wie geht es Ihnen? Was machen die Ergebnisse aus Istanbul?"
Er hörte, wie sein Kollege sich am Telefon räusperte. „Ich fürchte, die physikalische Prüfung hat nicht das Resultat erbracht, das Sie sich wünschen."
„Wie meinen Sie das?", fragte er.
„Alle unsere Fundstücke wurden nach der C14-Analyse untersucht", begann er umständlich. „Sie wissen ja, dass es dabei um den Zerfall von Kohlenstoff-Atomen in organischen Substanzen geht", fuhr er fort. „Die Genauigkeit dieses Verfahrens reicht bis zu einem Alter von 30 000 Jahren."
„Das weiß ich", unterbrach Yildiz ungeduldig.
„Bei Ihrem Fundstück ist ein Problem aufgetreten. Die Altersbestimmung beträgt null Jahre. Das heißt, dass Ihre Schrifttafel in der Gegenwart angefertigt wurde. Sie ist nicht antik, sondern nach der Expertise des Instituts höchstwahrscheinlich eine Fälschung. Es tut mir leid, Kollege. Können Sie sich das erklären?"
„Was?", fragte Yildiz entsetzt. Er stand von seinem Stuhl auf. „In der Gegenwart angefertigt? Eine Fälschung?", rief er in den Hörer. „Ich habe diese Schrifttafel mit meinen Händen aus dem Boden von Troja gegraben. Meine Mitarbeiter waren dabei, mein ganzes Team! Sie können bestätigen, dass der Fund authentisch ist. Wir haben Fotos gemacht. Sie können mir doch nicht sagen, dass dieses einmalige Fundstück in der Gegenwart angefertigt worden ist. Ich habe es

selbst aus der Erde geholt."
„Ich verstehe Sie nur zu gut, Kollege. Aber mir liegt per Mail das Ergebnis des Instituts vor. Ich kann dort gerne noch einmal telefonisch nachfragen. Aber die Antwort wird dieselbe sein, fürchte ich. Heute Nachmittag erhalte ich die Fundstücke durch einen Kurier aus Istanbul zurück."
„Ich glaube nicht, was Sie mir da mitteilen", rief Yildiz ärgerlich. „Es kann sich nur um einen Irrtum handeln. Was sagt eigentlich der junge Archäologe dazu, dem ich meine Tafel gegeben habe? Cunningham hieß er, glaube ich."
„Nichts weiter", wand sich Durmond aus der Frage. „Er hat mir das Ergebnis vorhin mitgeteilt. Er war natürlich sprachlos über die Begutachtung. Aber zu der Zeit war die Mail des Instituts schon auf meinem Computer. Insofern war seine Nachricht nichts Neues."
Der Professor schüttelte den Kopf. „Schade. Der junge Mann wirkte so enthusiastisch. Seine Meinung würde ich jetzt gerne hören." Yildiz war ratlos. Mit den Worten „Ich muss nachdenken" beendete er das Gespräch. Tatsächlich grübelte er nicht lange, sondern ging auf dem schnellsten Wege zu seiner Frau. „Sevim, ich habe schlechte Neuigkeiten", sagte er.

***

„Es ist immer gut, wenn man mal überhaupt nicht erreichbar ist." Lynna hielt ihr ausgeschaltetes Smartphone in der Hand. „Ich habe überhaupt keine Lust auf den Blog und die Uni und auch auf nichts anderes. Ich will einfach ein paar Stunden aus der Welt sein." Arm in Arm ging sie mit Balkis aus dem Ortszentrum zum Archäologischen Museum zurück.
„Es kann zur Sucht werden, wenn man ständig online ist", unterstützte er sie. „Wir werden auf der Fahrt nach Istanbul

genügend Zeit für den Blog haben und für alle Nachrichten, die eingegangen sind. Im Moment bin ich nur begierig auf dich und nicht auf Telefone."
„Ich bin dir noch schuldig, zu zeigen wie sehr du gewonnen hast." Sie lächelte verführerisch.

Institut für Klassische Archäologie, Freie Universität Berlin

Im kleinen Arbeitszimmer von Merle Bartholy waren die beiden sich gegenüberstehen Tische noch gegensätzlicher geworden. Auf ihrem Messi-Schreibtisch waren zu Papierstapeln und Zettelchen noch die Ausdrucke des Troja-Blogs von Lynna hinzugekommen und ausgeschnittene Artikel aus der WOCHE, die Balkis geschrieben hatte. Ihr wirklicher Schreibtisch gegenüber war nach wie vor völlig blank. Nur das Laptop stand darauf, an dem sie gerade arbeitete. „Was soll das denn?", fragte sie sich, als sie mit den Suchbegriffen „Troja" und „Schrifttafel" die Homepage einer englischen Zeitung fand, die sie bisher nicht gekannt hatte. „Schrifttafel aus Troja ist eine Fälschung", las sie und war sofort elektrisiert. Die Seite trug das heutige Datum. Merle klickte und sah sofort die Schrifttafel vor sich, über die Lynna seit Tagen in ihrem Blog berichtete. Kein Zweifel, die Zeitung berichtete über dasselbe Fundstück. Merle arbeitete sich übersetzend Zeile für Zeile vor. Ihre Englischkenntnisse waren ausgezeichnet. Es war der Inhalt des Textes, der sie ungläubig veranlasste, jeden Satz noch einmal zu studieren. Ein physikalisches Institut in Istanbul sollte begutachtet haben, dass Lynnas Schrifttafel in der Gegenwart angefertigt worden ist. Also wäre sie nicht antik, sondern eine Fälschung. „Unglaublich!", sagte sie zu sich selbst und las weiter. Es folgte eine üble Polemik gegen die historischen Schlussfolgerungen, die Lynna und Balkis in ihren Blogs gezogen hatten. „Homer hatte also doch recht", lautete ein Satz. „Der dilettantische Versuch der jungen Archäologin, die Ilias in Frage zu stellen, wurde durch die Fälschung des eigenen Artefakts widerlegt", las sie und schließlich: „Troja-Debatte endet mit einer chinesischen Touristen-Kopie". Merle hatte genug. „Ich muss Lynna anrufen", dachte sie und gab die Verbindung in ihr Handy ein. Aber es meldete sich niemand. Fast zur gleichen Zeit klingelte das Telefon auf ihrem Schreibtisch.

„Frau Bartholy", meldete sich Ilonka Seyfried. „Haben Sie schon die neuste Resonanz auf ihren Troja-Blog registriert?"
„Leider ja", antwortete sie. „Ich habe mich gerade durch einen skandalösen englischen Artikel gearbeitet. Wenn Sie dasselbe Schmierblatt meinen, weiß ich Bescheid."
„Sie bearbeiten doch seit einigen Tagen den Blog und stehen mit Frau Meeves in Verbindung?"
„Ja", sagte Merle.
„Dann teilen Sie mir bitte schnellstens mit, was sie zu diesem Gerücht zu sagen hat!", schnarrte sie. „Skandalös ist an diesem Artikel ja wohl vor allem, dass das Fundstück aus Troja eine Fälschung sein soll, auf dem die von Frau Meeves dargestellte Theorie basiert. Ich möchte wissen, was sie dazu sagt."
„Das möchte ich auch wissen, Frau Seyfried. Aber zur Zeit hat sie ihr Handy ausgeschaltet."
„Dann versuchen Sie es weiter", forderte die Professorin. „Sie müssen verstehen, dass wir uns als Uni in dieser Troja-Geschichte ziemlich exponiert haben. Troja ist für viele Altphilologen eine Glaubenssache. Ich habe Ihrem historischen Instinkt und dem von Frau Meeves vertraut, als ich diesen Blog eingerichtet hatte. Es würde zur Profilierung der Fakultät beitragen, wenn Sie dort unkonventionelle Forschungsergebnisse veröffentlichen. Aber jetzt habe ich Sorgen." Sie dachte eine Zeit lang nach. „Ist es normal, dass Frau Meeves nicht erreichbar ist?", fragte sie.
„Nein", antwortete Merle. „Eigentlich ist sie immer sofort gesprächsbereit. Ich kann mir das auch nicht erklären. Vielleicht buddelt sie irgendwo", beendete sie trotzig das Gespräch.

Archäologisches Museum, Canakkale

„Es war schön, ein paar Stunden aus der Welt zu sein", sagte Balkis, Arm in Arm mit Lynna ging er auf den Park des Museums zu. Er nahm sein Handy aus der Hosentasche.
„Am liebsten wäre ich jetzt mit dir auf einer Insel, wo es keine Handys gibt", entgegnete sie
Balkis blickte auf sein Display. „Eine Insel wäre eine gute Idee", erwiderte er verwundert. „Ich habe einen Berg von Anrufen: meine Redaktion, Merle, den Professor, Ralph Herforth aus Berlin und nochmal meine Redaktion. Das verstehe ich nicht! So viel ist an einem Vormittag nie los. Warte!", setzte er erstaunt hinzu. „Da sind noch ein paar Textnachrichten. Schau doch mal auf dein eigenes Handy."
„Fragen wir den Professor! Ich habe keine Lust, vor dem Essen mein Handy zu checken." Lynna ging auf das Museum zu und sah Sevim Yildiz in der Tür stehen.
„Schön, dass Sie da sind", sagte sie ernst. „Sicher haben Sie schon davon gehört. Meinen Mann hat die Nachricht tief enttäuscht. Er ist im Arbeitszimmer ..."
„Lynna!", unterbrach Balkis plötzlich. „Ich habe hier eine SMS ... das ist ... das ist unglaublich! Sieh sie dir selbst an!"
„Was ist hier eigentlich passiert?", fragte sie gereizt. Sie spürte Unheilvolles auf sich zukommen. „Will mir nicht mal einer erklären, was gespielt wird?"
„Das Fundstück meines Mannes ist eine Fälschung", antwortete Sevim Yildiz ohne Umschweife. Für ein paar Sekunden stand dieser Satz im Raum und niemand traute sich, etwas zu sagen.
„Quatsch!", entfuhr es dann Lynnas Temperament. „Wer sagt das?"
„Das Physikalische Institut in Istanbul", entgegnete Sevim. „Nach ihrer Untersuchungsmethode datieren sie die Fertigung der Schrifttafel in die Gegenwart. Sie urteilen, dass es kein antikes Stück

ist. Alle Gedanken, die Sie mit meinem Mann diskutiert haben, haben sich erledigt."
„Das ist nicht möglich!", rief sie. „Die haben sich geirrt!"
„Schau mal hier!", sagte Balkis und hielt ihr sein Handy hin. „Das ist die SMS von meiner Redaktion. Sie fragen, was los ist und beziehen sich auf zwei englische Zeitungsseiten. Die machen mit dem Wort 'Fälschung' ganz groß auf. Sieh dir das mal an!"
„Unfassbar!", rief sie sie. „Woher wissen die das denn?" Sie drehte sich mit den Armen rudernd um sich selbst. „Ich meine, wenn die in dem Institut in Istanbul Scheiße bauen, woher weiß das dann am selben Tag eine Zeitung in England?"
„Kommen Sie erstmal zum Essen!", bat Sevim Yildiz sie herein.
„Ich glaube das nicht!", sagte Lynna. „Das ist eine ganz miese Pressekampagne. Der Professor hat die Tafel doch selbst aus der Erde gegraben."
„Ich weiß", bestätigte Sevim. „Ich war selbst dabei, als er sie nach Hause gebracht hat. Er war so aufgeregt und so stolz, als er mit diesem alten Stück Ton hereinkam", erinnerte sie sich traurig. „Von einer Sternstunde der Archäologie hat er gesprochen."
„Da ist unglaublich viel im Gange", sagte Balkis mit einem Blick auf sein Handy. „Herforth fragt mich, was los ist und hier ist eine SMS von Merle: 'Wo ist Lynna?', fragt sie. Am besten, du verrätst es ihr selbst."
„Ich bin im falschen Film!", antwortete sie genervt und nahm ihr Handy aus der Tasche. Sie empfand Furcht, als sie den Speicher aktivierte. Ein paar Augenblicke später wusste sie Bescheid. Auch auf ihrem Handy hatte sich eine Menge an Anrufen und Nachrichten angesammelt. Merle hatte es schon dreimal versucht, Professor Yildiz und Ilonka Seyfried. In allen Textnachrichten war das Wort „Fälschung" enthalten. Merle hatte den Artikel der englischen Zeitung an ihre Mail gehängt, den Balkis schon erwähnt hatte. Sie las die Worte „dilettantischer Versuch der jungen Archäologin ..." und „chinesische Touristen-Kopie". Wütend schaltete sie ihr Handy aus.

„Intrige!", dachte sie. „Typische Internet-Verschwörungstheorie!"
„Kommen Sie, Frau Meeves!", rief Sevim Yildiz. „Ich habe uns zur Stärkung einen Auflauf gemacht." Es duftete nach Lamm und Kräutern. Zwei Küchenhilfen kamen mit Tellern herein.
„Danke, Frau Yildiz!", rief Lynna. „Ich habe jetzt keinen Hunger. Wir werden das aufklären!"
„Nichts werden wir tun!", hörte man aus dem Flur. Evren Yildiz hatte vom Arbeitszimmer aus sein ganzes Museum durchschritten, bevor er in den Speisesaal kam. Er sah blass aus, aber seine Stimme war fest und entschlossen. „Die Analyse des Instituts ist eindeutig. Die Schrifttafel, die in Istanbul vorgelegen hat, war nicht antik. Dagegen gibt es keine Argumente."
„Aber Sie haben das Fundstück doch selbst ausgegraben!", widersprach Lynna.
„Ich kann mir diesen Fehler auch nicht erklären", entgegnete Yildiz schwach.
„Ist das alles?", fragte sie aufgebracht. „Ist das alles, was Sie dazu zu sagen haben? Bis gestern konnten Sie zu Ihrer Schrifttafel noch die tollsten Theorien erklären und jetzt nichts?" Sie holte tief Luft. „Ich habe Ihnen vertraut, Professor!", rief sie zornig. „Ich bin Ihretwegen in die Türkei gekommen. Ich habe mich auf der Internetseite der Uni für Ihre Auffassung exponiert. Und jetzt?" sie sprach ein paar Sekunden nicht weiter. „Scheiße!", brüllte sie in den Raum.
Mit leiser Stimme ergriff der Professor das Wort. „Im Institut untersuchen sie nur Krümchen des Materials, um das Fundstück nicht zu beschädigen. Ich werde eine neue Untersuchung fordern. Vielleicht haben sie einen falschen Brösel der Tafel erwischt."
„Solange stehen wir als Lügner da, als Geschichtsfälscher!", bellte Lynna. „Ich muss mit Merle sprechen." Sie drehte sich um und rannte die Treppe zu ihrem Zimmer hoch.
Balkis hatte während ihres Wutausbruchs kein Wort gesagt. Ausführlich studierte er die Mails auf seinem Handy. Mehrmals zog er verärgert die Augenbrauen zusammen, wenn er im Anhang der

Nachrichten den Text englischer Zeitungen zu diesem Fall las: „Dilettantin", „Anfängerin", „Touristin". Die polemischen Spitzen gegen Lynna waren heftig. Aber auch die an ihn gerichteten Nachrichten konnten ihm Sorgen machen. Die Kulturredaktion von WOCHE ONLINE erwartete von ihm eine möglichst zeitnahe Klärung des Sachverhalts. Zahlreiche kritische Kommentare wären auf der Seite seines Blogs eingegangen. Balkis schüttelte den Kopf. Er wusste nicht, wie er dieses Problem lösen sollte. „Wer hat Ihr Fundstück eigentlich nach Istanbul gebracht, Professor?", fragte er schließlich. „Ich hatte Ihnen ja ein gepanzertes Fahrzeug vorgeschlagen. War es Durmond?"
Yildiz schüttelte den Kopf. „Nein. Ein englischer Kollege von ihm – Cunningham hieß er – hat die Schrifttafel von mir übernommen, ein kluger Kopf, der viele meiner Auffassungen teilt."
Balkis schloss die Augen. „Sie hätten das Stück niemals aus der Hand geben dürfen."

***

Auf dem Bildschirm in Lynnas Zimmer erschien flackernd das Bild von Merle. Schon bevor es sich stabilisiert hatte, rief Lynna ins Mikro: „Alles Scheiße hier! Wir gehen den Bach runter! Warum hast du mich angerufen, gleich dreimal?"
„Warum wohl?", entgegnete sie spitz. „Das siehst du ja selbst. Wieso bist du den ganzen Vormittag nicht erreichbar? Was bedeutet das mit der Fälschung? Seyfried will dringend wissen, was bei euch da unten läuft. Sie sorgt sich um die Resonanz auf unseren Blog. Es kommen immer mehr kritische Zuschriften."
„So so?", fragte Lynna ironisch. „Die Frau Professorin sorgt sich", wiederholte sie ihre Stimme nachäffend. „Sie sorgt sich wohl um ihren eigenen Ruf. Stattdessen sollte ich mir Sorgen machen.

Schließlich ist es mein Name, der gerade in den Zeitungen zerrissen wird."
„Was ist denn überhaupt los mit dieser C14-Analyse der Schrifttafel?", fragte Merle nervös.
„Was weiß ich?", rief Lynna ärgerlich ins Mikro. „Das Scheißding stammt aus der Gegenwart sagen diese Spinner. Es ist nicht antik, sondern chinesischer Touristen-Kitsch."
„Verstehe ich nicht!", erwiderte Merle. „Was ist passiert?", hakte sie nach.
„Mensch!", entgegnete Lynna herablassend. Ihre Stimme klang immer gereizter. „Wie soll ich das wissen? Ich habe hier vorgestern ein astreines antikes Stück gesehen, das Yildiz ausgegraben hat. Balkis hat es mehrmals fotografiert. Ihr müsst die Fotos alle vor euch haben und beurteilen können.
Ich kann nicht erklären, wieso das nicht akzeptiert wird."
„Balkis macht bestimmt gute Fotos", entgegnete sie süffisant. Merle war wegen Lynnas schroffem Ton sauer geworden. Sie hatte Lust Lynnas Begleiter direkt anzugreifen. „Balkis macht nicht nur gute Fotos, sondern auch einen guten Blog. Und alles andere macht er sicher auch sehr gut."
Lynna atmete tief ein. „Halt doch die Klappe, Merle! Dein eifersüchtiges Getue hängt mir beschissen zum Hals raus! Ich habe andere Sorgen, als mich um dich oder Balkis zu kümmern!"
„ ... Dann quatsch doch nicht dauernd von ihm!", hörte sie noch, als sie die Verbindung abbrach.
„Scheiße!", schrie sie auf. „Auch das noch!" Wütend knallte Lynna den Monitor, auf dem gerade noch Merle zu sehen war, auf die Tastatur. Sie sprang auf, rannte die Treppe runter und lief in das Esszimmer. Professor Yildiz, seine Frau und Balkis saßen beim Mittagessen. Lynna nahm sich ein Weinglas vom Tisch, trank es in einem Zug aus und warf es mit aller Kraft an die Wand. Sie schrie dabei ein Wort, das wie „Nein!" klang, aber eigentlich ein einziger Aufschrei war. Dann rannte sie in die Küche. Sie schlug die Hände

vor ihr Gesicht und schluchzte hemmungslos. Sevim Yildiz eilte ihr sofort hinterher. Sie schloss Lynna in ihre kräftigen Arme und drückte sie fest an sich. „Kindchen! Ich weiß. Das ist alles sehr ärgerlich", sagte sie und strich über ihre blonden Haare. „Mein Evren ist auch sehr besorgt. Aber das wird schon." Sie hielt Lynna weiterhin fest in ihren Armen. „Nun setz dich doch erstmal hin und iss was. Der Auflauf ist noch warm."
Lynna wischte sich mit dem Handrücken die Tränen aus den Augen und nahm auf einem Hocker Platz. Ohne ein Wort zu sagen stocherte sie in den Zutaten auf dem Teller herum, den Sevim Yildiz ihr inzwischen gereicht hatte: Lammfleisch, Zucchini, Tomaten und Nudeln. Sie nahm einen Bissen und kaute darauf herum bis sie merkte, dass es ihr köstlich schmeckte. Sie bekam Appetit und legte sich ein größeres Stück auf die Gabel. „Mmh!", machte sie, als sie den Teller fast leer gegessen hatte. „Das habe ich gebraucht", sagte sie zufrieden.
„Siehst du, Lynna!", sagte Frau Yildiz, die neben ihr sitzengeblieben war und nun eine Hand auf ihre Hände legte. „Schon geht es dir besser. Du kannst Sevim zu mir sagen. Wir sollten und duzen."
„Sevim?" Lynna blickte die etwa dreißig Jahre ältere Frau fragend an. „Genau", bestätigte sie. „Und jetzt müssen wir ein Glas darauf trinken." Sie holte eine Flasche aus dem Kühlschrank und nahm zwei Gläser aus einem Regal. „Bei uns ist es Sitte, dass der älteste Mann den Raki einschenkt. Das bin in diesem Fall ja wohl ich." Sie grinste und goss die beiden Schnapsgläser voll. „Auf dein Wohl, Lynna!"
„Du bist der älteste Mann von uns beiden", lachte sie. „Das gefällt mir. Auf dein Wohl, Sevim!"
„Jetzt hast du mal wieder gelacht", freute sich Frau Yildiz. „Weißt du, ich will dich nicht einfach nur trösten. Aber die Sache mit der Schrifttafel wird sich irgendwie regeln. Vielleicht seid ihr betrogen worden. Das Ganze war doch ziemlich umstritten, habe ich gelesen. Auf jeden Fall weiß ich, dass Evren immer noch einen zweiten Pfeil im Köcher hat." Sie lächelte in sich hinein. „Ich kenne das von ihm.

Ich kenne das schon länger als du alt bist." Das Lächeln blieb auf ihrem Gesicht. „Dabei fällt mir was ein", unterbrach sie sich. „Evren hat mich gebeten, den Flug nach Ankara umzubuchen. Ihr fliegt nicht heute, sondern erst morgen – kurz nach Mittag."

„Warum?", fragte sie.

„Mein Mann erwartet die Rückkehr der Schrifttafel aus Istanbul durch einen Kurier um fünf Uhr. Natürlich möchte er das Stück persönlich begutachten, das beim Institut so grandios durchgefallen ist. Vorher kann er nicht wegfahren. Ich hoffe, du verstehst das."

„Na klar!", antwortete Lynna. „Ich will das Ding selbst noch mal sehen."

Sevim Yildiz runzelte die Stirn. „Da ist noch was anderes", sagte sie gedehnt.

„Wie?", fragte Lynna irritiert. „Was ... was anderes?" Sie sah sie mit großen Augen an.

„Du bist hier unten gewesen, als du von dem Missgeschick mit der Tafel erfahren hast. Du warst sauer, du hast Evren Vorwürfe gemacht. Aber dann bist du nach oben gegangen und kurz danach total verzweifelt wieder zurückgekommen. Was war passiert?" Sevim blickte ernst.

„Ich weiß nicht", wich Lynna aus. „Ich war total sauer. Ich wollte weg von hier."

„Du hast gesagt, dass du Merle sprechen wolltest, bevor du auf dein Zimmer gestürmt bist."

Lynna dachte nach. Dann kam ihr das Gespräch mit Merle in allen Einzelheiten wieder hoch. Ihre Augen wurden feucht. „Es kam beides ... beides ist kurz nacheinander passiert", stotterte sie. „Die Schrifttafel und Merle." Sie begann wieder zu weinen.

Sevim schenkte noch zwei Gläser Raki ein. „Aber das mit Merle war schlimmer?", fragte sie.

Sie nickte wortlos und kippte ihr Glas runter.

Sevim trank ebenfalls und legte wieder ihre Hand auf die Hände von Lynna. „Du hast dich vorgestern in deinen Kollegen verliebt", sagte

sie.
Lynna nickte wieder und fügte schluchzend hinzu: „Woher weißt du das?"
Die Frau des Professors lächelte. „Jeder konnte euch das anmerken. Ihr habt so glücklich ausgesehen." Sie räusperte sich. „Nur Evren hat dafür kein Auge." Dann richtete sie sich auf und blickte Lynna fragend an. „Glaub mir, du musst mir das nicht sagen! Aber was hat diese Geschichte mit Merle zu tun? Deswegen bist du doch so verzweifelt wieder runtergekommen?"
„Ich kann Alkohol eigentlich gar nicht vertragen", sagte sie und strich sich mit beiden Händen über das Gesicht und die Stirn. Sie setzte die Handbewegung in ihren Haaren fort und zog ihren blonden Schopf streng nach hinten. „Du hast recht", setzte sie hinzu. „Ich habe mich in Balkis verliebt. Ich wollte das nicht. Ich hätte das nie erwartet. Aber es ist einfach so gekommen – in Pergamon. Es war wunderbar! Balkis ist ein einmaliger Mann. Ich hatte gar nicht mehr geglaubt, dass es solche Männer gibt. Deswegen war ich ja ..." Sie sprach nicht weiter.
„Du hast zu Hause jemanden?", ergänzte Sevim fragend.
„Ja1", rief Lynna laut und schlug ihre Hand auf den Tisch. „Ich habe Merle zu Hause und ich habe sie mit Balkis betrogen."
„Du hast Merle ...?" Sevim konnte nur schwer verstehen, was sie gehört hatte.
„Ja!", schrie sie heraus. „Schimpf mit mir, verachte mich!" Sie griff zur Flasche Raki, im Begriff sich ein drittes Glas einzuschenken. „Ich bin eine Lesbe. Ich bin mit Merle zusammen!", rief sie.
„Das heißt ... seit gestern ...", sie unterbrach sich und goss ihr Glas voll.
Sevim streichelte mit der linken Hand ihren Unterarm. Mit der Rechten schob sie kopfschüttelnd das Glas zur Seite. „Das heißt ... was?", fragte sie. „Du bist dir nicht mehr sicher."
Lynna nickte und atmete so tief durch wie sie konnte. Sie sah ihre neue Duzfreundin ratlos an und zuckte mit den Schultern. „Hast du

eine Tasse Tee für mich? Ich mag keinen Schnaps mehr."
Als Sevim aus der großen Thermoskanne eine Tasse Tee abfüllte, klopfte es an der Küchentür. „Sie können hereinkommen, Herr Bartosch", sagte sie. „Frau Meeves hat aufgehört mit Weingläsern zu werfen."
Balkis ging auf Lynna zu, die mit dem Rücken zu ihm auf ihrem Hocker saß. Er legte seine Hand von hinten auf ihren Nacken und streichelte sie bis zum Hals. Sie drehte sich halb zu ihm um, griff nach seiner Hand und küsste seine Finger. Dann ließ er sie los, ging einen Schritt nach vorn und hockte sich vor sie hin. Er streichelte ihr von Tränen nasses Gesicht und lächelte. Er sagte kein Wort, er lächelte einfach – nicht ausgelassen fröhlich, aber leise mit einer tiefen Zuversicht in seinen Zügen. Irgendwann erreichten seine ruhigen braunen Augen ihr Herz. Alles um sie herum – Balkis, Sevim, die ganze Küche – erschienen ihr in einem positiven Licht und sie lächelte dankbar zurück.
„Ist das Raki?", fragte er und zeigte auf das Glas auf dem Tisch. Sevim nickte und Balkis trank den Anisschnaps in einem Zug aus.
„Das war mein Absacker vor dem Mittagsschlaf. Ich lege mich jetzt ins Bett, egal was noch an Hiobsbotschaften kommt. Ich kann nicht mehr." Er stand auf und reichte Lynna die Hand. „Kommst du mit?"
Sie erhob sich auch und drehte sich in seine Arme ein. Eng umschlungen verließen sie die Küche und gingen die Treppe hoch. Sevim sah ihnen lächelnd nach. „Du bist dir sicher", dachte sie.

***

Um vier Uhr Nachmittags hatte Balkis seinen Job verloren. Er war nach einem tiefen traumlosen Mittagsschlaf unter die Dusche gegangen. Lynna schlief noch fest, als er die Meldungen auf seinem Handy überprüfte. Eine Mail seines Verlags war das Erste, das ihm auffiel. WOCHE ONLINE teilte ihm mit, dass sein Blog vorerst nicht weiter betrieben würde. Die Gerüchte um die Echtheit des Artefakts, über den er berichtete, hätten die Leser verunsichert. Der Verlag könne es sich nicht erlauben, Falschmeldungen über vermeintliche Sensationen in die Welt zu setzten. Bis auf weiteres wäre das Honorar für seine Recherche zu diesem Projekt eingestellt. Balkis las sich den Text zweimal durch. WOCHE ONLINE hatte ihm alles finanziert, den Flug, ein tägliches Taschengeld und einen Kreditrahmen auf seiner Karte für besondere Auslagen. Er musste davon ausgehen, dass er abgesehen von dem Bargeld, das er bei sich hatte, in ein paar Tagen mittellos dastand. Balkis wäre ratlos gewesen, hätte ihm nicht Professor Yildiz beim Mittagessen ein paar Andeutungen gemacht. Zunächst hatte er ihn um Verständnis dafür gebeten, dass er den Flug nach Ankara um einen Tag verschoben hatte. Am Nachmittag würde seine Schrifttafel zurückgebracht und die wolle er sich natürlich genau ansehen. Danach sprach Yildiz nur noch über die Fahrt nach Hattussa. Dort würden sie die Spuren der wahren Helena finden, sagte er. Der Professor erzählte so lebhaft und positiv, als hätte es die Enttäuschung mit seinem Fundstück nicht gegeben. Vielleicht war er in Gedanken schon einen Schritt weiter. Er berichtete von einem alten Bekannten, den sie dort treffen würden, einem Volkskundler. Der wäre der beste Kenner der Kultur der Hethiter, den er kenne. Der Mann hätte zwar nie eine Universität von innen gesehen, aber die Erforschung der Geschichte seiner Heimat zum Hobby seines inzwischen hundertjährigen Lebens gemacht. Während seines Studiums, sagte Yildiz, das jetzt auch über dreißig Jahre zurücklag, hätte dieser Mann seine Studentengruppe durch die Ruinen von Hattussa geführt – damals schon als ältester Referent. Yildiz gestand, dass er gleich nachdem er die Schrifttafel ausgegraben hatte, den alten Mann in Anatolien aufsuchen wollte. Nur von ihm hätte er sich Aufschlüsse über die parallelen Namen Inaara und Helena erhofft. Dann wäre die Reise nach Berlin dazwischengekommen und danach alles andere. Jetzt wäre es

endlich an der Zeit, diesen eingeweihten Kenner nach den Rätseln seines Fundstücks zu befragen.
Balkis war beeindruckt von dem enthusiastischen Vortrag des Professors. Er war jetzt auch gespannt auf die Reise nach Anatolien und die Begegnung mit diesem mysteriösen Alten. Vor allem aber nahm er sich die Haltung von Yildiz zum Vorbild. Die Schrifttafel hätte die Krönung seiner wissenschaftlichen Arbeit sein können. Gerade hatte er erfahren, dass sie nichts wert war – Kitsch aus China spotteten die Zeitungen. Er hätte am Boden zerstört sein können. Das war er aber nicht. Stattdessen plante er ein neues Ziel in seiner Forschung. Balkis dachte über seine eigene Situation nach. Er war gerade gefeuert worden, zumindest für dieses Projekt. Er konnte jederzeit in Berlin wieder über Theater- und Kinopremieren schreiben und damit Geld verdienen. Bei Yildiz dagegen stand seine Reputation als Professor für Archäologie auf dem Spiel. Nach diesem Fehler könnte sein Posten als Museumsdirektor von Canakkale auf dem Spiel stehen. Aber ausgerechnet jetzt plante er eine weitere Recherche zu seiner Forschung – mit einem Hundertjährigen als Zeugen. Balkis fand, dass er sich bei so einem willensstarken Mentor keine Sorgen um die weitere Entwicklung machen musste. Er blickte auf die schlafende Lynna und glaubte immer noch zu träumen, dass sie seine Gefühle erwiderte. Vorhin hatte er ihr eine Liebeserklärung gemacht. Er wusste, dass ihn nichts anderes mehr belasten konnte. Zu wichtig war das, was sich zwischen ihm und Lynna getan hatte. Er weckte sie mit einem Kuss auf die Wange.
„Habe ich drei oder vier Raki getrunken?", fragte sie, als sie aus der Dusche gekommen war.
„Zwei", antwortete er. „Ganz so schlimm war es nicht."
„Und warum sagt mein Kopf dann, dass es fünf waren?" Sie warf ihre blonden Haare hin und her, aus denen Hunderte von Wassertropfen durch das Zimmer spritzten. Dann ging sie auf Balkis zu und schmiegte sich in seine Arme. „Danke, dass du vorhin gekommen bist! Ich habe mich sehr allein gefühlt nach dem

Telefonat mit Merle. Du hast mir wieder Ruhe gegeben." Sie fügte hinzu: „Mit Sevim habe ich eine sehr verständnisvolle neue Freundin gefunden. Sie hat mich gefragt, ob ich mir sicher bin."
„Ja?", flüsterte Balkis. „Bist du es?"
Ohne ein Wort zu sagen bewegte Lynna in seinen Armen nickend den Kopf. „Wenn ich bei dir bin, ja", sagte sie dann.

***

Ein paar Minuten nach fünf fuhr ein Wagen auf den Hof des Museums. Professor Yildiz hatte sich schon seit einer Stunde ungeduldig im Arbeitszimmer aufgehalten. Beim ersten Motorengeräusch klappte er das Buch auf seinem Schreibtisch zu und ging zügig nach draußen. Der Fahrer stieg aus, öffnete die Heckklappe und nahm einen Aluminiumkoffer an sich. „Sind Sie Professor Yildiz?", fragte er.
„Natürlich", antwortete dieser. „Der Direktor dieses Museums steht vor Ihnen."
„Es tut mir leid, mein Herr", entgegnete der Fahrer. „Darf ich Ihren Ausweis sehen? Meine Lieferung muss einen unschätzbaren Wert haben. Man hat mich angewiesen, den Koffer nur dem Professor persönlich auszuhändigen."
„Entspannen Sie sich!", antwortete Yildiz und zeigte seinen Ausweis. „Das, was Sie mir bringen, hat vermutlich überhaupt keinen Wert."
„Alles in Ordnung", erwiderte der Fahrer und überreichte den Koffer. Mit einem Seufzer nahm der Professor sein Fundstück in die Hände. Obwohl er es sich noch nicht angesehen hatte, war er froh, seinen Schatz zurück zu haben. „Von wem sind Sie beauftragt worden?", fragte er. „Wer hat Ihnen diesen Koffer gegeben?"
„Das Antusa Palace Hotel. Ich arbeite dort als Fahrer", antwortete er.
„Hat das Hotel einen Gast namens Cunningham? Haben Sie den

Koffer von ihm?"
„Das weiß ich nicht, Herr Professor. Ich habe die Lieferung vom Management bekommen. Ist etwas nicht in Ordnung?", fragte er.
„Nein", entgegnete Yildiz. „Ich bin froh, dieses Stück wieder bei mir zu haben." Er gab dem Fahrer ein Trinkgeld und ging mit dem Koffer in der Hand zügig ins Haus.
Inzwischen hatten alle bemerkt, dass die umstrittene Schrifttafel zu ihrem Entdecker zurückgekehrt war. Lynna und Balkis folgten dem Professor in den Keller. Sevim Yildiz hatte dort schon die Computer hochgefahren. Evren stellte den Koffer auf den Tisch.
„Ich hoffe, Sie erinnern sich alle bis ins Detail an das Aussehen der Schrifttafel", sagte er, als er den Koffer öffnete. Sevim legte eine Fotografie des Fundstücks auf den Bildschirm. Sie alle blickten auf das Bild bis der Professor das in Leinen eingeschlagene Stück herausholte. Niemand sagte ein Wort, als er die Tafel auf den Tisch legte. Sie sahen gebannt hin und erkannten das wieder, was sie vor ein paar Tagen gesehen hatten: ein Stück aus hellbraun gebranntem Ton, so groß wie zwei Blätter Papier. Die bekannten Schriftzeichen waren zu sehen: Keilschrift und Griechisch. Sie blickten zum Foto auf dem Bildschirm und zur Schrifttafel auf dem Tisch. Sie konnten keinen Unterschied erkennen. Professor Yildiz nahm eine Lupe zu Hilfe und begutachtete das Stück zentimeterweise. „Es ist genau die Tafel, die ich gestern aus der Hand gegeben habe", urteilte er. „Ich kann mir nicht erklären, wieso Istanbul es für gegenwärtig hält. Diese Tafel ist antik, aus der Erde von Troja von mir ausgegraben."
Lynna schüttelte den Kopf. „Wenn die Experten in Istanbul nicht voll die inkompetenten Anfänger sind, dann muss hier eine Abweichung zu erkennen sein."
„Sie denken an eine Fälschung, Frau Meeves?", fragte Yildiz und lächelte. „Ich habe so etwas ehrlich gesagt auch gehofft. Dann wäre die Sache klar. Ein gefälschter Artefakt wird identifiziert. Das Material wäre keine dreitausend Jahre alt, sondern aus der Gegenwart. Aber dieses Stück ist nicht gefälscht, es ist meine

Schrifttafel im Original." Er blickte ratlos hin und her – vom Foto zur Tontafel, einem Fundstück, das als gefälscht begutachtet worden war.

„Diesen Cunningham", fragte Balkis spontan. „Kannten Sie den schon vorher.?"

„Nein", antwortete Yildiz. „Cunningham war ein Mann von Frank Durmond, ein Kollege, sehr sympathisch, aufgeschlossen gegenüber meinen Theorien."

„Deshalb haben Sie ihm die Schrifttafel gegeben?", setzte er nach.

„Nein", antwortete der Professor. „Deswegen nicht, sondern weil er ohnehin einige Fundstücke von Durmond nach Istanbul bringen sollte. Warum fragen Sie?"

„Entschuldigen Sie, Professor! Ich muss das so sagen", hielt Balkis ihm entgegen. „Sie haben eine Ausgrabung, eine Weltsensation einem völlig Fremden anvertraut. Einen Tag später wird dieser Artefakt als Fälschung entlarvt und jetzt liegt er vor uns als wäre nichts passiert. Da stimmt was nicht, Professor Yildiz. Und deshalb halte ich mich an den Mann, dem Sie das Stück gegeben haben. Wer ist dieser Cunningham? Was hat er mit Durmond zu tun? Finden Sie das heraus!"

„Ich verstehe Sie nicht, Herr Bartosch", fragte Yildiz irritiert. „Lasten Sie Cunningham oder meinem alten Kollegen Durmond etwas an? Haben die etwas manipuliert oder was wollen Sie andeuten?" Er runzelte die Stirn und blickte auf sein Fundstück. „Hier gibt es keinen Zweifel. Das ist genau die Schrifttafel, die ich aus der Erde geholt habe."

„Dann hat sich das Institut in Istanbul geirrt", warf Lynna ein.

„Genau das ist meine Hoffnung, Frau Meeves", bestätigte der Professor.

„Ich würde mir das Ding gern nachher nochmal anschauen", sagte Lynna. „Beim zweiten Hinsehen erkennt man manchmal mehr."

***

Das „Baba Ramiz" war ein Restaurant an der Hafenpromenade von Canakkale, nicht weit entfernt vom Standbild des Trojanischen Pferdes. Der grauhaarige Ramiz bediente dort mit seiner Statur von fast zwei Metern Größe den Dönergrill, der im Sommerhalbjahr im Freien stand. Die Gäste saßen auf einfachen Plastikstühlen an kleinen Tischen. Gut gelaunt begrüßte Vater Ramiz jeden von ihnen. Heute saß kein Gast im Inneren des Restaurants. Alle wollten die milde Temperatur des Maiabends unter freiem Himmel genießen. Es duftete nach gebratenem Fleisch, nach Zwiebeln, Knoblauch und verschiedenen Gewürzen, als Lynna und Balkis an einem Tisch Platz nahmen. Baba Ramiz winkte ihnen zu und schnell war eine Bedienung bei ihnen, die ihre Bestellung aufnahm. Auf der Karte stand nichts als Döner, allerdings zu kombinieren mit etwa zwanzig verschiedenen Gemüsesorten. Lynna und Balkis gaben ihre Bestellung auf. Kurze Zeit vorher hatte Sevim Yildiz ihnen mit verlegenem Gesicht gestanden, dass sie auf Grund des aufregenden Nachmittags kein Abendessen vorbereiten könne. Sie müsse jetzt für ihren Mann da sein, hatte sie erklärt.

„Der Professor hat einen großen Fehler gemacht", begann Balkis das Gespräch. „Und jetzt begeht er vielleicht einen zweiten. Er hält sein Fundstück nach wie vor für echt."
„Das muss er ja denken. Ich habe auch keine Abweichung von den Fotografien entdecken können. Es ist dieselbe Schrifttafel, die wir vor ein paar Tagen gesehen haben."
„Das glaube ich nicht", erwiderte er. „Es ist kein Zufall, dass Yildiz sein Fundstück einem Fremden anvertraut und später wird es zu einer Fälschung erklärt. Da ist etwas faul."
„Du hast vorhin schon angedeutet, dass der Professor von diesem Cunningham oder von Durmond betrogen worden ist. Glaubst du

das wirklich?"

„Ja, was soll ich denn glauben?", fragte er drängend. „Soll ich annehmen, dass die Schrifttafel von vornherein nicht antik war, eine chinesische Fälschung, wie in boshaften Mails zu lesen ist?"

Baba Ramiz brachte mit siegessicherem Lächeln das Essen. Die beiden hatten großen Appetit und genossen das Aroma aus geröstetem Kalbfleisch, Bulgur und Spinat mit Tomaten- und Zucchinistückchen. Mitten während des Essens gab das Handy von Lynna einen Rufton von sich.

„Seyfried hier, Frau Meeves", hörte sie. „Schön, dass ich Sie endlich sprechen kann."

„Ich war heute früh für ein paar Stunden offline." Sie hatte den leisen Vorwurf in ihrem Ton wahrgenommen. „Ich hatte das mal gebraucht."

„Ich verstehe", entgegnete die Professorin. „Leider habe ich Sie auch in der Mittagszeit nicht erreichen können. Ich hatte schon gefürchtet, Sie wären in den Urlaub gefahren." Sie machte eine Pause. „Wissen Sie, was zur Zeit auf Ihrem Blog für die Uni passiert? Wir erhalten minütlich vernichtende Rückmeldungen. Fälschung, Dilettanten, Betrüger! Das sind nur einige Worte aus den Kommentaren. Ich hätte erwartet, dass Sie zu diesem Patzer mit der Altersbestimmung der Schrifttafel Stellung nehmen, und zwar rechtzeitig. Das ist Ihr Blog, Frau Meeves!"

„Ja, ich weiß ... ich hätte", stotterte sie. Es wurde ihr jetzt erst bewusst, dass sie schon am Mittag einen neuen Blog-Eintrag hätte herausschicken müssen. „Es war so überraschend und unmöglich. Also, ehrlich gesagt: Ich glaube da ist was faul."

„Was soll faul sein?", fragte Seyfried. „Die C14-Datierung eines staatlichen Instituts? Dann schreiben Sie das und beweisen Sie das! Seit heute früh höre und lese ich jedenfalls nichts von Ihnen. Wenn Sie so weitermachen, sind Sie wirklich bald offline, wie Sie es formulieren. Eine Veranstaltung zu dem Troja-Fund, die ich mit Ihnen geplant hatte, habe ich schon abgesagt."

„Wir sind alle sehr unsicher, Frau Seyfried", entgegnete Lynna. „Professor Yildiz hält sein Fundstück nach wie vor für echt. Herr Bartosch zieht einen Betrug in Erwägung. Ich selbst möchte mir die Schrifttafel heute Abend noch einmal genau ansehen."

„Dann tun Sie das! Es immerhin schon sieben Uhr. Viel Zeit haben Sie nicht mehr, um ihr ramponiertes Image im Internet heute noch gerade zu rücken."

„Der Shitstorm im Netz ist mir scheißegal!", rief sie mit einer plötzlich aufwallenden Aggressivität „Ich will wissen, was da wirklich gelaufen ist."

„Finden Sie es raus, Frau Meeves! Möglichst schnell. Sonst muss ich Ihre Exkursion nach Troja abbrechen. Mit einer Fälschung als Basis für Ihre Theorie sind Sie kaum noch glaubwürdig." Die Professorin schwieg einen Moment lang. Dann fügte sie hinzu: „Frau Bartholy hat sich heute Mittag krank gemeldet. Sie hatte völlig verheulte Augen. Wissen Sie, was mit ihr ist?"

„Nein", antwortete Lynna.

„Schade", sagte Seyfried. „Was den Blog angeht, sind Sie ja ein Team." Sie beendete das Gespräch.

Lynna blickte auf die kalt gewordenen Reste von Fleisch, Bulgur und Tomatenwürfeln. „Mist!", rief sie. „Mist, Mist! Sie weiß alles!" Zornig schlug sie mit der flachen Hand auf den Tisch, „Sie droht mir. Wenn ich nicht bald was mache, schmeißt sie meinen Blog aus der Homepage. Eine geplante Veranstaltung mit mir hat sie bereits abgesagt. Aber was soll ich denn schreiben, wenn ich selbst keine Ahnung habe?"

Balkis sah sie ratlos an. „Was wir haben, sind alles nur Vermutungen."

„Von meiner Krise mit Merle ahnt sie auch etwas. Sie ist krank nach Hause gegangen, mit Tränen im Gesicht." Mit aufgestützten Armen faltete sie die Hände und drehte kräftig die Finger ineinander. „Scheiße!", kam es aus ihr raus. „Merle ist nie krank. Das wollte ich

alles nicht!"
„Ich könnte es mit einem Beitrag für den Blog versuchen." Balkis überging ihre Bemerkung zu Merle. „Wir haben zwar keine neuen Fotos, aber man könnte eine Stellungnahme schreiben zu dieser angeblichen Fälschung. Es ist uns beiden ja nicht ganz klar, was für ein Ding da unten im Keller vom Museum liegt. Daraus könnte ich eine Story machen, ein bisschen unheimlich vielleicht als wäre ein Monster im Keller." Er grinste und wurde allmählich wieder ernst. Seine Gesichtszüge verhärteten sich und seine Augen schienen auf einen Punkt in der Unendlichkeit zu starren. „Ich war ein Idiot!", murmelte er. „Wie konnte ich das vergessen?", fügte er hinzu. „Deine Professorin Seyfried hat völlig recht! Wir hätten uns schon längst auf dem Blog melden müssen. Seit heute Mittag haben wir eine Krise. Da brauchen wir die Hilfe der Öffentlichkeit."
„Was redest du da?", fragte Lynna. „Die Resonanz auf den Blog ist miserabel, habe ich gehört. Wir werden als Betrüger hingestellt. Wir haben eine gefälschte Schrifttafel aufgebauscht, um den Wahrheitsgehalt der heiligen Ilias von Homer in Frage zu stellen. Das sagt die Öffentlichkeit."
„Ich spreche von einem Foto, Lynna!", entgegnete er. „Haben wir das Fundstück heute Mittag fotografiert? Nein. Das war unprofessionell. Wir waren überrascht. Gut. Aber was sollen denn die Leser des Blogs denken, wenn wir nicht reagieren? Journalistisch wäre es richtig gewesen, wenn wir sofort zum Gegenangriff übergegangen wären. Ein Foto von dem zurückgekehrten angeblich gefälschten Fundstück und darüber das Foto von vor ein paar Tagen. Dann hätten die Leser vergleichen können und hätten dasselbe Problem wie wir jetzt: Es gibt keinen Unterschied."
„Irgendwelche Studenten sollen mit dem Bild auf ihrem Smartphone eine archäologische Analyse erstellen können?", fragte sie ungläubig.
„Du weißt genau, dass man diese Bilder vergrößern kann. Wichtig ist, dass wir eine Reaktion zeigen. Nur dann kann es sein, dass von

den Tausenden von Followern des Blogs jemand etwas bemerkt."
Sie runzelte die Stirn. „Tausende von Laien sehen sich zwei Fotos an und vergleichen sie?"
„Ja!", rief Balkis. „Ich finde die Idee genial. Ich muss ein Foto von der Schrifttafel machen und dann schreibe ich einen Beitrag, den es noch nie gegeben hat: Original und Fälschung in der klassischen Archäologie mit einer Million Professoren."
Lynna lächelte ihn an und küsste ihn. „Du bist so ein Spinner!", rief sie und fügte begeistert hinzu: „Genauso machen wir es. Wir trauen uns nochmal zum Monster im Keller. Ich sehe es mir genau an und du fotografierst es. Aber von einer Million Klicks ist die Homepage der Uni noch ziemlich weit weg."
„Wenn das erst raus ist, was ich da vorhabe, wirst du sehen, wie groß die Welt des Internet ist."

***

Evren Yildiz las im Arbeitszimmer in dem alten Buch „Legenden aus der Zeit der Hethiter", als seine Frau mit einem Glas Tee kam. „Danke!", sagte er um nahm einen Schluck. „Ich lese gerade etwas Hochinteressantes über den Inaara-Mythos. Inaara ist von der Muttergöttin Hannanna aufgerufen worden, sich einen Mann zu suchen – ganz so, wie es auf meiner Tafel steht. Der Aufforderung ist sie gefolgt und hat den Mann in ihr Haus geführt." Er schüttelte lächelnd den Kopf. „Adar Barzan weiß mehr darüber als ich, aber dieser Mythos hat einen matriarchalischen Charakter."
„Adar Barzan?", fragte Sevim. „Ist das der Autor?"
„Nein, nein", entgegnete er. „Barzan hat keine Bücher veröffentlicht, keine Zeile. Er ist der alte Volkskundler, den wir morgen in Hattussa treffen werden. Von ihm erwarte ich mir Aufschlüsse über das Rätsel dieser beiden Figuren: Inaara und Helena. Er kennt den

Zusammenhang. Da bin ich ganz sicher. Gleich als ich die Schrifttafel ausgegraben hatte, wollte ich Barzan besuchen und ihn um Rat fragen. Aber da stand meine Reise nach Berlin bevor. Dort lernte ich unsere Freunde kennen und konnte sie überzeugen, zu uns zu kommen. Die Unterstützung von Frau Meeves und ihrer Professorin Frau Seyfried ist wichtig für die Veröffentlichung meiner Theorie in Europa. Ein paar Tage lang habe ich ihnen hier alles gezeigt. Aber jetzt ist mein Besuch in Hattussa überfällig."
„Was ist mit dem Untersuchungsergebnis aus Istanbul? Was willst du wegen deines Fundstücks unternehmen?", fragte sie.
„Vorerst nichts", antwortete er. „Das ist im Moment nicht wichtig."
Sevim zog die Stirn in ungläubige Falten. „Das Ding im Keller ist eine Fälschung", sagte sie.
„Ich habe keine Abweichung von den Fotos der Ausgrabung festgestellt." Evren Yildiz zog die Brauen hoch und blickte seine Frau streng an. „Alles sieht so aus wie auf den Fotografien, die wir vom Fundstück gemacht haben. Jeder einzelne Buchstabe auf der Tafel ist präzise an seinem Platz. So perfekt kann man nicht fälschen. Das Institut in Istanbul hat einen Fehler gemacht." Er machte eine wegwerfende Handbewegung quer über seine Schreibtischplatte. „Es ist mir auch egal, was diese Physiker denken! Meine Schrifttafel zeigt ein geisteswissenschaftliches Problem auf: die Dominanz der hethitischen Kultur über alle benachbarten Völker, einschließlich der Europäer. Das können Physiker einfach nicht verstehen. Dabei ist es so wichtig."
„Möchtest du noch etwas zu Essen, Evren?", fragte sie.
„Zu Essen?", fragte er irritiert. „Ja, meine Liebe", antwortete er dann und streichelte ihr die Hand. „Ein paar Börek wären hilfreich. Ich muss noch sehr viel in diesem Buch lesen." Er lächelte ihr nach, während sie das Arbeitszimmer verließ.

***

„Sevim?" Lynna klopfte an die Küchentür und trat ein. Sie sah die Hausherrin am Herd und ging auf sie zu. „Sevim? Entschuldige!" Die Frau des Professors fuhr erschrocken herum. „Allah! Hast du mich erschreckt!", sagte sie.
„Tut mir leid. Ich habe geklopft und dich angesprochen. Aber du hast mich nicht gehört. Was brätst du da Leckeres in der Pfanne?"
„Cigar-Börek", antwortete sie. „Evren braucht für seine Studien noch eine Stärkung. Möchtest du einen probieren?"
„Gern", nickte Lynna und bekam sofort eine frisch gebratene Teigrolle mit Käsefüllung auf einem kleinen Teller gereicht. Sie nahm das heiße Stück nicht sofort in die Hand. „Ich habe eine Bitte", sagte sie. „Kannst du mich noch einmal in den Keller führen und alle Computer hochfahren. Du kennst dich da unten viel besser aus. Ich möchte mir die Schrifttafel noch einmal anschauen. Wir haben irgendetwas übersehen."
Sevim Yildiz schmunzelte. „Mein Mann interessiert sich für das Ding gar nicht mehr. Es ist ihm egal, sagt er. Ich hatte dir ja erzählt, dass er immer noch einen zweiten Pfeil im Köcher hat. Der Pfeil heißt Barzan. Aber wenn du da runter willst, schließe ich dir gern alles auf."
„Barzan?" Sie biss den heißen Börek hinein. „Wer ist das denn?" Sie kaute, rollte anerkennend mit den Augen und sagte: „Die ist köstlich, deine Zigarre."
„Ich bringe das nur schnell zu Evren ins Arbeitszimmer. Dann begleite ich dich in den Keller." Mit einem kleinen Teller voller Börek verließ sie die Küche. Lynna holte währenddessen Balkis herunter und kurze Zeit später standen sie vor dem Tisch, auf dem die umstrittene Schrifttafel lag.
Sevim fuhr die Computer hoch und legte ein Foto von vorgestern auf den Bildschirm, der direkt dahinter stand. Mit einer kurzen Bewegung der Augen konnten sie das Fundstück auf dem Tisch mit

der Fotografie vergleichen. Balkis machte mit seinem Handy mehrere Fotos von der Schrifttafel.
„Das beste Bild stelle ich jetzt neben das ältere Foto in den Blog", sagte er. „Die Besucher unserer Webseite sollen selbst vergleichen. Ich schreibe einen Text, der sie dazu auffordert, Original und Fälschung zu unterscheiden. Das tun in Wirklichkeit nur ein paar hundert, aber vielleicht findet jemand was. Keine Sorge, Lynna! Ich träume nicht von einer Million Klicks. Aber wir melden uns in der Öffentlichkeit zurück und zeigen, dass wir am Ball sind." Er ließ die beiden im Keller allein und ging auf sein Zimmer.

„Jetzt wollen wir doch mal sehen!", sagte Lynna optimistisch. Sie nahm einen Bleistift und führte ihn vorsichtig an den äußeren Konturen des Fundstücks entlang. Gleichzeitig schob sie den Mauszeiger über denselben Bereich auf dem Bildschirm. Zentimeter um Zentimeter blickte sie zuerst auf die Tontafel vor ihr und dann sofort auf den Monitor. Danach wandte sie sich den Schriftzeichen zu. Das Wort „BASILEA" für Königin tastete sie mit dem Bleistift Buchstabe für Buchstabe ab, dann alles anderen griechischen Wörter. „Bisher ist beides identisch", sagte sie. „Leider beherrsche ich die Keilschrift nicht. Für mich sind das nur solche Kratzer mit Häkchen. Mal sehen, wie das geht. Du musst mir helfen beim genauen Hingucken." Zeichen für Zeichen arbeitete sie sich weiter.
„Hier!", rief sie plötzlich. „Was ist das?" Sie hielt den Mauszeiger auf einen verschwommenen Strich in der Fotografie.
„Eine Ungenauigkeit im Foto", sagte Sevim. „Schau mal auf die Tafel."
„Du hast recht", stimmte Lynna zu. „Der Strich ist auf dem Original auch nicht genau ausgeprägt."
„Wenn es denn wirklich das Original ist", gab Sevim zu bedenken.
Lynna untersuchte Zeichen um Zeichen, verglich immer wieder das Foto auf dem Bildschirm mit dem Stein vor ihr auf dem Tisch. „Nichts", sagte sie schließlich. „Ich kann keine Abweichung

feststellen."
„Das hat Evren vorhin auch gesagt", bestätigte Sevim. „Er hält es für das Original."
„Das kann es aber nicht sein", widersprach Lynna. „Das sind keine Anfänger da im Institut in Istanbul. Die untersuchen so was jeden Tag. Dieses Original ..." Sie unterbrach sich und zeigte entschieden auf die Tafel vor ihr. „ ... ist nicht antik. Es ist erst vor ein paar Tagen hergestellt worden. Irgendetwas habe ich nicht bemerkt." Sie schnippte verärgert auf der Tafel herum und hob sie dadurch ein bisschen in die Höhe.
„Vorsicht!", rief Sevim. „Mach sie nicht kaputt!"
„Keine Angst!", sagte Lynna. „Drehen wir das Ding doch mal rum. Von hinten könnte ich mir das ja auch ansehen." Sie nahm das kostbare Stück in die Hände und drehte die Vorderseite nach unten.
„Ich fürchte, das würde Evren nicht gefallen", wandte Sevim ein. „Die Inschriften könnten Schaden nehmen. Der Tisch ist nicht ganz sauber. Dreh es wieder herum!"
Lynna war durch ihren Einwand ein wenig gehemmt. Die unwiederbringliche Schrifttafel konnte trotz aller Vorsicht Kratzer bekommen, so wie sie sie behandelte. Sie blickte nur kurz auf die nichtssagende Fläche der Rückseite, machte ein Foto und drehte sie vorsichtig wieder herum. „Schade", sagte sie enttäuscht. „Ich habe nichts feststellen können. Es sieht alles so aus wie das Original vor ein paar Tagen. Aber ich glaube nicht, dass es das Original ist. Mist!", rief sie. „Ich hätte so gern etwas gefunden." Dann sagte sie: „Lass uns aufhören." Sie schlug das Fundstück
in das Leinentuch ein und legte es in den Koffer zurück. Sevim fuhr die Computer herunter.
„Gibt es eigentlich ein Foto von der Rückseite der Schrifttafel?", fragte Lynna lachend.
Sevim schüttelte den Kopf. „Nein", sagte sie. „Meines Wissens nicht. Wozu sollte das gut sein?"
„Mir egal", antwortete sie. „Ich habe jedenfalls eins." Sie hielt ihr

Handy in die Höhe und beide verließen den Keller. Als sie im Flur angekommen waren, umarmte Lynna ihre neue Duzfreundin. „Danke, Sevim!", sagte sie. „Das war ein komplizierter Tag. Danke dir für alles! Jetzt will ich mir nur noch den neuen Eintrag anschauen, den Balkis für den Blog gemacht hat. Dann muss ich mich endlich schlafen legen."

„Ich verstehe, Lynna", lächelte Sevim und dachte, dass die Entscheidung für den gutaussehenden Journalisten gefallen war.

Athenaeum Club, London

„Vortrefflich!", rief Lord Byron in die altmodische Muschel seines Telefons im ehemaligen Raucherraum des Clubs. Cunningham hatte ihm um kurz nach zehn mitgeteilt, dass mit dem Flugzeug in London angekommen war. „Nehmen Sie sich das erste Taxi und kommen Sie zum Club!", bellte er. Er ließ sich in den schweren Polstersessel zurückfallen und atmete tief durch. „Noch ein paar Minuten und das Projekt ist beendet", dachte er und blickte entspannt in den Raum, der wie ein größeres Wohnzimmer auf ihn wirkte. Er sah auf das alte Bücherregal, streifte die vier Sitzgruppen – alle mit runden Beistelltischchen ausgestattet – und blickte auf die kleine Cocktailbar in der Ecke. Nachher würde er seinen Erfolg mit einem erlesenen Cognac feiern. Schließlich hefteten sich seine Augen auf ein Bild an der Längswand. Das Gemälde von William Turner aus dem 19. Jahrhundert zeigte die Akropolis von Athen im Sonnenuntergang – verklärt in einem romantischen orangeroten Schimmer. „Euretwegen habe ich das gemacht, Ihr alten Hellenen! Um die Erinnerung an Eure große Zeit hoch zu halten. Ich erlaube niemandem, sie zu beschmutzen."

Knapp eine halbe Stunde später traf Cunningham am Athenäum Club ein. Mit einem Koffer aus Aluminium ging er auf einem roten Teppich die Aufgangstreppe zwischen den dorischen Säulen hinauf und betrat das „Herrenzimmer" des Clubs.
„Nigel!" Byron erhob sich aus seinem Sessel und ging auf ihn zu. „Herzlich Willkommen! Sie haben etwas von unschätzbarem Wert mitgebracht." Er reichte ihm die Hand.
Cunningham lächelte und ergriff sie. „Über den Wert kann ich nichts sagen, Sir. Aber bringe Ihnen das gewünschte Fundstück."
„Nun machen Sie schon den Koffer auf!", forderte Byron ungeduldig. „Ich will die Schrifttafel sehen, die so viel Verwirrung gebracht hat."

Tyler wird uns gleich etwas zu Trinken bringen." Er zeigte mit der Hand zur Cocktailbar, hinter der inzwischen der Butler erschienen war.
„Es war letzten Endes nicht so schwierig, wie ich es mir vorgestellt hatte", sagte Cunningham während er den Koffer öffnete. „Aber ohne Memet Gökhan, meinen Töpfer im Basar von Istanbul, wäre es nicht möglich gewesen. Der Mann ist ein Künstler." Er klappte den Deckel auf und holte etwas in Leinen Eingeschlagenes heraus. Dann entfernte er die Tücher, bis er ein braunes Stück gebranntem Ton in der Hand hielt, etwa so groß wie zwei Blätter Papier.
Byron sagte kein Wort. Er starrte nur auf die Tafel vor seinen Augen. Begierig griff er danach und Cunninham überließ ihm das Stück. Er hielt es in den Händen und blickte forschend auf die Buchstaben der Inschrift. Minutenlang studierte er die Zeichen und sagte kein Wort.
„Es heißt: „Königin Helena von Hattussa erwählte ...", versuchte Cunningham zu helfen.
„Danke, Nigel!", unterbrach Byron ihn schroff. „Ich kann selbst griechisch. Warten Sie, bis ich fertig bin!" Wortlos arbeitete er sich weiter durch den Text. Dann ließ er das Stück sinken. Er schüttelte den Kopf und blickte ernst. „Diese Schrifttafel hätte nie gefunden werden dürfen", sagte er dann.
Cunningham verstand nicht recht. „Warum nicht?", fragte er.
Byron richtete sich auf. „Dieser Text bringt alles durcheinander", sagte er. „Helena war die Frau von König Menelaos aus Sparta. Sie war die schönste Frau der Welt, wie es die Sage erzählt. Sie ist vom untreuen Paris geraubt worden, der als Gast in Sparta weilte. Das war für die Griechen der Anlass in den Krieg gegen Troja zu ziehen. So sagt es uns die Ilias." Byron schnaubte. „Auf dieser Tafel erzählt der Text alles anders herum. Helena soll aus Hattussa, der Hauptstadt der Hethiter, gestammt haben. Und sie hätte sich ihren Prinzen Paris aus Troja selbst erwählt. Das ist empörend! Das ist gegen jede Historie, wie sie uns Homer überliefert. Niemals kann es so gewesen sein!" Er legte das Fundstück auf die Knie und schlug mit

der Hand zornig auf die Armlehne des Sessels. „Stellen Sie es sich nur vor, zu welcher Diskussion dieser Text führen würde! Kein Raub der Helena, kein Kriegsgrund für die Griechen. Der Anlass für den Trojanischen Krieg wäre nicht mehr vorhanden. Damit würde die ganze Sage wegbrechen." Er schüttelte den Kopf. „Nein", sagte er. „Diese Schrifttafel durfte nie gefunden werden und ich werde dafür sorgen, dass sie der Welt verborgen bleibt." Tyler brachte zwei Gläser mit Cognac. „Auf Ihr Wohl, Nigel!", prostete er ihm zu. „Sie haben das Abendland vor einem empfindlichen Schlag bewahrt."

„Cheers!", sagte Cunningham und hob sein Glas. „Aber ich verstehe nicht ganz, was Sie meinen. Auf dieser Tafel ist doch nur ein fragwürdiger Text im Umfeld der Troja-Geschichte eingeritzt."

„Nein!", erhob Byron kräftig seine Stimme, nachdem er von dem Cognac genippt hatte. „Wir haben uns schon einmal darüber unterhalten. Ich hatte gehofft, Sie hätten die Größe der Gefahr erfasst." Der Lord stellte sein Glas ab. „Die Ilias ist der Gründungsmythos der europäischen Zivilisation, Nigel! Der Trojanische Krieg beschreibt den ersten Kampf eines europäischen Volkes um die Vorherrschaft gegenüber asiatischen Völkern. Vielleicht war es ein Nullter Weltkrieg, nach dem sich Europa auf der Landkarte der Geschichte platziert hat. Die Verlagerung der Gewichte danach war atemberaubend. Es kam die Blütezeit Athens und später das Römische Reich. Die Macht Europas gegenüber dem Osten war geboren. Das alles gründet in dem griechischen Sieg über Troja. Verstehen Sie, Nigel?" Er sah ihn mit großen fragenden Augen an.

„Selbstverständlich, Sir", entgegnete Cunningham. „Der historische Zusammenhang ist mir klar. Aber worin besteht die Gefahr dieser Schrifttafel?"

„Wir können nicht zulassen, das eine anatolische Königin den Rang der Helena einnimmt und die von Homer überlieferte Geschichte verdreht. Wenn Sie diese Hypothese zu Ende denken, dann stammt die europäische Kultur aus Asien."

„Aber daher kommt sie doch", hielt er dagegen.

„Bis zum Trojanischen Krieg, mein Freund", schmunzelte Byron. „Von diesem Moment an hatte sich Europa aufgebäumt und den Völkern aus dem Osten entgegengestellt. Wenn Sie die Werke von Homer genau lesen, werden Sie feststellen, dass sie von zwei Figuren mit sehr europäischen Werten handeln: Achilleus und Odysseus. Der eine verweigert aus Zorn seinem König die Gefolgschaft, der andere entscheidet durch seinen Intellekt den Krieg. Das genau ist es, was ich mit europäischem Gründungsmythos meine. Der Geist des Widerspruchs und die Genialität des Einzelnen standen der Sage nach Pate beim ersten Auftreten Europas in der Geschichte. Beides hat uns groß gemacht. Wir waren nie ein Kontinent, in dem die Menschen blind ihrem Anführer vertrauten, ihn sogar für einen Gott hielten."

„So etwas soll in Europa trotzdem vorgekommen sein", unterbrach Cunningham grinsend.

„Ja, du meine Güte! Ich weiß, Nigel. Ich kenne diese bedauerlichen Abstürze in die Barbarei." Byron war ungehalten darüber, dass er ihn aus dem Konzept gebracht hatte. „Aber das Ideal, das wir durch die Geschichten der Ilias geerbt haben, ist das des freien Geistes. So eine Haltung finden Sie in Asien nicht. Ich könnte Ihnen unzählige Figuren der Geistesgeschichte vorhalten, die diesem Ideal entsprochen haben. Wahrscheinlich können Sie das selbst. Diese Vorstellung vom unbeirrbaren freien Menschen ist uns Europäern durch die Sage vom Trojanischen Krieg in die Wiege gelegt worden. Wir dürfen nicht zulassen, dass dieser Mythos verwässert wird. Die Verlagerung der Helena-Geschichte in das Reich der Hethiter ist ganz und gar undenkbar. Dass die Frau von Paris nicht aus Sparta, sondern aus Anatolien gestammt haben soll, kann man niemandem erklären. Das wirft Fragen auf, die besser gar nicht gestellt werden sollten." Byron trank einen letzten Schluck von seinem Cognac.

„Was soll aus dieser Schrifttafel werden?", fragte Cunningham.

„Am liebsten würde ich sie zerstören, damit sie für immer aus der

Welt ist." Lord Byron stand auf und ging ein paar Schritte zu der Cocktailbar hin. Er nickte Tyler zu und sah dann auf das Gemälde von Turner. „Aber ich kann das nicht", fuhr er fort die Akropolis vor Augen. „Ich kann kein antikes Fundstück vernichten. Es gibt ein Landhaus in Cornwall, das mir gehört. In dessen Arbeitszimmer wird diese Schrifttafel einen Ehrenplatz finden, verborgen vor aller Augen."

Angora House Hotel, Ankara

„Ich hoffe, Sie sind zufrieden mit dem Hotel", sagte Professor Yildiz, als Lynna und Balkis die Treppe herunterkamen.
„Ganz wunderbar!", entgegnete Lynna. „Ein sehr schönes altes Haus, viel besser als einer von diesen modernen Betonkästen. Allein der Blick vom Balkon auf die Altstadt."
Sie waren nach einer fünfstündigen Fahrt von Canakkale nach Istanbul und einem kurzen Flug am Nachmittag in Ankara angekommen. Mit dem Taxi waren sie in die Altstadt gefahren und hatten das ehrwürdige „Angora House Hotel" aufgesucht. Das Haus lag innerhalb der alten Stadtmauern und war im Stil des alten Burgbergs renoviert worden. Es wirkte im Erdgeschoss mit klobigen Steinen und breiten weißen Fugen wie zur Burg dazugehörig. Darüber erhob sich ein mit landestypischen Schnitzereien versehener Aufbau aus Holzbalken, der das erste Stockwerk bildete. Die hölzernen Streben ragten weiter auf zu zwei spitzen Giebeln.
„Freut mich", sagte Yildiz. „Vielleicht haben Sie noch Lust zu einem kleinen Spaziergang auf den Burgberg." Die beiden stimmten zu und sie gingen auf dem Kopfsteinpflaster der engen Gassen der Altstadt bergan auf die Zitadelle zu. Der Stadtteil bot ein uneinheitliches Bild. Teilweise rahmten verwahrloste abbruchreife Häuser die Straßen, dann liefen sie wieder an kunstvoll restaurierten Gebäuden vorbei, die den Charakter der alten Burganlage in ihrer Architektur wiedergaben. Plötzlich standen sie vor einem gewaltigen Mauerwerk, der Burg des mittelalterlichen Ankara. Sie gingen durch ein Tor und stiegen die restlichen Meter den Burgberg hoch. Von dort hatten sie einen fast vollständigen Rundumblick über die Stadt.
„Die Burg wurde von den Seldschuken erbaut", erklärte Yildiz. „Von dieser Höhe hatte man einen perfekten Überblick auf die Ebene, so wie wir heute von hier aus die gesamte Stadt sehen können." Er ging einige Schritte weiter und zeigte auf das Mauerwerk der untersten

Schicht. „Ursprünglich war diese Burg aber ein hethitisches Bauwerk. Es wird Sie vielleicht wundern, aber die Hauptstadt der Türkei ist eine Gründung der Hethiter."
Lynna blickte auf die Abendstimmung der Millionenstadt. Hier im Inneren des Landes wurde es schneller kühl als in Canakkale an der Mittelmeerküste. Sie sah zu, wie sich die Stadt allmählich beleuchtete. „Ist Inaara auch hier gewesen?", fragte sie.
„Das wissen wir nicht", antwortete der Professor. „Aber es war üblich, dass die Regenten die Städte ihres Reiches bereisten. Das war nötig, damit sie mit ihren Soldaten ihre Macht zeigten. Außerdem mussten sie mindestens einmal im Jahr den Tribut einfordern. Ich halte es für sehr wahrscheinlich, dass die Königin Inaara jedes Jahr in Ankara war. Nur hieß der Ort damals wohl anders. Angora, der Name unseres Hotels, kommt der hethitischen Aussprache ziemlich nahe."
Während Lynna den Blick über die Lichter der Stadt genoss, kam ihr eine Idee vom gestrigen Abend in den Sinn. Sie hatte zusammen mit Sevim Yildiz die Echtheit des Fundstücks überprüft, aber nicht die Expertise ihres Mannes einholen können. „Haben Sie eigentlich auch die Rückseite der Schrifttafel fotografiert?", fragte sie. „Ich habe ein Foto."
„Die Hinterseite?", fragte Yildiz irritiert. „Wozu sollte ich das tun?", setzte er hinzu. „Was bringt das ein?" Er sah sie unsicher an. „Sie haben ein Foto von der Rückseite?"
„Ja", antwortete Lynna und nahm ihr Smartphone aus der Tasche. Sie bediente die Tastatur und hielt ihm das Display vor. „Das ist es. Haben Sie auch so ein Foto?"
„Ich weiß nicht", sagte der Professor. „Von meinen Kollegen vielleicht. Der Vollständigkeit halber macht man bei Ausgrabungen natürlich Fotos aus allen Perspektiven. Mag sein, dass jemand die Tafel herumgedreht und fotografiert hat. Ich erinnere mich an kein solches Bild. Ich könnte ja auf meinem Handy nachsehen. Aber ich fürchte, dass da schon über zweihundert Bilder gespeichert sind. Ich

sollte demnächst mal aufräumen." Er lächelte verlegen.
„Dieses Foto würde mich interessieren." Sie steckte ihr Handy in die Tasche.
Professor Yildiz räusperte sich. „Ich würde Sie gern auf unsere morgige Exkursion vorbereiten", begann er. „Wir werden morgen nach gut zwei Stunden Fahrt Hattussa erreichen, die alte Hauptstadt der Hethiter. Ich erhoffe mir dort Klarheit über das Geheimnis hinter meiner Schrifttafel." Er setzte sich auf eine niedrige Mauer und lud die beiden mit einer Handbewegung ein, ebenfalls Platz zu nehmen.
„Ich muss Ihnen von meinem alten Freund Adar Barzan erzählen. Herr Bartosch weiß schon ein bisschen von mir. Barzan ist der Volkskundler, der uns morgen durch die Ruinen von Hattussa führen wird. Ich kenne ihn schon über dreißig Jahre. Er hat nie eine Universität besucht und seine Schulbildung war auch ziemlich knapp. Alles, was Adar Barzan über dieses Land und seine Geschichte kennt, hat er sich selbst erarbeitet. Die Liebe zu seiner Heimat hat ihn zur Erforschung der Sprache und der Sitten und Gebräuche seines Landes geführt. Da er dazu fast hundert Jahre Zeit gehabt hat, ist sein Wissen unglaublich umfangreich."
„Der Mann ist hundert?", fragte Lynna überrascht.
„Das weiß ich nicht genau." Yildiz schmunzelte. „Ich glaube, Barzan kennt sein Alter selbst nicht. Sie müssen wissen, dass es zur damaligen Zeit in dieser Gegend keine Meldebehörde gab. Einmal im Jahr ritt ein Beamter aus der Hauptstadt in Begleitung eines Polizisten durch die Dörfer und registrierte alle Neugeborenen. Sie bekamen den 1. Januar des Jahres als Geburtstag zugewiesen."
Der Professor lächelte. „Sie würden nicht glauben, wie viele Feiern hier am 1. Januar stattfinden. Manchmal kam der Beamte damals aber auch nur alle zwei oder drei Jahre. Das heißt, dass viele Alte ihr Geburtsdatum nicht genau kennen. Adar Barzan ist vielleicht nur knapp hundert Jahre alt, aber das ist ja egal. Er hat Zeit seines Lebens als Volkskundler geforscht. Allerdings hat er nie etwas veröffentlicht. Es ist nicht seine Art, seine Erkenntnisse

aufzuschreiben. Er erzählt nur darüber. Deswegen ist Adar Barzan in der Fachwelt völlig unbekannt. Sie können seinen Namen googeln. Es kommt nichts dabei heraus." Yildiz machte eine Pause und lächelte wieder. „Allerdings kenne ich einige Kollegen, die ihr Wissen von ihm haben und damit dann selbst in Fachzeitschriften oder in ihren Doktorarbeiten groß herausgekommen sind. Ich selbst habe als Student von seiner Kenntnis der Geschichte für meine Prüfungsarbeit profitiert. Barzan ist es nicht wichtig Bücher zu schreiben. Er will mit den Menschen aus dieser Gegend sprechen und dabei sein Wissen vermehren. Er arbeitet völlig unwissenschaftlich. Manchmal wandert er tagelang durch die Dörfer, untersucht alte Ruinen, nimmt an Festen teil und spricht mit den Leuten, vor allem mit den Alten. Über finanzielle Dinge muss er sich keine Gedanken machen. Er wird überall von den Dorfbewohnern eingeladen und hat freie Unterkunft bei ihnen. Adar Barzan gilt in seiner Gegend als Hodscha, als geachteter Lehrer."
„Unglaublich", sagte Lynna. „Ich bin gespannt, diesen Mann kennen zu lernen. Vielleicht ist es gar nicht so unwissenschaftlich, wie er arbeitet. Die Geschichtsforschung aus mündlicher Überlieferung ist eine sehr angesagte Methode."
„Er ist der beste Kenner der Kultur der Hethiter, sagten Sie", wandte Balkis ein.
„Ja", antwortete Yildiz. „Das ist er." Er stand von dem Mäuerchen auf und ging ein paar Schritte. Der Abend war über Ankara angebrochen. Vom Burgberg aus konnte man nur noch verschwommen das Panorama der Stadt erblicken. Mehr und mehr waren die Lichter der Stadt zu sehen. Das Viertel unter ihnen, in dem das Hotel lag, wurde noch von der Abenddämmerung beschienen, beleuchtete sich aber allmählich selbst. „Zu seiner Kenntnis über die Hethiter kommt noch ein Sachverhalt hinzu. Adar Barzan ist Kurde. Er betrachtet das kurdische Volk als Nachfahre der Hethiter. Ich möchte nicht politisch werden, aber es ist Ihnen wohl klar, dass diese Auffassung in der Türkei nur schwer zur offiziellen

Lehre an den Universitäten passt. Bisher hat keiner meiner Kollegen, die sich von Barzans Wissen haben inspirieren lassen, irgendetwas über seine kurdische Theorie erwähnt. Natürlich hat Barzan niemals Probleme wegen seiner Auffassung bekommen. Er hat ja nie etwas veröffentlicht. Aber das Sonderbare an Adar Barzan ist, dass er keine Hypothese über den Ursprung des kurdischen Volkes aufgestellt hat. Er weiß es einfach und das genügt ihm. Er weiß, dass die Kurden von den Hethitern abstammen. Er hat fast hundert Jahre zu diesem Thema geforscht und ist sich sicher. Alle Leute in der Gegend glauben ihm und er kennt ohnehin mehr Fakten als die, die ihm widersprechen wollten. Adar Barzan glaubt nicht nur, was er sagt. Er weiß es. Das macht ihn ein bisschen unheimlich."

„Ist das möglich?", fragte Lynna ungläubig. „Das Reich der Hethiter ist 1200 v. Chr. untergegangen. Die Kurden werden als Volk frühestens 700 n. Chr. erwähnt. Das sind fast zweitausend Jahre Differenz. So lange kann sich keine kontinuierliche Kultur erhalten haben."

„Das ewige Rom hat tausend Jahre geschafft, Ägypten noch viel länger", entgegnete Yildiz.

„Trotzdem glaube ich nicht, dass die Kurden viel mit den Hethitern gemeinsam haben,"

„Sehen Sie, Frau Meeves", lächelte der Professor. „Adar Barzan würde dazu sagen, dass er es weiß. Die Menschen leben in dieser Gegend seit Tausenden von Jahren. Anatolien war geografisch ziemlich weit abgeschieden von der Welt. Die Bewohner vererbten über Generationen ihre Sprache und ihre Gebräuche. Es veränderte sich dabei nicht viel. Manchmal gab es neue Herrscher, denen man Steuern zahlen musste. Aber das beeinflusste ihre Kultur nicht."

„Und daher haben die Kurden die Kultur der Hethiter bewahrt?", fragte Lynna ungläubig.

„Die Vorläufer der Kurden sind ursprünglich wohl aus dem damaligen Persien gekommen und auf die Reste der hier ansässigen hethitischen Bevölkerung getroffen. Die ethnische

Zusammensetzung im Land änderte sich ständig, je nachdem welches Volk die Vorherrschaft hatte. Aber die Sprache der Menschen in Anatolien wurde dadurch nicht beeinflusst. Das Kurdische gehört ebenso zum indoeuropäischen Sprachraum wie das Hethitische. Auch als Ostanatolien vor fünfhundert Jahren an das Osmanische Reich fiel, hörte die kurdische Sprache nicht auf zu existieren. Es wurden einige türkische Worte übernommen, die Sprache assimilierte sich, blieb aber erhalten. Da er Kurde ist, kann Adar Barzan das viel besser erklären als ich. Wenn sich eine Sprache so lange erhalten hat, dann halte ich es nicht für unmöglich, dass auch Sitten und Gebräuche zweitausend Jahre überdauert haben."

„Mehr als dreitausend Jahre", korrigierte Lynna. „Ich bin nicht überzeugt, aber dieser uralte Herr Barzan ist bestimmt ein sehr spannender Gesprächspartner. Ich freue mich auf ihn."

„Das ist schön", antwortete Yildiz. „Deswegen habe ich mit Ihnen dieses Gespräch geführt. Ich wollte Sie auf ihn vorbereiten. Aber jetzt lassen Sie uns zurück zum Hotel gehen." Er drehte sich um und ging auf dem Kopfsteinpflaster in Richtung Altstadt zurück.

Balkis hatte sich während des Gesprächs zurückgehalten und manchmal verstohlen auf sein Handy geblickt. Jetzt hielt er es hoch, während er auf Lynna zuging. „Warte!", sagte er. „Ich habe da was, das für uns wichtig sein könnte." Er hielt ihr das Handy hin. „Wir haben Hunderte von Likes auf der Facebook-Seite, die ich eingerichtet habe."

„Wir haben was?", fragte sie.

„Likes – Zustimmung von Leuten, die das richtig finden, was wir machen. Ich habe bei Facebook eine Seite mit den Fotos von unserem Fundstück einstellt. Mein Verlag veröffentlicht nichts mehr von mir, deine Uni wird allmählich auch skeptisch. Also habe ich mir gedacht, eine größere Öffentlichkeit in unsere Diskussion einzubeziehen. Ich habe beide Fotos von den Schrifttafeln auf die Seite gestellt. Darunter habe ich die Frage „Original oder Fälschung?" gesetzt. Seitdem gibt es massenhaft Kommentare. Sie sind nicht alle positiv. Aber viele versuchen, die Fotos zu vergleichen und Unterschiede zwischen ihnen herauszufinden. Ich kann die Beiträge nicht alle durcharbeiten, so viele sind es." Balkis lächelte zuversichtlich.

Lynna blickte skeptisch. „Verstehe ich das jetzt richtig?", fragte sie. „Hunderte von Usern sehen sich bei Facebook auf ihrem Handy die Schrifttafeln an und geben ihren Senf dazu? Was soll uns das bringen?"

„Ich weiß, dass du von dieser Vorgehensweise nicht überzeugt bist", entgegnete er und runzelte die Stirn. „Aber irgendwie sollten wir mal rauskommen aus den negativen Schlagzeilen. Die Presse hält uns für Dilettanten und Fälscher. Mein Verlag hat mir den Job weggenommen und deine Professorin glaubt dir auch nicht mehr. Ich bin Journalist, Lynna. Ich muss mir ein neues Medium suchen, wenn ich an die Echtheit dieser Tafel glaube und an eure Theorien, deine und die des Professors."

„Du hast recht. Wir müssen etwas machen gegen diese Kampagne", lenkte sie ein. „Ich finde es ja gut, was du da angefangen hast. Ich bin nur nicht überzeugt von Facebook."

„Vielleicht überzeugt dich eine Verschwörungstheorie", erwiderte Balkis und grinste. „Unter denen, die meinen Beitrag geliked haben, haben einige ein Forum gebildet – eine Art Club, der unsere Sache unterstützt. Diese Leute sind fasziniert von deiner Neuinterpretation der Ilias und des Trojanischen Krieges. Sie glauben, dass es diesen Krieg in der Form nie gegeben hat, genau wie du. Es scheinen mir viele Studenten dabei zu sein, aber auch Lehrende und eine Menge Laien. So gut kann ich das nicht bei jedem Eintrag erkennen. Sie gratulieren dir und Professor Yildiz zu eurem Mut, dieses Heiligtum der Altphilologen in Zweifel zu ziehen. Einige vermuten, dass von dieser Seite der Shitstorm in den Medien gegen euch in Gang gesetzt worden ist. Sie glauben, dass elitäre Konservative sich in ihrer Vorstellung von Homer und Troja gestört fühlen. Ein paar Einträge vermuten eine Verschwörung gegen eure modernen

Positionen." Er machte eine Pause und fügte dann hinzu: „Du bist für dieses Forum bei Facebook eine Heldin, Lynna! Ich habe es in den letzten Stunden beobachtet wie ein Internet-Junkie. Ich konnte das Handy gar nicht mehr aus der Hand legen. Die Zahl der Mitglieder im Club wird immer größer. Das wird eine Gegenöffentlichkeit. Möglicherweise springen bald andere Seiten im Netz auf diesen Zug auf und etwas später auch die Presse. Es kann sein, dass wir dieses Spiel noch gewinnen."
Lynna sah ihn sprachlos an. Sie schüttelte den Kopf. „Du bist unglaublich!", kam es aus ihr heraus. Weiter fiel ihr nichts zu sagen ein. Zu abwegig schien ihr der Weg durch die Medien, auf dem sie Balkis gerade mitgenommen hatte. Sie hatten mit ihrer Schrifttafel jede Glaubwürdigkeit verloren, wenn sie ihre Echtheit nicht irgendwie beweisen konnten. Und dann hatte es dieser Mann geschafft, im Internet eine Öffentlichkeit für ihre Auffassung zu inszenieren. „Danke!", sagte sie und fiel ihm in die Arme. Sie fühlte sich geborgen in seiner Umarmung und lehnte erleichtert an seiner Brust. „Auf diese Idee wäre ich nie gekommen – Facebook."
„Manchmal setzt sich die Wahrheit erst durch, wenn sie im Internet tausendfach vervielfältigt wird."
„Wenn du es sagst, ...", raunte sie in seinen Armen. „dann funktioniert das auch."

***

Es war schon lange dunkel, als sie von einem Restaurant zu ihrem Hotel zurückkamen. Professor Yildiz gegenüber hatte Balkis seine Aktivitäten im Internet mit keinem Wort erwähnt. Diese Dinge hätten ihn während des Essens ohnehin wenig interessiert, so schien es ihm. Stattdessen war er vollkommen damit beschäftigt, den Jüngeren einen Vortrag über die Mythen der Hethiter zu halten.

Während Lynna dem Professor aufmerksam zuhörte, konnte Balkis verstohlen einen Blick auf sein Handy werfen. Er stellte fest, dass es ständig Reaktionen zu seiner Facebook-Seite gab.

„Morgen habe ich für neun Uhr ein Taxi bestellt, das uns nach Hattussa fährt", sagte Yildiz vor der Tür des Hotels. „Wenn wir um acht frühstücken, reicht das völlig. Schlafen Sie gut! Morgen haben wir einen aufregenden Tag vor uns." Er verbeugte sich lächelnd und ging durch die Hoteltür.

„Er hat zwei getrennte Zimmer für uns bestellt", sagte Lynna, während sie ihm hinterher sah.

„Das ist logisch", entgegnete Balkis. „In seinem Museum hatten wir auch zwei Zimmer."

„Stimmt", stellte sie fest. „Und du wirst die halbe Nacht den Stand der Dinge bei Facebook überprüfen müssen. Währenddessen werde ich selig schlafen." Sie gab ihm einen Kuss und fügte hinzu: „Vielleicht habe ich auch noch etwas zu tun."

Ein paar Minuten später war Lynna allein in ihrem Zimmer. Der Tag war lang gewesen seit der Abreise heute früh aus Canakkale und sie war müde. Sie hatte viele Neuigkeiten aufgenommen. Seit sie in der Türkei war, hatte sie an jedem Abend den Eindruck gehabt, sie müsste die neuen Informationen des Tages sortieren. Diese Reise war anstrengend. „Und dann auch noch die Sache mit Balkis!", dachte sie. Sie lächelte und unterdrückte den Impuls aufzustehen und zu ihm rüber zu gehen. „Das passt jetzt nicht", kam ihr in den Kopf. Sie setzte sich aufs Bett und legte ihr Handy auf den Nachttisch. Sie blickte es an und rieb sich die vor Müdigkeit juckenden Augen. Sie rief die Nummer von Merle auf dem Display auf. „Was soll das jetzt?", fragte sie sich. „Es ist Nacht und du willst gar nicht mit ihr sprechen", dachte sie. Dann fiel ihr ein, dass es zu Hause eine Stunde früher war. Ohne zu wissen, was sie sagen wollte, stellte sie die Verbindung zu ihrer Freundin her. Der Rufton piepte einige Male. Lynna hätte die Verbindung sofort abbrechen können, aber sie tat es nicht.

„Ja, Bartholy", hörte sie eine halbe Welt von ihr entfernt.
Sie war sich nicht sicher, ob sie sich melden sollte. Sie verfluchte sich innerlich für ihren albernen Versuch, aber sie brach die Verbindung nicht ab.
„Bartholy hier. Wer ist denn da?", fragte die weit entfernte Stimme.
„Lynna hier", meldete sie sich endlich. „Entschuldige, wenn ich störe." Mehr konnte sie nicht sagen. Sie konnte sich nicht mal erklären, warum sie Merle überhaupt angerufen hatte. Aber mehr als zu fragen, ob sie ihre Freundin stören würde, traute sie sich nicht. Ihr Herz klopfte. Sie war auf einmal hellwach. Sie fragte sich, ob sie nicht einen Fehler gemacht hatte.
„Du störst nicht, Lynna", antwortete Merle als wäre nichts geschehen. „Ich freue mich, dass du dich meldest. Wie geht es dir?"
„Müde bin ich", sagte sie. „Ich wollte dir ... etwas sagen", setzte sie stockend hinzu. Sie sprach für einen Moment nicht weiter. „Es tut mir leid", sagte sie dann. „Ich hätte dich nicht so anblaffen dürfen." Dann kam kein Wort mehr von ihr.
„Das ist o.k.", erwiderte Merle. „Ich konnte nicht wissen, was es für ein Scheißtag für dich war. Der Stress mit der gefälschten Schrifttafel und die Reaktionen im Internet darauf. Ich habe wohl richtig in ein Wespennest gegriffen."
„Hast du", bestätigte Lynna. „Hinterher habe ich ein Weinglas an die Wand geschmissen." Sie lachte und hörte ihre Freundin lachen. Sie genoss es, nach Tagen mal wieder ein unbeschwertes Gespräch mit Merle zu führen. Wie in einem Bilderbogen fielen ihr in diesem Moment unzählige Gespräche des letzten halben Jahres ein, bei denen sie gemeinsam gelacht hatten. Es waren Erinnerungen an schöne Augenblicke, voll von gegenseitigem Verständnis. Während sie Merles Lachen noch im Ohr hatte, wurde ihr auf einmal klar, warum sie wirklich ihre Nummer aktiviert hatte. Sie wollte Klarheit.
„Lynna?", fragte Merle. „Bist du noch da? Die Verbindung ist ..." Sie hatte kein Wort mehr gehört.
„Ja", unterbrach sie. „Da bin ich wieder." Lynna atmete tief ein, ehe

sie weitersprach. „Du hast so ein paar eifersüchtige Bemerkungen gemacht."
„Wegen Balkis, ich weiß." Merle lachte verlegen. „Du hast die ganze Zeit so viel über ihn gesprochen. Das hat mich irgendwie ... ich weiß auch nicht." Sie sprach nicht weiter.
„Ich wollte dir sagen ..." Lynna ballte die linke Faust vor Nervosität. „Du hast recht gehabt mit deiner Eifersucht." Langsam entspannten sich ihre Finger. Es war heraus.
Merle spürte, wie sich ihr Herz zusammenzog. Irgendetwas in ihrem Bauch schien sich zu verkrampfen. Sie atmete tief durch. Ihr ganzer Körper war in Unruhe, bevor ihr Kopf verstand, was sie gerade gehört hatte. „Balkis?", fragte sie tonlos.
„Ja", antwortete Lynna. Sie hatte sich vorgenommen, absolut ehrlich zu sein.
„Aber warum?", rief Merle in einer Tonlage, die fast ans Schreien erinnerte. „Warum er?", setzte sie hinzu und ihre Stimme wurde brüchig. „Ich dachte, dass du mit den Kerlen ...", sagte sie weinend und brachte den Satz nicht zu Ende. „Warum?", fragte sie erneut.
„Es ist passiert. Es gibt keinen Grund dafür."
„Was war denn?", wollte sie wissen. „Wo ist es passiert?"
„Auf den Stufen des Theaters von Pergamon", sagte sie und bereute ihre Antwort im selben Moment. Das hätte sie nicht sagen dürfen. Merle hatte jetzt eine Szenerie für ihre Untreue. „Ich kann dir nur sagen, dass ich das nicht gewollt habe. Herbeigeführt habe ich es auch nicht."
„Aber Balkis hat es gewollt", entgegnete Merle schluchzend. „Ich hatte schon in dem Restaurant so ein Scheiß-Gefühl, als der Typ dir hinterhergelaufen war. Der hat dich verführt in diesem antiken Theater."
„Nein, Merle. Das hat er nicht. Ich habe auch eine Rolle gespielt." Das Weinen ihrer Freundin wirkte ansteckend auf sie. Sie war verantwortlich für ihre Traurigkeit. Lynna hatte nie geraucht. Aber jetzt wünschte sie sich, den ersten Zug einer Zigarette tief inhalieren

zu können. Damit würde sie ihre Kehle davon ablenken, schlucken zu müssen und selbst loszuheulen. „Wir haben uns immer alle Freiheiten für unsere Beziehung versprochen", sagte sie. „Ich habe diese Freiheit gar nicht haben wollen. Aber dann ist es mir einfach passiert. Ich wollte dich nicht verletzen."
„Scheiß-Freiheit!", rief sie. Ihre Stimme brach ab und dann verstummte sie.
„Merle?", fragte sie. „Bist du noch dran? Hörst du?"
„Das war ein idiotisches Versprechen", entgegnete Merle, die sich ein wenig gefangen hatte. „So viel Freiheit kann man sich gar nicht versprechen. Wir waren besoffen vor Vertrauen damals." Sie machte eine Pause. „Was soll denn nun werden?", fragte sie.
„Ich weiß es nicht", antwortete Lynna. „Das ist alles so neu und verwirrend für mich. Ich weiß wirklich nicht, was ich dir sagen soll, Merle. Du bist viel zu wertvoll für mich gewesen, dass ich dich verletzen könnte."
„Jetzt hast du mich verletzt", rief Merle spontan.
„Wieso?", fragte sie verständnislos.
„Du hast in der Vergangenheitsform gesprochen: '... viel zu wertvoll gewesen' hast du gerade gesagt. Danke dir für das Abheften in der Ablage!", setzte sie verbittert hinzu.
„Nein!", widersprach Lynna. „Das habe ich so nicht gemeint."
„Was willst du denn?" fragte sie gereizt. „Willst du mich weiter für wertvoll halten und gleichzeitig deinen Balkis lieben? Das ist es doch: Du hast dich in ihn verliebt", hielt sie ihr vor. „Das hast du dich bisher nicht getraut zu sagen."
„Immerhin habe ich dir überhaupt gesagt, was los ist. Ich wollte Ehrlichkeit."
Merle antwortete nicht sofort. Nach einer Weile fragte sie: „Weißt du noch, wann wir uns dieses blöde Versprechen zur Freiheit gegeben haben?"
Lynna dachte nach. „Ich glaube nicht", sagte sie unsicher.
„In einer Cocktailbar war das, nach unseren wilden Anfangszeit",

erinnerte sich Merle. „Danach sind wir getrennt in unsere beiden Wohnungen gegangen. Wir wussten genau, dass wir uns am nächsten Tag wieder aufeinander freuen würden." Ihr liefen die Tränen. Sie konnte nicht weiter sprechen. Bei jedem Atemzug hörte Lynna sie schluchzen. Während sie auf ein Wort von ihr wartete, fiel ihr das Versprechen in der Cocktailbar wieder ein. Jetzt kamen ihr selbst die Tränen. Wie verliebt waren sie damals gewesen! Es war wie ein Rausch. Das war jetzt alles vorbei. „Ich muss jetzt Schluss machen", sagte Merle. „Es tut so weh!"
Sie hörte ein Klicken und dann war sie allein. Voll von zorniger Traurigkeit warf Lynna das Handy quer durch das Zimmer. Sie legte sich auf ihr Bett und weinte hemmungslos. Mehrere Male schlug sie mit den Händen auf ihr Kissen ein. Sie hatte alles falsch gemacht, dachte sie. Gleichzeitig wusste sie nicht, was sie hätte anders machen sollen. Sie wischte sich die Tränen aus ihren verheulten Augen, stand aus dem Bett auf und verließ ihr Zimmer. Sie klopfte an die Tür nebenan. Balkis öffnete. Sie fragte: „Darf ich heute Nacht bei dir schlafen, bitte?"
Er war völlig überrascht. „Was ist los?", fragte er und sah ihre roten Augen. „Hast du geweint?"
Sie schüttelte den Kopf. „Ich möchte einfach nur bei dir schlafen. Ist das o.k.?"
„Ja, klar." Er zeigte auf das Bett, das weiter hinten im Zimmer neben der Tür zum Bad stand. Wortlos ging Lynna dorthin, zog sich aus und rollte sich in die Bettdecke ein. Balkis musste nicht fragen, was passiert war. Dass ihre Tränen mit Merle zu tun hatten, konnte er sich denken. Seit ein paar Tagen hatte es seines Wissens keine Aussprache der beiden Freundinnen gegeben. Dieses Gespräch hatte offensichtlich gerade stattgefunden. Er dachte darüber nach, dass er ein Teil ihrer Unterhaltung gewesen war. Dass die beiden Frauen heute unglücklich einschliefen, war seine Schuld. Er blickte verstohlen zu dem Bett, in dem Lynna in Decke und Kissen eingekuschelt lag. Sie war zu ihm gekommen, dachte er. Trotz der

Probleme mit Merle hatte sie seine Nähe gesucht. Er lächelte und widmete sich wieder dem Display auf seinem Smartphone. Es waren viele Einträge auf seiner Facebook-Seite gekommen und er hatte geplant, sie heute Nacht alle zu beantworten.
Lynna hatte ihren Kopf in das Kissen eingedreht. Ihre letzten Tränen flossen in den Bettbezug. Sie dachte immer noch an die wundervolle Atmosphäre an dem Tag, als sie sich mit Merle in der Cocktailbar das Versprechen zur Freiheit gegeben hatten. Im Hintergrund hörte sie während sie einschlief die leisen Geräusche, die von Balkis ausgingen, vom Tippen seiner Finger auf seinem Handy. Sie fühlte sich geborgen bei ihm.

Hattussa, Hauptstadt der Hethiter, Zentralanatolien

„Die Straße ist eine Katastrophe!", schimpfte Turhan. Er bremste und wich einem Schlagloch aus. Der Taxifahrer fügte hinzu: „Hierfür sollte unsere Regierung mal Geld ausgeben. Aber bei uns geht jede Lira nach Ankara." Er schüttelte den Kopf.
Professor Yildiz auf dem Beifahrersitz nickte. „Da haben Sie wohl recht."
„Genauso ist es.", fuhr Turhan fort. „Aus Ankara heraus sind alle Straßen vierspurig und modern. Das ist ja auch die Hauptstadt. Aber keine halbe Stunde später fahren wir wie in der Steinzeit."
„Steinzeit haben Sie gut gesagt. Ich habe gerade mehr mit der Bronzezeit zu tun." Yildiz musste schmunzeln. „Aber dort waren die Straßen auch nicht besser."
Vor zwei Stunden waren sie in das Taxi von Turhan Akdeniz eingestiegen und fuhren mittlerweile im anatolischen Hochland auf engen kurvigen Straßen ihrem Ziel entgegen.
„Ich habe Hattussa auch einmal besichtigt", nahm der schnauzbärtige Fahrer das Gespräch wieder auf. Eigentlich hatte er seit Ankara ununterbrochen geredet – über den Straßenverkehr, das Wetter, die Fußballspiele vom Wochenende und über die Sehenswürdigkeiten, an denen sie vorbeifuhren.
„Mit meiner Frau und den Kindern war ich mal da. Sie sollen wissen, woher sie stammen. Die Hethiter waren ein großes Volk. Haben Sie gewusst, dass sie als erste auf der Welt Eisen schmieden konnten?"
„Ich habe mal davon gehört", sagte Yildiz leise.
„Meine Kinder sollen wissen, welches Erbe sie antreten", erläuterte Turhan, während er den Lenker in der nächsten Kurve mit Schwung herumriss. „Die Hethiter haben sich sogar mit dem ägyptischen Pharao angelegt. Ein Ramses war es, welcher weiß ich nicht mehr genau."
„Egal", lächelte der Professor. „Die heißen alle Ramses, außer

Kleopatra."

„Sie kennen sich aus in Geschichte?", fragte Turhan erstaunt.

„Nein, nein", wies Yildiz bescheiden zurück. „Ich werde in Hattussa einen kundigen Führer haben. Ohne ihn wäre ich ziemlich hilflos."

„Neben der alten Stadtmauer werden gute Reiseführer für Touristen verkauft", wusste der Fahrer.

Professor Yildiz fiel etwas ein und er drehte sich dem Rücksitz zu, auf dem Lynna und Balkis saßen. „Frau Meeves?", fragte er. „Ich habe das Foto gefunden, nach dem Sie gestern gefragt haben – die Rückseite der Schrifttafel. Es ist tatsächlich ein Foto davon auf meinem Handy." Er schüttelte den Kopf. „Ich weiß nicht, wer das Bild gemacht hat. Es ist ja auch wirklich unerheblich. Aber ich kann es Ihnen gern zeigen." Er fingerte an seinem Smartphone bis er das Foto sah und reichte das Gerät nach hinten.

„Die Rückseite?", fragte Lynna aufgeschreckt und griff nach dem Handy. „Sie haben ein Foto da drauf?" Sie nahm ihr eigenes Smartphone und suchte nach dem Bild. Dann hatte sie es gefunden und hielt beide Handys nebeneinander. Trotz der schaukelnden Bewegungen des Taxis versuchte sie, beide Fotografien genau zu vergleichen. Sie erkannte eine unterschiedliche Helligkeit auf beiden Bildern und einen verschiedenen Kontrast. Aber das konnte an der geringen Größe des wenige Zentimeter großen Displays liegen. Sie schüttelte den Kopf. „Ich kann nichts erkennen", sagte sie enttäuscht. „unter diesen Umständen gar nichts."

„Was interessiert Sie denn an der Rückseite der Schrifttafel?", wollte Yildiz wissen.

„Ich weiß es nicht", antwortete sie. „Es ist nur so ein Gedanke von mir, der Vollständigkeit halber. Ich spiele Ihnen mein Foto auf Ihr Handy. Dann können Sie selbst vergleichen, in einer ruhigen Stunde." Sie verband beide Geräte mit einem Kabel und sandte das Foto hinüber.

In einer Kurve, von der aus man das gegenüberliegende Tal überblicken konnte, hielt das Taxi an. „Schauen Sie!", rief Turhan

Akdeniz. „Da ist Hattussa." Sie stiegen aus dem Wagen und blickten auf einen weiß-braunen spärlich bewaldeten Bergrücken. Unterhalb befand sich ein kleines Dorf, aber am Hang des Berges sah man ein weitläufiges Schachbrettmuster aus weißen Steinen. Davor erhob sich das größte Gebäude, das man von hier aus erkennen konnte: die Stadtmauer.

Lynna war beeindruckt. „Wie weit sind wir davon entfernt?", fragte sie.

„Etwa zwanzig Kilometer", antwortete Turhan.

„Das ist für damalige Verhältnisse eine Tagesreise", folgerte sie. „So etwas habe ich überhaupt noch nicht gesehen! Die meisten Hauptstädte liegen in der Ebene, an einem Fluss oder einer Mündung. Man sieht sie erst kurz bevor man da ist. Aber hier hat der Reisende schon einen Tag vor seiner Ankunft die Mauern der Hauptstadt vor Augen. Was für ein Beweis von Macht!" Sie ging ein paar Schritte weiter und blickte fasziniert auf das Panorama. „Stellt euch mal vor, diese Mauer wäre noch vollständig da!", rief sie zu den anderen. „Je näher man kommt, desto kleiner wird man. Das war der Sinn." Sie zückte ihr Handy, um den beeindruckenden Blick im Foto festzuhalten. Da sie aber wusste, dass eine Stimmung mit Bildern nicht festzuhalten war, machte sie immer wieder die Augen auf und betrachtete das am gegenüberliegenden Berg klebende Hattussa. Der faszinierende Blick auf die Stadtmauer blieb in ihren Augen, während sie in Serpentinen bergab und danach wieder bergauf fuhren. Schließlich hatten sie den Ortseingang von Bogazkale erreicht.

„Ich muss Sie enttäuschen, Frau Meeves", sagte Evren Yildiz. „Diese Mauer ist natürlich nicht antik. Sie ist eine Nachbildung, die vor gut zehn Jahren erstellt wurde."

„Das ist mir klar, Herr Professor", entgegnete Lynna und nickte ihm zu. „Ich finde sie trotzdem begeisternd. Überhaupt sollten mehr Kopien angefertigt werden, um den Menschen die Wunder der Antike nahezubringen."

Das Taxi stoppte in der Ortsmitte an einem zentralen Platz. Hier lag das Hotel Baykal, zu dem Turhan Akdeniz sie fahren sollte, eher eine kleine Pension. Hier hatte Sevim von zu Hause aus zwei Übernachtungen für drei Personen gebucht. Evren Yildiz stieg aus dem Wagen aus, ebenso wie Lynna und Balkis. Er vereinbarte mit Turhan einen Termin für die Rückfahrt.

„Wir sind da", sagte er froh gestimmt zu seinen Begleitern. „Willkommen in Hattussa, der alten Hauptstadt der Hethiter!" Er griff zu seinem Koffer. „Gehen wir!", sagte er und schritt in Richtung Eingang. „Bald werden Sie Adar Barzan begegnen, meinem alten Freund."

Es ging auf die Mittagszeit zu und die Sonne hätte vom Himmel herab scheinen müssen. Aber im bergigen Zentralanatolien waren im Laufe des Vormittags Wolken aufgestiegen, so dass ihre Ankunft von kühlen Temperaturen begleitet wurde. Lynna hatte vorhin schon ihre Softshell-Jacke übergezogen. Auf den Treppenstufen zum Hotel lag ein großer Hund. Er hob seinen Kopf und bewegte seinen Schwanz, als Yildiz hinaufging. „Bist du vielleicht Sassan?", lachte der Professor und bückte sich. Der Hund hörte seinen Namen, stand auf und wedelte heftiger mit dem Schwanz. „Es ist Sassan", sagte Evren Yildiz und blickte sich nach seinen Mitreisenden um. „Der Hund von Adar Barzan." Gebückt nahm er die Begrüßung durch den Hund entgegen, der ihn freudig ansprang und versuchte, mit seiner Schnauze sein Gesicht zu erreichen. „Dich habe ich ja schon lange nicht mehr gesehen", sagte er und streichelte ihn. Sassan leckte ihm die Hand und zog vor Freude die Lefzen hoch. „Wo ist denn dein Herrchen?", fragte er und breitete fragend die Arme aus. Der Hund sprang aufgeregt um sich selbst und stupste seine Hand an. „Na gut", lachte Yildiz. „Das kannst du mir nicht erzählen. Aber im Hotel weiß es vielleicht jemand. Komm mit!", rief er und ging die Treppe zur Eingangstür hoch. Aber der Hund wusste, dass er im Hotel unerwünscht war und blieb stehen.

„Mein Name ist Yildiz", stellte er sich an der Rezeption vor. „Ich habe drei Zimmer reserviert."
Die ältere Frau mit dem Kopftuch hinter dem Empfangspult machte ein wichtiges Gesicht, während sie auf ihre Liste blickte. „Richtig", sagte sie. „Yildiz, drei Zimmer." Sie setzte ein vorsichtiges Lächeln auf und griff hinter sich an das Schlüsselbrett. „Zimmer siebzehn, achtzehn und neunzehn. Der Junge bringt Ihr Gepäck nach oben."
Sie drückte einen Klingelknopf auf dem Pult und kurz darauf kam ein Halbwüchsiger herein, mit Basecap auf dem Kopf und Player-Stöpseln in den Ohren. „Mein Enkelsohn", sagte die Frau. „Herzlich Willkommen im Hotel Baykal!" Der Junge griff sich wortlos die Gepäckstücke und trug sie die Treppe hoch.
„Ich bin mit Adar Barzan verabredet. Können Sie mir sagen, wo er ist?", fragte der Professor. „Seinem Hund bin ich schon begegnet."
„Ach, Sassan", lächelte die Frau. „Er liegt oft vor unserem Hotel. Der alte Hodscha hat ihn so erzogen, dass er hier auf ihn wartet."
„Hodscha?", fragte Yildiz erstaunt.
„Ja", entgegnete die Frau. „Er ist ein Lehrer für uns alle und er war es auch für unsere Eltern, so alt ist er schon. Gerade jetzt unterrichtet er junge Menschen über die große Vergangenheit dieser Gegend. Er geht mit Schülern aus einem Gymnasium in Ankara über die Ausgrabungsstätte."
„Auf diesem Gelände war Adar Barzan auch mal mein Lehrer gewesen", entgegnete er.
„Verzeihung!" Die Frau lächelte verlegen. „Das muss schon länger her sein."
Der Professor zog die Stirn kraus. „Etwa dreißig Jahre", murmelte er.
„Ich kann Ihnen zeigen, wo der Hodscha ist." Der Junge war die Treppe heruntergekommen. Sein Cap hielt er in der Hand, die Ohrstöpsel hingen vom Kragen seines T-Shirts herab. „Mein Name ist Arif", stellte er sich vor und lächelte höflich.
„So so", sagte Yildiz in sich hinein und drehte sich seinen beiden Begleitern zu. „Was meinen Sie, Frau Meeves, Herr Bartosch?

Wollen wir mit diesem jungen Mann meinen Lehrer suchen?"
Sie nickten zustimmend und der Professor machte dem Jungen ein Zeichen zum Aufbruch.
Arif ging vor die Tür, wo sich der Hund wieder auf der Treppe abgelegt hatte. Er hockte sich zu ihm hin und sagte ihm ein paar Worte ins Ohr. Sofort stand Sassan auf und trottete auf die Straße. Arif folgte ihm und drehte sich nach seinen Gästen um. „Der Hund wird uns führen", sagte er.
„Wenn das so ist, wird Sassan nachher das Trinkgeld von mir bekommen." Yildiz grinste seine Begleiter an. „Es sind nur ein paar Meter bis zur Ausgrabungsstätte." Tatsächlich war das Dorf einige Häuser weiter zu Ende und ein Hinweisschild wies nach rechts in einen Feldweg. Hinter dem Hund und dem Jungen her bogen sie ab und standen direkt vor der Stadtmauer, die Lynna bei der Anfahrt so beeindruckt hatte. Das Bauwerk kam ihnen jetzt riesig groß vor.
„Eine Nachbildung der ursprünglichen Mauer", erklärte Professor Yildiz. „Ich war vor gut zehn Jahren dabei, als sie errichtet wurde. Die Idee war genial. Sie wurde aus getrockneten Lehmziegeln gefertigt wie vor dreitausend Jahren. Über 60 000 Ziegel hat man verarbeitet. Die Mauer ist acht Meter hoch, die Türme bringen es auf dreizehn Meter. Es ist alles mit der Technik erstellt worden, die die Hethiter damals zur Verfügung hatten, einschließlich Bauholz, Steinen und Stroh. Einige ältere Männer, die diese alte Bauweise noch kannten, haben bei dem Projekt geholfen. Ich habe auch dazu gehört. Die jungen Leute kennen ja nur noch Beton." Er schüttelte ärgerlich den Kopf. „Ein Jahr hat der Bau dieser Rekonstruktion gedauert. Die Mauer ist 65 Meter lang. Wenn Sie bedenken, dass wir Bagger und Traktoren zu Hilfe genommen haben, können Sie ermessen, wie lange die Menschen in der alten Zeit in Handarbeit dafür gebraucht haben. Die Stadtmauer von Hattussa war immerhin neun Kilometer lang."
Balkis warf den Kopf in den Nacken und blickte zum Wehrturm hoch. „Das muss Jahre gedauert haben", sagte er.

„Richtig", bestätigte Yildiz. „Aber das wissen wir nicht genau."
Sassan trottete achtlos an der Stadtmauer vorbei. Plötzlich blieb er stehen und hob den Kopf. Seine Aufmerksamkeit richtete sich auf eine Menschengruppe etwa dreißig Meter vor ihm. Er stellte seine Ohren auf und blickte angestrengt dorthin. Dann erkannte er jemanden und rannte los. „Warte!", rief Arif ihm hinterher, aber es war zwecklos. Sassan lief in die aufgeschreckte Gruppe hinein, durch alle Beine von Menschen hindurch, bis er seinen Herrn erreicht hatte. Schwanzwedelnd vor Freude sprang er an Adar Barzan hoch. Dieser bückte sich und breitete zur Begrüßung die Arme aus. „Sassan!", sagte er. „Was machst du denn hier?" Dann umarmte er den Hund.

„Entschuldigen Sie, Hodscha!", brachte Arif heraus. „Ich wollte Sie nicht stören, aber die neuen Gäste im Hotel haben nach Ihnen gefragt." Die aufgescheuchte Gruppe der Gymnasiasten aus Ankara versammelte sich wieder um ihren Lehrer.

Währenddessen kam Evren Yildiz mit Lynna und Balkis heran. „Wir sind am Ziel", bemerkte der Professor und zeigte auf den Mann mit dem Hund. „Das ist Adar Barzan."

Sie sahen einen kleinen hageren Mann im grauen Anzug vor sich, unter dessen uraltem Panamahut weiße Haarlocken hervorquollen. Sein gebräuntes Gesicht war von dichten weißen Augenbrauen eingerahmt. Aufmerksame schwarze Augen blickten darunter hervor. Nur der papierene Ausdruck des faltigen Gesichts ließ das Alter des betagten Mannes erahnen. Er richtete sich auf und gab dem Hund ein Zeichen. „Evren!", rief er. „Was für eine Freude!" Er ging auf ihn zu und öffnete seine Arme. „Ich habe erst morgen mit dir gerechnet."

Der Professor fiel in die Umarmung. „Adar, mein alter Lehrmeister! Schön dich zu sehen!" Dann wies er auf seine Begleitung hin. „Das sind Frau Meeves und Herr Bartosch aus Berlin. Ich habe dir von ihnen am Telefon erzählt. Wir waren nicht erst morgen, sondern heute mit dir verabredet."

„Heute?", fragte Barzan und runzelte die Stirn. „Das kann nicht sein. Heute habe ich ja schon diese Schüler." Er zeigte auf die Gymnasiasten. Diese Führung muss ich erst beenden. Dann habe ich für dich Zeit, alter Freund." Er gab ihm einen Klaps auf die Schulter und wandte sich wieder zu seiner Schülergruppe.

Yildiz lächelte und hörte dem Alten eine Zeit lang zu. Er erinnerte sich an seine Zeit als Student zurück. Damals hatte Adar Barzan die Ausgrabungsstätte genauso enthusiastisch erklärt. „Er hat den Termin verwechselt", sagte er zu Lynna und Balkis. „Wir haben gestern erst telefoniert, aber er hat es vergessen. Das wird uns allen irgendwann mal so gehen. Er ist eben sehr alt" Sein Gesicht wurde ernst. „Aber von der Geschichte der Hethiter hat Adar Barzan garantiert nichts vergessen."

„Ist er wirklich schon hundert?", fragte Lynna ohne eine Antwort zu erwarten. „Er sieht irgendwie zeitlos aus, uralt und jung zugleich."

Yildiz zuckte mit den Schultern. „Jeder im Ort sagt es und er selbst natürlich auch. Ich hatte Ihnen ja schon erzählt, dass die Geburtsregister zur damaligen Zeit höchst unzuverlässig waren. Aber selbst wenn er nur 95 Jahre alt ist: er wirkt jünger. Das ist auch mein Eindruck, Frau Meeves." Er ging ein paar Schritte auf dem Weg durch das Ausgrabungsgelände weiter und drehte sich um. „Eine kleine Führung kann ich Ihnen auch anbieten, solange wir noch warten müssen. Ein bisschen ist ja hängengeblieben von dem, was Adar Barzan mich damals gelehrt hat. Kommen Sie!" Er winkte ihnen zu und ging auf das Gelände hinaus. „Über die beeindruckende Nachbildung der Stadtmauer haben wir ja schon gesprochen. Deswegen schlage ich vor, wir gehen hinter der Mauer durch die Unterstadt bergan bis wir zu einem der drei Stadttore kommen, dem Löwentor. Wenn wir da sind, wird Ihnen auffallen, dass Sie es zu kennen glauben." Der Weg verlief in einem Bogen den Berg hinauf bis sie zu einer Steinmauer aus riesigen Blöcken. „Von hier oben aus sehen Sie ein schachbrettartiges Muster von im Boden liegenden Steinen. Das sind quadratische Grundmauern der Häuser. Darüber

sind sie in derselben Technik wie die Stadtmauer errichtet worden – mit getrockneten Lehmziegeln. Aus diesem Grunde ist nach dreitausend Jahren nichts von ihnen übrig geblieben. Sie sind praktisch weg geregnet worden." Die Mauer aus klotzigen Steinbrocken endete mir einem gewaltigen nach oben gebogenen Stein, aus dem der Kopf eines Löwen herausgemeißelt war. Mit aufgerissenem Maul starrte der Löwe sie an. Am Fuß des Steins befanden sich die verwitterten Pranken. Auf der gegenüberliegenden Seite des Tores befand sich ein ebensolcher Stein mit einem Löwen, der den Besucher anblickte. „Das Löwentor", sagte Professor Yildiz. „Sie sehen, dass das Oberteil leider fehlt, das mal auf beiden Löwensäulen gelegen hatte. Woran erinnert Sie das Tor?"
„Das ist wie Mykene", sagte Lynna spontan. „Das Löwentor von Mykene sieht genauso aus."
„Bravo, Frau Meeves! Sie kennen sich aus", lobte der Professor.
„Aber das wusste ich ja schon. Das Tor in Mykene ist etwa zur gleichen Zeit erstellt worden wie dieses hier, 1300 bis 1250 v. Chr."
„Ich habe Mykene mal besucht", erklärte sie. „Die Tore sehen sich sehr ähnlich."
„Sie sind auch mit derselben Technik gebaut worden. Schade, dass der Türsturz fehlt, der über den beiden Säulen gelegen hatte. Er hätte der Archäologie dasselbe Rätsel aufgegeben, wie für lange Zeit das Löwentor von Mykene. Wie haben die Arbeiter damals den zwölf Tonnen schweren Stein auf die Mauer gehoben?"
„Mit Sand", antwortete Lynna. „Man hat einen Sandberg aufgeschüttet und den riesigen Monolithen auf Rollen den Berg hochgezogen bis er auf den Säulen lag. Als die Arbeiter danach den Sand weg schaufelten, hätte alles zusammenkrachen können. Das tat es aber nicht, sondern steht bis heute. Leider ist der Türsturz in Hattussa verschwunden." Sie sah sich um. „So ein Riesending kann doch nicht weg sein?", fragte sie sich.
„Das wissen wir nicht", antwortete Yildiz. „Aber alles andere haben

Sie perfekt erklärt. Sie sind eine gute Archäologin."
Lynna grinste. „Warum komme ich mir in Ihrer Gegenwart oft so vor, als würden Sie mich für mein Examen prüfen?"
„Das war nicht meine Absicht, Frau Meeves." Er lächelte verlegen. „Es ist eine alte lehrerhafte Gewohnheit von mir, während meiner Vorträge Fragen zu stellen. Ich wollte nicht professoral wirken, sondern Anregungen für Sie geben." Er blickte über den Abhang des Ausgrabungsgeländes hinab und sah, dass die Schülergruppe zu ihrem Bus ging. Adar Barzan stand allein in der Nähe der Stadtmauer. Er hatte seine heutige Führung offenbar beendet.
„Liebe Freunde!", sagte Professor Yildiz mit einer ausladenden Handbewegung. „Ich hätte Ihnen gern noch ein weiteres Tor gezeigt, das Sphinxtor, das am oberen Ende der Stadt steht. Aber ich glaube mein alter Lehrer hat jetzt Zeit für uns. Wir sollten ihn nicht warten lassen." Er winkte ihm von weitem zu und ging mit den beiden den Abhang hinunter. Der Alte kam ihnen mit zügigem Schritt entgegen, sein Hund nebenher.
„So, jetzt bin ich frei für dich, Evren", sagte er als sie zusammentrafen. „Obwohl wir eigentlich erst morgen verabredet waren." Er schüttelte missbilligend den Kopf. „Ich muss nur gleichzeitig mit dem Hund gehen", wandte er ein. „Der Kleine ist es um diese Zeit so gewohnt." Er tätschelte Sassan am Hals. „Wir werden uns beim Spazierengehen unterhalten müssen." Dann nahm er die Begleiter von Yildiz wahr. „Adar Barzan mein Name. Willst du mir nicht deine Begleitung vorstellen, Evren?" Er lüftete seinen Panamahut.
„Entschuldige! Ich dachte, das hätte ich schon getan. Das sind Frau Meeves und Herr Bartosch aus Berlin, Kollegen von mir." Er wies mit der Hand auf sie.
Barzan brummte unwillig. „Ich wünschte, du hättest mir ihre Vornamen genannt." Er wandte sich ihnen zu. „Ich möchte nicht unhöflich wirken, aber ich bin es gewohnt, jedermann in dieser Gegend zu duzen und mit dem Vornamen anzusprechen. Seit

hundert Jahren habe ich damit nur gute Erfahrungen gemacht und möchte mich nicht mehr umstellen. Ich heiße Adar."
„Balkis ist mein Name." Er trat einen Schritt vor und reichte dem Alten die Hand.
„Ich heiße Lynna mit Vornamen." Lächelnd streckte sie die Hand aus.
„Lynna und Balkis", wiederholte er und reichte ihre Hände. Er schloss die Augen und hob den Kopf als würde er nachdenken. „Seltsam", murmelte er. „An irgendetwas erinnern mich diese Namen." Dann hob er ratlos die Hände. „Ich habe es vergessen. Das passiert mir oft in letzter Zeit, leider. Komm, Sassan!", rief er dem Hund zu und machte ein paar Schritte den Abhang hinauf. „Ich habe gesehen, dass du unseren Gästen das Löwentor schon gezeigt hast, Evren. Also lasst uns jetzt auf das Sphinxtor zugehen! Das liegt ganz oben am Berg."
Professor Yildiz warf einen Blick auf Lynna und Balkis, der Ratlosigkeit enthielt. Er wusste, dass Adar Barzan ungewöhnlich war. Er hatte gestern Abend versucht, sie darauf vorzubereiten. Nun waren sie mit ihm bekannt geworden und mussten über ihn denken, wie sie wollten. Aber das war schließlich der Sinn ihrer Reise. Wenn irgendjemand das Rätsel seiner Schrifttafel lösen konnte, dann war es der Kopf dieses Hundertjährigen. Er stieg hinter ihm und seinem Hund den Weg durch die Ausgrabungsstätte hinauf. Plötzlich blieb Adar Barzan stehen. Innerhalb der quadratischen Grundmauern eines Gebäudes zeigte er auf einen grünen Stein in der Mitte. Der glänzende Stein hatte die Form eines Würfels mit abgerundeten Ecken.
„Dieser Stein ist entweder ein Geschenk des Pharao Ramses II. oder ein Meteor aus dem Weltraum. Wir wissen es nicht", sagte der Alte. „Aber es war ein heiliger Platz. Es ist gut, wenn wir hier eine Pause machen." Er nahm auf den Steinen der Grundmauer Platz und die anderen setzten sich auch. „Wenn ihr den grünen Stein berührt, wird euch Reichtum oder Kindersegen zuteil." Er wartete ab, ob jemand aufstand, um den Stein zu berühren. Da sich keiner

bewegte, verzog er sein faltiges Gesicht zu einem Grinsen. „Das ist natürlich Unsinn. Aber an diesem zu früheren Zeiten heiligen Ort möchte ich euch sagen, dass ihr hier in New York seid." Er schwieg eine Zeit lang und blickte die Gesichter seiner Gäste an. „Wir befinden uns im Zentrum der einstmals mächtigsten Hauptstadt der Welt. Schließt bitte die Augen und stellt euch das Treiben vor! Die Stadt ist voller Menschen, Händler ziehen ihre Karren hinter sich her, ein Trupp Soldaten marschiert durch die Straße, Kinder spielen, Frauen feilschen auf dem Markt um den Preis, ein Reiter kommt herangaloppiert und alle springen zur Seite. Es war ein wirres, lautes, unüberschaubares Getümmel wie heute in New York. Babylon, Hattussa, Persepolis waren Metropolen wie die modernen Städte heutzutage. Jede Stadt wollte die größte sein und aus den anderen hervorstechen. Dieser geheimnisvolle grüne Stein war so eine Besonderheit von Hattussa und natürlich die Stadtmauer da unten. Die haben sie wirklich beeindruckend nachgebaut. Du warst doch damals dabei, Evren?", fragte er und der Professor nickte. „Man sieht die Mauer heute wieder aus der Entfernung von einer Tagesreise. Das erinnert an die große Zeit." Ihm fiel etwas ein und er sah Yildiz an. „Du wolltest von mir etwas über Troja wissen. Darüber hast du am Telefon gesprochen. Das scheint sehr wichtig für dich zu sein. Ich muss dich enttäuschen." Er schüttelte den Kopf. „Wilusa, wie wir es nennen, war keine solche Stadt. Es war keine Metropole wie New York. Wilusa war eine kleine Hafenstadt."
Lynna war durch seine Bemerkung elektrisiert. „Die Fläche dieser Ausgrabungen hier ist um ein Vielfaches größer als das, was wir auf dem Hisarlik-Hügel von Troja gesehen haben."
„Es ist das Fünffache", entgegnete Adar Barzan. „Hattussa war fünfmal so groß und noch ist lange nicht alles ausgegraben. Ich sagte ja: Wilusa war eine Kleinstadt."
„Und warum ist Troja ein Mythos?", fragte sie aufgeregt. „Die Mauern von Troja galten mal als unbesiegbar."
Der Alte schmunzelte. „Ich kenne viele Fotos der Ausgrabungsstätte

von Wilusa. Schließlich ist mein Freund Evren dort zu Hause. Aber nichts von diesen Mauern scheint mir uneinnehmbar. Es sieht aus wie die Befestigung einer Kleinstadt, aber das sagte ich ja schon."
„Kennst du die Sage vom Trojanischen Krieg?", fragte Lynna vorwitzig.
Barzan zog die Mundwinkel herunter. „Das ist eure alte Geschichte", sagte er. „Es ist ein sehr langes Gedicht. Ich habe es mal in türkischer Sprache gelesen. Aber ich habe nichts davon mit unserer Geschichte verbinden können. Wilusa gehörte zum Reich der Hethiter. Es hat im Laufe von Jahrhunderten immer mal wieder Kämpfe um die Vorherrschaft gegeben. Aber verloren haben die Hethiter das Gebiet durch Völker, die aus dem Norden kamen. Die Griechen haben dort nie eine große Rolle gespielt, nur ihre Sprache. Nein", räusperte er sich. „Dieser Geschichte habe ich nie etwas abgewinnen können. Sie ist reine Phantasie. Aber für euch Europäer scheint sie sehr wichtig zu sein. Dieser angebliche Krieg wird in allen Geschichtsbüchern erwähnt."
„Du sagst es, Adar!", jubelte Lynna, ging auf ihn zu und umarmte ihn. „Du sagst genau das, was ich meine! Der Trojanische Krieg hat nie stattgefunden. Das habe ich in Berlin gesagt und seitdem habe ich nichts als Ärger wegen meiner Meinung."
Der Alte lächelte. „Glaube mir, Lynna", sagte er und seine Augen funkelten unter den buschigen weißen Brauen. „Es passiert mir altem Mann nicht mehr oft, von einer jungen Frau umarmt zu werden. Ich freue mich, wenn es dir gefällt, was ich zu erzählen habe. Aber es war nicht anders. Einen solchen Krieg um Wilusa kann es nicht gegeben haben. Diese Macht hatten die Griechen zu der Zeit nicht. Die Hethiter hätten den Angriff zurückgeschlagen."
„Und warum gibt es dann diese Sage?", fragte sie. „Da muss doch etwas dahinter stecken."
„Ich sagte ja vorhin: Jede Stadt will die größte sein und jedes Land will das auch. Deswegen baut man große Mauern und deswegen erfindet man eine große Geschichte. Die Mauern stehen in

Wirklichkeit da, aber bei der Geschichte lügt sich jedes Land ein bisschen was zurecht. Wilusa war eine Hafenstadt. Es hat mal Auseinandersetzungen mit Schiffen aus Kreta und aus Zypern gegeben. Schließlich war Wilusa der letzte Hafen vor den Dardanellen, wenn man zum Schwarzen Meer wollte. Es ging darum, dass Wilusa eine Gebühr für die Durchfahrt erhob und dafür Lotsen zur Verfügung stellte. Ohne Lotsen wäre kein Schiff durch die Dardanellen gekommen. Aber das war kein Krieg von mehreren Jahren. Es war eine Revolte von Seeleuten im Hafen. Menschen sind totgeschlagen worden, Schiffe haben gebrannt. Am Ende hat das hethitische Militär den Aufstand niedergeschlagen. Wilusa konnte weiterhin Geld für die Durchfahrt verlangen." Adar Barzan machte eine Pause. Dann schüttelte er so heftig den Kopf, dass sein Panamahut wackelte. „Aber was ich in eurer Geschichte vom Trojanischen Krieg gelesen habe: Mit tausend Schiffen sollen die Griechen gekommen sein und hätten die Stadt mit fünfzigtausend Kriegern angegriffen. Unsinn!", sagte er und pausierte wieder für einen Moment. Dann lächelte er überlegen. „Wilusa hatte damals etwa zehntausend Einwohner – einschließlich Frauen und Kinder. Bei dem Kräfteverhältnis hätten die Griechen die Stadt in drei Tagen überrannt, mit und ohne Stadtmauer." Er kicherte.

„Wenn die Sage nicht wahr ist, warum gibt es sie dann?", fragte Lynna noch einmal.

„Wegen der Griechen", antwortete er spontan. „Ich sagte doch, dass sich jedes Land seine eigene große Geschichte irgendwie zusammenlügt. Das ist bei allen so, auch in meinem Land." Barzan unterbrach sich wieder. Ihm war noch etwas in den Kopf gekommen. „Ist euren Leuten nie aufgefallen, dass die Zahlen in dieser Troja-Geschichte symbolische Zahlen sind, mythische Zahlen? Tausend! Fünfzig mal tausend! Das sind keine Zahlen. Das heißt nur sehr, sehr viel." Er räusperte sich. „Entschuldige Lynna! Du hattest mich was anderes gefragt, nach den Griechen."

„Nein", entgegnete sie. „Ich wollte wissen, wieso es eine Sage über

Troja gibt, die noch nicht mal den Hauch von einem wahren Kern gehabt haben kann."

„Weil ihr Europäer sie alle geglaubt habt." Der Alte kicherte belustigt. „Ich weiß seit langem, dass eure Schüler diesen Unsinn lernen müssen. Europa scheint diese Geschichte zu gefallen. Ihr hättet nur mal einen Menschen aus Anatolien fragen müssen, dann hättet ihr es besser gewusst."

Professor Yildiz hatte jedem Wort mit wachsender Begeisterung zugehört. „Also glaubst du auch, dass die Erfolgsgeschichte dieser Sage einem eurozentrischen Weltbild geschuldet ist?", brach es aus ihm heraus. Er blickte Adar an und wartete gespannt auf seine Antwort.

„Eurozentrisches Weltbild?", fragte dieser. „Du musst entschuldigen. In meinem Alter kommen manche Gedanken leider nur noch wie Bruchstücke. Aber mir ist da noch etwas eingefallen. Die Griechen sollen Troja zehn Jahre belagert haben. Sie sollen in Zelten gewohnt haben. Weißt du, wie kalt es im Winter in Istanbul wird?" Er wartete auf eine Antwort. „Drei Grad im Januar kommt schon mal vor, manchmal schneit es. Das muss ein hartes Zeltlager gewesen sein." Er kicherte wieder. „Ich frage mich, wieso alle Welt glauben konnte, dass an dieser Geschichte je etwas Glaubwürdiges dran war."

„Du sprichst mir aus der Seele!", rief Lynna und stand ungeduldig auf. Sie ging auf den grünen Stein zu und drehte sich zum Alten um. „Aber du hast noch nicht alles gesagt. Vorhin hast du einen Satz mit den Griechen und ihrer Geschichte angefangen."

„Ach so", murmelte er und erhob sich ebenfalls. Er wusste, dass sein Kopf besser funktionierte, wenn er seinen Körper bewegte. Er ging um seine Gäste herum. „Die Griechen haben diese Sage benutzt. Viel später, als sie selbst schon ein mächtiges Reich waren und die Perser im Krieg geschlagen hatten, passte ihnen diese Geschichte gut. Dieses lange Gedicht, das mal irgendjemand aufgeschrieben hatte – ich habe seinen Namen vergessen – sagte ihnen, dass sie schon immer ein großes kriegerisches Volk waren. Sie waren ein junges Volk, aber es schmeichelte ihnen, auf eine ruhmreiche Geschichte zurückblicken zu können. Das war der Sinn."

Professor Yildiz ergänzte die Worte des Alten: „Der Trojanische Krieg gehörte zur Politik des aufstrebenden Athen im 5. Jahrhundert. Hier wurde die Geschichte von Homer zum Mythos für die eigene Selbstbestimmung gemacht."

„Richtig, Evren!" Barzan nickte. „Homer war der Name des Dichters. Jetzt fällt es mir wieder ein. Ich weiß nicht sehr viel über die Geschichte der Griechen. Sie lagen zu weit abseits für unser Volk. Nur ihre Sprache hatte Bedeutung. Aber so, wie du es sagst, könnte es gewesen sein. Die Griechen hatten mit dieser Geschichte alte Helden gefunden, denen sie nacheifern konnten. Ich habe mich nur immer darüber gewundert, warum dieser Unsinn in ganz Europa so geschätzt wurde."

„Vermutlich weil Troja zum Mythos für alle Europäer geworden ist", warf Lynna ein. „Athen gilt als die Wiege der Demokratie, Griechenland war die erste politische Macht auf unserem Kontinent. Da braucht es doch eine Entstehungsgeschichte. Rom hat sich später auf den aus Troja geflüchteten Aeneas berufen, der Urahn von Romulus und Remus war. Das war zwar alles Phantasie, aber die Wurzeln des Imperium Romanum gehen nach dieser Geschichte auf Troja zurück. Damit war der Gründungsmythos in ganz Europa angekommen."

„Julius Caesar hat in Verehrung für die Sage Troja zur zweiten Hauptstadt des Römischen Reichs machen wollen", unterbrach Yildiz.

„Ich weiß", entgegnete Lynna. „Eine grenzenlose Überschätzung dieser kleinen Stadt. Aber dazu ist es ja nie gekommen. Die Römer haben etwas weitaus Folgenschwereres getan. Sie haben die anatolische Halbinsel Provinz Asia genannt. Damit wurde das Land auf der gegenüberliegenden Seite der Ägäis zu einem anderen Kontinent."

„Das war der historische Sündenfall", redete der Professor

dazwischen. „Asien wurde zu einer anderen Welt. Das Land im Osten bekam einen Sammelbegriff, obwohl, wie ich immer sage, nur ein paar Inselchen zwischen Griechenland und Anatolien lagen. Es gab viel mehr Gemeinsamkeiten auf beiden Seiten des Meeres: in der Sprache und in der Kultur. Selbst die Bauwerke in den Städten sahen ähnlich aus. Noch zweitausend Jahre später finde ich diese Abgrenzung bedauerlich."

„Inseln verbinden Länder", murmelte Adar Barzan. „Aber Meere trennen sie auch."

„Spätestens seit dem Römischen Reich wurde Europa von Westen her gedacht", fügte Yildiz hinzu. Er hatte sich in Stimmung für einen Vortrag geredet. „Das Mittelalter definierte sich über Rom als Sitz des Papstes. In der Renaissance erinnerte man sich wieder an die Kultur der griechischen Antike. Aber für die alten Völker im Osten interessierte sich niemand. Außerdem hatten inzwischen die Türken Anatolien erobert und vor allem Konstantinopel. Es gab ein neues altes Feindbild. Der Osten bedeutete Gefahr. Wie zu den Zeiten der alten Griechen in den Perserkriegen musste man sich nun gegen die Osmanen rüsten. Später entbrannte in Europa eine regelrechte Begeisterung für das antike Griechenland. Eure Dichter der deutschen Klassik waren mit dafür verantwortlich", sagte er mit einem tadelnden Blick auf Lynna und Balkis. „Sie erhoben die Hellenen zum Ideal und sie entdeckten die Werke von Homer wieder: Ilias und Odyssee. Archäologen aus ganz Europa brachen nach Griechenland auf und plünderten alle Artefakte, die sie kriegen konnten. Im Britischen Museum in London könnt ihr diese geraubten Schätze heute betrachten." Yildiz war etwas zornig geworden und machte eine Pause, um sich zu entspannen. „Aber ihr dürft nicht glauben, dass sich irgendjemand für die Kultur des Ostens interessiert hätte. Zu dieser Zeit ist keiner auf die Idee gekommen, Hattussa zu erforschen oder Babylon oder Persepolis, obwohl diese Städte viel älter waren und ihre Reiche viel mächtiger. Stattdessen wurden die Helden der Troja-Geschichte von Homer –

Achilleus und Odysseus – zum Pflichtprogramm in europäischen Schulen, die untreue Helena natürlich auch." Yildiz legte die Hände aneinander. Er hatte zunächst alles gesagt, was er sagen wollte.

Der Alte räusperte sich. „Meinst du die Helena, von der du am Telefon gesprochen hast?"

„Genau", antwortete der Professor. „Helena und Inaara – diese Namen standen auf der Schrifttafel. Ihretwegen sind wir zu dir nach Hattussa gekommen. Offenbar sind sie ein und dieselbe Person. Was kannst du uns über sie erzählen?"

„Ich hätte fast vergessen, euch das Sphinxtor zu zeigen. Es liegt weiter oben am Ende der Anlage." Adar Barzan verließ den heiligen Platz mit dem grünen Stein, der vielleicht mal ein Tempel war, und stieg den Weg durch die Ausgrabungsstelle bergan. Sassan trottete ihm hinterher. „Wenn ihr oben seid, habt ihr einen wunderbaren Überblick", erklärte er nach hinten gewandt seinen Gästen. Yildiz registrierte, dass er seine Frage schlicht übergangen hatte. Er hütete sich weiter zu drängen, denn er kannte die eigenwillige, manchmal wunderliche Art seines Reiseführers. Am oberen Ende des Geländes angekommen, standen sie vor einem steinernen Wall. Er sah aus wie eine in die Länge gezogene Pyramide. Die groben Steine, aus denen der Wall bestand, bildeten an der Seite ein wie mit dem Lineal gezogenes Dreieck. Bis zur Spitze war es etwa dreißig Meter hoch. Von da an verlief die Oberkante des Walls etwa zweihundert Meter lang. Dann wurde sie auf der anderen Seite von genauso einem Dreieck beschlossen. „Der Wall von Yerkapi – eine Pyramide in Längsform", sagte Barzan. „Wir wissen nicht, ob die Hethiter zur Zeit von König Muwattalli die Pyramiden in Ägypten kannten, aber es ist gut möglich. Es bestand reger Austausch zwischen beiden Ländern."

„Muwat...", Lynna stolperte bei der Aussprache des Namens. „Ist das nicht der König, der eine Schlacht gegen den ägyptischen Pharao gewonnen hat?"

„Richtig", bestätigte der Alte. „Muwattalli hatte Ramses II. in der Schlacht bei Kadesch besiegt, aber der Pharao konnte flüchten.

Später einigten sich beide Reiche auf einen Friedensvertrag, der den unentschiedenen Ausgang des Krieges besiegelte." Adar Barzan blinzelte mit seinen Augen unter dem Hut hervor. „Ihr seht: Die Hethiter hatten die Weltmacht Ägypten besiegt."
„Eine Kopie des Vertrages hängt im Gebäude der Vereinten Nationen in New York", fügte Lynna hinzu. „Es ist der älteste Friedensvertrag der Geschichte."
„Ich sagte ja vorhin schon: Ihr seid in New York", grinste Barzan. „Und hier steht ihr vor der Krönung der Stadt. Über diesem Wall aus Steinen erhob sich eine Mauer mit Türmen, wie ihr sie unten schon gesehen habt. Das Bauwerk war weithin sichtbar. Es diente nicht nur zur Verteidigung, sondern wurde wahrscheinlich als Bühne für religiöse Prozessionen errichtet. Darin könnt ihr die Stärke von Hattussa erkennen. Es leistete sich den Luxus, das größte Gebäude der Stadt nicht zu militärischen, sondern zu kulturellen Zwecken zu bauen." Er winkte den Gästen zu. „Es gibt einen Tunnel durch den Wall. Kommt mit!" Zwischen den Fugen der gewaltigen Steine sahen sie Grünzeug sprießen. Teilweise war der Wall schon überwuchert. Dann standen sie vor dem Eingang zu einem Tunnel, der durch das Innere der Pyramide führte. Sie blickten zögernd hinein und sahen ganz am Ende einen Lichtschein. „Kommt mit!", wiederholte der Alte. „Ich schicke meinen Hund vor." Sassan schnüffelte am Eingang des Tunnels und trabte dann zuversichtlich hinein. Adar Barzan schritt zügig hinterher. Yildiz fasste an die Steine des drei Meter hohen Durchgangs und folgte ihm. Lynna und Balkis kamen vorsichtig in gebückter Haltung nach. Sie sahen das Licht am Ende, das mit jedem Schritt deutlicher wurde. Ohne ein Wort zu sagen gingen sie darauf zu. Nach Dutzenden von tastenden Schritten durch die Dunkelheit kamen sie am jenseitigen Tor an. Als sie wieder ins Tageslicht traten, sahen sie zuerst, wie der Hund in der Nähe des Ausgangs in einem Mauseloch buddelte. Sie gingen ein paar Schritte weiter und blickten sich um. Das Tor, durch das sie aus dem Tunnel herausgekommen waren, bestand aus drei gewaltigen Monolithen,

wie sie Lynna vom Löwentor in Mykene in Erinnerung waren. Sie hatten beim Weg durch den Tunnel gar nicht gemerkt, dass sie leicht bergan gegangen waren. So konnten sie jetzt mit einigen Schritten auf den Giebel des Walls steigen. Die ganze Stadt lag von dieser Perspektive aus unter ihnen. Vom höchsten Punkt dieser sonderbaren langgezogenen Pyramide sahen sie auf die Ausgrabungsstätte von Hattussa herab. Sie konnten einen Sinn in der Struktur der schachbrettartig im Grün liegenden weißen Grundmauern erkennen. Das Ruinenfeld sah von oben nicht mehr aus wie eine zufällige Ansammlung von Steinen. Sie erkannten Straßen zwischen den ehemaligen Häusern. Am deutlichsten war ein gerader Weg von der Mitte des Walls bis zum Heiligtum mit dem grünen Stein zu erkennen. Der Weg, den sie vorhin heraufgestiegen waren, schien die Hauptstraße gewesen zu sein.

Lynna ging ein paar Meter auf dem Scheitelpunkt des Bauwerks. „So etwas habe ich noch nie gesehen", sagte sie beeindruckt. „Eine in die Länge gezogene Pyramide kenne ich nirgendwo auf der Welt, nicht in Ägypten und nicht in Mittelamerika. Das ist einmalig." Sie nahm ihr Handy aus der Tasche, um Fotos zu machen.

Balkis kam zu ihr. „Was hältst du von einem Interview mit Adar Barzan?", fragte er.

„Möchtest du den Hundertjährigen bei Facebook einstellen?" Lynna grinste spöttisch. „Er kriegt bestimmt auf Anhieb tausend Likes."

„Lach nicht wieder über mich!", erwiderte er. „Ich dachte an eine Dokumentation über diesen Ort mit Barzan als Experten, nicht nur für Facebook, sondern auch für die Homepage deiner Uni. Soviel ich weiß, bist du ja noch nicht rausgeworfen worden. Deine Professorin glaubt dir nur nicht mehr. Wie wäre es, wenn du sie von Hattussa aus mit neuen Fakten überzeugst? Wir frischen die Internet-Seite der Uni mit einem Interview auf. Ich finde diesen Alten faszinierend! Du müsstest nur vorher Kontakt mit Ilonka Seyfried aufnehmen."

Sie lächelte gequält. „Ich kann nicht sagen, dass ich dazu sehr viel Lust habe. Ich finde Adar Barzan ebenso interessant wie du. Aber ich

habe es nicht nötig, bei Professorin Seyfried zu betteln, damit sie einen Beitrag in den Blog der Uni stellt."
„Oh, doch", entgegnete Balkis. „Das hast du. Du hast es nötig zu betteln, Klinken zu putzen und auf die Knie zu gehen, wenn du die Welt von deiner Theorie überzeugen willst. Oder denkst du, die Leute glauben dir von allein? Du hast ja gesehen, auf welche Widerstände wir gestoßen sind."
Lynna dachte nach, während sie den Blick über das Ausgrabungsgelände schweifen ließ. Es wurde ihr klar, dass Balkis nicht aus eigenem Interesse sprach. Seine Homepage bei WOCHE ONLINE war längst gestoppt und sein Verdienst damit auch. Alles, was er ihr jetzt vorschlug, hatte er sich nur für sie ausgedacht. Im Grunde genommen musste sie es als Liebesbeweis verstehen, was er sich überlegt hatte. Sie merkte, dass ihre Eitelkeit ihr im Weg stand. Vielleicht war es auch ihre Verletzlichkeit, denn sie wusste, dass der Kontakt zu Ilonka Seyfried über Merle laufen würde. Sie wurde unruhig bei diesem Gedanken. Aber das, was Balkis ihr vorgeschlagen hatte, war eine clevere Idee: ein Blog-Beitrag über Hattussa mit Adar Barzan. Das würde den Lesern zeigen, dass sie weiter für ihre Auffassung kämpfte. Lynna war dankbar für seine Hilfe. Sie blickte Balkis an, lächelte verschmitzt und ließ sich vor seinen Füßen auf ihren Knien nieder. „Ich will, dass die Welt an meine Theorie glaubt!", sagte sie.
„Steh auf, Lynna!", rief Balkis. „Du übertreibst es jetzt! So hatte ich es nicht gemeint."
„Doch, hast du", entgegnete sie während sie wieder aufstand. „Ich soll betteln, Klinken putzen und auf die Knie gehen, wenn ich die Welt von meiner Meinung überzeugen will, hast du gesagt." Sie schwieg für einen Moment. „Gerade ist mir klar geworden, dass du diese ganzen Tage nur für mich arbeitest. Ich kann dir gar nicht sagen, wie oft ich dafür auf die Knie gehen sollte." Sie schlang ihre Arme um seinen Hals und küsste ihn. Balkis war überrascht. Er steckte sein Handy in die Tasche seiner Jeansjacke, bevor er die

Arme um ihre Schultern legte und sie an sich drückte.

„Du kannst jede Unterstützung von mir bekommen", flüsterte er ihr ins Ohr. „Es macht mir Freude, für dich da zu sein. Außerdem glaube ich immer noch, dass du recht hast mit deiner Troja-Theorie."

„Na klar habe ich recht", sagte sie mit einem selbstgewissen Grinsen. Sie löste sich aus seiner Umarmung. „Und deswegen werde ich gern meine Professorin anrufen, wenn du einen Beitrag für den Blog fertigstellst. Ich weiß, dass ich manchmal eine Zicke sein kann." Sie lachte ihn an. „Aber verletzte Eitelkeit ist keine professionelle Haltung. Das habe ich gerade auf den Knien von dir gelernt. Ich werde mit Seyfried Kontakt aufnehmen und sie bitten, unsere Recherche aus Hattussa in den Blog einzustellen. Frag Adar Barzan nach einem Interview. Der alte Mann ist unglaublich authentisch."

„Er wäre ein Knüller", antwortete Balkis. „Ich gehe gleich zu ihm." Er drehte sich nach dem Alten um und sah, dass der sich mit dem Professor schon ein ganzes Stück entfernt hatte. Beide waren auf dem Wall weitergegangen und standen gestikulierend vor einem Gebäude, das er von seinem Standort nicht erkennen konnte. Balkis ging auf die beiden zu.

„Ah, da bist du ja!", freute sich der Alte. „Sieh dir das an!" Er zeigte auf eine Mauer aus klobigen weißen Steinen, die über ihrer Augenhöhe verlief. „Das ist das Sphinxtor." Die Mauer wurde unterbrochen durch zwei aus Stein gehauene geflügelte Figuren mit Frauenköpfen und Körpern von Löwen. Beide Bildnisse schienen das Tor zu bewachen, das den südlichen Eingang nach Hattussa bildete. „Die Sphinx ist ewig wachsam. Sie symbolisiert den Schutz für die Stadt. Hinter diesem Tor fühlten sich die Bürger sicher. Ebenso wie der gesamte Wall erinnern diese Figuren an ägyptische Einflüsse. Wir wissen es nicht, aber es sieht stark danach aus, dass Hattussa den Sphinx-Kult aus Ägypten übernommen hat. Vielleicht haben sich die Beziehungen beider Reiche nach dem Krieg positiv entwickelt und die Völker haben viel voneinander gelernt." Barzan grinste in sich hinein. „Das wäre doch eine schöne Vorstellung", sagte er zu

Balkis gewandt. „Ihr Deutschen habt nach eurem letzten Krieg ja auch viel von den Amerikanern gelernt."
„Ein paar Städte bei uns sehen ziemlich amerikanisch aus", nickte er zustimmend. „Ich kenne Restaurants in Berlin, die eine komplett amerikanische Speisekarte haben. Englisch gesprochen wird dort sowieso nur", fügte er lächelnd hinzu.
„So musst du dir Hattussa vor dreitausend Jahren vorstellen", sagte der Alte. „Ein Gewimmel von Sprachen aus aller Welt. Sogar bei der Schrift waren zur gleichen Zeit Hieroglyphen und Keilschrift vielen Schreibern geläufig. Irgendwann kamen auch griechische Buchstaben in Mode."
Balkis sah, dass Lynna hinter ihm herkam. Gemeinsam stiegen sie zum Sphinx-Tor hoch. Er berührte die Falkenflügel der Figur. „Mir kommt eine Idee, Adar", sagte er auf einmal. „Würdest du mir für ein Interview zur Verfügung stehen?" Er nahm sein Handy aus der Tasche. „Diese Kulisse ist ein idealer Ort und du weißt darüber zu erzählen wie kein anderer."
„Ein Interview?", fragte der Alte irritiert. „Du meinst, dass du mich fotografierst, während ich über die alte Geschichte erzähle? Wozu soll das gut sein?" Er blickte ihn ratlos an.
Balkis überlegte kurz, ob er vom Internet-Auftritt der Uni in Berlin berichten sollte, entschied sich aber dagegen. „Kein Foto, sondern ein Film", antwortete er. „Ich möchte dich filmen, wie du die Altertümer von Hattussa und die Geschichte der Hethiter erklärst. Ich glaube, niemand weiß mehr darüber als du. Die Welt soll deine Beschreibung hören."
„Die Welt?", fragte er ungläubig und zog die Stirn in Falten. „Die Welt will nicht die Worte eines alten Mannes über die Geschichte seines Volkes hören. Nur die Leute von hier wollen das." Er richtete sich auf. „Solche Berichte mit Fotos habe ich noch nie gemacht. Ich habe immer nur weitererzählt, was mir die Menschen aus der Gegend über alte Zeiten berichtet haben. Mein Name hat noch nie in einer Zeitung gestanden." Er schüttelte den Kopf. „Im Kino war ich

erst recht nicht."
Balkis spürte die Abneigung in den Worten des Alten. Er versuchte es auf eine andere Art. „Führst du häufig solche Schulklassen wie heute Vormittag durch das Gelände?", fragte er.
„Ja", lachte Adar Barzan. „Im Sommer habe ich fast an jedem Tag Führungen. Damit verdiene ich mir ein Zubrot zu meiner Rente. Der Bürgermeister organisiert das. Ich wohne in einem kleinen Haus neben ihm. Seine Frau lädt mich oft zum Essen ein und dann besprechen wir, ob am nächsten Tag Reisegruppen ankommen."
„Machen diese Schüler mit ihren Handys Fotos von dir?", wollte Balkis wissen.
„Nein", antwortete der Alte. „Ich erkläre ihnen zu Beginn der Führung, dass ich das nicht möchte. Das respektieren die jungen Leute. Sie sehen hier dreitausend Jahre alte Schätze. Welche Bedeutung hat dagegen ein hundertjähriger Mann?"
„Du magst keine Fotos von dir", stellte er fest.
„Nein", entgegnete Barzan. „Ich verstehe den Sinn nicht. Ich bin kein Fußballspieler und kein gut aussehender Sänger wie diese jungen Leute im Fernsehen. Ich erzähle nur Geschichten."
„Von dir könnten viele Menschen lernen", versuchte Balkis ihn zu überzeugen.
Adar Barzan zog seine weißen Augenbrauen zusammen und blickte streng. „Höre du nur meinen Geschichten zu. Dann kannst du was lernen. Das genügt." Seine ernste Miene löste sich in einem Lächeln auf. Balkis nickte stumm. Er wusste, dass hier keine Überredungskunst weiterhalf. Achselzuckend drehte er sich zu Lynna um. Sie blickte ebenfalls ratlos.

Der Alte wandte sich dem Professor zu. „Entschuldige, Evren!", sagte er. „Jetzt fällt mir wieder ein, dass du mich vorhin etwas gefragt hast. Es ging um Inaara, unsere alte Königin."
Yildiz schmunzelte. „Ich dachte schon, du wolltest nicht darüber sprechen. Inaara und Helena – diese Namen standen auf der

Schrifttafel, die ich gefunden habe. Was kannst du uns dazu sagen?"
„Warum sollte ich nicht darüber sprechen wollen?", entgegnete Barzan empört. „Mir war nur am Sphinxtor etwas anderes zu erzählen eingefallen. Ich kenne die Schrifttafel, die du meinst."
Der Professor starrte seinen alten Lehrer überrascht an. „Das ist nicht möglich!", rief er. „Die Tafel kannst du nicht kennen, außer durch ein paar Internetseiten. Aber du hast ja keinen Computer."
„Ich habe sie selbst in der Hand gehabt", setzte der Hundertjährige hinzu.
„Nein!", widersprach Yildiz. „Das geht nicht. Ich habe sie vor ein paar Wochen in Troja aus der Erde geholt. Seitdem konnten sie nur wenige Menschen berühren. Meine Gefährten gehören dazu." Er zeigte auf Lynna und Balkis, die inzwischen zu ihnen gekommen waren. „Du verwechselst jetzt etwas mit meinem Fundstück. Aber die Inschrift auf der Schrifttafel ist tatsächlich der Grund, aus dem wir zu dir gekommen sind. Inaara gehört zu einem alten hethitischen Mythos."
Der Alte schloss die Augen. „Die Inschrift lautet: 'Königin Inaara von Hatussa erwählte den Prinzen Pasiya von Wilusa zu ihrem Mann und brachte ihn in ihre Stadt'. Es war die Bekanntmachung einer Königshochzeit. Von dieser Sorte gibt es viele Tafeln bei uns. Sie sind so eine Art Glücksbringer."
Yildiz war sprachlos. „Das ist wortwörtlich der Text!", rief Lynna. „Woher weißt du das?"
Mit seinen kleinen listigen Augen lächelte Adar Barzan verschmitzt. „Ich sollte das wissen", sagte er. „Ich führe seit Jahrzehnten Besuchergruppen durch meine Stadt. Evren weiß das." Er hob beide Arme als wollte er sich entschuldigen. „Inaara gehört in unsere große Zeit. Die Hethiter waren das mächtigste Volk der Welt. Sie war eine Enkelin von König Muwattalli, der, wie ihr wisst, die Ägypter besiegt hatte. Als junge Frau erhielt sie eine Weissagung von unserer Muttergöttin. Sie sollte ausziehen und sich einen Mann suchen. Ihr seht, dass wir damals einen matriarchalischen Glauben hatten. Die

Männer durften Kriege führen und Helden sein, aber die Macht im Staat lag bei den Frauen. Also zog Inaara durch ihr Reich, um einen zu ihr passenden Mann zu finden. Ihre Reise dauerte Monate. Erst in der letzten Stadt – bevor das Meer begann – lernte sie den Prinzen Pasiya von Wilusa kennen. Beide verliebten sich ineinander. Im Traum ermutigte sie die Muttergöttin, diesen Mann zu wählen. Danach war Inaara sicher und feierte in Wilusa ihre Verlobung mit Pasiya. Es muss ein bedeutendes Fest für den kleinen Ort gewesen sein. Die Menschen feierten eine Woche lang und es wurden Tontafeln angefertigt, auf denen die Vermählung der beiden angekündigt wurde. Darauf stand der Text, den ich gerade zitiert habe."

„Also hatte es mehrere solche Tafeln gegeben?" Yildiz hatte seine Sprache wiedergefunden. In ihm machte sich allerdings eine Ernüchterung breit. „Mein Fundstück ist kein einmaliges Exemplar?"

„Ach, woher?", lachte der Alte. „Solche Tafeln zur Hochzeit von Inaara und Pasiya gab es damals zu Hunderten in Wilusa und natürlich auch hier in Hattussa. In der Hauptstadt haben die beiden schließlich geheiratet. Es muss eine große Hochzeit gewesen sein. Stellt euch vor, dass alle 50 000 Einwohner am Abend mit Fackeln an der Straße gestanden haben oder hier oben auf dem Wall."

„Woher weißt du das alles?", fragte Lynna.

Adar Barzan gähnte. Dann bückte er sich und tätschelte Sassan. „Du musst entschuldigen, aber ich werde langsam müde. Erst diese Schulklasse und jetzt auch noch ihr mit euren vielen Fragen. Ich glaube, ich muss eine Mittagsruhe einlegen. Lasst uns nach unten zum Dorf gehen!" Er machte dem Hund ein Zeichen und Sassan lief sofort los. „Es gab mal vor hundert Jahren einen Europäer", sagte Barzan während er die Ausgrabungsstätte zügig bergab ging. „Der hat hier sehr viele Schrifttafeln gefunden, in hethitischer Keilschrift. Ich habe sie alle gelesen."

„Du kannst hethitische Keilschrift lesen?" Lynna blickte ungläubig.

Der Alte ging mit kurzen, etwas staksigen Schritten dem Dorf entgegen. „Ich kann Hethitisch nicht nur lesen, sondern auch sprechen", antwortete er. „Die Geschichte von unserer Königin Inaara und ihrem Mann ist auf diesen Tafeln aufgeschrieben. Daher weiß ich das alles."

„Sprechen?", fragte Lynna mit einem Ausdruck von Entsetzen. „Die hethitische Sprache ist tot, seit zweitausend Jahren tot. Niemand spricht sie mehr."

„In meiner Heimat schon", entgegnete Barzan. Sie waren am Ortsrand angekommen. „Jetzt wäre ich froh, wenn wir eine Pause machen könnten. Ich brauche ein Schläfchen und der Hund auch", sagte er. „Vielleicht treffen wir uns am Nachmittag um fünf an dieser schönen Stadtmauer wieder. Dann kann ich euch mehr erzählen."

Der Alte nickte freundlich, drehte sich um und machte die ersten Schritte auf die Hauptstraße zu.

„Hat das jemand verstanden?", fragte Lynna ihre Begleiter mit großen Augen. „Er kann Hethitisch lesen und sprechen?"

Professor Yildiz wiegte nachdenklich den Kopf hin und her. „Hethitische Keilschrift lesen kann ich auch. Das ist nicht ungewöhnlich", erklärte er. „Mit dem Sprechen ist es etwas komplizierter. Kein Mensch kann die Aussprache und Betonung der Laute heute noch nachvollziehen. Der ganze Klang der Sprache ist gewissermaßen verschüttet. Hethitisch zu sprechen ist noch schwieriger als wenn heute antike Theaterstücke auf Altgriechisch aufgeführt werden. Dort hat es durch die Sprache wenigstens eine kontinuierliche Überlieferung gegeben."

„Adar Barzan hat noch mehr gesagt", fügte Lynna hinzu. „In seiner Heimat würde man Hethitisch sprechen. Oder habe ich ihn falsch verstanden?"

Yildiz kratzte sich am Kopf. „Ja, den Satz habe ich auch gehört." Er ließ pfeifend die Luft durch seine Zähne entweichen. „Offen gestanden kann ich das ebensowenig verstehen wie Sie. Aber eines weiß ich von diesem Hundertjährigen genau: Er lügt nicht. Er spricht oft bruchstückhaft und macht Andeutungen, die man nicht versteht.

Aber er erzählt niemals etwas Falsches, um nach Effekten zu haschen. Das hat er bei seinem grandiosen Wissen nicht nötig."
„Also sprechen hier in der Gegend Menschen die alte hethitische Sprache?", folgerte sie.
Er zog die Stirn in tiefe Falten. „Die wirkliche Antwort auf Ihre Frage ist mir unheimlich, Frau Meeves. Ich bin froh, dass ich sie im Moment nicht beantworten muss."
„Mir ist etwas anderes aufgefallen", sagte Balkis plötzlich. „Vielleicht passt es dazu. Barzan hat mehrfach die erste Person Plural benutzt: „unsere große Zeit" und „unsere Muttergöttin". Warum hat er das so gesagt. Er hätte ja auch „die große Zeit" sagen können. Immerhin ist es dreitausend Jahre her, also keinesfalls seine Zeit."
„Das scheint mir ziemlich klar", antwortete Yildiz. „Der Alte hat sein ganzes langes Leben mit der Erforschung der Hethiter verbracht. Er identifiziert sich mit ihnen. Vielleicht benutzt er deswegen manchmal die Wir-Form, besonders gegenüber Besuchern seiner Stadt."
„Oder er hält sich selbst für einen Hethiter", murmelte Balkis.
„Diese Deutung halte ich für übertrieben", schnitt der Professor das Gespräch ab. „Gelinde gesagt." Er wechselte das Thema. „Es ist genau die richtige Zeit Mittag zu essen und uns im Hotelzimmer einzurichten. Vorhin haben wir dort ja nur unsere Koffer abgestellt."
Nach wenigen Minuten Fußweg auf der Hauptstraße hatten sie das Hotel Baykal erreicht. Gegenüber befand sich ein Restaurant, in dem sie Platz nahmen.

***

„Deutlicher konnte die Absage an ein Interview nicht sein", grinste Lynna ihr Gegenüber nach dem Essen an. Professor Yildiz war schon ins Hotel gegangen und die beiden warteten auf einen Kaffee.

„Das hatte ich auch schnell gemerkt, dass der Alte sich nicht interviewen lässt", antwortete Balkis. „Er ist unglaublich reich an Kenntnissen, aber er ist ziemlich stur in diesem Punkt. Ich werde trotzdem eine Dokumentation über Hattussa zusammenstellen. Ich habe ausreichend Aufnahmen gemacht. Auf ein paar Bildern ist Barzan auch drauf. Aus dem, was ich von ihm verstanden habe, mache ich einen Kommentar und dann schicke ich alles zu deiner Uni. Du musst jetzt nur noch deine Chefin ansprechen. Sie hat dich ja noch nicht ganz verstoßen."

„Nein, hat sie nicht", antwortete Lynna gequält. „Ich habe dir versprochen, dass ich Kontakt zu ihr aufnehmen werde."

„Gut", sagte er nur und stand vom Tisch des Restaurants auf. „Dann lass uns an die Arbeit gehen!"

***

In ihrem kleinen Hotelzimmer blickte Lynna unschlüssig auf die Liste der Rufnummern auf ihrem Smartphone. Für die Uni hatte sie zwei Verbindungen gespeichert: Die ihrer Professorin Seyfried und die von Merles Büro. Die Nummer ihrer Freundin hätte sie auch auswendig im Kopf gehabt. Sie fragte sich, ob das Wort Freundin aktuell noch passend wäre. Ihr fiel der Raum ein, in dem das Telefon klingeln würde, wenn sie anriefe – der doppelgesichtige Schreibtisch mit der aufgeräumten Seite und der blätterübersäten Messi-Fläche. „Das ist typisch Merle", dachte sie. „Strukturiert bis zur Perfektion und chaotisch bis zum völligen Durcheinander". Sie dachte an das asthmatische Geräusch der steinalten Espressomaschine und es liefen ihr Tränen über die Wangen. Ein halbes Jahr lang waren sie das sensationellste Paar der Welt gewesen und jetzt war Schluss? Dieses Wort hatte sie bisher nicht benutzt, noch nicht mal gedacht: „Schluss". Lynna spürte, dass sie nicht Schluss machen wollte mit der

Frau, die ihr in den letzten Monaten alles bedeutet hatte. Sie hatte Merles glänzende schwarze Augen im Kopf, in denen sie sich so geborgen fühlen konnte. Dann dachte sie an Balkis. Es war wundervoll mit ihm. Pergamon und Canakkale waren unvergessliche Erlebnisse für sie gewesen. Sie liebte ihn und das war mehr als sie im Moment für Merle empfand. Zornig schlug sie mit der Faust auf ihr Handy. Sie konnte ihre Ex jetzt unmöglich anrufen. Also aktivierte sie unwillig die Verbindung mit ihrer Chefin. Es dauerte, bis der Ruf hinaus ging.

„Bartholy", meldete sich die bekannte Stimme.

Lynna traute ihren Ohren nicht. Genau das hatte sie nicht hören wollen. „Ich bin's", sagte sie unsicher. Sie war nicht vorbereitet. „Ich ...", stotterte sie. „Sag mal. Ist die Chefin da?"

„Lynna, du?", rief Merle in ihr Handy. „Ich freue mich!", fügte sie hinzu. „Schön, dass du anrufst! Wie geht es dir? Kann ich dir mit etwas weiterhelfen?" Ihre Stimme klang singend.

„Ich … ich weiß nicht", brachte sie heraus. „Danke", sagte sie dann. „Es geht mir gut." Nach einer kurzen Pause fragte sie: „Ist die Seyfried da? Ich habe da einen neuen Beitrag für den Blog. Ich möchte, dass sie ihn einstellt. Ich möchte weitermachen mit meinem Bericht. Aber nach dem Flop mit der Schrifttafel vertraut sie mir nicht mehr."

„Dann schick mir den Beitrag! In die Seite einstellen kann ich ihn auch ohne Seyfried. Hauptsache, ich kann dir helfen." Sie atmete tief durch. „Weißt du?", begann sie. „Ich habe seit gestern gehofft, dass du dich meldest. Es konnte nicht sein, dass dieses blöde Gespräch alles war, was wir uns zu sagen hatten." Sie lachte plötzlich. „Und jetzt ist es wirklich so. Du hast meine Nummer gewählt."

„Entschuldige, Merle!", entgegnete sie vorsichtig. „Ich wollte eigentlich die Professorin sprechen. Ich möchte ihr offizielles okay für den Beitrag. Ich will nicht an Seyfried vorbei tricksen. Wir sind in Hattussa. Das Material ist toll. Was wir hier hören unterstützt direkt das, was ich in Berlin über Troja gesagt habe." Ihre Stimme war fester geworden.

„Hattussa, die alte Hauptstadt der Hethiter?", fragte sie. „Das klingt spannend. Ich verbinde dich gleich mit der Chefin." Sie sprach für eine kurze Zeit nicht weiter. Dann holte sie Luft. „Aber erst möchte ich dir noch etwas sagen: Ich liebe dich! Ich kann dich gar nicht loslassen, nur weil du eine Affäre mit Balkis hattest. Das ist mir gestern Abend wieder klar geworden. Du bist zu wichtig für mich. Ich darf dich nicht verlieren."

„Merle!", rief sie. „Du bist mir auch wichtig. Du verlierst mich nicht. Ich habe dich furchtbar gern. Ich erinnere mich an den Tag zurück, an dem du mich verführt hast – beim Tanzen, du Verrückte!" Lynna lächelte kopfschüttelnd.

„Schön, dass du daran denkst!", freute sie sich. „Das war ein wirklich extatischer Tanz und niemand von den Kollegen hat gemerkt, was in dem Moment zwischen uns passiert ist. Du warst zuerst total irritiert dabei, was mit einer Frau anzufangen."

„Ja, das war ich", gab sie zu und dachte daran, wie einfühlsam Merle damals ihre Beklommenheit gelöst hatte. „Zu Anfang hatte ich ein bisschen Angst davor, was auf mich zukommt."

„Ich weiß", entgegnete Merle. „Das habe ich gleich gemerkt. Aber du hast dich auf das Abenteuer mit mir eingelassen. Du hast alle konventionellen Bedenken über Bord geworfen. Du warst frei." Sie machte eine Pause. „Wir beide waren auf dem Olymp, als du dich für mich entschieden hattest. Wir sind Arm in Arm durch Berlin gegangen, egal was die Leute gedacht haben. Weißt du noch, wie du gelacht hast, als jemand Sprüche über uns Lesben gemacht hatte?"

„Ich glaube ja", antwortete sie gedehnt. „Das war auf der Oranienburger Straße."

„Super!", rief Merle. „Ich freue mich, dass du dich erinnerst. Wir hatten uns auf offener Straße geküsst. Irgendein Spießer hat seine Sprüche gezogen und du hast nur gelacht." Sie lachte selbst. „Weißt du nicht mehr, Lynna?", fragte sie. „Wir beide waren eine Sensation, auch für unsere lieben Kollegen. Das kannst du doch nicht vergessen

haben."
Lynna seufzte. „Ich habe nichts davon vergessen. Es war toll."
„Schön, dass du das sagst!", sagte Merle. „Wir sind das tollste Paar in Berlin gewesen. Es hat viele gegeben, die uns bewundert haben. Deswegen bitte ich dich: Wirf das nicht weg!"
„Hör auf!", rief Lynna. „Ich werfe dich nicht weg! Darum geht es doch gar nicht."
„Doch!", beharrte sie. „Darum geht es. Gleich wirst du mir sagen, dass du meine Freundin bleiben möchtest. Ich will dich aber als meine Geliebte, so wie im letzten halben Jahr. Freundin ist mir zu wenig." Sie schwieg eine Zeit lang. „Bevor ich dich jetzt zur Professorin durchstelle, bitte ich dich über ein Wort nachzudenken. Sei bitte nicht sauer! Das Wort heißt: Urlaubsbekanntschaft."

Es klickte in ihrem Handy und dann ertönte ein Freizeichen. Ilonka Seyfried meldete sich und Lynna trug ihr Anliegen bezüglich des Blogs vor. Die Professorin wirkte sehr reserviert. Sie schien ihr nicht mehr recht zu glauben. Von einer öffentlichen Veranstaltung zu der Schrifttafel und ihrer Troja-Theorie war keine Rede mehr, von einer Doktorarbeit zu diesem Thema erst recht nicht. Der positivste Satz von ihr lautete: „Na gut, Frau Meeves, dann machen sie mal!" Das war alles. Lynna beendete das Gespräch und war froh. Sie hatte die Genehmigung der Uni, einen Beitrag über Hattussa auf der Homepage einzustellen. Es konnte weitergehen. Danach legte sie sich auf ihr Bett. Sie fühlte sich müde. Aus dem Gespräch mit Merle hatte sie sich ein paar Worte gemerkt, die ihr nicht gefallen hatten. Sie wollte nicht ungerecht urteilen. Bis vor wenigen Tagen war Merle noch weitaus mehr als eine Freundin für sie gewesen. Sie fühlte sich zur Fairness ihr gegenüber verpflichtet. Aber das Wort „Urlaubsbekanntschaft" fand sie unangemessen. Na klar hatte sie Balkis in einer besonderen Situation kennengelernt. Es war alles faszinierend gewesen rund um ihre Reise in die Türkei, um die Schrifttafel, um Professor Yildiz und die Exkursionen, die sie gemacht hatten. Es war zwar kein Urlaub, aber in vielerlei Hinsicht eine Ausnahmesituation gewesen, in der sie sich in Balkis verliebt hatte. Zu Hause in Berlin wäre das wahrscheinlich nicht passiert. Aber was hieß das schon? Sie hatte sich von Balkis in Pergamon verführen lassen – oder sie hatte ihn verführt. Lynna lächelte glücklich, als sie sich an die Stufen des Theaters erinnerte. Was wollte Merle ihr sagen? Dass eine Beziehung, die in einem Urlaub entstanden ist, im Alltag nicht gut gehen kann? Vielleicht nicht, dachte sie, aber Lynna wusste, dass es ihr egal war. Sie hatte sich in Balkis verliebt und sie begehrte ihn. Mit den Gedanken an seine Umarmung schlief sie ein.

Das Klopfen an ihrer Tür hatte sie zuerst in einen Traum verarbeitet. „Frau Meeves!" hörte sie, während sie nach einem weiteren Klopfen aufwachte. Schlaftrunken meinte sie, die Stimme des Professors zu erkennen. Sie richtete sich auf und versuchte, sich an den Traum zu erinnern. Irgendein Wort war es, ein Wort von Merle. Aber die Erinnerung war weg. Sie ging zur Tür und hörte wieder ihren Namen rufen, gedämpft aber deutlich.

„Entschuldigen Sie!", sagte Yildiz, als sie die Tür öffnete. „Ich wollte nicht stören, aber dies hier müssen Sie erfahren." Er hielt sein Handy in die Höhe.

„Wie spät ist es überhaupt?", nuschelte sie.

„Drei ... drei Uhr Nachmittags", antwortete er. „Wir haben noch zwei Stunden Zeit bis zu unserer Verabredung mit Adar Barzan. Aber vorher kann ich Ihnen eine Fälschung zeigen."

„Fälschung?" Lynna runzelte überrascht die Stirn. „Kommen Sie doch herein!"

Yildiz hielt beim Betreten ihres Zimmers immer noch sein Handy hoch. „Sie hatten recht gehabt, Frau Meeves. Sie hatten es gewittert, als Sie die Rückseite der Schrifttafel fotografierten. Hier, sehen Sie selbst!" Er hielt ihr das Handy vor, auf dem ihr Foto zu sehen war. Dann bediente er die Funktion für die Dia-Show und sein Foto von dem frisch ausgegrabenen Stück erschien. „Haben Sie es gesehen?", fragte er aufgeregt. Sie schüttelte den Kopf. Yildiz atmete

pfeifend durch die Nase. „Ich kann auch beide Bilder übereinander legen." Er betätigte mit den Fingern die kleinen Tasten an seinem Gerät und zeigte es ihr wieder.
„Auf dem oberen Foto liegt ein Schatten", sagte sie.
„Genau!", freute sich Yildiz. „Das ist es! Das obere Bild ist Ihr Foto, das Sie von der aus Istanbul zurückgekehrten Schrifttafel gemacht haben. Das untere ist mein älteres Bild. Es ist ganz eindeutig ein Schatten auf der Tonfläche zu erkennen. Ich habe meine Frau zu Hause angerufen. Sevim ist in den Keller gegangen und hat sich die Rückseite nochmal genau angesehen. Der Schatten ist deutlich sichtbar, sagt auch sie."
Lynna nahm das Handy des Professors in die Hand und vergrößerte die Bilder. Sie studierte beide Fotos gründlich. Dann nickte sie.
„Wenn der Schattenwurf nicht an der unterschiedlichen Beleuchtung liegt, dann sind das Fotos von zwei verschiedenen Stücken."
„Das ist auch meine Meinung", bestätigte Yildiz. „Und das heißt: Die Schrifttafel, die wir aus Istanbul zurückbekommen haben, ist eine Fälschung. Sie ist ziemlich perfekt, aber auf der Rückseite sieht man, dass Tonmischungen von vor dreitausend Jahren nicht so einfach zu kopieren sind." Er atmete tief durch und wirkte erleichtert. „Ich habe es vor ein paar Tagen noch nicht glauben wollen, aber jetzt ist es klar. Ich bin betrogen worden."
„Ich habe es gleich geahnt", entgegnete Lynna. „Deswegen bin ich mit Sevim in den Keller gegangen und habe mir alles genau angesehen. Aber ich habe keinen Fehler gefunden."
„Es gibt keinen Fehler", sagte er. „Der Mann, der das gemacht hat, ist ein Künstler. Aber der unterschiedliche Ton lässt sich nicht betrügen."
„Wer war das?", fragte sie.
„Wer die Kopie hergestellt hat?", fragte Yildiz überrascht. „Keine Ahnung. Ein Künstler wie ich schon sagte, ein Töpfer in seiner Werkstatt."

„Das meine ich nicht. Ich will wissen, wer das veranlasst hat. Das war doch nicht irgendein Töpfer. Das war ein Auftrag durch jemanden. Dieser Jemand hat es fast geschafft, meine wissenschaftliche Glaubwürdigkeit kaputt zu machen. Ihre Reputation dürfte auch gelitten haben und mein Kollege ist seit dem Bekanntwerden der Fälschung seinen Job los. Ich will wissen, wer das herbeigeführt hat."

Evren Yildiz räusperte sich verlegen. „Ich habe die Schrifttafel jemandem ausgehändigt, den ich nie zuvor gesehen hatte. Das war ein Fehler. Aber dieser Kollege kam mir vertrauenswürdig vor. Ich wollte möglichst schnell eine Untersuchung durch das Institut in Istanbul. Er hat mir den Transport angeboten. Cunningham hieß er, ein englischer Archäologe. Er gab sich sehr interessiert für meine Theorien. Als er die Tafel gesehen hatte, jubelte er fast. Er meinte, die Geschichte müsse neu geschrieben werden."

„Cunningham?", wiederholte Lynna. „Kenne ich nicht. War das in dieser britischen Grabungsstelle in der Nähe von Troja?", fragte sie.

„Genau", versicherte Yildiz. „Mein alter Kollege Frank Durmond leitet sie. Mit ihm arbeite ich schon seit Jahren zusammen. Er hat mich mit diesem Cunningham bekannt gemacht."

„Durmond kenne ich auch nicht", sagte sie. „Ich habe dieses Ausgrabungsgelände nicht gesehen. Balkis war an dem Tag mit Ihnen dort. Er hat Durmond kennengelernt." Sie dachte kurz nach. „Ich muss noch einmal meine Professorin anrufen. Seyfried kennt alle Welt." Sie wollte Yildiz gerade das Handy zurückgeben, als ihr etwas einfiel. „Ich muss unbedingt Ihre Zusammenstellung der beiden Fotos kopieren. So etwas ist zwar schon auf der Homepage. Aber bei Ihnen sieht man den Schatten viel deutlicher." Sie kopierte das Bild von seinem auf ihr Handy. Dann wandte sie sich an den Professor. „Benachrichtigen Sie bitte jeden, den sie kennen von dieser Fälschung. Ich werde versuchen herauszukriegen, wer der Schuldige ist."

Yildiz lächelte. „Ich bin mir sicher, dass wir die Fälschung der

Schrifttafel nicht mehr beweisen müssen. Deswegen war ich vorgestern so scheinbar desinteressiert an Ihren Untersuchungen im Keller. Ich brauche diese Tafel nicht mehr. Adar Barzan wird uns heute Nachmittag die Lösung unseres historischen Problems zeigen." Mit einer Verbeugung verließ er ihr Zimmer.
Lynna sah dem Professor ratlos hinterher. Sicherlich hatte auch sie den Alten faszinierend gefunden. Er würde heute Abend bestimmt viel Neues zu erzählen haben. Aber jetzt wollte sie herauskriegen, wer diese Fälschung in Auftrag gegeben hatte. Sie wollte wissen, wer sie fertigmachen wollte. Wie vorhin blickte sie auf die Rufnummer von Ilonka Seyfried auf ihrem Handy. Sie musste damit rechnen, dass wiederum Merle den Anruf entgegennehmen würde. Bei dem Gedanken an Merle fiel ihr der Satz wieder ein, von dem sie geträumt hatte. „Du warst frei" hatte sie ihr im Traum gesagt. Damit hatte sie ihre Entscheidung für eine lesbische Partnerschaft vor einem halben Jahr gemeint. Lynna starrte auf das Display und war weit davon entfernt zu wählen. Sie hatte sich unglaublich frei gefühlt damals, als sie sich für Merle entschieden hatte. Es hatte zu ihrer Selbstfindung gepasst, dass sie eine völlig fremde Form von Beziehung eingegangen war. Sie hatte es genossen, dass die Kollegen über das Lesben-Paar klatschten und sie insgeheim ganz interessant fanden. Aber seit ein paar Tagen war alles ganz anders geworden. Sie war lange nicht mehr so euphorisch gewesen wie im Theater von Pergamon. Sie hatte Balkis küssen wollen und hatte es getan. Sie war glücklich gewesen damit, ihn zu lieben und sich ihm hinzugeben. „Warum soll ich überhaupt frei sein?", grübelte sie. Ohne diese Frage durchdacht zu haben, aktivierte sie die Verbindung zur Professorin.
„Seyfried", hörte sie und war überrascht.
„Ja, ach so ...", stolperte sie in das Gespräch. „Meeves hier. Guten Tag, Frau Seyfried. Ich dachte nicht, dass ich … ." Sie sprach nicht weiter.
„Wen hatten Sie geglaubt zu erreichen, wenn Sie meine Nummer

wählen?", fragte die Professorin.
„Entschuldigung!", brachte Lynna irritiert heraus. „Ich ... na ist auch egal. Ich rufe Sie an, um Ihnen eine kleine Sensation mitzuteilen." Sie gewann an Sicherheit und ihre Stimme wurde fest. „Die Schrifttafel von Professor Yildiz ist gefälscht worden."
„Sie berichten nichts Neues." Die Professorin räusperte sich. „Die Tafel war eine Fälschung. Das schreiben seit Tagen alle Blätter."
„Nein", entgegnete Lynna. „Das meine ich nicht. Das ursprüngliche Fundstück von Yildiz war echt. Erst vor der Untersuchung in Istanbul ist es durch eine Fälschung ausgetauscht worden."
„Wie kommen Sie zu dieser Annahme?" Ilonka Seyfried runzelte die Stirn.
„Fotos", antwortete sie. „Der Professor und ich können die Manipulation mit Fotos beweisen. Die Dokumente werden demnächst auf der Seite der Uni eingestellt werden."
„Ich dachte, Sie wollten etwas über Hattussa berichten." Seyfried war misstrauisch.
„Ja", antwortete Lynna gedehnt. „Der Bericht über Hattussa kommt zuerst. Aber danach wird Balkis die Fotos von der Schrifttafel übermitteln."
„Sie meinen Herrn Bartosch?", fragte die Professorin und setzte hinzu: „Sie sind sich auf dieser Reise näher gekommen." Einen Moment lang sagte sie nichts. „Um welche Fotos geht es also?"
„Es sind Bilder von der Rückseite des Fundstücks. Es gibt Unterschiede zwischen den ersten Aufnahmen von Yildiz und meinen Fotos von der Schrifttafel, die wir aus Istanbul zurück erhalten haben. Ein Schatten, eine dunklere Färbung. Sie werden es selbst sehen. Die Vorderseite ist eine perfekte Kopie. Ich konnte keine Abweichung erkennen. Der Hersteller, also der Töpfer, der das angefertigt hat, ist ein Künstler."
Die Stimme von Ilonka Seyfried wurde streng. „Sie wollen mir also sagen, Evren Yildiz ist mit kriminellen Machenschaften betrogen worden. Es hätte jemand eine Kopie angefertigt und diese im

Institut in Istanbul eingereicht, um seinem Ruf als Archäologe zu schaden?"

„Genau das ist mein Verdacht", antwortete Lynna. „Der Plan war, das Fundstück als bedeutungslos zu diskreditieren und Yildiz und mich als dilettantische Wichtigtuer dastehen zu lassen."

„Nun gut", seufzte die Professorin. „Das nehme ich jetzt erstmal so hin und Sie werden vielleicht Ihre Behauptung mit den Fotos der Schrifttafel erhärten können. Aber wer sollte ein Interesse daran haben, Sie und Yildiz zu betrügen?"

„Das weiß ich nicht", sagte sie. „Der Professor hat mir die Namen von zwei Personen genannt, mit denen er zusammengearbeitet hat. Der eine Mann heißt Cunningham, ein britischer Archäologe. Ihm hat er sein Fundstück zum Transport nach Istanbul anvertraut."

„Er hat es nicht persönlich ins Institut gebracht?", fragte sie ungläubig. „Er hat seine Schrifttafel nicht selbst abgeliefert?", wiederholte sie. "Das war fahrlässig! Ein Fundstück ersten Ranges wie dieses muss man doch behandeln wie sein eigenes Baby." Sie schüttelte den Kopf. „Solch einen Fehler hätte ich dem Kollegen Yildiz nicht zugetraut. Was sagten Sie noch? Carrington hieß dieser Mitarbeiter?"

„Cunningham", verbesserte Lynna.

„Ich kenne keinen britischen Archäologen dieses Namens", war sie sich nach kurzem Überlegen sicher. „Sie haben von zwei Personen gesprochen. Wer ist der andere?"

„Durmond", antwortete sie. „Frank Durmond, auch ein britischer Archäologe. Er leitet eine Grabungsstelle unterhalb von Troja. Yildiz kennt ihn offensichtlich seit Jahren." Lynna hörte einige Sekunden lang keine Antwort. Die Verbindung schien gestört zu sein. „Frau Seyfried!", rief sie in ihr Handy. „Hallo! Sind Sie noch da?"

„Nicht nur Evren Yildiz kennt Frank Durmond seit Jahren", meldete sich die Stimme der Professorin aus dem Nichts. „Einen Moment, Frau Meeves. Ich muss nachdenken." Wieder hörte sie eine endlose Zeit lang kein Wort. „Entschuldigen Sie!", meldete sich Seyfried zurück. „Jetzt bin ich sicher. Durmond ist ein ziemlich bekannter britischer Archäologe, so etwas wie ein alter Hase in der Szene. Ich habe ihn früher auf Kongressen getroffen und häufig Veröffentlichungen von ihm gelesen. Eigentlich könnten Sie ihn auch kennen. Er hat viel über Troja gearbeitet." Sie unterbrach sich kurz. „Aber ich habe gerade über etwas anderes nachgedacht, etwas Ungeheuerliches."

„Jetzt bin ich neugierig", unterbrach Lynna.

„Sie wissen ja, dass unsere archäologischen Arbeiten abhängig sind von staatlichen Förderungen. Das Budget der Universitäten reicht oft nicht aus um Grabungen zu finanzieren. Vieles kann nicht durchgeführt werden, obwohl es im Interesse der Wissenschaft wichtig wäre. Hier helfen uns die Spenden aus der Wirtschaft und die Gelder von privaten Mäzenen. Diese Finanzspritzen sind für jedes Forschungsvorhaben begehrt und daher kenne ich die wichtigsten Geldgeber. Ich weiß, dass die Grabungsarbeiten von Frank Durmond in Troja komplett von Gordon Byron finanziert werden, dem Byron, den Sie in Berlin kennengelernt haben."

„Byron?", fragte sie ohne ein weiteres Wort zu sagen. Gleichzeitig begannen in ihrem Gehirn sich alle möglichen Gedanken zusammenzufinden.

„Ja", antwortete Seyfried. „Ihr Gegner im Neuen Museum. Ich sagte ja, dass ich über etwas Ungeheuerliches nachgedacht habe."

„Was meinen Sie denn jetzt genau?", wollte Lynna wissen, während sich in ihrem Kopf ein Puzzle von Einzelteilen zusammensetzte. Ihr fiel Lord Byrons aggressiver Auftritt im Museum ein. Er hatte den Originaltext der Ilias wie eine Bibel in der Hand gehalten und ihr Belehrungen erteilt. Dann hatte er ihr Scharlatanerie vorgeworfen und ihr schließlich ganz offen gedroht. „Ich werde Sie jagen! Ich habe die Macht, Sie unmöglich zu machen!", hatte er ihr gesagt.

„Ich meine, ...", antwortete die Professorin mit einem Seufzer. „ ... dass Gordon Byron hinter einem Anschlag auf die Schrifttafel von Yildiz stecken könnte. Ich habe gerade eben darüber nachgedacht.

Byron ist ein hervorragender Kenner der griechischen Antike. Aber er ist auch ein Fanatiker. Ich habe es selbst erlebt, dass er Diskussionsteilnehmer mit Worten fertiggemacht hat. Das ist immer dann passiert, wenn Studenten oder junge Forscher die führende Rolle der griechischen Kultur in der Antike in Zweifel gezogen haben. Byron hat eine völlig idealisierte Vorstellung der alten Zeit. Diese Haltung kenne ich von ihm seit Langem. Was mich aber überrascht hat, ist der Name von Frank Durmond. Byron hat dessen Ausgrabungen finanziell völlig unter Kontrolle. Ich halte es durchaus für möglich, dass er bei ihm eine Art von Spion eingeschleust hat. Ein von Byron bestellter Mann hätte freie Hand gehabt. Jetzt höre ich von Ihnen, dass Yildiz sein Fundstück einem Fremden anvertraut hat. Da muss man doch nur eins und eins zusammenzählen."

„Um aus eins und eins zwei herauszubekommen?", fragte Lynna aufgeregt. „Was wollen Sie mir eigentlich sagen?"

„Ich will sagen, dass – so ungeheuerlich es klingt – hinter den Schwierigkeiten, in die Sie geraten sind, möglicherweise ein archäologisches Attentat steckt. Gordon Byron, den Sie mit Ihren kühnen Behauptungen und Ihrer vorlauten Art herausgefordert hatten, hat einen Diebstahl veranlasst und ein Spion hat ihn mit Hilfe von Durmond durchgeführt – Kensington oder wie er hieß."

„Cunningham", verbesserte sie und setze hinzu: „Hat Byron die Schrifttafel geklaut?"

„Hören Sie mir zu, Frau Meeves! Ich hatte Sie damals im Neuen Museum mit Absicht in dieses Haifischbecken von Altphilologen geworfen. Ich wollte, dass Sie diese Szene kennenlernen und ich hatte gehofft, dass Ihre provokante Art eine lebhafte Diskussion anregen würde. Das war dann auch der Fall. Sogar mein selbstgefälliger Kollege Kramin war irritiert über Ihren Auftritt. Es hat mir – ehrlich gesagt – gefallen, ihn so in Verlegenheit zu sehen. Aber ich konnte nicht wissen, dass Evren Yildiz auf einmal diese Schrifttafel aus dem Hut zaubert. Offenbar hatte er sie erst ein paar Tage vorher aus der Erde gegraben. Dann hatte er Ihre

Bemerkungen über den Trojanischen Krieg gehört, die ihm sofort gefielen. Aus diesem Grunde lud er Sie in die Türkei ein und Sie waren die erste, die dieses Fundstück sehen konnte. Ihre Veröffentlichung dazu muss Byron außer Fassung gebracht haben. Er hat sich mit Hilfe von Durmond und Cunningham ein Schurkenstück ausgedacht, um die Schrifttafel aus dem Verkehr zu ziehen." Ilonka Seyfried räusperte sich. „Ja, Frau Meeves, Sie haben völlig recht. Byron hat die Tafel geklaut. Ich bin mir ziemlich sicher, dass sie sich jetzt in seinem Besitz befindet, verborgen in einem Tresor."
Lynna schüttelte den Kopf. „Und warum sollte er das tun? Nur um mir zu schaden?"
„Nein. So wichtig sind Sie auch wieder nicht." Die Professorin lächelte. „Er hat sich heftig über Sie geärgert im Museum. Aber der Grund für dieses kriminelle Vorgehen war ein anderer. Byron konnte es nicht ertragen, dass jemand an seinem Bild der griechischen Antike kratzt. Er ist ein glühender Eiferer. Der Text auf der Schrifttafel hätte Helena in ein völlig neues Licht gestellt. Der Anlass für den Trojanischen Krieg wäre hinfällig gewesen und damit wahrscheinlich der ganze historische Wahrheitsgehalt der Sage. Dieses Desaster hat Byron verhindern wollen und das Fundstück vor der Welt versteckt."
Lynna hatte Seyfried gespannt zugehört so als hätte diese einen Krimi erzählt. „Und jetzt?", fragte sie unternehmungslustig. „Was sollen wir jetzt tun?"
„Das liegt bei Ihnen", antwortete sie. „Sie arbeiten in Hattussa an einem spannenden Projekt. Verfolgen Sie es weiter! Wenn mein Kollege Yildiz Sie dorthin geführt hat, dann vermutet er, dass ein interessantes Ergebnis dabei herauskommt. Veröffentlichen Sie alles, was Sie erforschen, in Ihrem Blog auf der Homepage der Uni, damit es von Tausenden gelesen wird. Viel mehr können Sie nicht tun."
„Aber dieser Byron muss zur Rechenschaft gezogen werden!", erwiderte sie. „Er ist ein Dieb. Er wollte Yildiz und mich als ahnungslose Anfänger dastehen lassen. Balkis ist seinen Job schon

los. Das Schlimmste aber ist, dass Byron eine historische Wahrheit verfälschen wollte."

„Ich bitte Sie, Frau Meeves!" Ilonka Seyfried lachte leise. „Was stellen Sie sich vor? Soll ich die britische Polizei veranlassen, bei ihm vorzufahren und nach der Schrifttafel zu fragen? Nein." Sie schüttelte den Kopf. „Alles, was ich Ihnen erzählt habe, sind reine Spekulationen. Ich vermute sehr stark, dass es so war, aber ich kann nichts davon beweisen. Und als Basis für meine Vermutungen habe ich nichts weiter als zwei Fotos, von denen Sie mir berichten, die ich aber noch nicht einmal gesehen habe. Ich glaube Ihnen einfach, dass die Fotos echt und aussagefähig sind. Betrachten Sie das bitte als kleine Entschuldigung von mir. Ich hatte in den letzten Tagen leider mein Vertrauen in Sie verloren. Das tut mir leid. Ich hoffe, dass Sie die Aufnahmen bald in den Blog einstellen."

„Ja, sicher", bestätigte Lynna. „Das werden wir sofort tun." Mit einem schwachen Aufbegehren fügte sie hinzu: „Aber gegen Lord Byron muss man doch irgendwas unternehmen können."

„Sie können einiges tun. Forschen Sie, recherchieren Sie und veröffentlichen Sie! Evren Yildiz hat eine feine Nase für historische Sensationen. Folgen Sie seinem Spürsinn! Vielleicht können Sie die antiquierte Position von Byron ad absurdum führen. Lassen Sie ihn ins Leere laufen mit seinem inszenierten Diebstahl. Das ist der beste Weg ihm zu schaden." Sie sprach eine Zeit lang nicht weiter. „Ich wünsche es mir, dass Sie Byron vors Knie treten können. Sie haben meine volle Unterstützung. Aber bitte erwähnen Sie seinen Namen nicht."

***

Balkis hatte seinen Bericht über Hattussa fertig, als Lynna an seine Tür klopfte. „Die Doku geht gleich auf die Seite der Uni", sagte er.

„Du hast doch das Okay deiner Professorin?"
Sie nickte und setzte sich ohne ein Wort auf einen Stuhl. „Byron war es", sagte sie nach einer Zeit.
Er verstand den hingeworfenen Satz nicht. „Wer?", fragte er. „Byron? War das nicht der britische Lord aus dem Museum, von dem du mal erzählt hast?"
„Mmh", stimmte sie tonlos zu. „Lord Gordon Byron, der Nachfahre von George Byron. Er hat die Schrifttafel geklaut." Sie blickte Balkis mit großen Augen an. „Ich habe es gerade eben erfahren." Es dauerte eine Viertelstunde, bis Lynna ihm den neuen Sachverhalt erklärt hatte. Von den Fotos auf dem Handy von Yildiz bis zu den Verdächtigungen durch Seyfried berichtete sie alles, was sie an überraschenden Neuigkeiten erfahren hatte.
„Ich glaube es nicht!", stöhnte Balkis. „Dieser ganze Stress mit der Tafel nur wegen eines alten steinreichen Fanatikers? Der Kerl hat meinen Job auf dem Gewissen. Deine Stelle an der Uni war auch fraglich geworden und Professor Yildiz läuft immer noch Gefahr, als Archäologe lächerlich gemacht zu werden. Wenn du dir anguckst, welche fiesen Sprüche manche Leser unserer Seite im Internet über uns gemacht haben, dir würde schlecht werden. Ich kenne das. Zuerst hast du eine Menge Fans. Aber sobald dir ein Fehler passiert, schreiben sie dich in den Abgrund. Seitdem die Tafel als Fälschung entlarvt wurde, gelten wir als Anfänger, Dilettanten und Wichtigtuer. Ich habe überhaupt keine Lust mehr gehabt, diesen Scheiß zu lesen. Und jetzt war es dieser romantische Griechen-Idealist, der uns das alles eingebrockt hat?"
„Ich glaube nicht, dass er ein Romantiker ist", entgegnete sie. „ ... oder ein Idealist. Er ist ein verbohrter alter Sack mit Allmachtsphantasien. Ich habe Byron kennengelernt. Er glaubt, jeden vernichten zu müssen, der anderer Meinung ist." Sie runzelte missbilligend die Stirn. „Aber, um deine Frage zu beantworten: Ja, Byron war es, der uns in den Ruf von ahnungslosen Idioten bringen wollte. Seyfried hatte sein Spiel sofort durchschaut, als ich den

Namen Durmond erwähnt hatte. Sie ist viel zu seriös, um so einen Verdacht nur aus dem Bauch raus zu äußern. Das würde sie nie tun. Nein, sie war sich sicher. Nur kann sie nichts von ihrer Spekulation beweisen. Sie bittet uns auch, ihren Namen herauszuhalten." Lynna machte eine Pause, als müsse sie über etwas nachdenken. „Es ist überhaupt erstaunlich, dass sie mir nach so kurzer Zeit reinen Wein über ihre Vermutungen eingeschenkt hat. Immerhin hatte sie bis dahin ihr Vertrauen in meine Kompetenz fast völlig verloren." Sie musste lachen. „Sie hat sich bei mir dafür entschuldigt. Weißt du, was das heißt?" Ohne seine Antwort abzuwarten, fuhr sie fort. „Das zeigt, wie sehr sie an Byrons Schuld glaubt. Und das heißt, dass ich eine zweite Chance habe. 'Recherchieren Sie, veröffentlichen Sie', hat sie gesagt. Genau das werden wir jetzt tun. Zeig mir dein Video von Hattussa!", forderte sie.

Balkis hielt ihr sein Handy hin und spielte seine Dokumentation über die Ausgrabungsstätte vor. Er hatte die Sequenzen von der Stadtmauer, vom Löwentor und von der unwirklichen Pyramide des Walls von Yerkapi mit einer Musik von Tschaikowski unterlegt, einem Klavierkonzert. Die Videos hatte er nur sparsam kommentiert, um Bilder und Musik wirken zu lassen. Dabei hatte er einen weisen alten Mann erwähnt, der ihr Führer durch die Altertümer war. In kurzen Standfotos war Adar Barzan zu sehen. Der Beitrag mit Bildern und Musik kam Lynna mystisch vor. Gerade deswegen war sie begeistert. „Stell das online!", rief sie. „Das ist toll!"

„Das Video ist stimmungsvoll", entgegnete er. „Aber das ist auch alles. Es behauptet nichts, es beweist nichts. Es fängt nur die Atmosphäre von Hattussa ein."

„Egal", sagte sie. „Es zeigt genau das Beeindruckende, was ich da draußen gefühlt habe. Bring das unbedingt ins Netz! Die Leser der Uni-Homepage werden sehen, dass wir wieder da sind. Sie werden gefangen genommen werden von der geheimnisvollen Aura deiner Bilder. Wir haben lange genug geschwiegen, seitdem diese Fälschung ans Licht gekommen ist. Jetzt greifen wir wieder an und gleich nach dieser Veröffentlichung stellen wir die beiden Fotos von der Schrifttafel ins Netz. Dann wissen alle, dass wir betrogen worden sind." Lynna ballte siegesgewiss die Fäuste.

„Genauso machen wir es", bestätigte er. „Zuerst kommt dieses Video und danach stellen wir die Fotos ein, die die Fälschung beweisen. Wir hatten online so viele Anhänger, die an die Schrifttafel geglaubt haben. Die werden froh sein, dass es uns noch gibt und dass wir weitermachen." Balkis drehte sich von ihr weg und setzte sich auf sein Bett. Er tippte ein paar Mal mit den Fingern auf das Display seines Smartphones und sagte schließlich: „Die Doku ist raus – alle Welt kann sie jetzt sehen."

„Du bist genial!", jubelte Lynna. „Jetzt noch die Fotos hinterher und die Leute glauben wieder an uns!"

***

„Das ist interessant, was Sie da sagen." Professor Yildiz hatte gerade den neusten Stand der Dinge von Lynna erfahren. „Ich kenne Lord Byron seit langem als sehr kompromisslos. Eine wirkliche Diskussion über historische Sachverhalte können Sie mit ihm praktisch nicht führen. Er wird immer versuchen, an seinem idealisierten Bild vom antiken Hellas festzuhalten. Das haben Sie ja selbst erlebt, Frau Meeves. Aber einen Diebstahl hätte ich ihm nicht zugetraut."

„Frau Seyfried kann diese Annahme nicht beweisen", schränkte Lynna ein. „Sie bittet uns auch, ihren Namen nicht öffentlich zu nennen. Aber besonders auf Grund seiner Unterstützung von Durmonds Grabungen geht Seyfried stark davon aus, dass Byron hinter der Sache steckt."

Yildiz schüttelte den Kopf. „Er hat viel Einfluss auf Zeitungen, er ist Sponsor einiger Stiftungen von Universitäten in Europa. Allein damit kann er viel öffentliche Meinung erzeugen. Byron hat es doch gar nicht nötig, mit krimineller Energie zu arbeiten, um die Debatte über die Folgen meines Fundstücks zu ersticken. Aber offenbar wollte er das."

„Es kann nichts geben, was nicht sein darf", sagte Lynna. „Das wird Byrons Devise gewesen sein. Er konnte es nicht ertragen, dass der Text der Schrifttafel den Wahrheitsgehalt der Ilias von Homer in Zweifel zieht. Ein Teil seiner Vorstellung von der Überlegenheit der griechischen Kultur in der Antike wäre dadurch zerbrochen. Deswegen musste er das Stück verschwinden lassen."

„Aber das ist unwissenschaftlich", protestierte Yildiz. „Sie wissen doch, wie das läuft. Früher oder später macht jemand woanders einen Fund und stellt damit alles bisher Geglaubte auf den Kopf. Das ist Archäologie! Damit muss man sich als Forscher auseinandersetzen."

„Klauen ist mit Sicherheit unwissenschaftlich. Da stimme ich Ihnen zu."

Yildiz lächelte. „Ich muss Ihnen etwas sagen: Letzten Endes ist es mir egal, wie das Missgeschick mit meinem Fundstück passiert ist. Es war mir schon egal, als wir noch in Canakkale waren. Byron kann nicht jeden Artefakt stehlen, den ich finde. Er wird nicht verhindern können, dass seine Sicht der sogenannten griechischen Antike sehr bald als antiquiert gelten wird." Seine Augen begannen zu glänzen. „Es wird sich irgendwann die Auffassung durchsetzen, dass in der Bronzezeit die Kultur von Osten nach Westen gewandert ist. 'Ex oriente lux', wie es einmal hieß. Aus dem Osten kam das Licht. Hier, auf diesem uralten Boden, auf dem wir jetzt stehen, ist die Sonne der Zivilisation aufgegangen, lange bevor sie nach Europa kam. Das wollt ihr Europäer bloß nicht glauben. Mit Hilfe des alten Adar Barzan hoffe ich, es euch bald beweisen zu können."

„Ich glaube Ihnen, Professor", versicherte Lynna. „Die Sage vom Trojanischen Krieg ist ein eurozentrischer Mythos, den alle Welt gerne hört. Die Geschichte ist klasse geschrieben, aber sie enthält keinen Funken historischer Wahrheit. Weil das meine Auffassung ist, habe ich mich in Berlin so exponiert und mir Lord Byron zum Feind gemacht. Ich bin gespannt darauf, was Adar Barzan uns noch zu erzählen hat."

„Dann lassen Sie uns gehen, Frau Meeves! Wir sind in ein paar Minuten mit ihm verabredet."

Felsengebirge in der Nähe von Hattussa

Sie verließen das Hotel, schlenderten in Richtung der nachgebildeten Stadtmauer und sahen den Alten mit seinem Hund die Straße herunterkommen. Vor dem ersten Wehrturm der Mauer lehnte Arif, der Enkel der Hotelbesitzerin, am Türrahmen eines gelben Wagens.
„Guten Abend, Freunde!", grüßte Adar Barzan. „Ich freue mich darauf, euch ein Geheimnis zu zeigen. Es ist dahinten in den Felsen verborgen." Er zeigte über den Ort hinweg zu den Bergen. „Aber für mich ist der Weg bis dahin zu weit. Unser junger Arif wird uns fahren." Seine Hand wies auf das gelbe Auto. „Über ein kleines Trinkgeld würde er sich freuen", grinste er.
Lynna fragte sich, ob der Junge schon achtzehn Jahre alt war und beobachtete, wie Evren Yildiz seine Geldbörse herausnahm und Arif ein paar Scheine in die Hand gab. Dann nahm sie mit Balkis und dem Professor auf dem Rücksitz Platz, während Barzan seinen Hund in den Fußraum dirigierte und sich selbst auf den Beifahrersitz setzte.
Die Fahrt ging an der Ausgrabungsstätte von Hattussa vorbei aus dem Dorf heraus. Die Wolken, die den Tag über die Gegend bedeckten, hatten sich am Nachmittag gelichtet. Zum ersten Mal fielen Sonnenstrahlen auf das Felsmassiv, das vor ihnen lag. Sie tauchten den Kalkstein in ein gelbes Licht.

„Zu Fuß sind es nur drei Kilometer, mit dem Auto dauert es etwas länger", sagte der Alte. „Früher gab es einmal einen Prozessionsweg, den die Menschen von der Stadt bis zu den Felsen gegangen sind. Nach seinem genauen Verlauf suchen die Forscher noch. Ich glaube, ich kenne den Weg, aber in meinem Alter kann ich ihn nicht mehr auskundschaften."
„Ein Prozessionsweg?", fragte Yildiz. „Aus welchem Grunde? Was gibt es da in den Felsen?"

„Ein Frühlingsfest", antwortete Barzan. „Aber lass dich überraschen! Wir sind gleich da." Arif hielt den Wagen auf einem Parkplatz an, dessen Fläche für mehrere Reisebusse ausreichte. An diesem Abend aber waren sie allein. Sie stiegen aus und sahen eine Tafel, die auf eine Sehenswürdigkeit hinwies. „Yazilikaya" stand auf dem Schild und darunter befand sich ein längerer Text. Der Alte nahm ein Holzstöckchen vom Boden auf und holte zum Wurf aus. „Lauf!", rief er seinem Hund zu, warf den Stock weg und Sassan rannte hinterher. „Das ist jetzt wichtig für ihn", bemerkte Barzan. „Er hat seit dem Mittag fast nichts zu tun gehabt. Manchmal glaube ich, dass ich zu alt bin, um dem Hund noch das Richtige bieten zu können. Glücklicherweise geht unser junger Arif auch oft mit ihm spazieren."
„Wo sind wir? Was ist das hier?", fragte Lynna, während sie den Blick von Sassan abwandte.
„Ich sagte doch: ein Frühlingsfest", antwortete Barzan lächend. „Das ist ein Frühlingsfest-Haus, ein natürlicher Tempel. Ihr könnt es auch ein Neujahrsfest-Haus nennen. Die Kalksteinfelsen sind zehn bis zwölf Meter hoch. An ihren Wänden könnt ihr neunzig verschiedene Inschriften und Reliefs mit Darstellungen von Göttern im Gestein sehen. Diese Felsgruppe war das wichtigste Heiligtum von Hattussa. Jedes Jahr gab es Ende März, wenn der Frühling anfing, eine Prozession von der Stadt bis zu diesen Felsen. Die war so wichtig, dass der König sogar Kriege unterbrechen musste, um daran teilzunehmen. Ihr müsst wissen, dass die Hethiter tausend Götter gekannt haben: jede Quelle, jeder Berg, sogar mancher Baum gehörte einer Gottheit. Aber zum Frühlingsfest glaubten sie, dass alle Götter zusammenkommen würden, um den Beginn der warmen Jahreszeit zu feiern. Ihr werdet Abbildungen aller Götter in diesen Felsen finden. Die wichtigste Gottheit war Teschub, der Gott des Wetters. Ihr müsst dazu verstehen, dass die Hethiter hier oben in Anatolien viel stärker von den Extremen des Wetters abhängig waren als die anderen alten Kulturen. Die Ägypter und die Babylonier hatten ihre Flüsse und ihr warmes Klima. Aber hier in

den Bergen war es damals ein Glück, wenn man den harten Winter lebend überstanden hatte. Dafür dankten die Menschen ihren Göttern und hofften auf eine gute Ernte im neuen Jahr. Deshalb wird dieses Fest auch Neujahrsfest genannt. Bis heute wird es bei uns Kurden gefeiert." Er unterbrach sich und nahm den Stock auf, den Sassan ihm gebracht hatte. In hohem Bogen warf er ihn wieder weg. „Er freut sich so, wenn ich mit ihm spiele", sagte er lächelnd.
Evren Yildiz nutzte die Pause, um nachzufragen. „Das kurdische Neujahrsfest hat eine Tradition von dreitausend Jahren?", fragte er ungläubig.
„Mehr als das", nickte der Alte. „Es liegt ja auch in der Natur der Sache, dass ein Volk in einer rauhen Natur die Wiederkehr der Wärme und der Fruchtbarkeit feiert. Wir begehen dieses Fest jedes Jahr und ich glaube, ich bin der einzige, der weiß wie alt es ist." Er setzte seinen Hut ab und strich sich durch die Haare. „Es gibt noch ein anderes Fest, das auf die alte Zeit zurückgeht. Sie nennen es jetzt Regenvater-Fest. Die Natur soll den Früchten genügend Feuchtigkeit geben. Viele Bauern nehmen an dieser Zeremonie noch teil. Es ist nichts anderes als der Glaube an Teschub, den alten hethitischen Gott des Wetters. Aber lasst uns doch sein Bildnis im Felsen ansehen!" Er ging auf einem ausgetretenen Plattenweg in die Felsen hinein. Vor bedeutenden Reliefs waren Tafeln mit erklärenden Texten aufgestellt. Wie in einem Labyrinth ging man auf verschlungenen Wegen durch die Spalten zwischen den Felsen hindurch. An jeder Wand waren neue Inschriften oder Bilder zu sehen, die in den Stein gehauen waren.
An einer Informationstafel blieb Yildiz stehen. Er blickte die Wand hoch und sah ein großes Relief vor sich. „Das ist er. Das ist Teschub, der Wettergott!", sagte er.
„Du hast recht, Evren", bestätigte Barzan. „Ich hätte allerdings auch nicht anderes von dir erwartet. Immerhin warst du schon mal hier."
„In Hattussa war ich mehrere Male. Diese Felsen habe ich noch nie gesehen", widersprach er.

„Nicht?", fragte der Alte. „Dann ist es umso besser. Du siehst den Wettergott auf zwei heiligen Bergen stehen. Teschub führt die Prozession der anderen Götter an. Er war der Wichtigste. Sonne und Regen waren das Lebenselixier für die Menschen. Auf anderen Abbildungen hält Teschub Blitze in der rechten Hand. Woran denkt ihr dabei?"

„An Zeus natürlich, den Göttervater der Griechen, den Blitzeschleuderer", antwortete Lynna.

„Bravo!", lobte Barzan. „Ein Gewitter galt den Menschen schon immer als die mächtigste Wettererscheinung. Das Götterbild von Zeus war dem von Teschub sehr ähnlich. Es ist ein schönes Beispiel dafür, wie die Kultur von Osten nach Westen gewandert ist. Alles, was ihr in Europa hattet, gab es in Anatolien schon längst vorher."

„Ganz meine Meinung", stimmte Yildiz zu. „Aus dem Osten kam das Licht."

„Lasst uns zurückgehen, Freunde! Es gibt in diesen Felsen noch unglaublich viel zu sehen. Aber ich will euch noch etwas zeigen, das bisher kein Tourist gesehen hat. Es wird langsam Abend und wir müssen uns beeilen. Komm, Sassan!", rief er und tat so als hätte er einen Stock in der Hand. Er machte eine Armbewegung und der Hund lief den Weg schnell wieder zurück. „Auch an der Bewegung der Sprache könnt ihr die kulturelle Entwicklung erkennen. Eure europäischen Sprachen sind vor mehr als dreitausend Jahren hier in dieser Gegend entstanden."

„Sana, duya, teri – eins, zwei, drei", sagte der Professor.

„Ganz genau", bestätigte der Alte. „Ihr habt euch vorhin vielleicht gewundert, als ich erwähnt hatte, dass ich hethitisch sprechen kann und viele andere hier auch. Die Erklärung ist wirklich ganz einfach. Die alten Wörter haben sich über die Jahrtausende erhalten. Der kurdische Dialekt, der hier in der Gegend gesprochen wird, ist in vielen Wörtern dem Hethitischen sehr ähnlich, nicht nur bei 'eins, zwei, drei'. Was haltet ihr vom Wort 'kuwas'?" Er zeigte auf den vorauslaufenden Sassan. „Es bedeutet Hund, auf griechisch 'kynos'.

Ist das nicht ähnlich? Noch besser gefällt mir das Wort 'pea', auf kurdisch 'pe', auf griechisch 'pous' und auf lateinisch 'pedes'. Es heißt Fuß. Das p oder f ist seit Jahrtausenden bestehen geblieben. Ein schönes Beispiel ist auch das hethitische Wort für Baum. Es heißt 'taru'. Auf Kurdisch heißt es 'dar', auf griechisch 'dendron' und auf englisch 'tree'. Hier sind es sogar zwei Laute – das t und das r –, die erhalten geblieben sind. Am besten gefällt mir aber das Wort 'hasterz'. Es heißt auf kurdisch 'hasterk', auf lateinisch 'astera' und auf englisch 'star'. Es ist fast überflüssig zu sagen, dass es bei euch 'Stern' bedeutet." Er machte eine Pause und atmete tief. „Seht ihr? Es ist wirklich nicht schwierig hethitisch zu sprechen, wenn man kurdisch ohnehin schon kann. Die Jahrtausende haben an der Sprache nicht viel verändern können und sie hat sich ausgebreitet bis weit über euren Kontinent."

Am Parkplatz wartete Arif neben dem gelben Wagen. Adar Barzan raunte ihm kurz etwas zu. Die anderen blickten sich noch einmal zu den Felsen um, deren Farbe in der Abendstimmung schon ins orange übergegangen war.
„Unser Ziel liegt auf der anderen Seite dieser Felsgruppe. Man müsste nur herumgehen, aber das ist mir inzwischen zu beschwerlich. Arif wird uns ein Stück zurückfahren und dann erreichen wir über einen Feldweg dieses Massiv von hinten. Es dauert nur eine Viertelstunde."
Während der Fahrt überprüfte Lynna ihr Handy. Sie stellte fest, dass sie kein Netz mehr hatte, kein Wunder in dieser fernabgelegenen Gegend. Balkis, der auf dem Rücksitz dicht neben ihr saß, hielt sein Smartphone hoch und zuckte mit den Schultern. „Wir werden bis heute Abend warten müssen, bevor wir etwas wegschicken können." Sie nickte ihm zu und sah auf einmal, dass kurz vor dem Funkloch eine SMS eingegangen war. Merle hatte ihr geschrieben. Verlegenen drehte sie sich von Balkis weg und lehnte sich mit dem Rücken an die Hintertür. Dann öffnete sie die Nachricht. „Ich liebe dich!", las

sie. Die SMS endete mit den Worten: „Gruß vom tollsten Paar in Berlin!" Lynna lächelte. Sie wusste, dass Merle unkonventionell war. Dieser Text war im Moment völlig unpassend und sie hatte ihn mit Absicht so geschrieben. Lynna musste schlucken, um ihre aufkommenden Tränen zu unterdrücken. Sie spürte, dass ihre Freundin jede Chance nutzen wollte, um sie zurück zu gewinnen. „Ja, sie waren das tollste Paar in Berlin gewesen!", dachte sie. Wollte sie das wegwerfen? In dem Moment erschrak sie vor ihren eigenen Gedanken. Sie hatte dieselben Worte wie Merle benutzt. „Nein!", dachte sie. „Ich will sie nicht wegwerfen. Das klingt ja furchtbar brutal." Ihr fiel das Wort „Urlaubsbekanntschaft" ein und sie blickte verstohlen zu Balkis. „War er das?", fragte sie sich. „In ein paar Tagen sind wir wieder zu Hause. Und dann beginnt der Alltag. Mit Merle hat es immer genial funktioniert auf der Arbeit." Sie schüttelte ratlos den Kopf.

„Alles in Ordnung?", fragte Balkis.

„Ja, wieso?", antwortete Lynna irritiert. „Ich bin nur ein bisschen müde."

Sie sah, wie sie über einen Feldweg zurück auf den Gebirgszug fuhren. Ein anderes Wort von Merle kam ihr in den Kopf. Eine „Affäre" könnte sie ertragen, hatte sie gesagt. „War das mit Balkis nur aus einer Laune heraus passiert? War er nur eine Affäre auf einer Urlaubsreise?" Lynna wusste nicht weiter. Sie sah sich nochmal die SMS an und musste lächeln. Sie freute sich über Merles Zeilen und wenn sie ehrlich war, fand sie die Nachricht von ihr richtig süß. Eine Träne rollte ihr über die Wange. Am liebsten hätte sie Merle sofort angerufen. Aber damit würde sie bis zum Abend warten müssen. Sie wischte sich über das Gesicht und sah Balkis erneut von der Seite an. Er tippte auf dem Smartphone – wahrscheinlich etwas für den nächsten Blog. „Er ist so zuverlässig", dachte sie mit einem schlechten Gewissen. „Und du bist nur eine Zicke, die sich nicht entscheiden kann. Du hast weder Merle noch ihn verdient." Wieder wurden ihre Augen feucht.

Der Wagen hielt am Ende eines Feldwegs an. „Von hier aus müssen wir nur fünf Minuten zu Fuß gehen", sagte Adar Barzan. Er ließ Sassan laufen und ging ein paar Schritte voraus. „Es ist dasselbe Felsmassiv wie vorhin, nur von der anderen Seite. Ich habe vor vielen Jahren entdeckt, dass hier etwas Bedeutendes verborgen ist." Er wies mit der Hand auf die Felsen. Dann räusperte er sich. „Gerade fällt mir etwas ein." Er sah die beiden jungen Leute an. „Vorhin war das schon mal in meinem Kopf. Aber in meinem Alter sind Gedanken manchmal so wie Schemen, die schnell vorbeiziehen. Eure Namen: Lynna und Balkis – sie erinnern mich an was." Er machte eine Pause. „Helena und Paris – die Namen haben mit Helena und Paris zu tun. Sie stammen von ihnen ab. Lynna ist eine kurze Form von Helena. Balkis ist etwas schwieriger, aber heraushören kann man die Ähnlichkeit auch. Eigentlich heißt ihr genauso wie das legendäre Paar." Er musste lächeln. „Seid ihr ein Paar?", fragte er.

„Wie?", entgegnete Lynna überrascht und fügte kein weiteres Wort hinzu.

„Nicht so wie im Trojanischen Krieg", erklärte Balkis schmunzelnd. „Ich habe sie nicht entführt."

„Tut mir leid! Ich hätte nicht so direkt fragen dürfen. Ich weiß, das gehört sich nicht." Wie zu einer Entschuldigung hielt er seine Hände flach zusammengelegt vor die Brust. „Aber wenn die Antwort doch so offensichtlich ist … ." Das Lächeln in seinem alten Gesicht war so breit, dass sich die Lachfalten an seinen Augenwinkeln tief einkerbten.

„Ich hoffe auch nicht, dass wegen uns mal ein Krieg ausbricht." Balkis spielte das Thema mit einem Witz herunter und suchte ihren Blick.

Lynna war dieses Gespräch zutiefst unangenehm. Gerade hatte sie noch innige Gedanken an Merle gehabt. Ihre Gefühle waren Achterbahn gefahren. Jetzt wollte dieser Hundertjährige wissen, ob sie und Balkis ein Paar waren. Dazu wollte sie im Moment überhaupt nichts sagen. Sie vermied es, Blickkontakt zu jemandem

aufzunehmen und schaute konsequent auf den Boden. „Helena war eine ganz andere Person", sagte sie fast tonlos.
Evren Yildiz war schon ein paar Meter vorausgegangen und hatte die Szenerie aus der Ferne verfolgt. „Sevim hat recht gehabt", dachte er. „Die beiden sind ein Paar. Jetzt habe ich es auch bemerkt. Sie verbergen es vortrefflich, aber genau deswegen ist es so." Er lächelte in sich hinein. „Sevim ist eine gute Menschenkennerin."
„Wir haben auf dieser Seite der Felsen die Grabstätte von Hattussa vor uns", unterbrach Barzan die Gedanken der anderen. „Ich habe sie auf meinen Wanderungen vor Jahren entdeckt. Drüben war das Heiligtum für die Götter, aber kein einziges Grab. Also musste der Friedhof irgendwo anders sein, dachte ich mir. Es hat Jahre gedauert bis ich den verborgenen Zugang gefunden hatte. Vorher war ich immer daran vorbeigelaufen. Ihr werdet sehen!", sagte er und schritt in Richtung der Klippen, die das Abendrot zurückwarfen. Er ging einen Pfad entlang, der zwischen zwei hohen Blöcken hindurch führte. Wie durch eine enge Schlucht schlängelte sich der Weg weiter. „Da vorn ist das Ende, dachte ich damals." Er zeigte auf die Felswand vor ihnen. „Aber dann sind mir diese Inschriften aufgefallen." Er wies auf mehrere Gruppen von Keilschriftzeichen im Gestein. „Ich konnte sie lesen und wusste, dass hier der Bestattungsplatz von Hattussa gewesen sein musste. Nur war hier leider der Weg zu Ende." Adar Barzan grinste seine Begleiter an, ging auf die Wand zu, machte einen Schritt nach rechts und verschwand vor ihren Augen.
„Adar!", rief der Professor entsetzt. „Wo bist du?" Auch Lynna und Balkis sahen sich überrascht an.
Yildiz sprang schnell zu der Stelle, an der der Alte verschwunden war. Er stand vor einer Felsnadel, die sich so dicht vor der Kalksteinwand befand, dass sie sich aus einer Entfernung von ein paar Metern für sein Auge nicht vor dem Hintergrund abhob. Derselben optischen Täuschung waren Lynna und Balkis aufgesessen, die erst beim Näherkommen bemerkten, dass vor dem

Ende der Wand eine schmale hohe Klippe stand – knapp einen halben Meter vom Felsen entfernt. Mit Yildiz blickten sie hinter den Monolithen und sahen den vergnügt lächelnden Adar Barzan in einer Felsspalte stehen.
„Dieses bisschen Platz habe ich damals erst vom Schutt freiräumen müssen", erklärte er. „Zu Anfang war alles vom Gestein verschüttet. Ein paar Leute aus dem Dorf haben mir geholfen. Dadurch kannten sie das Geheimnis, aber sie leben heute nicht mehr. Ich bin der einzige, der den Eingang zur Höhle noch kennt." Er winkte. „Kommt mit!" Er ging ein paar Schritte weiter und zeigte auf ein schwarzes Loch im Felsen. „Die Begräbnisstätte von Hattussa."
Sie starrten völlig überrascht in den Eingang einer Höhle. Ungefähr eineinhalb Meter hoch war das Loch, das in den Felsen führte. „Ich sollte diese Art Sport nicht mehr betreiben", sagte Barzan, bückte sich und stieg in die Höhle ein. Im gut mannshohen Vorraum konnte er sich aufrichten und bereitete seine Gefährten im Halbdunkel für eine Besichtigung vor. „Hier gibt es Fackeln. Ihr braucht Feuer, um sie anzuzünden." Er zeigte auf ein hölzerne Halterung, nahm eine Pechfackel heraus und hielt ein Feuerzeug daran. Kurze Zeit später waren alle mit brennenden Fackeln ausgestattet. „Den Vorrat an Fackeln habe ich damals angelegt. Sonst könnte man die Höhle nur mit Taschenlampen und Scheinwerfern erkunden. Wir gehen jetzt ein paar Meter hinein. Keine Angst! Der Weg in die Höhle ist flach und frei von Stolperfallen." Er ging einige Meter voraus bis sich der Raum zu einem Gewölbe verbreiterte. Es waren mehr als ein Dutzend Statuen zu sehen und Inschriften an den Wänden hinter ihnen.
Evren Yildiz war überwältigt. „Warum habe ich das noch nie gesehen?", rief er aufgeregt. „Das sind Standbilder von hethitischen Königen. Hier gibt es Material für jahrelange Forschungen. Die ganze Geschichte der Hethiter kann man hier neu untersuchen. Ich glaube es nicht!", sagte er fassungslos und drehte sich mit nach oben gerichtetem Blick im Kreis, um das Gewölbe mit seinen Augen zu

erfassen. „Wer hat diese Höhle schon mal besichtigt?"
„Ich glaube, ich bin der einzige." Adar Barzan schien im Schein der Fackeln zu schmunzeln. „Ich habe es nicht für nötig gehalten, jemandem davon zu erzählen. Die paar Leute, die mir damals geholfen haben den Eingang freizulegen, stammen aus dieser Gegend. Diese Höhle ist immer ein Geheimnis der Leute von hier geblieben. Andere haben sich nie für die Geschichte unserer Vorfahren interessiert."
„Da hast du unrecht, Adar!", protestierte Yildiz. „Ich sehe hier Königsgräber. Viele Archäologen hätten sich für diese Grabstätte interessiert." Er machte eine Pause. „Ich selbst hätte viele Jahre lang forschen können. Warum hast du diesen Fund verheimlicht? Du hättest berühmt werden können!"
„Ich mache mir nichts aus Berühmtheit. Ich bin nur ein Mensch aus dieser Gegend. Ich habe mein ganzes Leben lang in den Dörfern ringsum nach der Geschichte meines Landes gefragt und viele Antworten erhalten. Heute weiß ich: Ich bin ein Hethiter. Außer mir gibt es noch viele andere hier, die die alte Sprache sprechen und sich ihrer Tradition bewusst sind. Dieses alte Volk lebt noch. Es lebt im Verborgenen. Wir sind unbedeutende Dörfler. Aber wir wissen, dass wir vor dreitausend Jahren die größte Macht der Welt waren. Es ist uns egal, ob jemand unsere Geschichte kennt. Das ist der Grund, warum ich nie über diese Höhle gesprochen habe."
„Das ist unglaublich", befand der Professor. „Seit wann kennst du denn diesen Schatz?"
Barzan dachte nach. „Dreißig Jahre wird es wohl schon her sein, dass ich diesen Friedhof gefunden habe, vielleicht auch etwas länger."
„Das heißt, du kanntest das alles schon, als ich damals als Student bei dir war?"
„Wahrscheinlich ja", überlegte der Alte. „Das kann ich nicht genau sagen. Aber Führungen habe ich immer nur in Hattussa gemacht, niemals hierher in die Berge. Ihr seid heute meine erste Gruppe." Er lächelte. „Ich könnte mit euch an diesen Königsgräbern entlang die

ganze Geschichte der Hethiter durchgehen, aber das wollt ihr ja gar nicht wissen. Doch halt!" Er unterbrach sich kurz. „Einen müsst ihr kennenlernen: König Muwattalli. Das ist der, der die Ägypter besiegt hat. Sein Standbild steht hier." Er ging einige Schritte auf die Felswand zu und beleuchtete mit der Fackel eine Statue aus Marmor. Ein Mann in einem langen Gewand war zu sehen, mit einem spitzen Hut auf dem Kopf. Seine rechte Hand hielt er grüßend erhoben.

Lynna ging an dem Standbild vorbei und leuchtete mit der Fackel auf die Inschriften. Ihr fiel eine Tafel auf, die auf einem Sockel an der Wand stand. „Das ist nicht nur Keilschrift. Da sehe ich auch Hieroglyphen." Ihr kam ein Gedanke und sie riss die Augen weit auf. „Mein Gott! Ist das der Vertrag?"

Adar Barzan nickte. „Ja, das ist der Friedensvertrag mit Ramses II. Es gab zwei Ausfertigungen. Eine befindet sich in Ägypten, die andere siehst du vor dir. Es ist Muwattallis Vermächtnis. Das Exemplar in New York ist selbstverständlich nur eine Kopie."

„Ich stehe vor dem ältesten Friedensvertrag der Welt", raunte sie andächtig. Professor Yildiz kam heran und berührte die Tafel vorsichtig. Mit den Fingern glitt er die eingeritzten Schriftzeichen entlang und formulierte langsam die Worte des Textes.

„Genau genommen geht der Vertrag auf einen späteren König zurück. Daher steht er hier eigentlich falsch. Aber ich möchte euch nicht verwirren." Der Alte schmunzelte. „Ihr seid ja auf der Suche nach Königin Inaara hierhergekommen. Deren Grab ist weiter hinten." Er ging weiter in die Tiefe des Gewölbes. „Ich habe euch schon erzählt, dass bei den Hethitern ein matriarchalischer Kult vorgeherrscht hatte, in dem die Göttermutter Hannahanna eine große Rolle spielte. Sie war die geheimnisvolle Beschützerin der Liebe. Nach ihrer Weissagung sollte Inaara sich den Mann ihres Herzens suchen. Als sie diesen Mann im Prinzen Pasiya von Wilusa gefunden hatte, wurde Inaara selbst zu einem Mythos für das Liebesglück. Es ranken sich viele Legenden um das glückliche Paar, auch solche, die heute nicht mehr schicklich sind. Aber in der alten Zeit haben die Menschen etwas freier über Liebe und Lust gesprochen." Adar Barzan räusperte sich. „Unzählige junge Menschen haben sich Inaara und Pasiya zum Vorbild für ihr eigenes Glück mit ihrem Partner genommen. So hat wenige Jahre nach dem Tod der Königin ein regelrechter Inaara-Kult eingesetzt. Junge Leute sind zu diesem Berg gepilgert und haben am Grab des Ehepaars für ihr eigenes Glück gebetet. Inaara war zu einer Art Liebesgöttin geworden. Ihre Ehe mit Pasiya wurde legendär über die Grenzen von Hattussa hinaus. Es wurde zur Sitte, einen Glücksbringer von der Pilgerreise zu ihrem Grab mitzubringen – die Tafel mit dem Heiratsversprechen von damals."

Evren Yildiz rief mit erregter Stimme. „Du willst mir doch nicht sagen, dass meine Schrifttafel ..."

„Doch, das will ich", unterbrach Barzan. „Diese Tafel war vor dreitausend Jahren nichts weiter als ein Mitbringsel von einer Pilgerfahrt, das hundertfach kopiert und verkauft worden ist. Junge Paare erhofften sich davon Glück für ihre Ehe und nahmen die Heiratsurkunde von Inaara mit nach Hause. Diese Sitte gibt es heute noch in unserer Gegend."

„Die Leute schenken sich Tontafeln zur Verlobung?", fragte Lynna ungläubig.

„Nicht mehr unbedingt Tafeln in dieser Größe, wie Evren sie gefunden hat. Heute sind es kleine Plaketten, die man sich an die Jacke heften kann. Aber der Text ist derselbe geblieben."

„Ich verstehe nicht ganz." Sie zog ratlos die Brauen hoch. „Verliebte junge Menschen tragen Plaketten mit einem Text, den sie gar nicht lesen können?"

„Doch, doch!", entgegnete Barzan. „Ich sagte ja: Die Menschen bei uns können die Keilschrift lesen und hethitisch sprechen. Sie kennen den Text ganz genau, abgesehen vom griechischen Teil vielleicht. Aber dazu muss ich euch noch etwas erzählen." Er hielt seine Fackel hoch und ging ein paar Schritte in die Tiefe der Höhle voraus. „Ich habe euch heute Mittag erklärt, dass die Griechen zur großen Zeit der Hethiter keine Rolle gespielt haben. Sie waren Seefahrer und Händler. Aber politisch und militärisch hatten sie keine Macht. Deshalb kann auch diese Geschichte von ihrem Krieg mit Wilusa nicht stimmen, das ihr in Europa Troja nennt. Niemals hätten die Griechen so viele Krieger mit so vielen Schiffen nach Wilusa bringen können."

„Das ist genau meine Meinung", freute sich Lynna. „Diesen Krieg hat es nie gegeben. Die Ilias ist ein literarisches Werk, aber keine historische Darstellung."

„Da hast du sicher recht", entgegnete der Alte während er mit der Fackel weiterging. „Aber eine Stärke muss man den Griechen zu Gute halten. Das war ihre Sprache. Sie hatte sich ursprünglich aus unseren Worten entwickelt. Aber dann haben sie ein ganz anderes System von Zeichen hervorgebracht. Das, was ihr heute Alphabet nennt, ist griechisch: 'alfa' und ' beta' – ihre ersten beiden Buchstaben. Es war viel praktischer, diese Zeichen auf Papyrus zu schreiben als die Keilschrift in Tontafeln zu ritzen. Mit dieser Schrift begann ein Siegeszug der griechischen Sprache. Wegen der vielen Händler wurde in allen Städten an der Küste des Reiches außer Hethitisch auch Griechisch gesprochen. So kam unsere Königin Inaara auf ihrer Reise nach Wilusa in eine griechischsprachige Gegend. Als sie ihren Mann fand, führte der in Troja nicht den Namen Pasiya, sondern Paris, entsprechend der dortigen Mundart. Und sie selbst wurde Helena genannt. Alle Menschen in der Stadt sprachen bei der Verlobung wahrscheinlich von Helena und Paris. So ergab es sich, dass diese Namen auf die Tontafeln geschrieben wurden."

„Also glaubst du auch, dass Helena und Inaara identisch sind?", fragte Yildiz.

„Absolut", sagte er sicher. „Ebenso sind Paris und Pasiya Namen für dieselbe Person. Ihr werdet euch davon überzeugen können. Ich führe euch zu ihnen." Er ging mit erhobener Fackel weiter bis zum

Ende des Gewölbes. An der gegenüberliegenden Wand waren Standbilder zu erkennen.

„Warte!", rief Lynna und zeigte in die Richtung, in der er voranschritt. „Was ist das?"

„Das Ziel eurer Reise", antwortete Adar Barzan. Er ging an einigen Königsstatuen vorbei auf ein Standbild zu und leuchtete es an. „Das Grab von Helena und Paris." Sie sahen eine Skulptur vor sich, die aus zwei Figuren bestand. Ein Mann und eine Frau – bekleidet mit dünnen Gewändern – hielten sich in den Armen. Seine Hand lag auf ihrer Schulter, ihre Hände umfassten seine Hüften. Die Gesichter waren natürlich gestaltet, viel lebendiger als bei den schemenhaften Standbildern der anderen Könige. Sie lächelten auf eine geheimnisvolle Art, so als würden sie sich über ihr Leben gefreut haben. Die doppelte Statue wirkte so, als wollten beide ihre Liebe zueinander für künftige Zeiten weitergeben. Die in Stein gemeißelten Gewänder schienen nur hauchdünn über ihre Körper zu fließen. Unter dem Kleid, das die Statue von Helena umhüllte, zeichneten sich ihre Brustwarzen deutlich ab. Die leichte Toga, die Paris trug, war auf der einen Seite weit geöffnet und gab den Blick auf die Oberschenkel bis zur Hüfte frei. Offenbar sollte der Betrachter sehen, dass Helena und Paris ein für die Liebe bereites Paar waren.

Evren Yildiz stand wie angewurzelt vor der Statue und versuchte sie mit allen seinen Blicken zu erfassen. Lynna sagte kein Wort mehr. Sie näherte sich ganz langsam den beiden Figuren. Dann berührte sie vorsichtig den steinernen Oberschenkel von Paris. Im Schein der Fackeln hatte sie für einen kurzen Moment den Eindruck, die Figur würde sich bewegen. Wie in Trance blickte sie die Statuen an, ging zu Helena hinüber und berührte deren steinernes Abbild. Ihre Finger tasteten sich bis zu ihrem Kopf hinauf. Sie fand, dass der Bildhauer ihr ein außergewöhnlich schönes Gesicht gegeben hatte. Lynna war verzaubert. Balkis überprüfte währenddessen den Akku seines Handys. Seit sie in die Höhle gegangen waren, hatte er wo immer es die Lichtverhältnisse zuließen Fotos gemacht. Er hatte das Standbild des alten Königs fotografiert und den Friedensvertrag, den dieser mit dem Pharao geschlossen hatte. Jetzt versuchte er Lynna bei der Begutachtung der Figuren zu filmen und stellte fest, dass die Kapazität seines Geräts zu Ende ging. Trotzdem filmte er weiter.

„Es gehörte zum Bestattungsritus der Hethiter, dass über dem Grab ein Standbild angefertigt wurde. Es sollte den Verstorbenen so darstellen, wie er in Erinnerung bleiben wollte. Königin Inaara ist aus Kummer über den Tod ihres Mannes so kurze Zeit nach Pasiya gestorben, dass die Bildhauer ihre Statue noch nicht begonnen hatten. Sie entschieden dann, das Paar für die Ewigkeit in einem gemeinsamen Standbild darzustellen." Adar Barzan zeigte auf die Inschriften am Sockel. „Sieh her, Evren!", rief er. „Da ist der Beweis, den du gesucht hast." Die Namen von Helena und Paris waren in den Stein am Fuße der Staue gemeißelt, darüber die Zeichen für Inaara und Pasiya in hethitischer Keilschrift.

„Unfassbar!", rief Yildiz. „Das ist fast identisch mit dem Text auf meinem Fundstück. Es bestätigt meine Theorie hundertprozentig. Warum hast du mir nie von diesem Schatz erzählt, Adar?"

„Diese Höhle ist eine Gedenkstätte an die große Zeit unseres Volkes. Sie gehört niemandem außer den Leuten in dieser Gegend. Du wüsstest von mir nichts darüber, wenn du mich nicht angerufen hättest. In diesem Telefonat habe ich gemerkt, dass du die richtige Spur hattest und dass du betrogen worden warst. Ich habe kurz nachgedacht und beschlossen dich zu unterstützen. Mir war klar, dass deine Theorie über diese Schrifttafel richtig war. Deswegen sind wir heute hier."

Yildiz ging auf den Alten zu und umarmte ihn, wobei er die Fackel weit weg von seinem Körper hielt. „Ich muss mich bei dir bedanken, Adar!", sagte er. „Diese Höhle ist eine archäologische Sensation. Alle Welt muss davon erfahren!" Seine Augen leuchteten.

Barzan löste sich aus der Umarmung und blickte den Professor skeptisch an. „Es war mir klar, was passiert, wenn ich mein großes

Geheimnis lüfte. Ich wusste, dass ihr mit Fotoapparaten und Kameras kommen würdet." Er zeigte auf Balkis und Lynna, die das Standbild aus jeder Perspektive beleuchteten und Aufnahmen davon machten. „Ich habe damit gerechnet, dass ihr die Bilder wenig später veröffentlichen werdet und dass danach viele Historiker meine Höhle besuchen werden, und dann auch die Touristen. Ich werde diesen Ort nie wieder für mich allein haben."
„Zum Glück", hielt Yildiz dagegen. „Diese Höhle ist eine Dokumentation der großen hethitischen Geschichte. Vielleicht ist sie wichtiger als die ganze Ausgrabungsstätte von Hattussa. Die Forscher müssen diese Standbilder untersuchen und der Welt erklären, dass hier ein historisches Vermächtnis Jahrtausende lang geschlummert hat. Es geht nicht nur um meine Schrifttafel."
Adar Barzan schloss die Augen. „Du hast recht, Evren", sagte er. „So etwas hatte ich mir auch schon überlegt. Ich hatte diese Gedenkstätte an die großen Könige fast ein halbes Leben lang für mich allein. Jetzt bin ich alt, sehr alt und ich sollte die Verantwortung für diese Höhle abgeben an einen Jüngeren."
Yildiz lachte. „Wenn du mit dem Jüngeren ausgerechnet mich meinst, ist das freundlich von dir.. Vielleicht sind es die beiden, von denen du sprichst." Er zeigte auf Lynna und Balkis. „Siehst du? Sie sind schon dabei, das Geheimnis dieser Fundstätte mitzuteilen."
„Sie ist schön." Balkis machte ein Foto von Helenas Kopf. „Ihr Lächeln hat etwas Rätselhaftes, fast so wie bei dir manchmal." Er blickte Lynna an.
Sie sah überrascht aus und schüttelte den Kopf. „Nein", entgegnete sie verlegen. „Du willst mir schmeicheln. Die Schönheit dieser Figur ist mit gar nichts zu vergleichen."
„Da bin ich anderer Meinung, Lynna." Balkis ging einen Schritt auf sie zu und hielt sein Handy auf sie gerichtet. „Und wenn es das letzte Bild ist, das dieser schlappe Akku mir erlaubt", sagte er. „Das Foto mache ich von deinem schönen Gesicht. Ich habe eine Software für Gesichtserkennung zu Hause. Damit werde ich dir beweisen, dass du

der Helena ähnlich siehst." Er fotografierte sie und steckte sein Handy in die Tasche. Seine Hand näherte sich ihr langsam. Mit zwei Fingern streichelte er zärtlich ihre Wange. „Du bist am Ziel deiner Reise. Bist du glücklich?"
Auf diese Frage war Lynna nicht gefasst. Sie blickte unstet durch das von Fackeln erleuchtete Gewölbe und sah die Statuen von Helena und Paris an. Die Berührung seiner Finger auf ihrem Gesicht hatte sie elektrisiert. Alle Gedanken der letzten Stunden strömten zugleich auf sie ein. Kurz bevor sie die Höhle betreten hatten, wollte sie Merle anrufen. Ihre Gefühle für ihre Freundin waren wieder hochgekommen. Gleichzeitig war sie dankbar für Balkis unbedingte Loyalität. Er konnte nicht wissen, was sie gerade empfand und fotografierte weiter alles, was ihm für den Blog wichtig erschien. Das Streicheln seiner Finger hatte sie wieder daran erinnert, was in den letzten Tagen zwischen ihnen passiert war. „Du hast sie beide nicht verdient", dachte sie wieder. Nun stand sie vor der größten archäologischen Entdeckung, die sie je gemacht hatte, und er wollte wissen, ob sie glücklich wäre. Lynna war mit der Frage überfordert. „Glücklich? Weiß ich nicht. Ich bin noch ganz weg von all dem hier", sagte sie ohne ihn anzusehen. „Es ist lieb von dir, mich mit Helena zu vergleichen." Sie blickte ihn kurz an und griff nach seiner Hand. „Aber ich finde den Hintern von Paris auch ganz knackig – so wie deinen", fügte sie vorwitzig hinzu und lachte.
„Bitte tretet nicht auf den Sockel beim Fotografieren", mahnte Barzan, der mit Yildiz zu ihnen kam. „Der Sockel des Standbilds ist das eigentliche Grab. Nach der Sitte unserer Vorfahren wurde der Leichnam verbrannt, die Asche zerstreute der Wind und nur die übriggebliebenen Gebeine wurden bestattet. Sie liegen da unten." Er zeigte auf den Fuß der Statue.
„Da liegt die wirkliche Helena seit dreitausend Jahren?", fragte Lynna und blickte andächtig auf den Sockel. Sie erwartete keine Antwort. Sie wusste, dass es so war, weil Adar Barzan es gesagt hatte.

Der Alte nickte und ging ein paar Schritte um das Standbild herum. „Hier findest du das, was du schon einmal gefunden hast, Evren – allerdings zigmal mehr." Er blieb an einer dicken Amphore stehen, deren oberer Rand abgebrochen war. Bis tief in die vordere Seite reichte die Bruchstelle und man konnte stapelweise übereinanderliegende Schrifttafeln erkennen, die in dem Gefäß lagen. „Es ist der Behälter für die damaligen Heiratsversprechen. Jedes junge Paar pilgerte zu diesem Ort und nahm sich eine Tafel. Der Text ist überall der gleiche: 'Königin Helena von Hattussa erwählte den Prinzen Paris von Troja zu ihrem Mann und brachte ihn in ihre Stadt' und dann noch einmal auf Hethitisch. Ihr wisst ja, dass ich die Inschrift kenne."

Professor Yildiz ging zögernd auf die zerbrochene Amphore zu. Er war sich nicht sicher, ob er das berühren durfte, was darin lag. Dreitausend Jahre lang hatte niemand diesen Berg von Schrifttafeln gestört – Symbole für die Verlobung junger Menschen, wie er jetzt wusste. Er sah in das Gefäß hinein und erkannte sein Fundstück aus Troja wieder. Nur sah er es mehrfach, zigfach. Bis auf den Boden war die Amphore mit diesen Schrifttafeln voll. Die Größe war ihm vertraut, die Anordnung der Schriftzüge ebenso. Er brannte vor Neugier und griff vorsichtig eine Tafel aus der Amphore heraus. Seine Finger strichen zuerst über das gesamte Stück und folgten dann Buchstabe für Buchstabe der Inschrift. Schließlich lächelte er. Einen Vergleich mit den Fotos auf seinem Handy musste er nicht mehr anstellen. Er spürte, dass er genau dieselbe Tafel in der Hand hielt – eine hundertprozentige Kopie, ebenso wie diese Fälschung, mit der er in Istanbul getäuscht worden war. Nur waren diese Nachbildungen in der Amphore alle echt. Jedes dieser Stücke würde einer C14-Untersuchung standhalten. Wahrscheinlich stammten sie alle aus dem Jahr 1200 v. Chr.

„Nimm dir die Tafel mit, Evren!", ermunterte Barzan ihn. „Sie gehört dir. Du kannst dich damit rehabilitieren und viel mehr als das: Du wirst berühmt als der Entdecker einer anatolischen Königin, die

Europa bisher als Helena kannte."
Yildiz drückte das tönerne Heiratsversprechen an seine Brust und schüttelte den Kopf. „Nein, nein", sagte er. „Berühmt werden diese jungen Leute." Er zeigte auf die beiden, die hinter ihnen standen. „Wegen dieses Artefakts habe ich sie extra aus Berlin zu mir nach Troja gebeten. Hier in Hattussa wird sich die Reise für sie auszahlen." Er drehte sich um. „Das ist Ihr Tag, Frau Meeves! Ilonka Seyfried wird begeistert von Ihnen sein, wenn Sie dieses Ergebnis präsentieren. Vielleicht schreiben Sie bald eine Doktorarbeit bei ihr über das Ding." Er hielt die Schrifttafel immer noch fest an seiner Brust.
„Meine Chefin war zuletzt etwas schwierig", entgegnete Lynna skeptisch.
„Ich weiß, Frau Meeves. Ich kenne sie", lachte der Professor. „Ich kenne sie schon lange."
„Kommt mit!", unterbrach der Alte. „Ich zeige euch noch etwas anderes." Er leuchtete mit der Fackel weiter hinter die Statue und bückte sich zu einem zerstörten Tongefäß. „Diese Amphore ist leider kaputt. Aber auch hier liegen Stücke, die zu Helena und Paris gehören. Es sind Medaillons, die sich junge Paare auch gern genommen haben, um ihre Verlobung zu besiegeln. Möglicherweise war es eine etwas unauffälligere Art, dem anderen seine Liebe zu zeigen." Er nahm eine tönerne Scheibe aus dem Gefäß und hielt sie hoch. Sie war etwa handtellergroß und kreisrund. „Darauf war natürlich nicht genug Platz für eine lange Inschrift. Ihr werdet nur die Namen sehen: Helena und Paris steht darauf und Inaara und Pasiya in unserer Sprache."
„Die sind ja hübsch!", rief Lynna angetan. „Wer sich nicht das große Schild für die Verlobung an die Tür hängen wollte, konnte dieses Medaillon in der Tasche verstecken. Habe ich das richtig verstanden?"
„Wir wissen es nicht genau. Aber es ist gut möglich, dass dies eine etwas diskretere Form des Heiratsversprechens war. Man konnte die

Scheibe tatsächlich in die Tasche stecken und vor den neugierigen Blicken der Menschen verbergen – eine heimliche Verlobung also."
„Romantisch", raunte sie und griff sich aus dem Gefäß ein Medaillon. Sie drehte es in ihren Fingern herum, sah sich die Schriftzüge genau an und legte das runde Stück wieder hin.
„Ich werde müde", sagte Adar Barzan auf einmal. „Ich glaube ...", stammelte er. „Ich glaube, ich habe euch alles gezeigt, was ihr wissen wolltet. Draußen ist es bestimmt schon dunkel. Wir sollten jetzt gehen." Er drehte sich um und ging ein paar Schritte. Dann hielt er sich an der Amphore fest.
„Ist dir nicht gut, Adar?", fragte Yildiz und griff unter seine Arme.
„Danke", antwortete er. „Es geht schon. Lasst uns gehen!" Er stolperte gestützt vom Professor in Richtung Ausgang.
„Hat er sich übernommen?", fragte Lynna beunruhigt und ging mit der Fackel leuchtend voraus.
„Möglich", sagte Yildiz. „Wir helfen ihm."
Balkis war allein an der zerbrochenen Amphore zurückgeblieben. Er blickte dem Alten, dem Professor und Lynna nach und dachte, dass er etwas tun müsste. Dann sah er ein letztes Mal auf die kreisrunden Medaillons. Er wusste, dass er es nicht durfte, aber er griff sich das Stück heraus, das eben noch Lynna in der Hand gehabt hatte. Er hielt die Tonscheibe mit beiden Händen fest, sah sich die eingravierten Namen an und steckte das Stück in seine Jackentasche. Mit einem Blick nach vorn stellte er fest, dass die anderen schon weit Richtung Ausgang vorangekommen waren. Gleichzeitig sah er, dass Adar Barzan sich kurz nach ihm umgedreht hatte. Er erschrak. Hatte der Alte bemerkt, dass er das Medaillon gestohlen hatte? Das konnte kaum möglich sein. Mit einem unsicheren Gefühl folgte er den Gefährten auf dem Weg aus der Höhle. Auf einmal bemerkte Balkis erstaunt, dass Sassan neben ihm herlief. In der letzten Zeit hatte niemand einen Gedanken an den Hund verschwendet. Vielleicht hatte er sich während ihrer Erkundungen irgendwo gelangweilt abgelegt. Nun, da wieder

Bewegung in die Gruppe gekommen war, trabte Sassan hinter seinem Herrchen her.

„Ich sagte ja: Es ist schon dunkel." Barzan zeigte auf das rötlich silberne Abendrot am Himmel. Vorher hatten sie am Ausgang der Höhle in einem Wassereimer die Fackeln gelöscht. Dann waren sie auf dem engen Weg durch die Felsen zurück zum gelben Auto gegangen. Arif wartete. „Kein Wunder, dass ich müde bin", sagte der Alte. „Es ist ja schon Nacht."

„Geht es dir gut?", fragte Yildiz, der ihn immer noch stützte.

„Ja, natürlich", antwortete Adar. „Keine Sorge. Ich muss nur sehen, dass ich nach Hause komme. Heute kann ich euch nicht mehr viel erzählen. Vielleicht morgen wieder." Dann bemerkte er, dass Sassan schwanzwedelnd neben ihm stand. „Na, da bist du ja, Kleiner!", rief er. „Auf dich habe ich in der letzten Stunde ja gar nicht geachtet." Er bückte sich und streichelte dem Hund den Kopf, während der versuchte, ihm die Hände zu lecken. Arif hielt die Autotür auf und der Hund sprang in den Fußraum des Beifahrersitzes. Die anderen kletterten in die Rückbank. Als Balkis einstieg, fasste der Alte ihn kurz an der Schulter. „Gib ihr das Medaillon!", sagte er. „Zeig ihr deine Liebe! Ihr seid Helena und Paris."

Balkis sagte kein Wort. Er stieg in den Wagen ein und wusste, dass Barzan ihn bei seinem Diebstahl beobachtet hatte. Das war zwar fast unmöglich und dennoch musste es so sein. Er hatte ihn eben geradezu ermutigt, Lynna die tönerne Scheibe zu schenken. Die Situation war Balkis unendlich peinlich und er hoffte, dass das Alte kein weiteres Wort darüber verlieren würde. Während der Wagen durch die Dunkelheit nach Hause fuhr, dachte er über Helena und Paris nach. Was meinte der Alte mit diesem Wortspiel? Die Namen Lynna und Balkis klangen doch nur ungefähr ähnlich! Er war froh, dass Adar Barzan nicht weiter darüber sprach, sondern auf der Rückfahrt einschlief.

Bogazkale, Dorf bei Hattussa, Zentralanatolien

Direkt vor dem Hotel Baykal hielt das gelbe Taxi an. Sassan sprang vor dem Alten aus dem Auto und Arif hielt die Tür für die Gäste auf dem Rücksitz auf. Barzan hielt sich am Rahmen des Wagens fest, während er ausstieg.
„Danke!", sagte Professor Yildiz und umarmte seinen alten Lehrer. „Du hast uns eine historische Sensation geschenkt. Ich weiß gar nicht, was ich sagen soll. Ich bin noch so erfüllt von dem, was ich gesehen habe."
„Gern geschehen, Evren", antwortete er. „Aber jetzt bin ich müde. Ich kann euch nichts mehr erzählen. Es war auch genug. Komm, Sassan!", ermunterte er seinen Hund zum Gehen. „Gute Nacht!", fügte er noch an und machte sich mit langsamen Schritten auf die knapp fünfzig Meter, die sein Haus entfernt war. Sassan trottete nebenher.
Sie sahen ihm nach, jeder mit seinen eigenen Gedanken. Arifs Großmutter stand lächelnd in der Tür des Hotels. „Können wir noch ein Abendessen bekommen?", fragte Yildiz.
„Natürlich", antwortete die Hotelbesitzerin. „Ich habe alles vorbereitet, seit ich meinen Enkelsohn mit euch und dem Hodscha habe zurückkommen sehen. In einer halben Stunde kann ich servieren." Sie eilte ins Innere des Hauses.
„Wir haben Zeit, auf unsere Zimmer zu gehen und uns zu besinnen", sagte der Professor. „Wir werden alle etwas Ruhe brauchen nach diesem archäologischen Spektakel. Ich hatte gehofft, dass Adar Barzan uns helfen könnte. Aber dass er uns dieses Juwel von einer Fundstätte zeigt, das konnte ich nicht wissen. Nicht auszudenken, dass er diese Höhle schon jahrzehntelang gekannt hat. Was werden Historiker und Archäologen dort noch alles erforschen können?", fragte er sich mit einem faszinierten Gesichtsausdruck. „Ihr werdet sehen: Für unsere Sache gehen die Uhren seit heute anders." Er hielt

die Schrifttafel wie ein Baby vor seiner Brust und ging er die Treppe hoch.

Balkis lächelte Lynna an. „Er hat recht", sagte er. „Unsere Helena-Geschichte steht völlig neu da seit dieser eindrucksvollen Führung durch den Alten. Die Story ist dadurch zu hundert Prozent glaubwürdig. Ich würde fast sagen: Wir haben gewonnen! Die Intrige von Byron gegen dich und Yildiz wird sich in Luft auflösen. Angesichts dieser historischen Quellen im Felsengebirge muss die Geschichte von Troja vielleicht neu geschrieben werden." Er lachte auf eine selbstsichere Art. „Wir müssen mit dieser Sensation schnell in die Öffentlichkeit gehen. Eine halbe Stunde ist dafür fast zu knapp."

„Was hast du vor?", fragte sie.

Er atmete tief ein. „Zuerst will ich meinen Job zurück. Wenn die Redaktion von WOCHE ONLINE die Bilder aus der Höhle sieht, können sie gar nicht anders, als mich für den Blog weiterhin zu bezahlen. Es steckt eine komplette Neuinterpretation der Sage vom Trojanischen Krieg dahinter. Auf einmal ist alles wieder glaubwürdig. Die Leser werden begeistert sein. Der Blog wird sich vor Zuschriften und Fragen gar nicht mehr retten können." Er dachte einen Moment lang nach. „Das sieht für dich und die Homepage der Uni genauso aus. Du hast mit deiner Berichterstattung über die Schrifttafel von Yildiz absolut richtig gelegen, auch wenn die Geschichte mit dieser Fälschung dazwischen gekommen ist. Außerdem kannst du jetzt sagen, wer dich hereingelegt hat: Lord Byron aus Ignoranz gegenüber jeder modernen Forschung."

„Ja", sagte sie etwas abwesend. „Ich müsste mit Seyfried Kontakt aufnehmen."

„Genau", bestärkte er sie. „Deine Professorin vertraut dir wieder. Sie hat doch selbst die wahren Schuldigen dieser Trickserei herausgefunden. Du musst sie anrufen! Du hast die Beweise für die Existenz der wirklichen Helena auf deinem Handy."

„Es ist schon spät", wandte Lynna ein.
„In Berlin ist es jetzt noch eine Stunde früher. Versuch es!", sagte er.
„Ich werde jetzt gleich meinen Verlag anrufen." Balkis gab ihr einen Kuss auf die Wange. Dann ging er nach oben.
Sie blieb unschlüssig im Flur des Hotels stehen, den man wohl kaum ein Foyer nennen konnte. Ein Empfangspult mit Telefon und Schlüsselbrett, gegenüber zwei kleine Sessel – das war alles. Kurz dahinter ging auf der rechten Seite die Treppe zu den Zimmern hinauf. Geradeaus führte der Flur zum Speiseraum. Lynna schlenderte gedankenverloren dorthin, drückte die Türklinke und trat ein. Der Raum war mit gepolsterten Stühlen und Holztischen möbliert. An den Wänden hingen einige handgewebte Teppiche. Sie zählte sechs Tische. Ein paar Gäste saßen noch beim Abendessen und nickten ihr zu. „Guten Abend", grüßte sie leise und nahm an einem freien Tisch Platz. Schnell stand ein junger Mann, der ein Bruder von Arif sein konnte, vor ihr und fragte nach ihrer Bestellung. Sie schloss die Augen und wartete bis das Glas Tee kam. Der Tag war lang gewesen und Lynna konnte nicht mehr. Sie setzte die Ellenbogen auf die Tischplatte und stützte ihren Kopf in die Hände. „Was ist eigentlich mit dir los?", fragte sie sich. Sie hatte noch nie eine bedeutendere Entdeckung gemacht als die Höhle, durch die sie Adar Barzan vorhin geführt hatte. Sie war voll von unfassbaren Eindrücken: den Statuen der Könige, dem Friedensvertrag und dem Standbild von Helena mit Paris. Schließlich hatte sie auch die Schrifttafel wiedergesehen, wegen der sie vor vielen Tagen in die Türkei gekommen war. Sie hätte glücklich sein können. Alle Intrigen gegen sie und den Professor konnten widerlegt werden. Ihre Theorie über Fiktion und Wirklichkeit des Trojanischen Krieges würde sich wahrscheinlich durchsetzen mit dieser Entdeckung. Aber sie war nicht glücklich, sondern nur völlig erschöpft.
„Alles in Ordnung?", fragte der junge Kellner, der das Glas Tee brachte.
„Ja", lächelte sie schwach, während sie ihren Kopf aufrichtete. „Alles

gut", fügte sie hinzu und trank einen Schluck. Sie dachte über Balkis nach. Er hatte so aktiv gewirkt, so unternehmungslustig als würde er noch heute Abend alle Medien der Welt benachrichtigen wollen. Wahrscheinlich tat er es gerade auch. Er hatte sie angespornt, die Uni anzurufen, jetzt um neun Uhr abends. Sie wollte das nicht. Alle diese Schätze in der Höhle hatten dreitausend Jahre auf ihre Entdeckung warten müssen. Da würde es locker bis morgen reichen, bis sie sie der Welt bekannt gab. Lynna hatte ein anderes Problem zu lösen als uralte Schrifttafeln. Sie trank noch einen Schluck Tee und blickte durch den Speiseraum, in dem die anderen Gäste saßen und sich vergnügt unterhielten. Ohne einen Grund nahm sie ihr Handy aus der Tasche und legte es auf den Tisch. Plötzlich erkannte sie die Ursache dafür, dass sie sich so apathisch fühlte. Sie sah auf das Protokoll im Display. Die letzte SMS von Merle war dort vermerkt. Sie musste sie nicht lesen, sie kannte den Text. „Ich liebe dich! Gruß vom tollsten Paar in Berlin!", stand darin. Sie runzelte ihre Stirn. Es wurde ihr klar, dass diese Nachricht ein Hilferuf war, aber was sollte diese SMS zum jetzigen Zeitpunkt? Je mehr sie über den Text nachdachte, desto mehr empfand sie, dass Merle sie vereinnahmen wollte. Während sie noch einen Schluck trank, fiel ihr Balkis ein. Der verhielt sich im Moment völlig umtriebig und telefonierte mit aller Welt, aber vereinnahmen würde er sie nie. Dessen war Lynna sich sicher. Sie wollte heute Abend nicht mehr in der Uni anrufen, entschied sie – allein schon, um nicht zufällig Merle in der Leitung zu haben. Professor Yildiz kam in den Raum und Lynna sah auf. Als sie kurz dahinter Balkis bemerkte, spürte sie zum ersten Mal an diesem Abend Freude in sich. Sie strahlte ihn an und ihr Herz schien etwas schneller zu schlagen.
„Ach, Sie sind schon da, Frau Meeves", sagte der Professor und nahm am Tisch Platz. „Sehr gut! In ein paar Minuten wird das Essen kommen und ich habe die beste Flasche Wein des Hauses bestellt."
„Er glaubt, wir werden jetzt reich", lachte Balkis und setzte sich ebenfalls.

„So wird es kommen. Da können Sie sicher sein, Herr Bartosch. Ah, da kommt schon der Wein!" Der junge Kellner mit der langen weißen Schürze entkorkte die Flasche und schenkte ein. „Zum Wohl!", prostete Yildiz ihnen zu. „Auf den größten Erfolg meiner Laufbahn!"

„Ich gratuliere, Professor! Die Besichtigung der Höhle war faszinierend." Lynna stellte ihr Glas ab. „Aber warum werden wir reich? Habe ich was verpasst?"

„Aber ich bitte Sie, Frau Meeves!" Yildiz klatsche übermütig in die Hände. „Das liegt doch auf der Hand! Wir werden Bücher über die Höhle schreiben, wir werden Vorträge halten." Er unterbrach sich kurz. „Entschuldigen Sie bitte diese Bemerkung! Sie haben Ihr berufliches Leben noch vor sich, aber Sie werden vielleicht nie wieder so eine Entdeckung machen wie heute. Wahrscheinlich wird sich die Presse nie mehr so um Sie reißen wie in den nächsten Wochen, wenn Sie etwas über Helena veröffentlichen. Ich habe mein ganzes Leben auf diese Chance gewartet. Als ich in Troja die Schrifttafel gefunden hatte, dachte ich die Gelegenheit wäre da. Aber ich bin bestohlen worden, weil ich zu leichtfertig war. Diesen Fehler mache ich nicht nochmal. Gleich morgen fliege ich nach Istanbul, um diese Schrifttafel persönlich zur Untersuchung abzugeben."

„Morgen?", fragte Balkis überrascht. Lynna sah ihn ebenfalls erstaunt an.

„Ja", antwortete Yildiz. „Die Wahrheit ist, dass ich am liebsten noch einmal mit Adar Barzan in die Höhle gehen würde. Der Forscher in mir möchte dort alles fotografieren und kartografieren. Aber die Altersbestimmung des Fundstücks hat jetzt Vorrang. Außerdem muss ich dem Nationalen Archäologischen Institut Mitteilung von dieser Entdeckung machen. Diese Höhle war ja bisher völlig unbekannt. Ich habe mit Sevim schon alles telefonisch besprochen. Morgen früh um acht holt uns ein Taxi hier ab. Gut zwei Stunden später sind wir in Ankara und mein Flug nach Istanbul geht um zwölf.

Anderthalb Stunden später gibt es einen Flug nach Berlin." Er machte eine Pause. „Sind Sie einverstanden, wenn wir morgen um acht gemeinsam abfahren?"
„Ja, natürlich", entgegnete Balkis. „Mir ist sehr daran gelegen, so schnell wie möglich nach Hause zu kommen. Die Redaktion meiner Zeitung möchte nach diesem sensationellen Fund dringend ein Interview mit mir." Er schüttelte den Kopf. „Vor ein paar Tagen haben sie mich rausgeschmissen und jetzt werde ich zum gut bezahlten Helden der Kulturredaktion. Der alte Herforth von der BZ wird sich wundern."
„Ich hatte Ihnen doch versprochen, dass Sie reich werden." Yildiz lächelte.
Lynna blickte Balkis mit einem Ausdruck der Bewunderung an. Er hatte sich durch seine Telefonate in der letzten halben Stunde zurückgekämpft. Er würde der erste Journalist der Welt sein, der über diese historische Sensation berichten konnte. Sie sah sein zufriedenes Gesicht und freute sich mit ihm. Wie vorhin kam es ihr vor, als ob ihr Herz schneller schlug, wenn sie ihn im Moment seines Erfolges beobachtete. Alles war gut, aber ein Wort hatte ihr einen Stich gegeben: Berlin. Der Plan war ja nunmehr, gleich morgen aufzubrechen und dann irgendwann mit dem Flugzeug in Berlin einzutreffen ... morgen Nachmittag. Sie wollte nicht nach Berlin.
Das Essen kam an den Tisch. Die freundliche Hotelbesitzerin und ihr zweiter Enkelsohn brachten Platten mit Gemüse, Reis und gegrilltem Lammfleisch am Spieß. Fast alle Hotelgäste hatten den Speiseraum verlassen. Nur eine englischsprachige Gruppe von vier Personen saß noch auf der gegenüberliegenden Seite des Raums. Die erste Flasche Wein war ausgetrunken und Evren Yildiz bestellte eine weitere. Der Gemüseteller bestand aus sechs verschiedenen Sorten. Das Fleisch war kross angebraten, scharf gewürzt und hatte wohlschmeckende kleine Fettränder. „Mmh, köstlich!", schwärmte der Professor, während ihm ein Tropfen Fett den Mundwinkel hinunter rann. „Das ist unser Siegesessen", sagte er und wischte sich

mit der Serviette den Mund ab.

„Ja", bestätigte Balkis kaum verständlich. Er kaute auf und fügte hinzu: „Mit dieser Entdeckung haben wir gewonnen. Die ganze Geschichte der Hethiter ist in dieser Höhle verborgen und natürlich Helena und Paris. Das gibt ein Erdbeben in der Welt der Archäologie." Er räusperte sich und steckte das nächste Stück Fleisch auf die Gabel. „Jetzt muss ich Sie doch noch etwas fragen, Professor. Ich glaube, ich habe den Mythos um Königin Inaara verstanden. Er ist aus einem Fruchtbarkeitskult abgeleitet und hatte große Bedeutung für junge Paare, die miteinander die Ehe eingehen wollten. Es ist mir auch klar, warum sie in den griechischsprachigen Küstenstädten Helena genannt wurde. Aber wie ist die Umdeutung der Helena-Figur in der Ilias von Homer passiert?"

Plötzlich mischte sich Lynna ein und setzte seine Frage fort. „Wie konnte aus der selbstbewussten Königin, die sich ihren Mann aussucht, bei Homer eine hübsche Prinzessin werden, die von Paris entführt wird? Das ist doch eine ärgerliche Entwicklung!"

„Sie haben völlig recht. Diese Interpretation der alten hethitischen Königin ist ärgerlich. Umso wichtiger, dass wir dieses Bild wieder zurechtrücken." Er legte Messer und Gabel auf den Teller. „Gut, dass wir fast aufgegessen haben. Denn dieses Gespräch kann länger dauern. Auf Ihr Wohl und das von Helena!" Er erhob noch einmal sein Glas. „Ich dachte, ich hätte darüber schon mit Ihnen gesprochen, aber es war wohl etwas kurz. Zunächst müssen wir festhalten, dass es diesen Homer vielleicht nie gegeben hat – aber das wissen Sie ja. Wahrscheinlich waren es mehrere Sänger, die in dieser Zeit mit der Geschichte von Troja von Stadt zu Stadt gezogen sind. Einen handschriftlichen Text von Homer gibt es nicht. Aber es ist sicher, dass diese Sänger zur Unterhaltung der Gäste am Hof von Königen oder Fürsten bedeutende Persönlichkeiten waren – Popstars der Antike. Man kann davon ausgehen, dass sich viele Sänger gekannt und sich über ihre Lieder unterhalten haben. In ihrem Geschäft war es wichtig, an jedem Abend aufs Neue das

Publikum zu beeindrucken."

„Homer war ein Entertainer", warf Lynna ein.

„Wenn es ihn je gegeben hat, war er das sicher", entgegnete Yildiz. „Aber lassen Sie uns zum Epos über den Trojanischen Krieg kommen! Sie wissen, dass es eine verwirrende Geschichte ist. Es geht darin nicht immer um die Auseinandersetzung zwischen den Griechen und Troja. Zu Anfang spielt der Zorn des Achilleus auf seinen Feldherrn Agamemnon eine große Rolle. Dabei ging es gar nicht um Krieg, sondern um eine schöne Frau. Dann sind zahlreiche Sondergeschichten in die Ilias eingearbeitet, zum Beispiel Kassandra, die die Trojaner vor dem Pferd warnte. Eine andere Erzählung ist die der Amazonenkriegerin Penthesilea, die auf Seiten der Trojaner gegen Achilleus kämpfte. Mit dem Kampf um Troja haben diese Geschichten nicht sehr viel zu tun. Warum stehen sie dann in der Ilias des angeblichen Homer?" Er erwartete keine Antwort. „Sie sind interessantes Beiwerk, das den damaligen Zuhörern gefallen hat. Die alten Sänger mussten darauf achten, was bei ihrem Publikum gut ankam. Sie häkelten bekannte Mythen in ihre Gesänge ein – den von der Wahrsagerin, die nicht gehört wird, und den von der kriegerischen Frau, die den Helden herausfordert. All das gefiel den Zuhörern und die Sänger folgten deren Geschmack. Schließlich ging es um Geld, das sie für ihren Auftritt bekamen." Yildiz trank noch einen Schluck. „Der bekannteste Mythos, den es damals zum Thema Liebe und Ehe gab, war der von Inaara oder auf griechisch Helena. Ich bin mir sicher, dass die Dichter von damals diese Geschichte aufgegriffen und ins Gegenteil verkehrt haben: Helena wird vom treulosen Paris entführt. Das Publikum wusste genau, auf welchen Mythos sich diese Story bezog. Mit dem Frauenraub wurde die Beziehung zwischen Helena und Paris viel dramatischer. Dann war es so komponiert, dass sie eigentlich freiwillig mitkam, also ihren Mann betrog. Das ist doch ein wunderbarer Einstieg in einen ganz großen Konflikt. Bedenken Sie jetzt bitte noch, dass der größere Teil der damaligen Zuhörer Männer waren. Da hat sich möglicherweise eine

Art Mitfühlen im Publikum eingestellt."

„Die Kerle von damals haben beim Anhören der Ilias ihre eigenen Frauen fremdgehen sehen?", fragte Lynna erregt. „Sie haben sich deswegen mit einem Krieg identifiziert?"

„Genauso stelle ich es mir vor, Frau Meeves. Der Einstieg in das Epos vom Trojanischen Krieg holt die Zuhörer mit einer Geschichte von Liebe und Untreue dort ab, wo sie stehen. Jeder kennt die Situation, von seiner Frau betrogen zu werden, oder fürchtet sie zumindest. Es war genial vom Autor – wer immer es war – , seine Erzählung mit so einer Story zu beginnen. Er hat damit die Menschen sofort an einem Punkt gepackt, wo sie empfänglich waren. Die Bekanntheit des Mythos von Inaara als Liebesgöttin mag noch verstärkend gewirkt haben."

„Und aus der Königin, die sich ihren Mann aussuchte, wurde eine geraubte Frau, die ihr Entführer nach Troja abschleppte", unterbrach Lynna. „Das ist ja eine tolle Männergeschichte!"

„Richtig", sagte Yildiz. „So ist die Umdeutung von Inaara zu Helena passiert, glaube ich."

„Es wird Zeit, dass wir dieses verfälschte Bild wieder zurechtrücken", entgegnete sie.

„Ein Anfang ist gemacht", warf Balkis ein und nahm sein Handy aus der Tasche. Er drehte es herum und hielt ihnen den Screen vor. „Vor gut einer Stunde habe ich einen neuen Bericht bei WOCHE ONLINE eingestellt, mit all dem Sensationellen, was wir heute gesehen haben. Mal sehen, ob es schon Reaktionen darauf gibt." Als er im Briefkasten seiner Online-Seite die Kommentare herunter scrollte, überraschte ihn die Anzahl der Meldungen selbst. Dutzende Antworten waren seit dieser einen Stunde auf seine Reportage hin eingegangen. Mit dem Wort „Bravo!" begann ein Text, ein anderer lautete „Ihr habt doch recht gehabt!". „Ende des Troja-Mythos" war als Überschrift einer weiteren Nachricht zu lesen. Balkis machte das Handy aus und grinste. „Mit dieser Menge von Zuschriften habe ich nicht gerechnet", sagte er und blickte Lynna an. „Das könnte jetzt

auch auf der Homepage deiner Uni stehen. Hast du Seyfried angerufen?"
Sie stocherte mit der Gabel in der kalt gewordenen Gemüseplatte. „Das kann ich morgen noch tun. Wir sind zwei Stunden mit dem Taxi nach Ankara unterwegs." Dann sah sie Balkis in die Augen. „Nein!", antwortete sie deutlich. „Ich habe nicht angerufen. Ich musste das unglaubliche Erlebnis in der Höhle erstmal für mich selbst verarbeiten. Vor Schätzen, die dreitausend Jahre lang verborgen waren, habe ich noch nie gestanden. Ich finde immer noch keine richtigen Worte dafür. Du bist der Journalist von uns beiden. Du kannst das." Sie führte ein paar kalte Kichererbsen zum Mund
Balkis war verblüfft. Er hatte sie wegen des Anrufs bei ihrer Uni nicht drängen wollen. Er war nur selbst ein bisschen berauscht von der Resonanz auf seiner eigenen Homepage. Aber sie hatte ihn ziemlich klar zurückgewiesen. Er spürte, dass noch etwas anderes hinter ihrer Antwort steckte als die beeindruckende Besichtigung der Höhle vorhin. „Na klar", entgegnete er scheinbar entspannt. „Für Helena kommt es auf einen Tag nicht an."
„Ich muss morgen auch noch einige Dinge telefonisch klären", setzte Professor Yildiz hinzu. „Ich werde während der Fahrt mit dem Nationalen Archäologischen Institut Kontakt aufnehmen. Den Flug nach Istanbul hat Sevim glücklicherweise schon gebucht. Ihr müsst das für euren Flug nach Berlin morgen auch noch erledigen." Er unterbrach sich für einen Moment. „Es ist eigentlich schade, dass sich unsere Wege morgen trennen. Wir haben sehr gut zusammengearbeitet." Er hob sein Glas und stieß mit seinen beiden Gefährten an. „Auf unsere gemeinsame Zeit!"
„Auf Helena!", entgegnete Lynna. „Und auf Sie, Professor! Ohne Ihre Einladung ins Restaurant Gilgamesch damals wären wir mit Ihrer Schrifttafel nie in Berührung gekommen. Wir wären nie nach Troja gereist und hätten nie diese sensationelle Höhle gesehen. Das haben wir Ihnen zu verdanken."
„Keine Ursache", gab Evren Yildiz zurück. „Ich hatte schon bei Ihrem

Auftritt im Museum gemerkt, dass Ihre Kritik an der Trojanischen Sage meiner Auffassung nahe steht. Nur deswegen hatte ich Sie angesprochen."

„Dann sollten wir noch einen zweiten Toast aussprechen auf unseren Widersacher Lord Byron. Er hat mit allen Mitteln versucht, unsere Forschungen zu bekämpfen. Mit Diebstahl und Rufmord hat er gearbeitet und jetzt steht er als Verlierer da. Er kann nicht mehr leugnen, dass die Ilias reine Phantasie war und eben nicht historisch. Er hat den Kampf verloren." Lynna hob ihr Glas.

„Vermutlich wird Byron das jetzt schon lesen können", sagte Balkis und nahm sein Handy raus. „Es gibt weitere Antworten auf meinen Blog-Beitrag:" „Ihr ändert die Geschichtsschreibung", las er vor und „Sensation! Ich reise sofort nach Hattussa". Er lächelte und fügte hinzu: „Ich habe Hunderte von Zuschriften in dieser Art. Sie sind Freunde dieses Blogs, sie denken genauso kritisch wie wir über die Sage von Troja und sie wünschen uns Erfolg. Einen Eintrag lese ich noch vor:" „Ihr habt die Helena-Figur von Homer erledigt."

„Genau!", freute sich Lynna. „Wir haben sie erledigt, diese schwache Gestalt, die sich freiwillig hat rauben lassen. Tatsächlich ist Helena eine Königin gewesen. Schön, dass das mal jemand so sieht unter deinen Blog-Freunden!"

„Sie sehen, dass viel Arbeit auf uns zukommt", wandte Yildiz ein. „Heute Nachmittag konnten wir nur staunen über die Schätze von Adar Barzan. Ab morgen müssen wir darüber reden. Wir müssen der Welt erklären, was wir gefunden haben und welche Bedeutung dieser Fund hat. Ich gehe jetzt besser zu Bett. Der Wein wird mir helfen Schlaf zu finden nach diesem aufregenden Tag. Morgen ist es wichtig, dass ich ausgeruht bin." Er stand auf und begab sich auf sein Zimmer. Gerade hatten die englisch sprechenden Gäste den Speiseraum verlassen. Lynna und Balkis waren allein.

„Der Professor hat recht" sagte er. „Ab morgen werden wir in Berlin einiges zu tun haben."

„Ach, Berlin", stöhnte sie leise. „Da möchte ich gar nicht hin."

„Nicht?", fragte Balkis verständnislos und wartete auf eine Antwort.
„Ich sehe doch nur das Altbekannte wieder. Ich werde meinen Studenten von dieser Höhle erzählen und Ilonka Seyfried wird zufrieden mit mir sein. Vielleicht wird sie mir anbieten, eine Doktorarbeit bei ihr zu schreiben. Aber es wird in diesen Räumen der Uni niemals wieder so faszinierend werden wie hier." Sie vermied es ihn anzusehen.
„Sieh es doch einmal so!", hielt er dagegen. „Wir werden nach Hause kommen und unseren Erfolg genießen. Wir werden Interviews geben und Zeitungsartikel schreiben. Vielleicht schreiben wir ganze Bücher über unsere Entdeckung. Du wirst ein Star der ganzen Archäologen-Szene."
„Das ist schön, was du erzählst", sagte sie. „Aber ich will trotzdem nicht zurück nach Berlin." Ihr kamen die Tränen. „Es war hier so unvergleichlich mit dir! Ich möchte bei dir bleiben. Berlin ist scheiße!" Sie umarmte ihn und fing an zu weinen.
Balkis hielt sie fest und streichelte ihre Schultern. Zuerst verunsicherte ihn ihre Traurigkeit. Den bisherigen Abend hatte er sie eher als abweisend empfunden. Dann begann er zu verstehen. „Ist es wegen Merle?", fragte er.
Sie schluchzte und nickte wortlos mit dem Kopf, den sie an seine Brust geschmiegt hatte.
„Liebst du sie noch?", brachte er seine heimliche Befürchtung heraus.
Sie löste sich ein wenig aus der Umarmung und sah ihn mit ihren verheulten Augen an. „Nein!", entgegnete sie. „Ich liebe dich und nur dich! Das ist es ja gerade!" Sie ließ ihn los, trat einen Schritt zurück und gestikulierte mit den Armen. „Ab morgen wird wieder alles anders sein. Der Traum ist ausgeträumt und ich bin nicht mehr jeden Tag bei dir. Wie habe ich es in der Zeit hier genossen, dass wir zusammen waren? Bei jedem Aufwachen am Morgen habe ich mich auf dich gefreut! Nun wirst du weit weg in irgendeiner Wohnung in Berlin sein. Und ich sitze in meinem Büro in der Uni neben dem Büro

von Merle." Sie nahm sich ein Taschentuch und schnäuzte. „Ich habe Angst davor, Merle wiederzusehen. Was soll ich ihr sagen? Ich ... versteh mich nicht falsch! Ich habe sie immer noch gern."
Balkis atmete tief durch, während er ihre Worte hörte. Er war erfüllt von einem Glücksgefühl, wie er es zuletzt in Pergamon gespürt hatte. Dort hatte er sie zum ersten Mal geküsst. Heute hatte er den ganzen Tag lang keinen wirklichen Zugang zu Lynna gefunden. Sie war sehr in sich gekehrt gewesen. Aber nach dieser Liebeserklärung war er voller Freude. Er griff in seine Tasche und wusste, dass er das Richtige tun würde. „Gib ihr das Medaillon!", hatte Adar Barzan gesagt. „Zeig ihr deine Liebe! Ihr seid Helena und Paris." Er spürte die tönerne Scheibe zwischen seinen Fingern.
„Sieh her, Lynna!", sagte er leise. „Das ist ein Medaillon aus der Höhle. Ich habe es geklaut." Er zeigte ihr das Stück, das die Namen von Helena und Paris trug. „Es ist ein Heiratsversprechen, so eine Art Ehering. Aber das weißt du ja. Ich wünsche mir, dass wir in Berlin genauso zusammen sind wie hier in diesen wunderbaren Tagen. Ich möchte dir diese uralte Scheibe schenken zum Zeichen, dass ich dich ..." Er sprach eine Zeitlang nicht weiter. „Ich weiß, dass man antike Fundstücke nicht klauen darf. Aber ich meine es ernst. Willst du dieses Medaillon von mir annehmen zum Zeichen dass du ..." Wieder führte er den Satz nicht zu Ende.
Die noch ein wenig gerötete Augen von Lynna leuchteten. Sie sah die Tonscheibe an, nahm sie als sein Geschenk in die Hand und sagte: „Ja, ich will!"

Epilog

Karia stand vor dem Sphinxtor von Hattussa und blickte nach Osten in Richtung Felsengebirge. Atris hatte ihr versprochen, noch vor Einbruch der Dunkelheit zurück zu sein. Dann würden die Soldaten der Wache die schweren hölzernen Torflügel schließen. Sie drehte sich herum und sah sich die geflügelten Frauenfiguren an, die zum Schutz der Stadt den Eingang flankierten. Sie wusste, dass sie nur steinerne Symbole waren. Die wirkliche Bewachung des Tores übernahmen die Wächter. Aber der Glaube an die alles sehenden starren Augen der Sphinxen war stark bei den Menschen. Karia hatte gelernt, dass die Figuren aus Ägypten stammten, jenem fernen Land, mit dem die Hethiter mal im Krieg gelegen hatten. Glücklicherweise hielt der Frieden zwischen beiden Völkern nun aber schon seit mehr als drei Generationen. Sie hatte schon oft ägyptische Händler in ihrer auffälligen Kleidung auf dem Markt gesehen. Karia war fünfzehn Jahre alt. Ihr Vater war ein angesehener Waffenschmied. Er beherrschte die Kunst Eisen zu schmieden. Mit Hilfe seiner Schwerter waren die Hethiter im Kampf allen anderen Völkern überlegen. Er hatte ihr die Arbeit in der Küche des Königspalastes vermittelt. Seit knapp einem Jahr lernte Karia hier den Beruf der Köchin. Sie war sehr zufrieden mit dieser Arbeit. Sie lernte Speisen und Zutaten aus aller Welt kennen und wurde immer kenntnisreicher bei der Zubereitung von Gerichten. Vor allem konnte sie jederzeit Kostproben der leckersten Speisen essen. Das gehörte zur Arbeit dazu. Während sie zum Felsengebirge blickte, flogen ihre Gedanken Jahre zurück. Damals war sie nach ihrer Erinnerung zehn Jahre alt gewesen. Sie hatte mit Atris vor der Stadtmauer das Nussspiel gespielt, als ein Trauerzug durch das Tor gekommen war. Die alte Königin Inaara war zu Grabe getragen worden. Von weitem hatten sie das Feuer zu ihrer Einäscherung an den Felsen beobachtet. Erst später hatte sie verstanden, dass Inaara

für die Menschen zu einer Art Liebesgöttin geworden war. Junge Leute pilgerten zu ihrem Grab und beteten dafür, dass ihre Liebe erhört wird. Seit ein paar Wochen war Karia selbst verliebt. Sie hatte Atris lange aus den Augen verloren. Aber dann stand er plötzlich in der Schmiede ihres Vaters. Er begann, das Handwerk des Waffenschmieds zu lernen. Von nun an sahen sie sich jeden Tag und sie stellte fest, dass aus Atris ein junger Mann geworden war. Sie spürte an jedem Morgen in sich, wie sie sich freute ihn zu sehen, wenn er über die schmale Gasse zu ihrem Haus kam. Er war immer gut gelaunt und lächelte sie an. Sie sprach nicht viel mit ihm und es war ihr etwas peinlich, wenn sie daran dachte, dass sie als Kinder stundenlang miteinander das Nussspiel gespielt hatten. Aber eines Tages, als sie von ihrer Arbeit in der Küche des Königspalastes nach Hause gekommen war, hatte er sie versehentlich angerempelt. Er war aus dem Tor der Schmiede gekommen und sie war beinahe gestürzt. Jedenfalls hatte sie den Korb mit leckeren Resten aus der Küche fallenlassen. Atris hatte sie gerade noch am Arm festhalten können. Diese Berührung war genug für sie gewesen. Als er ihr danach half, die Speisen in den Korb zurück zu legen, hatte sie ihm einen Kuss auf die Wange gegeben. Beklommen lächelnd verabschiedeten sie sich, aber der Kuss hatte ein Feuer entfacht. Ein paar Tage später trafen sie sich vor der Stadtmauer. Atris hatte aus Spaß einige Haselnüsse mitgebracht. Aber dieses Treffen war kein Scherz. Karia lachte verlegen über die Nüsse, sah ihn sekundenlang fragend an und fiel dann leidenschaftlich in seine Arme. Sie küssten sich im Schatten der Mauer und fragten sich hinterher, ob sie etwas Verbotenes getan hatten. Sie konnten die Frage nicht beantworten und trafen sich an jedem Abend wieder. Schließlich vertraute sich Karia ihrer Mutter an. Vor Erleichterung weinend fiel sie ihr in die Arme, als sie spürte, dass die Mutter ihre Neigung zu dem jungen Waffenschmied guthieß. Allerdings forderte sie, dass ihr Liebhaber die guten Wünsche der Göttin Inaara einholen sollte.
Aus diesem Grunde stand Karia jetzt am Sphinxtor und wartete

darauf, dass Atris von den Felsen zurückkehrte. Die Sonne ging schon unter, als einer der Torwächter eine Bemerkung machte. Sie kniff die Augen zusammen, während sie den Weg von den Bergen entlang blickte. Dann sah sie ihn herankommen.

„Atris!", rief sie wenig später. „Ich freue mich, dass du da bist!" Sie ging auf ihn zu und umarmte ihn. „Warst du bei Inaara?", fragte sie gespannt.

Er nickte und hielt sie fest in seinen Armen. „Sie ist schön", sagte er. „Beide sind schön – Inaara und Pasiya sind ein wunderbares Paar. Ihre Standbilder im Friedhof der Könige halten sich eng umschlungen, so als würden sie sich bis in alle Zukunft lieben. Ich musste mich mit einer Fackel durch die ganze Höhle vorantasten bis ich sie gefunden hatte. Dann habe ich lange zu Inaara gesprochen – von meiner Liebe zu dir, Karia. Im flackernden Schein des Feuers hatte ich einmal den Eindruck, sie würde mir zublinzeln."

Dankbar hörte sie seinen Worten zu. „Hat sie etwas gesagt?", wollte sie wissen.

„Nein", antwortete Atris. „Das kann sie nicht. Aber ich habe dir etwas mitgebracht." Er griff in seine Tasche und holte eine kreisrunde hellbraun gebrannte Tonscheibe heraus. Die Namen 'Inaara' und 'Pasiya' waren darauf zu erkennen. Er hielt ihr das Stück hin und sah ihr in die Augen. „Ich habe für uns um die guten Wünsche von Inaara gebeten. Jetzt frage ich dich, liebe Karia, ob du diese Tafel von mir als Heiratsversprechen annehmen und meine Frau werden willst?"

Mit glänzenden Augen lächelte sie ihn an und streckte ihre Hände aus. Dann hielt sie inne und ihr Lächeln bekam einen verschmitzten Zug. „Du weißt, dass dieses Versprechen nur einmal gegeben werden und niemals zurückgezogen werden darf, wenn ich die Tafel annehme?"

„Ja, Karia. Ich werde meine Liebe zu dir nie mehr zurücknehmen."

Sie griff mit beiden Händen nach der Tonscheibe, drückte sie an ihr Herz und küsste Atris.

Nachbemerkung

Der Trojanische Krieg wird – soweit man ihn nicht für fiktiv hält – von der Geschichtsschreibung in das 13. oder 12. Jahrhundert vor Christus datiert. Das Jahr 1200 v. Chr. kann man in etwa als richtigen Zeitpunkt annehmen. Die Gegner waren wahrscheinlich die Völker des minoisch-mykenischen Kulturkreises (Griechen) und die Völker des hethitisch-luwischen Kulturkreises (Trojaner).
In der Antike wurde die Ilias von Homer als authentischer Bericht über den Trojanischen Krieg verstanden, ebenso wie die Odyssee. Bis heute ist nicht geklärt, ob eine historische Person Homer existiert hat, wo sie gelebt hat oder ob es sich auf Grund des umfangreichen Werkes um mehrere Personen gehandelt hat. Die Lebenszeit Homers wird von der Forschung zwischen dem 8. und 7. Jahrhundert v. Chr. angesiedelt. Zwischen dem kriegerischen Geschehen und der Dichtung haben daher mindestens 400 Jahre gelegen. Zu ihrer Entstehungszeit wurden die Epen Ilias und Odyssee vor einem meist aristokratischen Publikum als Gesang zur Unterhaltung der Gäste vorgetragen. Verschiedene Urfassungen wurden Jahrhunderte lang von Sängern aufgeführt und durch mündliche Überlieferung immer wieder verändert. Ein schriftlicher Originaltext von Homer existiert nicht. Zu Beginn der Blütezeit Athens um das Jahr 500 v. Chr. wurde den homerischen Texten große Wertschätzung zuteil. Auf Staatskosten wurde an einer Rekonstruktion der Urfassung gearbeitet. Mitte des 5. Jahrhunderts erschienen in Athen Handschriften von Ilias und Odyssee als gebundenes Buch. Sie wurden zur Pflichtlektüre für Schüler. Weitere 300 Jahre vom sagenhaften Krieg bis zu seiner Rezeption als antiker Bestseller waren hinzugekommen.
Dagegen lagen die Perserkriege gerade erst ein paar Jahrzehnte zurück. Wie bei Homer hatten die Athener des 5. Jahrhunderts zur Zeit von Perikles einen Herausforderer aus dem Osten besiegt. Die

Sage von Troja eignete sich perfekt als Gründungsmythos für den aufstrebenden Stadtstaat in Abgrenzung zu Völkern von der östlichen Seite der Ägäis.

In der europäischen Kulturgeschichte von der Renaissance über die Klassik bis in die Gegenwart wurden Ilias und Odyssee als erste Dichtungen des Abendlandes eingestuft. Es wirkt, als hätte mit dem Trojanischen Krieg ein neu geborener Kontinent sein Haupt erhoben und seine weitere Geschichte gründete sich auf ihn. Die Epen von Homer waren vom griechischen zum europäischen Gründungsmythos geworden. In Dichtung, Architektur und Kunst bezog sich Europa auf hellenische Wurzeln, als dem vermeintlich Ältesten, was je gedacht wurde. Leider vergaß man dabei die Kultur derer, die nur ein paar Inseln weiter im Osten lagen. Von ihnen kam unsere Sprache und unsere kulturelle Entwicklung, angefangen mit der Fertigkeit Eisen herzustellen. Die Grenze zwischen Europa und dem, was die Römer später Provinz "Asia" nannten, war nicht zwingend gewesen. Der ägäische Raum war einmal ein gemeinsamer Kulturkreis, allerdings mit einer Ausstrahlung von Osten nach Westen.

Die Protagonisten meines Romans Lynna Meeves und Evren Yildiz vertreten diese Sicht der Dinge. Sie halten die Ilias nicht für einen historischen Bericht, sondern für literarische Fiktion. "Der Trojanische Krieg hat nie stattgefunden". Mit diesen Worten beginnt Lynna ihren Auftritt vor konservativen Altphilologen in Berlin. Als ihr Autor will ich sie unterstützen. Er hat so nicht stattfinden können: nicht mit 1000 Schiffen, nicht mit 50 000 Soldaten und niemals über einen Zeitraum von zehn Jahren. Die Unterbringung und Versorgung einer Armee von Belagerern wäre nicht einmal für ein Jahr darstellbar gewesen. Professor Yildiz erweitert die Kritik an dem historischen Gehalt der Sage um den Vorwurf der eurozentrischen Weltanschauung. Der wahre Verlauf der kulturellen Entwicklung wäre von Ost nach West erfolgt. Das Hethitische ist die erste

indoeuropäische Sprache. Sie hat sich nachweislich nach Westen ausgebreitet. Schon an den Zahlen „sana, duya, teri" (eins, zwei, drei) sind Parallelen zu erkennen. Zwischen dem Kurdischen und dem Hethitischen kann man noch mehr Ähnlichkeiten beobachten.
Zum Beweis seiner Theorie der kulturellen Wanderung von Ost nach West kann Professor Yildiz eine in Troja ausgegrabene zweisprachige Schrifttafel vorweisen. Diese Tafel, die zum Dreh- und Angelpunkt des Romans wird, ist eine Fiktion von mir. Es gibt andere zweisprachige Artefakte, aber diesen nicht. Auch die Gleichsetzung der hethitischen Königin Inaara mit der schönen Helena aus der Ilias ist eine Erfindung von mir. Allerdings gibt es einen hethitischen Mythos, nach dem die Königin Inaara von der Göttermutter aufgefordert wird, sich einen Mann zu suchen. Es schien mir reizvoll, diesen Mythos, der die Geschlechterrollen verkehrt, der Sage vom Raub der Helena gegenüber zu stellen. Nicht Helena wird geraubt, sondern Inaara wählt ihren Paris selbst aus. Mit dieser Fiktion entfällt der Anlass für den Trojanischen Krieg. Helena wird zur aktiven Figur des Geschehens, bzw. als Inaara zum legendären Vorbild für eine glückliche Ehe.
Nach den 700 Jahren Entstehungsgeschichte der Ilias halte ich es für möglich, dass der Helena-Stoff im Laufe von Hunderten von Aufführungen nachträglich eingefügt worden ist. Vielleicht hat sich der Frauenraub als dramatischer Einstieg für die Zuhörer des Gesangs angeboten.
Die Gegner meiner Protagonisten sind als streitbare konservative Altphilologen keine Erfindung von mir. Tatsächlich hat es erst im Jahr 2001 einen solchen Streit gegeben, wie ich ihn darstelle. Unter dem Namen "Troja-Debatte" entflammte zwischen den Historikern Korfmann und Kolb der Universität Tübingen eine Auseinandersetzung über die Historistizät der von Homer besungenen Ereignisse. Korfmann hielt das in der Ilias beschriebene Troja für historisch, Kolb hielt es für eine literarische Fiktion. Mit teilweise unsachlichen und verletzenden Bemerkungen wie

"Traumgebilde" oder "Däniken der Archäologie" wurde die Debatte in den Medien erbittert geführt. Erst recht stieß der Archäologe Zangger auf die Ablehnung der Fachwelt, als er Troja mit Atlantis gleichsetzte.

Es bleibt für mich ein Rätsel, wie bei einem so vagen historischen Sachverhalt und einer derart ungesicherten Autorenschaft das Troja, wie es in Ilias und Odyssee von Homer geschildert wird, diese Faszination und diese Streitbarkeit auslösen kann. Möglicherweise ist Troja eine Wurzel der europäischen Selbstvergewisserung. Ganz sicher haben diese Geschichten aber – ob historisch oder nicht – einen Zauber, dem auch ich erlegen bin. Sonst hätte ich nicht die Lust gehabt, dieses Buch zu schreiben.

Norbert Kleinschmidt, Juni 2018